Sous le sceau de l'amour

SHIRLEE BUSBEE

Au-delà du pardon	*J'ai lu* 2957/5
La rose d'Espagne	*J'ai lu* 2732/4
Le lys et la rose	*J'ai lu* 2830/4
Le quiproquo de minuit	*J'ai lu* 2930/5
L'appel de la passion	*J'ai lu* 3056/8
Lady Vixen	*J'ai lu* 3143/8
Sous le sceau de l'amour	*J'ai lu* 3287/8

Shirlee Busbee

Sous le sceau de l'amour

Traduit de l'américain
par Elizabeth Clarence

Éditions J'ai lu

Titre original :

WHISPER TO ME OF LOVE
Avon Books

PROLOGUE

MINUIT, HEURE DES TRAÎTRES

Angleterre, 1796

Lady Hester Devlin, comtesse douairière de St. Audries, se mourait. Elle parcourut du regard la luxueuse chambre à coucher, sans prêter attention à ceux qui l'entouraient. Une étrange lassitude engourdissait son corps fragile et l'empêchait de rassembler ses pensées. Allongée sur le grand lit en acajou drapé de soie et de lin blanc, tout lui semblait irréel, de la présence des deux hommes parlant à voix basse au nouveau-né qui pleurait doucement dans le berceau.

Son regard voilé glissa sur la délicate coiffeuse en marqueterie, sur les chaises recouvertes de velours doré et les portraits accrochés au mur. L'un d'eux retint un moment son attention, et un sourire fugitif éclaira son visage marqué par la douleur. Elle regardait le portrait de son époux défunt.

Une seule année s'était écoulée depuis leur

rencontre, depuis son mariage avec l'un des lords les plus charmants de toute l'Angleterre. Elle avait vécu un véritable conte de fées.

Andrew Devlin, sixième comte de St. Audries, avait été un homme particulièrement séduisant et le peintre avait reproduit à la perfection les épais cheveux noirs, le menton volontaire et la bouche sensuelle. Tous les Devlin se ressemblaient d'une manière étonnante, possédant les mêmes sourcils touffus sous lesquels brillaient des yeux gris en amande. Au printemps dernier, Hester était tombée sous le charme de ce regard captivant. Elle n'avait alors que vingt ans, Andrew déjà quarante-cinq, mais en dépit de leur différence d'âge, elle était passionnément amoureuse.

Et cet homme extraordinaire l'avait aimée, lui aussi ! Son bonheur lui avait semblé presque irréel. Autour d'elle, on avait murmuré qu'il l'épousait pour son héritage, mais Hester n'y avait pas prêté attention. Orpheline, elle avait été élevée par un oncle qui ne voulait que son bonheur. Personne ne s'était opposé à leur union, et ils s'étaient mariés sans attendre.

Certes, Andrew était beaucoup plus âgé que sa jeune épouse et dans une situation financière difficile lors de son mariage, mais personne n'aurait pu douter, en voyant le jeune couple, qu'ils s'adoraient d'un amour sincère. Le comte avait mené une vie libertine avant de rencontrer Hester et il ne le lui avait pas caché. Parce qu'il lui avait avoué ses fautes passées, Hester ne l'en avait aimé que davantage.

Jamais elle n'avait douté que leur amour fût réciproque, et elle avait découvert entre les bras de son époux la volupté charnelle. Et puis il y avait eu Londres ! Les théâtres, les bals, les boutiques... Un monde magique pour une jeune provinciale de Bath.

Mais les moments les plus heureux de sa vie restaient ce temps si court qu'ils avaient passé ensemble dans le manoir de St. Audries, niché au creux des douces collines du Somerset. Hester s'était réjouie à la pensée de vivre tranquillement dans cette belle région d'Angleterre.

Les premières semaines à St. Audries s'étaient écoulées comme dans un rêve. Le jour, se promenant main dans la main dans les environs, les jeunes mariés avaient planifié les rénovations nécessaires pour redonner au vieux manoir son ancienne splendeur. Les nuits... Même aujourd'hui, des mois plus tard, un sourire illuminait encore le visage de la comtesse de St. Audries lorsqu'elle se souvenait.

L'avenir si prometteur avait été brisé net six mois après leur mariage. On racontait qu'Andrew était allé rendre visite à une ancienne maîtresse et que celle-ci, aveuglée par la jalousie, l'avait poignardé avant de retourner l'arme contre elle. Le monde d'Hester avait volé en éclats. Non seulement l'homme qu'elle aimait était mort, mais il avait disparu dans des circonstances sordides. Sur le moment, elle avait refusé de croire à l'infidélité d'Andrew et, même mourante, elle continuait de la nier.

Pendant les terribles mois qui avaient suivi, Hester avait défendu la mémoire de son mari, persuadée qu'il était tombé dans un piège. Lorsque le jeune frère d'Andrew, Stephen, était rentré précipitamment de son voyage en Italie avec sa femme et leur petit garçon, Hester avait fait part à son beau-frère de ses doutes. Stephen, qui, avec ses yeux gris et ses sourcils arqués, ressemblait de manière poignante à Andrew, avait été très attentionné, mais Hester avait lu dans son regard désolé qu'il pensait comme les autres. Andrew aurait épousé la jeune femme pour sa fortune et n'aurait pas mis un terme à sa vie de débauché.

Peu à peu, Hester avait appris à estimer Stephen, mais ne parvenait pas à s'entendre avec son épouse, Lucinda. Sans raison, celle-ci avait pris Hester en grippe et n'avait pas hésité à lui faire comprendre que c'était désormais elle la comtesse de St. Audries. Elle aurait voulu qu'Hester retirât ses affaires au plus vite du manoir pour s'installer dans la petite maison réservée aux comtesses douairières. Lucinda semblait même espérer qu'Hester partirait définitivement.

— Après tout, avait-elle dit, cruelle, vous avez les moyens de vous offrir une maison ailleurs. C'est mon époux qui est le comte aujourd'hui, et mon fils héritera du titre.

Le regard haineux, elle avait conclu :

— Et ne croyez pas une seconde à la gentillesse hypocrite de Stephen. Lui aussi désire votre départ, même s'il a pitié de vous.

Hester avait été vivement peinée mais elle était restée. Elle avait restauré la petite maison et donné à Stephen une somme importante pour qu'il remît le manoir en état. Elle lui avait expliqué :

— C'est ce que ton frère aurait souhaité. Je te supplie d'accepter mon aide en mémoire de lui.

Passant outre sa fierté, Stephen avait accepté l'offre de sa belle-sœur et en quelques jours les travaux conçus par Hester et Andrew avaient commencé.

Hester ne s'était aperçue qu'après l'enterrement de son mari qu'elle était enceinte. Bouleversée, elle avait compris qu'il lui resterait une chose merveilleuse de ces mois passés avec Andrew : son enfant. Peut-être même son héritier.

Lucinda et Stephen avaient craint qu'il ne s'agît d'un garçon. Stephen perdrait alors le titre, les terres ancestrales et le manoir. La société londonienne avait été enchantée de la situation. On pouvait faire confiance à Andrew Devlin pour créer un scandale même après sa mort ! On attendit la naissance du bébé tout l'hiver et le début du printemps de 1796, les bavardages allant bon train. Ni Stephen ni Lucinda n'étaient particulièrement aimés par les membres de la bonne société.

Pendant ces mois d'incertitude, Hester s'était rapprochée de Stephen. Il s'était occupé de la décoration de la petite maison, s'inquiétant à chaque instant de la santé et du bien-être de sa belle-sœur.

Hester s'était confiée à lui, heureuse de trouver une épaule secourable. Il ressemblait tant à Andrew ! Parfois, quand il entrait sans prévenir, son cœur s'arrêtait de battre, elle croyait qu'Andrew lui revenait. Mais le rêve se dissipait et seule la souffrance restait.

La jeune femme avait craint d'éveiller la jalousie de Lucinda. Elle s'en était ouverte à Stephen qui avait haussé les épaules en riant :

— Ne t'inquiète pas pour elle ! Elle est si contente d'être la nouvelle comtesse de St. Audries qu'elle en perd la tête !

Quand Hester avait été enceinte de huit mois, Stephen lui avait proposé d'écrire son testament.

— On ne sait jamais, avait-il dit. Il vaut mieux être prudent.

Confiante, Hester avait permis au notaire de rédiger les papiers. Le document était simple : si elle mourait, son enfant hériterait de l'immense fortune, et dans le cas tragique où ils disparaîtraient tous les deux, l'ensemble de sa fortune reviendrait à « son beau-frère et cher ami, Stephen Devlin ».

Son testament rédigé, ses affaires entre les mains capables de Stephen, Hester avait semblé perdre le goût de vivre. Elle n'avait plus d'appétit et maigrissait à vue d'œil. Même la naissance prochaine de son enfant ne lui procurait aucune joie. Inquiet, Stephen s'en était ouvert au pasteur :

— C'est comme si elle n'avait plus envie de

vivre. Elle ne parle que d'Andrew... Elle espère le rejoindre bientôt. J'ai très peur pour sa vie et pour celle du bébé. La pauvre petite ! Elle est seule au monde, son oncle est mort le mois dernier. Si seulement on trouvait un moyen de lui rendre le sourire !

L'homme de Dieu lui avait pris le bras :

— Allons, mon fils, tout le village sait combien vous aimez votre belle-sœur et comme vous vous en occupez. Vous avez fait de votre mieux. C'est maintenant entre les mains de Dieu, et vous n'êtes plus responsable.

Hester avait été heureuse de porter l'enfant d'Andrew, mais chaque jour elle s'était sentie plus faible. Elle avait essayé de reprendre des forces, mangeant la nourriture que lui préparait sa cuisinière, se promenant au soleil, se reposant longuement, mais elle avait continué à dépérir. Était-il donc écrit qu'elle mourrait à la veille de ses vingt et un ans en mettant au monde une petite fille ?

Maintenant, elle s'apprêtait à quitter ce monde, laissant derrière elle la fille d'Andrew, Morgane.

Désespérée, Hester regarda le petit berceau posé près de son lit, souhaitant vivre pour aimer son enfant, maudissant la lassitude qui envahissait ses membres et la paralysait. Elle aurait tant voulu parler à Morgane de son père, lui dire la vérité, lui épargner les médisances qui blesseraient la petite lorsqu'elle serait en âge de les comprendre. Il n'y avait rien à faire. Elle s'éteignait. Le visage grave du médecin et le regard désolé de Stephen lui disaient qu'elle n'avait plus longtemps à vivre.

Cependant, elle était soulagée de savoir que Stephen s'occuperait de l'enfant. Elle savait qu'il se montrerait un tuteur dévoué. Elle se tourmentait en revanche à cause de Lucinda. Sa méchante belle-sœur rendrait sûrement la vie difficile à Morgane. Mais Hester faisait confiance à Stephen : il ne laisserait pas sa femme maltraiter l'enfant. Le jour de son mariage, ou celui de ses vingt et un ans si elle était encore célibataire, Morgane hériterait la fortune de sa mère, une fortune que Stephen gérerait pendant ce temps.

Matériellement, Morgane ne manquerait de rien, mais Hester, elle aussi orpheline, savait que rien ne remplace l'affection d'une mère ou d'un père.

Elle soupira. Lucinda l'inquiétait. Elle s'était longtemps demandé pourquoi celle-ci avait refusé son amitié, la haïssant ouvertement. Elle en avait appris la raison récemment. Déjà fiancée à Stephen, Lucinda avait un jour rencontré Andrew. Pendant quelques semaines, le frère aîné lui avait fait la cour et Lucinda n'avait pas repoussé ses avances. Pensait-elle qu'il serait préférable d'être la comtesse de St. Audries plutôt que l'épouse d'un deuxième fils, certes charmant, mais sans le sou ? Mais l'histoire s'arrêtait là.

Lucinda aurait-elle été jalouse d'Hester ? Impossible. N'avait-elle pas épousé l'homme de son choix ? Hester avait espéré peu à peu conquérir l'amitié de Lucinda, mais toutes ses tentatives avaient été vouées à l'échec. Elle tremblait à l'idée que Lucinda élèverait la petite Morgane.

Elle rassembla ses dernières forces, voulut appeler Stephen à son chevet et lui faire promettre de protéger Morgane, lorsqu'elle s'aperçut qu'il conversait avec un inconnu. Il lui sembla curieux que Stephen ait fait venir un étranger dans ces circonstances tragiques. Soudain, les paroles de Stephen la glacèrent :

— Je me fiche de savoir ce que vous ferez de la gosse — qu'elle disparaisse et qu'on n'en entende plus jamais parler !

— Et comment pensez-vous expliquer sa disparition, monsieur le comte ? demanda l'inconnu. Une héritière comme elle ne disparaît pas sans laisser de trace.

Stephen jeta un coup d'œil autour de lui, sans s'apercevoir qu'Hester le regardait :

— Je m'en occupe. Personne n'a besoin de voir le corps de l'enfant. Quelques linges et une couverture placée dans le cercueil suffiront.

— Je pourrais étouffer la petite maintenant, ajouta l'étranger. Ce ne serait pas la première fois que vous me demanderiez de commettre un meurtre...

— Taisez-vous, imbécile ! grogna Stephen. Même moi je répugne à l'infanticide. Emmenez-la, ça suffit !

L'inconnu eut un rire cynique.

— Ainsi vous ne m'en voudrez pas si je l'étrangle en sortant de la pièce, mais vous n'avez pas le courage de me regarder faire.

Stephen pâlit :

— Je ne vous paie pas une fortune en or pour écouter vos balivernes. Débarrassez-moi de l'enfant, un point c'est tout !

L'homme indiqua Hester.

— Et elle ? Vous êtes certain que vous n'avez pas besoin de mon aide ?

Un court instant, un voile de tristesse passa sur le visage de Stephen. D'une voix tendre, il ajouta :

— Non. Elle est en train de mourir et il n'est pas nécessaire de hâter la fin. Le médecin m'a dit qu'elle serait morte avant l'aube.

Sachant qu'elle devait agir au plus vite si elle voulait sauver son enfant, Hester grogna légèrement comme si elle venait de se réveiller. Stephen s'approcha. Elle dissimula la haine et le dégoût qu'il lui inspirait et dit faiblement :

— Cher Stephen ! Tu es toujours là. Comme tu es bon !

Puis, espérant qu'il ne remarquerait pas l'inquiétude dans sa voix, elle ajouta :

— Est-ce que le médecin est encore là ? J'aimerais le voir.

Les deux hommes échangèrent un coup d'œil rapide.

— Je suis désolé, ma chère, mais il est déjà parti. Puis-je faire quelque chose pour toi ?

Hester comprit que les deux hommes ne prendraient aucun risque. A moins d'entrer dans la chambre par surprise, plus personne ne verrait Hester de son vivant. Que pouvait-elle bien faire pour sauver son enfant ? Il fallait absolument déjouer le plan diabolique.

— Mon bébé ! s'écria-t-elle doucement. Laissez-moi tenir mon enfant une dernière fois.

A regret, Stephen plaça le nouveau-né dans les bras de la jeune mère. L'observant à travers ses yeux verts mouillés de larmes, Hester murmura :

— Je voudrais rester seule une minute avec elle. Toi, tu as toute la vie pour en profiter, à moi il ne reste que quelques instants.

Stephen ne voulait pas la quitter, mais après réflexion, il s'inclina :

— Bien sûr, très chère. Nous te laissons. Je serai dans l'antichambre. N'hésite pas à m'appeler !

Hester acquiesça, cherchant désespérément un moyen de sauver sa fille. Serrant l'enfant contre sa poitrine, elle fouilla la pièce des yeux. Son regard tomba sur la bible et le papier à lettres posés sur la table de nuit. Si elle ne pouvait empêcher les deux hommes de mettre à exécution leur sinistre projet, elle pouvait laisser une trace afin qu'on pût un jour identifier l'enfant... si Morgane vivait.

Rassemblant ses dernières forces, elle se redressa, saisit le papier et la plume. Ses doigts obéissaient à peine et l'encre se renversa sur la table. Elle inscrivit ce qu'elle avait entendu et ce qu'elle avait l'intention de faire. Puis, pliant le papier en quatre, elle le glissa dans le dos de la bible.

A bout de forces, elle retomba sur les oreillers. Avec des mains tremblantes elle défit les langes de l'enfant, retourna le bébé sur le ventre. Les larmes aux yeux, déchirée à l'idée de la souffrance qu'elle allait infliger à son enfant, elle saisit le sceau de la comtesse douairière de St. Audries, le chauffa à la flamme de la bougie, puis murmura :

— Pardonne-moi, mon amour, mais je dois le faire !

Et elle lui appliqua fermement le sceau sur la hanche droite.

Le bébé hurla. Des larmes coulant sur ses joues, Hester examina rapidement l'empreinte indélébile qu'elle avait laissée sur la peau tendre. Le signe était parfaitement lisible. Satisfaite, elle emmaillota l'enfant à nouveau.

Stephen entra alors qu'elle avait à peine fini.

— Qu'y a-t-il ? J'ai entendu l'enfant crier.

— Elle a faim. Elle a besoin d'être nourrie.

Stephen gronda gentiment sa belle-sœur, lui prenant l'enfant des bras.

— Tu es exténuée ! La nurse va s'occuper d'elle. Je t'en prie, Hester, tu vas augmenter ton mal.

Le haïssant de toutes ses forces, Hester fit un effort pour rester calme. Elle ajouta cyniquement :

— Comment pourrais-je aller plus mal ? Qu'y a-t-il de pire que la mort ?

Les yeux de Stephen se fermèrent brièvement. Il semblait souffrir. Puis il lâcha :

— Tu te trompes. Vivre est parfois plus cruel encore.

Sentant la vie la quitter, Hester ne protesta pas lorsque Stephen plaça l'enfant dans le berceau. D'une voix lasse, elle lui demanda :

— Sois gentil de donner cette bible à ma vieille gouvernante, Mme Gray. Elle a été comme une mère pour moi et je sais qu'elle sera heureuse de l'avoir. Un jour, j'espère qu'elle la donnera à Morgane.

Son regard fouillant celui de Stephen, sachant que chacune des paroles de son beau-frère était un mensonge, elle ajouta :

— Tu laisseras Mme Gray s'occuper de Morgane, n'est-ce pas ?

Se détournant, Stephen grommela :

— Bien sûr. Tu sais bien que je ferai tout pour cette enfant.

Regrettant de ne pas avoir la force de le traiter de menteur, Hester jeta un coup d'œil à l'étranger qui se tenait au pied du lit. De taille moyenne, il était vêtu de noir. Même le chapeau qui dissimulait une partie de son visage était noir, et lorsqu'il bougea, la lumière éclaira le bandeau qui lui recouvrait un œil.

Le borgne examinait attentivement la pièce. Il fronça les sourcils en apercevant l'encre renversée sur la table et la plume encore humide. Soupçonneux, il détailla chaque objet sur la table, puis, d'un geste presque négligent, il saisit la bible et l'empocha.

— Elle n'en aura plus besoin, dit-il.

— Taisez-vous ! siffla Stephen. Elle pourrait vous entendre.

Le borgne fit une grimace :

— Elle est presque morte. Elle n'entendra plus jamais rien. Laissez-moi emporter l'enfant et partir.

Hester essaya en vain de se redresser pour accuser Stephen, mais son corps ne lui obéissait plus, même ses paupières semblaient trop lourdes pour s'ouvrir. Elle luttait pour vivre, mais l'hémorragie qui avait suivi la naissance l'avait vidée de ses forces. Sa dernière pensée fut pour le bébé, pour la marque qu'elle lui avait apposée sur la hanche et la lettre cachée dans la bible. « Un jour, pensa-t-elle, un jour mon enfant recouvrera ses droits. Morgane survivra et la félonie commise ce soir ne restera pas impunie ! »

PREMIÈRE PARTIE

LE PICKPOCKET

Londres, Angleterre, été 1815

1

Les rues de Newton et de Dyot étaient connues dans la paroisse de St. Giles pour être le repaire de la plupart des pickpockets londoniens. Il n'était donc pas surprenant que les trois occupants de deux misérables chambres dans une maison délabrée du quartier fussent des voleurs à la tire. Pourtant, les jeunes Fowler vivaient plutôt bien. Ils avaient un toit pour dormir et mangeaient presque toujours à leur faim. Ils ne connaissaient pas l'indignité de dormir dans un caniveau, à la merci des assassins qui parcouraient les rues, ni de noyer leurs soucis dans des tavernes louches ou de fuir les dangers qui menaçaient le passant innocent au détour de chaque ruelle. Dans les rues étroites de St. Giles se côtoyaient des putains, des mendiants, des voleurs et des assassins mais les Fowler n'y prêtaient pas attention. Ils étaient ici chez eux. Ils connaissaient chaque passage, chaque débit de boissons, chaque criminel notoire... et ceux qu'il fallait éviter à tout prix.

Pourtant, leur vie était loin d'être facile. Ils avaient les mêmes soucis que leurs voisins, mais certains murmuraient que Jacko Fowler, à vingt-cinq ans l'aîné du trio, était protégé par une bonne étoile. N'avait-il pas échappé à la garde plusieurs fois ? Fait prisonnier, ne s'était-il pas enfui aux portes mêmes de la prison de Newgate ? Ah, Jacko était un sacré lascar ! « Et beau garçon aussi, avec ses boucles brunes et ses yeux bleus », pensaient les « dames » de la paroisse.

Le deuxième garçon, Ben, de trois ans le cadet de Jacko, était tout aussi débrouillard et séduisant, mais Jacko était incontestablement le chef de la bande. Quant à Pip, le benjamin, ce n'était qu'un petit voyou doué d'une langue acerbe et d'un coup de couteau rapide, mais, à dix-neuf ans, trop jeune encore pour avoir fait sa place dans le monde.

L'été avait été excellent pour les jeunes Fowler. La longue guerre en Europe avait pris fin et Napoléon avait été enfermé à l'île d'Elbe. Les réjouissances à Londres avaient été fastueuses. De prestigieux visiteurs étrangers s'étaient rendus dans la capitale, le tsar de toutes les Russies et sa sœur, la grande-duchesse Catherine d'Oldenburg, le roi Frédéric de Prusse et le général Blücher... Le public avait assisté dans Hyde Park et Green Park aux fêtes organisées en leur honneur. Des montgolfières multicolores s'étaient envolées dans le ciel de Londres, des feux d'artifice avaient embrasé la nuit tandis que les Fowler, enchantés, s'étaient promenés parmi la foule en liesse, leurs doigts agiles empochant une montre en or, un mouchoir de soie et tout objet de valeur qui s'offrait à eux. Oh oui, l'été dernier avait été un grand moment !

Mais l'année 1815 ne continuait pas sur la même lancée. En janvier, les Fowler avaient perdu leur mère, Jane, morte de consomption. Son décès avait anéanti les trois enfants. Jane Fowler avait été la lumière de leur vie. Ils avaient courageusement continué à lutter, s'efforçant de respecter les principes qu'elle leur avait inculqués depuis leur enfance. Mais ce n'était pas facile et ils envisageaient l'avenir avec pessimisme.

Ben grommela, ses yeux bleus brillant de colère :

— Flûte, Jacko ! On n'est pas des cambrioleurs ! On se débrouille assez bien comme ça ! Pip a fait une bonne moisson hier. Pourquoi tu veux qu'on risque nos têtes dans des coups aussi dangereux ?

— M'man ne serait pas d'accord, Jacko, ajouta Pip à voix basse. Tu l'sais bien.

Jacko explosa, furieux :

— Qu'est-ce qui vous prend ? Vous croyez que j'suis content, moi ?

Pip et Ben se regardèrent. La flamme vacillante posée sur la table éclaira leurs visages inquiets. A mi-voix, Ben ajouta :

— C'est la faute au patron, hein ? C'est lui qui veut.

Jacko se détourna.

— Ouais, admit-il, désolé. Il m'a dit que si on rapportait pas plus de choses, on devrait se trouver une autre bande... et un autre patron.

Un silence glacial accueillit ces paroles. Les Fowler travaillaient surtout pour eux-mêmes, mais comme la plupart des bandits de St. Giles, ils appartenaient à une bande hiérarchisée qui possédait une cachette où l'on pouvait déposer les marchandises volées. Si leur patron leur en interdisait l'accès, ce serait dramatique. Personne ne survivait à St. Giles sans l'aide des autres voleurs du même clan. Et il était peu probable qu'une autre bande les accueille.

Agacé, Ben proposa :

— Y serait peut-être temps qu'on quitte St. Giles. Tu t'es toujours bien débrouillé avec un flingue. Pourquoi on deviendrait pas des bandits de grand chemin ? Pip pourrait se faire engager dans une auberge comme valet d'écurie et nous filer des tuyaux.

Jacko secouait lentement la tête. Pip s'énerva :

— Écoutez-moi ! Mère n'est pas morte depuis six mois et nous sommes déjà en train d'oublier ce qu'elle nous a appris. Si elle nous entendait, elle nous donnerait des claques !

Jacko et Ben prirent des airs penauds et dans

un anglais impeccable que n'aurait pas renié un fils de lord, Jacko s'excusa :

— Pardonne-moi ! Mais il est très difficile de jouer des doubles rôles comme maman nous l'a demandé. Et maintenant qu'elle n'est plus là...

Il y eut un silence peiné puis Jacko ajouta :

— Il est parfois plus facile d'oublier les bonnes manières qu'elle nous a apprises.

Ben acquiesça en grommelant :

— A quoi nous servent-elles ? Est-ce que des bonnes manières et un vocabulaire choisi nous sortiront d'ici ? Est-ce que notre fortune en sera augmentée ? Et nos conditions de vie meilleures ? Tu crois que savoir lire et écrire impressionne nos voisins ?

Il eut un rire amer.

— S'ils nous entendaient parler ainsi, ils nous regarderaient de travers ! On se moquerait de notre façon d'imiter les gens de la haute... Quelquefois je regrette que maman n'ait pas oublié ses origines et qu'elle ne nous ait pas élevés comme les autres enfants de St. Giles.

Jane Fowler ne leur avait pas caché qu'elle était la fille illégitime d'un aimable châtelain et qu'elle avait grandi dans la maisonnée de son père où elle avait connu tous les avantages d'une famille respectable. Mais elle ne leur avait pas raconté comment elle avait terminé putain dans un des quartiers les plus malfamés de Londres. Jacko et Ben se souvenaient vaguement d'avoir vécu dans une grande maison avec de beaux meubles et des domestiques, mais les premiers souvenirs de Pip étaient ceux des pièces misérables où ils se trouvaient maintenant.

En dépit des circonstances malheureuses, Jane avait insisté pour que ses enfants apprennent à lire, à écrire et à parler correctement, ce qu'ils ne faisaient que dans l'intimité de leurs chambres. Le reste du temps ils se comportaient comme les autres habitants de St. Giles.

Pip donnait raison à Ben mais dit lentement :

— Ça ne sert à rien de se lamenter. Nous ne pouvons rien y changer. Mère nous a appris à être différents pour des raisons que nous ignorons et maintenant qu'elle n'est plus là, c'est à nous de prendre notre avenir en main.

Ben se moqua :

— Belles paroles ! Notre foutu avenir pendra un jour à la potence de Tyburn !

Pip savait qu'une grande partie de leur entourage finissait ainsi et préférait ne pas y penser :

— Comment pourrions-nous quitter St. Giles ? Tu as toujours rêvé d'avoir une ferme, Jacko, qu'est-ce qui nous en empêche ? Au lieu de devenir des cambrioleurs ou des bandits de grand chemin, pourquoi ne serions-nous pas des fermiers ?

Jacko, souffrant le martyre, ferma les yeux et murmura :

— Parce que le patron ne me le permettra jamais.

— Comment cela ? demanda Pip. Que veux-tu dire ?

Passant une main sur son front, Jacko leur expliqua :

— J'avais pensé partir une semaine après que maman...

Une boule dans la gorge l'empêcha de continuer. Il fit un effort pour se ressaisir. Pip et Ben avaient les larmes aux yeux. La mort de leur mère les tourmentait encore. Jacko déglutit péniblement :

— Je n'avais pas encore décidé comment nous partirions d'ici quand j'ai accidentellement tué cet homme. Le patron était avec moi quand ça s'est passé et par un coup de chance il a pu échapper à la police. Du moins je crois que c'était de la chance... Je lui avais parlé la veille et je lui avais dit que nous voulions devenir des gens respectables.

Jacko n'osait plus les regarder en face.

— Il a commencé par rire puis, quand il a vu que j'étais sérieux, il est devenu furieux et il a crié que jamais personne ne quittait sa bande vivant. Il a dit qu'on lui devait notre loyauté, que c'était grâce à lui que maman n'avait pas été une prostituée jusqu'à sa mort, qu'on lui était redevables de chaque morceau de pain dans notre gamelle et du toit au-dessus de nos têtes. Je pensais qu'il se calmerait et qu'il s'habituerait à l'idée.

Ben fit une grimace :

— Vraiment ? Alors que nous sommes ses meilleurs voleurs ? Que nous lui rapportons plus que tous les autres de la bande réunis ? Tu n'as pas pensé qu'il risquait de s'opposer à notre départ ? Même moi je l'aurais deviné. Seigneur ! Tu n'aurais jamais dû le lui dire. On aurait tout simplement disparu.

Jacko acquiesça tristement :

— Je n'y avais pas pensé. Maman et lui semblaient s'entendre. Je pensais qu'il serait heureux de nous voir nous en sortir. J'ai eu tort.

La gorge serrée, Jacko continua :

— Je l'ai revu quelques jours après le meurtre. Il m'a dit que si je partais il me dénoncerait. Où que j'aille, il me retrouvera et me livrera à la garde. Je ne peux pas lui désobéir. Ma vie en dépend.

Saisis de peur et de colère, Pip et Ben regardaient fixement leur frère aîné. Aucun ne mettait en doute les paroles de Jacko. Le patron avait le bras long. Il n'y avait pas un coin d'Angleterre qui échappât à sa surveillance. Un jour ou l'autre, il retrouverait Jacko et scellerait son destin.

Ben l'interrompit avec une gaieté forcée :

— Alors nous deviendrons des cambrioleurs, comme il le souhaite !

— Et nous serons les meilleurs ! ajouta Pip avec un large sourire.

— Ne soyez pas stupides ! C'est moi qu'il tient. Vous n'avez pas besoin de vous sacrifier aussi. Vous pouvez vous sortir de cette vie misérable.

Pip et Ben eurent la même expression butée.

— Nous ne te quitterons pas, dit Ben. Crois-tu que Pip ou moi pourrions être heureux en te sachant aux griffes de ce scélérat ?

Les yeux brillant d'émotion, Pip ajouta fermement :

— On est tous dans le même bain et nous ne nous séparerons pas. Nous nous enfuirons ensemble ou nous balancerons tous les trois au bout d'une corde !

Jacko sourit. Il avait été sincère. Il aurait tout fait pour les aider à s'enfuir mais il était soulagé de savoir qu'ils resteraient avec lui. Se redressant sur sa chaise, il regarda tendrement les deux personnes qu'il chérissait le plus au monde :

— Alors, c'est décidé ? Nous allons devenir cambrioleurs ?

Pip et Ben haussèrent les épaules.

— Puisqu'on n'a pas le choix, dit Ben.

— Quand devons-nous commencer ? demanda Pip.

— Cette semaine, je crois. Il y a un combat de boxe demain à Fives Court et nous devons travailler la foule... Je verrai probablement le patron le soir pour lui remettre le butin.

Pip s'étira comme un chat :

— Quand on aura un peu d'expérience, on se demandera pourquoi on avait hésité !

Ben caressa les courtes boucles noires d'un geste affectueux :

— Tu as probablement raison. On est devenus d'excellents pickpockets et le jeu n'est plus très excitant. Ce match de boxe va nous paraître assommant.

Sachant que Pip et Ben étaient des casse-cou, Jacko fronça les sourcils :

— Je me méfierais si j'étais vous. Nous sommes peut-être très forts, mais personne n'est à l'abri d'une erreur.

Pip éclata de rire :

— Une erreur ? Moi, faire une erreur ? Et à un combat de boxe ? Tu sais bien que je les trouve ennuyeux. Je serai très concentré sur mon travail, faisant les poches pour notre patron adoré. Le salaud !

Dans une des belles demeures d'Hanover Square, deux gentlemen sirotaient un verre de porto après un délicieux repas. Ils se tenaient dans un ravissant salon aux murs tendus de soie jaune, un tapis oriental aux tons chaleureux à leurs pieds. Les hautes fenêtres qui s'ouvraient sur le square étaient drapées de lourds rideaux de velours rouge et le chandelier au-dessus de leurs têtes éclairait la pièce d'une douce lumière dorée.

Ses longues jambes allongées devant lui, Royce Manchester était affalé dans un fauteuil confortable devant la cheminée. Cette journée de juin avait été fraîche et Royce se réchauffait lentement. Sirotant une gorgée de porto, il remarqua :

— J'espère que le temps sera plus clément demain puisque tu insistes pour que je vienne à ce combat de boxe. Comme aucun des combattants n'est très bon, nous allons nous ennuyer ferme.

Zachary Seymour, son jeune cousin, sourit. Si le combat se révélait aussi ennuyeux que le craignait Royce, Zachary ne doutait pas une seconde que celui-ci trouverait un moyen de sauver la soirée.

Les deux hommes se ressemblaient en dépit de leur différence d'âge. A trente-trois ans, Royce était au sommet de sa forme physique, avec un grand corps bien découplé, tandis que Zachary, du haut de ses vingt ans, n'était encore qu'une ébauche d'homme, un jeune garçon dégingandé, bien qu'il eût déjà dépassé Royce d'un centimètre, à sa plus grande joie et à l'indignation feinte de ce dernier.

Mais la ressemblance ne s'arrêtait pas à leurs hautes statures. Ils possédaient tous deux les mêmes étranges yeux topaze, presque jaunes, et les mêmes sourcils noirs touffus. L'épaisse chevelure fauve de Royce contrastait avec les cheveux foncés de Zachary, mais leurs mentons volontaires et leurs nez aquilins les déclaraient parents. Dans dix ans, excepté pour la couleur de ses cheveux, Zachary ressemblerait comme un frère à Royce.

Avec un large sourire, Zachary murmura :

— Tu as sûrement raison, mais comme nous n'avons rien de mieux à faire, autant voir s'ils sont habiles avec leurs poings.

Taquin, il ajouta :

— Évidemment, s'il pleut, j'irai seul. Je comprends qu'à ton âge les intempéries te soient désagréables.

En voyant l'expression outrée de son cousin, Zachary éclata de rire.

— Oh, Royce, si tu te voyais !

— Je suis heureux que mes nombreuses années soient une cause d'amusement. Vu mon grand âge, je m'étonne que tu aies accepté de venir avec moi en Angleterre !

— N'était-il pas un peu risqué de te laisser voyager seul ?

Le rire de Royce rebondit entre les murs.

— Petit chenapan ! J'aurais mieux fait de te laisser en Louisiane avec Dominic et ta sœur Melissa. Aux yeux d'un enfant je suis peut-être un vieillard mais au moins je t'épargne les roucoulements de nos jeunes mariés.

— Un enfant ! s'exclama Zachary.

Puis il sourit, ravi d'avoir taquiné son cousin mais ne voulant plus continuer sur le même ton. Royce avait une fâcheuse tendance à vous dire vos quatre vérités et Zachary repensait à certaines escapades de ces dernières semaines. Il préféra changer de sujet.

Il se leva et se versa un deuxième verre de porto.

— En veux-tu ? demanda-t-il à Royce.

— Pourquoi pas ? La nuit est encore jeune et les domestiques ne s'étonneront pas si leur employeur américain si primitif doit être mis au lit avec ses bottes !

Il n'y avait pourtant rien de fruste chez les deux hommes. De leurs cravates blanches immaculées au bout de leurs bottes noires, ils ressemblaient en tout point aux membres élégants de l'aristocratie anglaise. Mais la note caustique qui sous-tendait les paroles de Royce n'avait pas échappé à Zachary. Mal à l'aise, il demanda :

— As-tu revu lord Devlin récemment ?

Royce eut un regard ironique.

— Pourquoi me poses-tu cette question ?

— Parce que tu es toujours énervé quand tu as croisé Devlin.

Royce ne le nia pas :

— J'étais sur le point de quitter White's tout à l'heure quand Devlin et sa cour sont arrivés. L'imbécile a pincé le nez comme s'il pénétrait dans une porcherie et à déclaré à voix haute : « De nos jours, ils permettent à n'importe qui d'entrer chez White's. » J'étais à deux doigts de lui demander raison mais George Ponteby se trouvait avec moi et il m'a entraîné dehors.

Zachary sourit.

— Tu ne devrais pas t'étonner. Tu n'as pas vraiment cherché à te faire apprécier par lord Devlin.

D'un air innocent, Royce demanda :

— Mais qu'ai-je donc fait pour mériter une telle antipathie ?

— Je ne pense pas que tu aies fait quoi que ce soit. Lord Stephen Devlin n'aime pas les Américains, tout simplement, surtout ceux qui ont de meilleures manières que lui et qui sont presque aussi riches.

— Tu vois ! Son attitude est dénuée de tout fondement.

— Pas tout à fait, rétorqua Zachary. Il est vrai que tu es un Américain particulièrement séduisant, honteusement riche et très apprécié dans les cercles mondains où Stephen Devlin, malgré son titre et sa fortune, n'est accueilli qu'à contrecœur. Il a dû en être agacé au début, mais je crois que son animosité envers toi remonte à ton dernier voyage en Angleterre. Est-ce que je me trompe ?

Royce feignit l'innocence :

— Que veux-tu dire ? Ton beau-frère m'accompagnait. Demande-lui, il te dira que nous avons eu un comportement au-dessus de tout soupçon.

Zachary faillit s'étouffer de rire en entendant les paroles de son cousin. Dominic Slade n'avait pas donné tous les détails de leur voyage, mais quelques anecdotes avaient suffi pour faire comprendre aux intimes que leur escapade en Europe n'avait pas été aussi sage.

Zachary secoua vigoureusement la tête :

— Tu as raison. Devlin se comporte d'une manière tout à fait irrationnelle. Qu'as-tu fait à part lui dérober sa maîtresse il y a quatre ans ? Et lui prendre quelques milliers de livres en jouant au piquet ? Ça, c'est arrivé à peine une semaine après notre arrivée, si ma mémoire est bonne. Et puis cette course de chevaux mercredi dernier où tout le monde avait pris des paris... Devlin se vantait de posséder le meilleur cheval de toute l'Angleterre. Tu l'as battu à plate couture ! Non, décidément, je ne vois vraiment pas en quoi tu aurais pu énerver Stephen Devlin.

Royce semblait enchanté.

— Tu sais, ajouta-t-il, je ne lui aurais pas

prêté attention s'il ne m'avait traité comme un malpropre. Il a une façon insupportable de jouer à l'Anglais face à un quelconque « colonial ». Bon sang, nous ne sommes plus une colonie anglaise depuis plus de quarante ans ! Et rappelle-toi, c'est lui qui m'a lancé un défi, aussi bien pour la course que pour le jeu de piquet.

— Et quand tu lui as volé sa maîtresse, t'avait-il aussi défié ?

Royce fit une grimace.

— Non. Mais pouvais-je abandonner une merveilleuse créature comme Miranda aux mains de ce débauché ?

— Comme je ne connais pas la belle Miranda, je ne saurais te répondre. Mais tu dois avouer que le comte de St. Audries a de bonnes raisons de te détester.

Royce poussa un soupir.

— D'ordinaire, je ne cherche pas à me faire des ennemis, mais pour une raison que j'ignore ce Devlin me tape sur les nerfs. Et malheureusement il pense la même chose de moi !

Zachary se rappela ses propres démêlés avec Julian Devlin, le fils unique et héritier du comte. Il ajouta, attristé :

— Peut-être les Devlin n'aiment-ils vraiment pas les Américains.

— C'est possible, murmura Royce en lisant dans les pensées de son cousin. Mais en ce qui vous concerne, toi et Julian, je crois que vos malentendus viennent de ce que vous vous ressemblez comme des frères.

Zachary bondit :

— C'est absurde ! Je n'ai rien de commun avec ce petit nigaud insolent !

Royce sourit. Malgré son antipathie pour Stephen, Royce avait trouvé le jeune Julian plutôt attachant.

— Attends un peu, je parie que vous deviendrez un jour les meilleurs amis du monde.

Zachary avait l'air outré.

Royce se leva :

— Je te laisse y réfléchir. J'ai un rendez-vous avec un interlocuteur plus respectueux que toi — et plus joli aussi.

— La charmante Della ?

— Bien sûr.

Dirigeant son attelage vers la maison où il avait installé sa nouvelle maîtresse, Della Camden, Royce se dit que ce voyage en Angleterre était une expérience formidable pour son jeune cousin. Zachary ne s'était jamais éloigné de la plantation familiale, près de Baton Rouge, en Louisiane, excepté pour assister à quelques courses de chevaux en Virginie. Il était grand temps qu'il se dégourdît un peu. Et Londres était l'endroit rêvé.

Royce sourit, pensant aux bouleversements qu'avait vécus Zachary depuis le mariage de sa sœur Melissa avec Dominic Slade. Dominic était l'un des meilleurs amis de Royce. Depuis le mariage, Melissa et son frère étaient entrés en possession de l'immense fortune que leur avait laissée leur grand-père. Désormais Zachary était le fier propriétaire d'une belle maison et ses terres fructifiaient grâce à un excellent régisseur. Pour la première fois de sa vie, le jeune homme avait le temps de s'amuser en profitant d'un compte en banque confortable.

Royce enviait presque à Zachary d'avoir connu des années difficiles. Fils aîné de parents richissimes qui l'adoraient, lui-même avait eu une adolescence sans nuages. Atteignant sa majorité, alors qu'il se préparait à gagner sa vie, il avait hérité d'une grand-mère qui lui avait laissé la majeure partie de sa fortune.

Cependant, bien que les fées lui aient donné à la fois une aisance financière et un physique des plus séduisants, Royce n'en tirait aucune vanité.

Il était d'un tempérament calme et certains le prenaient pour un dilettante, trompés par son indolence, alors qu'une vive intelligence brillait dans ses yeux de tigre. Le plus souvent aimable, Royce Manchester pouvait devenir un homme redoutable si l'on éveillait sa colère. Stephen Devlin ferait bien de se méfier. Du tigre, Royce n'avait pas que les yeux... Il pouvait également mordre...

Il évita de justesse un chariot rempli de cageots et étouffa un juron. Pourquoi diable se trouvait-il dans une ville aussi trépidante ? On l'avait pourtant prévenu !

Au début de 1815, on avait appris en Louisiane la signature du traité de Ghent qui mettait un terme à la guerre entre l'Angleterre et l'Amérique. Royce s'ennuyait ferme et il s'était empressé d'écrire à son cousin George Ponteby qui vivait à Londres. Il l'avait avisé de son arrivée imminente et lui avait demandé de lui trouver une résidence convenable pour la durée de sa visite.

Certes, c'était l'ennui qui l'avait poussé à entamer le voyage, mais le mariage de Dominic et de Melissa en avait été le facteur déterminant. Il était aussi grand temps pour Royce de se marier et de fonder une famille.

Comme toujours, il savait exactement ce qu'il attendait du mariage. Sa future épouse devrait obligatoirement répondre à plusieurs critères : posséder des origines familiales irréprochables, sans squelettes dans les placards, ainsi que de bonnes manières et un caractère aimable. Elle serait bien entendu jolie, mais pas nécessairement d'une grande beauté — il suffirait qu'elle n'effrayât pas les enfants. Il voulait une femme raisonnable qui se contenterait de tenir sa maison et d'élever les enfants. Royce eut un sourire arrogant. Une femme qui n'interviendrait pas dans la vie très confortable qu'il s'était arrangée !

Arrivé à destination, il oublia ses préoccupations de mariage. Il entra chez sa maîtresse. La femme de chambre apparut aussitôt.

— Mlle Della n'est pas encore descendue. Dois-je annoncer Monsieur ?

— Ce ne sera pas nécessaire.

Della apparut en haut de l'escalier, un sourire aux lèvres :

— Royce ! s'écria-t-elle, enchantée. Je ne t'attendais pas ce soir.

Della Camden était une brune élancée, aux courbes voluptueuses, et elle ressemblait comme une sœur aux femmes que Royce entretenait depuis l'âge de dix-huit ans. Elle descendit les marches et il put apprécier en connaisseur les formes épanouies qui pigeonnaient au-dessus du corsage en satin. La poitrine semblait sur le point de déborder de la dentelle noire. Royce se rappela le goût de la peau satinée et frissonna.

Il saisit les mains de Della, les porta à ses lèvres :

— Où pourrais-je bien être ? Ayant eu la chance de t'enlever à d'autres prétendants, comment pourrais-je te négliger aujourd'hui ?

Un léger rire roula dans la gorge de la jeune femme.

— Est-ce là l'unique raison de ta visite ? La crainte d'anciens rivaux ?

Royce l'attira dans ses bras. Il caressa de sa bouche les lèvres gonflées. D'une voix rauque, il ajouta :

— Il ne s'agit pas de crainte. J'ai su dès le premier jour que tu serais à moi...

Il l'embrassa en amant avisé, les lèvres pressées sur les siennes, sa langue fouillant la bouche qui s'offrait à lui.

Della était à bout de souffle lorsqu'il cessa enfin. Laissant négligemment tomber un baiser sur un sein, il posa les deux mains sur les hanches de sa maîtresse et l'attira brusquement à lui. Della sentit combien leur baiser l'avait excité. Il lui murmura à l'oreille :

— D'autres questions, ma chérie ?

— Seigneur, non ! répliqua Della, pressant son corps contre celui de Royce.

Elle avait été enchantée de s'approprier les faveurs d'un homme aussi séduisant que Royce. Les doigts emmêlés dans l'épaisse chevelure fauve, elle avoua dans un murmure :

— Je n'ai jamais eu quelqu'un comme toi dans mon lit.

Un sourire sensuel sur les lèvres, Royce lui caressa les fesses à travers la robe :

— Il serait temps que je me montre à la hauteur de ma réputation, tu ne crois pas ?

La prenant dans ses bras, il gravit rapidement l'escalier puis, repoussant la porte du talon, il la posa lentement sur le lit.

N'y tenant plus, Della lui enleva ses vêtements, soupirant de plaisir lorsqu'elle put enfin caresser la poitrine musclée. Mais il lui interdit d'aller plus loin. Lui saisissant les poignets, il l'immobilisa sur le dos, et de sa main libre, lui arracha sa robe. Les superbes seins s'offraient enfin à lui.

Della gémit d'excitation lorsqu'il caressa de sa langue les pointes délicates. Elle colla son corps au sien, sentant la vigueur de son amant. Ses bras étaient prisonniers derrière sa tête, la bouche de Royce torturait ses seins, et Della se tordait de plaisir.

Elle succombait, entièrement à la merci de Royce. Il sourit.

— Doucement, doucement, ma chérie, murmura-t-il. Nous avons toute la nuit pour nous faire plaisir.

Les lèvres tuméfiées par les baisers, Della secoua la tête :

— Non ! Je te veux ! Maintenant !

Royce murmura, les traits figés par le désir :

— Très bien. J'aime faire plaisir aux dames.

Il la relâcha, remonta la main le long des cuisses et trouva la chaleur entre les jambes ouvertes. Il continua à la caresser tout en retirant son pantalon. Il lui permit de toucher son membre rigide puis, d'un geste rapide, il la souleva. Les jupons relevés, Della enserra sa taille et il la pénétra d'un seul coup.

Della gémit et commença à bouger vigoureusement, la tête rejetée en arrière, abandonnée à sa passion.

Royce, pris par le rythme effréné de ses coups de reins, la rejoignit dans sa recherche de l'extase. Enfin, Della cria, entraînant son amant dans le tourbillon du plaisir ultime.

2

Le lendemain matin, un vif soleil brillait au-dessus de Londres, promettant une belle journée. Mais Pip, couché sur un matelas à même le sol et regardant le plafond sale de la chambre, ne s'en souciait guère. La conversation de la veille au soir occupait toutes ses pensées.

Pip se demandait ce que l'avenir réservait aux Fowler. Leur situation n'était pas encore désespérée, mais le Borgne tenait la vie de Jacko entre ses mains et ce n'était pas là une pensée réjouissante. Un jour ou l'autre, il exigerait d'eux quelque chose qu'ils ne lui donneraient pas... La gorge serrée, Pip eut de la peine à déglutir. Le patron les voulait comme cambrioleurs, mais ce n'était sûrement que le premier pas vers son but final : la posséder, elle.

Pip portait peut-être des vêtements de garçon et depuis l'âge de quatre ans, on la traitait comme tel, mais elle était bien une fille. Au début elle ne comprenait pas pourquoi Jane insistait pour qu'elle s'habille comme ses frères. Ce n'était que quelques années plus tard, en voyant les visages ravagés des jeunes prostituées du quartier, que Pip avait compris ce que sa mère avait voulu lui épargner.

Un frisson la parcourut à l'idée de ce qu'elle serait devenue si sa mère ne l'avait pas protégée. A moins que le destin ne frappe vite un grand coup, le patron la forcerait bientôt à se vendre. N'était-ce pas ce qu'il avait toujours souhaité ? Elle se souvint avec horreur de la conversation qu'elle avait surprise un soir...

Elle avait presque dix ans et elle dormait dans le lit de sa mère, se remettant d'une mauvaise bronchite, lorsqu'elle avait été réveillée par des éclats de voix. A moitié endormie, elle avait entendu Jane se disputer violemment avec le Borgne. Ils parlaient d'elle !

— Je ne le permettrai pas ! Et avant de te laisser faire, je retournerai moi-même au trottoir !

La voix de Jane tremblait de colère et d'indignation.

— Ne sois pas plus stupide que tu n'es ! avait répliqué le patron, hors de lui. Elle nous rapportera une fortune. Je suis un homme raisonnable, je comprends que tu aies voulu la protéger quand elle était petite, mais elle aura bientôt dix ans ! Cet homme paiera une somme appréciable pour lui ravir sa virginité, presque autant que si elle avait cinq ans. Tu es folle de refuser !

— Mon Dieu, Rufus ! Ce n'est qu'une enfant. Laisse-la en paix ! Je t'en prie, si tu éprouves quoi que ce soit pour moi, laisse-la tranquille !

— Une enfant ? avait repris Rufus, moqueur. Je fais travailler des petites filles plus jeunes qu'elle qui sont déjà expérimentées. Et si elle est encore une enfant, à qui la faute ? Je t'ai dit quand je te l'ai amenée de ne pas te faire des idées. Elle m'appartient et je te jure que je ferai d'elle ce que je veux !

Pip n'avait pas tout compris, mais ce qu'elle avait saisi de la dispute l'avait fait gémir de peur.

Jane avait dû entendre les sanglots étouffés parce qu'elle avait aussitôt ajouté :

— Tais-toi ! Elle s'est réveillée. Je te préviens, ma menace n'est pas vaine. Si tu la prends, je redescends dans la rue.

Ils avaient dû en discuter plus longuement, mais Pip ne les avait plus entendus. Jane avait gagné puisque la petite fille ne s'était jamais prostituée.

De ce jour, Pip avait été plus consciente des existences tragiques qui l'entouraient, des visages à peine sortis de l'enfance de certaines filles, et de l'avenir sombre qu'on lui réservait. Mais Jane avait été là. Et maintenant la seule personne qui pouvait la protéger était morte.

Instinctivement, Pip devinait que le patron lui forcerait bientôt la main. Il la prendrait comme maîtresse ou l'intégrerait dans son « écurie ». Le résultat était le même : elle deviendrait une putain ! Tout son être s'y refusait. Mais si elle pouvait par là sauver Jacko...

Une lueur déterminée filtra dans ses grands

yeux gris. Elle trouverait une solution à leur dilemme. Elle ne deviendrait la maîtresse de personne et elle refusait de finir comme sa mère ! Pip n'avait pas d'idée précise pour s'en sortir, mais elle ne se laissait pas facilement abattre.

Jacko entra dans la chambre en grommelant :

— Encore au lit tous les deux ? Il est temps de se lever.

Se frottant les yeux, Ben se redressa :

— Je ne vois pas pourquoi tu te plains, tu viens à peine de te réveiller !

Jacko marmonna une réponse et Pip sourit. Ses deux frères n'étaient jamais de bonne humeur le matin. Bondissant hors du lit, elle passa la main dans ses boucles noires et, se forçant à oublier ses pensées moroses, elle demanda gaiement :

— As-tu fini de faire ta toilette ?

Jacko lui fit signe que oui et Pip pénétra dans la chambre de Jane. C'était comme entrer dans un monde différent. Le lit en acajou sculpté prenait presque toute la place. Des pans de soie verte retombaient du baldaquin en de beaux plissés. Un tapis oriental recouvrait le plancher. Il y avait aussi une petite coiffeuse en marqueterie avec un miroir ovale et, dans un coin, une table de toilette en marbre vert. Pip se sentit triste. Cette pièce était comme l'écrin d'une vie antérieure, celle que Jane avait menée avant que ses riches amants ne l'abandonnent pour des maîtresses plus jeunes. Les meubles délicats ne faisaient qu'accentuer la vie misérable des trois jeunes gens.

Pip ne pensait jamais à son existence navrante sauf lorsqu'elle entrait dans cette pièce. Elle éprouvait alors un sentiment de profonde détresse. Sa vie ne changerait-elle jamais ? Ne connaîtrait-elle toujours que la saleté et la peur ?

Elle versa de l'eau dans la cuvette en porcelaine et se frotta le visage et les mains. Puis, saisissant une belle brosse en écaille, elle s'attaqua à sa tignasse. Elle se regardait rarement dans le miroir, mais ce matin-là, curieuse de voir pourquoi le patron s'intéressait à elle, elle se pencha sur son reflet.

Son visage était en forme de cœur avec un menton volontaire et de hautes pommettes. Pip n'y voyait rien d'extraordinaire. Sa bouche et ses yeux ne lui semblaient pas particulièrement attirants non plus. Elle ne prêta pas attention à la sensualité de ses lèvres pleines ni à l'intensité de ses yeux gris soulignés par des sourcils noirs délicatement arqués. Les cheveux courts bouclaient sur sa tête sans descendre dans son cou, leur noir bleuté rehaussant la blancheur d'ivoire de sa peau. Il semblait à Pip que tout avait un défaut, la bouche était trop grande, les sourcils trop marqués, les cheveux trop foncés pour une peau aussi claire et le gris fumé de ses yeux trop fade. Elle n'aimait que son nez ! Droit, fin, légèrement recourbé. Quant à son corps... Pip grimaça. Elle était menue comme un moineau affamé et ce qu'elle possédait de féminin était dissimulé sous ses larges vêtements de garçon. Pip imagina une seconde Molly, la serveuse de bar, essayant de cacher sa volumineuse poitrine dans les plis d'une chemise d'homme et elle sourit. Elle préférait de beaucoup ses propres seins hauts et fermes.

Agacée par son examen, Pip tira la langue au miroir et rejoignit ses frères. Ils entamèrent avec avidité un petit déjeuner composé de pain rassis et de fromage, accompagnés d'une bière brune rapportée la veille.

Ils parlaient peu, et chacun cherchait un moyen d'échapper au contrôle du patron.

Ayant avalé son dernier morceau de pain, Pip essuya sa bouche sur le revers de sa manche et demanda soudain :

— Jacko, puisque nous ne sommes pas en sécurité en Angleterre, pourquoi ne pas partir aux États-Unis ? Le Borgne n'a sûrement pas le bras aussi long. J'ai entendu dire que la vie est bonne là-bas si l'on est prêt à travailler dur, et Dieu sait si nous le sommes ! On pourra peut-être même acheter une ferme.

Jacko et Ben eurent l'air surpris. Pour la première fois depuis longtemps, les yeux de Jacko brillèrent.

— Bon sang ! Pourquoi n'y ai-je pas pensé ? On laisserait tout ça derrière nous... Et on choisirait de nouveaux noms et on commencerait une nouvelle vie.

Ben réfléchit :

— Ce sera difficile de prendre des billets sans que le patron le sache.

Pip ajouta, soucieuse :

— Et on devra laisser ici toutes les affaires de maman. Sinon le patron s'en apercevra aussitôt.

— Je ne pense pas que maman nous en voudra de laisser ses souvenirs, dit Jacko. On pourra en emporter quelques-uns dans nos poches, mais nous serons obligés de partir avec nos seuls vêtements sur le dos et les quelques pièces d'or dans nos chaussures.

Ils hochèrent la tête, conscients qu'ils venaient de prendre une grave décision. Enthousiaste, Pip se pencha en avant :

— Quand pouvons-nous partir ?

Caressant son menton mal rasé, Jacko lui répondit :

— D'abord il faut savoir quand appareille le prochain bateau. Puis il faudra assurer notre passage sans que le patron l'apprenne. Ce sera risqué...

Il regarda les deux autres d'un air interrogateur :

— Si nous ratons, on sera faits comme des rats... vous le savez. Le patron fera en sorte de nous tuer ou de nous envoyer à Newgate.

— Nous savons, répondit fermement Pip. Mais je veux tenter ma chance plutôt que de rester ici à sa merci.

Jacko la regarda droit dans les yeux :

— Il ne t'a rien fait, n'est-ce pas ? demanda-t-il d'une voix menaçante, lui prenant gentiment la main. Je le tuerai, Pip, s'il te fait travailler dans son écurie.

— Ça c'est vrai, ajouta Ben. On s'inquiète pour toi depuis la mort de maman, mais ne t'en fais pas, Jacko et moi, on s'occupera de lui avant qu'il te fasse du mal.

Bouleversée, Pip dit en hésitant :

— Je ne savais pas que vous étiez au courant...

— De ses projets en ce qui te concerne ? interrompit Jacko. Ma chérie, ce n'est pas parce que tu vis comme un garçon que Ben et moi avons oublié que tu es notre petite sœur.

Ben expliqua d'une voix tendre :

— Maman nous a tout expliqué un jour. Et même quand tu croyais être seule dans les rues, nous avions toujours l'œil sur toi.

— Jamais le Borgne ne touchera un cheveu de ta tête. Nous le tuerons avant.

Pip frissonna. Ils risqueraient la pendaison pour elle, mais un immense soulagement l'envahit à la pensée qu'elle n'était plus seule avec ses craintes. Sentant des larmes lui picoter les yeux, elle sourit faiblement. Elle les aimait de tout son cœur, et voulut chasser ces sombres pensées :

— Alors, c'est décidé ! Nous partons pour l'Amérique. Il n'est pas question que vous risquiez votre vie pour moi !

Ils sourirent et d'un même geste joignirent leurs mains au-dessus de la table.

— On se sortira d'ici, promit Jacko.

Pip renchérit :

— Bien sûr que oui ! Mais, en attendant, nous devons plumer quelques beaux pigeons pendant le combat d'aujourd'hui.

Soudain, on frappa à la porte. Aussitôt ils sortirent leurs couteaux et se levèrent. Jacko s'approcha de la porte :

— Qui est-ce ?

— Qui crois-tu que ce soit ? répondit avec un accent impeccable un homme de mauvaise humeur.

Il n'y avait qu'une personne dans St. Giles qui parlât ainsi et les trois Fowler se raidirent.

— C'est le patron, souffla Pip, inquiète. Que veut-il ? Nous avons nos ordres pour aujourd'hui.

Jacko haussa les épaules et ouvrit.

Sans un mot, le patron entra dans la pièce, notant les attitudes agressives de Pip et de Ben. Un sourire cruel étira ses lèvres minces et il secoua la tête.

Le Borgne était un homme imposant, qui dégageait une telle aura de pouvoir maléfique que la pièce sembla rétrécir. Comme toujours, il était vêtu de noir. Un chapeau à large bord cachait ses yeux, une cape de velours et des bottes brillantes complétaient le déguisement. Il était ganté de noir, et tenait à la main une longue canne d'ébène avec un pommeau en argent. Pip savait que la canne dissimulait une épée acérée. Même sa peau était mate et les quelques cheveux qui dépassaient du chapeau étaient noirs eux aussi. Le seul œil qu'il possédait brillait comme une nuit sans lune et sur l'autre il portait un bandeau. Son apparence était terrifiante.

Quelque chose de froid et de diabolique était entré dans la pièce avec lui. Il était le roi sans couronne de St. Giles, son pouvoir illimité, ses ordres exécutés instantanément et jamais discutés... Désobéir entraînait une mort certaine. On murmurait que certains aristocrates le craignaient aussi. Ces dames et ces messieurs dans une situation désespérée avaient parfois recours à lui et se retrouvaient à sa merci.

C'était un homme drapé de ténèbres et de mystère. Personne ne savait qui il était. Ni les gentlemen, ni les truands de St. Giles. On ne savait pas d'où il venait, quel était son nom, où il vivait, ni comment il avait perdu son œil... Quelques vieilles catins et certains malfrats racontaient à son sujet des histoires qui dataient de trente ans, et pourtant on ne lui en aurait pas donné plus de quarante-cinq. On disait qu'il pactisait avec le diable. Parce qu'il avait une certaine élégance et que sa manière de parler était celle d'un gentleman, certains pensaient qu'il était le bâtard d'un lord et qu'il avait été élevé dans une belle maison. Les bavards racontaient qu'il fréquentait aussi bien les riches demeures aristocratiques que les misérables maisons des plus démunis, toujours déguisé, toujours insaisissable. On racontait bien des histoires au sujet de l'homme en noir.

Il s'installa dans le fauteuil de Jane, ignorant les trois regards méfiants qui l'observaient.

— Vous attendiez quelqu'un, mes chers enfants ? demanda-t-il.

Ben se rassit à la table, grommelant :

— Nous vivons dans un monde dangereux. Comment pouvions-nous deviner que ce n'était que vous ?

— Que moi ? Tu sais, je me sentirais presque insulté.

L'homme en noir caressa d'un doigt sa canne.

Habitués à ses menaces, les Fowler ne bronchèrent pas. Lentement Jacko et Pip s'assirent à leur tour, côte à côte.

Il y eut un silence pesant pendant que le Borgne les examinait.

— Hum, dit-il enfin. Je vois que Jacko vous a fait part de mes projets vous concernant. Et vous êtes aussi enthousiastes que votre frère.

Ben lui jeta un regard sarcastique :

— Nous n'allions tout de même pas sauter de joie !

— Je me moque que vous soyez contents ou pas, répliqua-t-il d'une voix glaciale. Vous devez m'obéir, point final. Est-ce clair ?

Ils hochèrent la tête. Le Borgne sourit :

— Je suis heureux de voir que nous nous comprenons.

Son œil valide s'attarda sur Pip, détaillant ses traits. La voix légèrement rauque, il murmura :

— Il y aurait bien sûr un autre moyen pour me satisfaire...

Chacun savait ce qu'il voulait dire et le cœur de Pip s'arrêta de battre. Elle n'avait pas pensé que le patron ferait sa monstrueuse demande aussi vite. Le visage pâle, elle tendit courageusement le menton en avant et le regarda droit dans les yeux.

— Il n'en est pas question, gronda Jacko. Nous préférons être pendus.

— Vous le serez un jour ou l'autre, répliqua le patron sur un ton ennuyé. Bon, puisque c'est ainsi, parlons un peu de votre travail d'aujourd'hui.

— Pourquoi ? demanda Jacko nerveusement. Tout était déjà réglé.

— Il y a un petit détail dont je ne vous ai pas parlé. Plusieurs personnalités de la bonne société assisteront au combat. La journée sera fructueuse. Mais un gentleman en particulier m'intéresse. Je veux que vous lui fassiez les poches.

Pip eut l'air étonné :

— Pourquoi ?

C'était une demande inhabituelle, à moins que la personne ne portât sur elle un objet de valeur.

Le patron sourit froidement :

— Disons que ce gentleman m'a agacé en gagnant une course de cheval alors que j'avais parié contre lui. Comme vous le savez, je déteste perdre. J'aimerais lui créer quelque désagrément.

Les Fowler n'y virent pas d'inconvénient. Jacko haussa les épaules :

— Qui est-il ? Comment allons-nous le reconnaître ?

— Il s'appelle Royce Manchester. C'est un riche Américain et vous le reconnaîtrez à son accent prononcé. Il est grand et fort, plus d'un mètre quatre-vingts, avec des cheveux châtains. Il sera sans doute accompagné par son cousin, Zachary Seymour, un garçon d'une vingtaine d'années qui est un peu plus grand que lui. Seymour a des cheveux noirs.

Le patron leur jeta un regard narquois.

— Connaissant votre talent, j'ai la certitude que vous trouverez Manchester et que vous me rapporterez ce qu'il possède de valeur.

— Et cela vous suffira-t-il ? demanda Pip.

Il la regarda d'un air dur.

— Non, ma petite, mais ça me divertira jusqu'à ce qu'autre chose attire mon attention...

Pip détourna les yeux, la gorge sèche. Pour échapper au lit du patron, elle volerait le roi lui-même. Royce Manchester lui était indifférent. Un gros pigeon en valait bien un autre.

3

Royce conduisait son attelage d'alezans à travers les encombrements londoniens. Il regretta soudain la tranquillité des chemins de campagne. Seuls des fous pouvaient s'infliger la punition de vivre dans le tumulte d'une grande ville. Il évita de justesse une collision avec un coche postal et un chariot rempli de légumes ; il poussa un soupir de soulagement en s'engageant dans la rue St. Martin.

Voyant le nombre important de chevaux et de fiacres attendant dans la rue, Royce comprit que le combat avait attiré beaucoup de monde. Il obtint les services d'un petit mendiant qui promit de surveiller son cabriolet. Royce et Zachary se dirigèrent ensuite vers le ring. Ils aperçurent dans un coin des amis à eux.

— Vous arrivez juste à temps ! s'écria George Ponteby, le visage empourpré. Le combat va commencer.

Ponteby et Royce étaient parents, mais ils se ressemblaient peu. George était de taille moyenne, plutôt mince, avec un visage sympathique. Il était apprécié par tous pour son caractère aimable. Issu d'une famille respectable et possédant une fortune confortable, il était reçu partout.

Royce le salua chaleureusement et se mêla au groupe de gentlemen élégants. Zachary conversa poliment avec les amis de Royce avant de se joindre à certains de ses propres compagnons.

Le ring se trouvait à l'extérieur et la rue pavée qui l'entourait était bondée. S'y côtoyaient des membres de la bonne société, comme Royce et Ponteby, mais aussi des gens plus simples, des banquiers, des commerçants, des bouchers et des poissonniers... ainsi que des voleurs à la tire. On voyait surtout des hommes, mais quelques femmes en satin rouge ou pourpre, avec des décolletés audacieux, se mêlaient à la foule, espérant un client. Des chiens et des gamins couraient çà et là. Des bribes de conversation et des éclats de rire flottaient dans l'air tiède de ce mois de juin.

Appuyée à un mur en brique, Pip regardait les allées et venues, cherchant le grand Américain qu'elle devait dévaliser. Elle aperçut Royce et Zachary dès leur arrivée, leur haute stature les trahissant dans la foule. Écrasant une puce entre ses doigts, elle leur emboîta le pas. Elle était presque certaine que le grand monsieur à la jaquette marron était sa proie pour aujourd'hui, mais elle avait appris à ne pas prendre de risques et elle s'approcha pour l'entendre parler. Il avait en effet un accent traînant et les derniers doutes de Pip s'évanouirent. Elle se retourna, cherchant Jacko ou Ben pour leur signaler qu'elle avait trouvé ce qu'elle cherchait. Sa petite taille l'empêchait de voir ses frères dans la cohue et elle dut quitter Royce pour partir à leur recherche.

Elle vit Ben qui se tenait un peu éloigné de la foule, à la place qu'on lui avait assignée. Deux doigts dans la bouche, elle siffla. Ben reconnut aussitôt le bruit strident. Pip lui lança un large sourire et indiqua l'Américain de la tête.

Ben quitta son poste pour rejoindre Jacko et lui transmettre le message. Maintenant qu'ils avaient repéré leur proie, ils pouvaient commencer à travailler la foule. Un gros banquier avait laissé pendre une belle montre de gousset sur son gilet. D'une main experte, Ben l'empocha discrètement.

Pip ne lésina pas non plus en retournant vers Royce. La foule qui se bousculait lui facilitait la tâche et lorsqu'elle retrouva Royce, elle avait réussi à dérober deux beaux mouchoirs en soie, une boîte à priser en argent et une épingle à cravate. Sa silhouette menue lui rendait de grands services. Personne ne prêtait attention à un sale petit garnement vêtu d'une veste verte et de pantalons gris trop grands pour lui. La casquette noire cachait ses yeux et une partie de son nez. On ne distinguait pas son visage, mais Pip pouvait surveiller la foule à son aise.

Pip était la plus petite des Fowler, elle savait se glisser entre les gens comme un poisson dans l'eau et elle possédait les doigts les plus habiles. Ils avaient donc décidé que ce serait elle qui s'attaquerait à Manchester. Placée aux côtés du grand Américain, elle l'observa pendant quelques instants, faisant l'inventaire de ses possessions, choisissant les objets de valeur qui seraient les plus faciles à dérober.

Royce n'avait pas remarqué le misérable gamin qui le suivait. Il était trop occupé à regarder Zachary et Julian Devlin se saluer froidement.

Julian Devlin était presque aussi grand que Zachary, avec les épais cheveux noirs et les yeux gris des Devlin. A vingt-deux ans, élancé, il était particulièrement beau. Un jeune homme fier, conscient d'être l'héritier du comte de St. Audries et qui affichait par moments une certaine morgue. Royce était heureux de voir que les deux jeunes hommes faisaient des efforts pour rester courtois.

Sur le point de se détourner, Royce remarqua soudain l'expression de déplaisir qui figea une seconde les traits du jeune Devlin. Il ne fut pas surpris de voir arriver le comte de St. Audries lui-même avec un groupe de ses amis. « Alors les médisances disent vrai, pensa Royce. Le comte et son fils ne s'apprécient guère. En cela le garçon fait preuve de goût. »

Lord Devlin, comte de St. Audries, n'était pas apprécié par tous les membres de la bonne société londonienne, et cela pour des raisons peu claires. On ne pouvait guère critiquer son élégance et ses manières impeccables. Grâce à sa haute naissance et à la fortune qu'il avait héritée de sa belle-sœur, tragiquement disparue vingt ans plus tôt, il était admis dans tous les cercles mais sans pour autant être admiré et respecté. Lui et sa femme Lucinda étaient tolérés, mais on murmurait derrière leur dos qu'ils étaient un peu trop contents d'eux-mêmes, trop heureux d'avoir hérité de manière inattendue du titre et de la fortune. Les personnes qui recherchaient leur compagnie n'avaient pas toujours bonne réputation. Royce jeta un regard mauvais aux deux hommes qui entouraient Stephen, Martin Wetherly et Rufe Stafford. Tous deux avaient des revenus qui leur assuraient un train de vie confortable, mais les maîtresses de maison de la haute société ne les appréciaient guère et les recevaient rarement.

Royce les trouvait déplaisants, et leurs manières hypocrites. Il les évitait toujours de son mieux. Les observant qui faisaient des courbettes à lord Devlin, il grimaça de dédain.

— Ils sont un peu trop obséquieux, vous ne trouvez pas ?

Royce se retourna. Allan Newell l'observait avec un regard narquois. Sa redingote bleue tombait admirablement sur des pantalons beiges. Newell avait près de cinquante ans et il était l'une des grandes figures londoniennes. Sans être particulièrement beau, il possédait un charme certain et on le disait riche. Bien qu'il ne fût pas titré, on l'invitait volontiers dans les meilleures maisons. Pourtant, de même que Wetherly et Stafford, Newell n'appartenait pas aux meilleurs cercles. Certaines portes ne s'ouvraient pas devant lui.

Puisque Allan était un ami de George, il était normal que Royce le connût. Pourtant, il le trouvait quelque peu déplaisant. Newell prenait plaisir à ridiculiser les petites faiblesses de ses amis par des commentaires souvent acerbes. Royce s'étonnait que son cousin fréquente encore Newell, mais il restait poli.

Ne voulant pas épiloguer, Royce haussa les épaules et dit à George :

— Je croyais que le combat était sur le point de commencer.

— Absolument, mon cher ! Regarde.

Deux hommes torse nu montaient sur le ring. Un frisson d'excitation parcourut la foule lorsque les combattants se saluèrent en serrant leurs poings.

Pip en avait profité pour se rapprocher encore davantage de Manchester, mais les hommes qui l'entouraient empêchaient la jeune fille de se placer comme elle l'aurait souhaité. Agacée, elle gigotait, espérant que les gens allaient bientôt bouger. Puisqu'elle ne pouvait pas s'attaquer au grand Américain pour le moment, elle en profita pour observer ceux qui l'entouraient. Sur sa droite se tenait un homme élégant visiblement passionné par les feintes et les coups des boxeurs. Un sceau en or pendait de son gousset et elle s'en empara adroitement. Contente d'elle, elle chercha des yeux une autre proie.

Personne d'autre n'attira son attention. Pip soupira et fit semblant de s'intéresser au combat. Sa petite taille l'empêchait de voir correctement les pugilistes. Elle se dressa sur la pointe des pieds, se tordit le cou, mais sans succès. Soudain, un creux se forma derrière l'Américain. Enchantée, Pip se glissa près de lui. Malheureusement sa place ne lui permettait toujours pas de faire son travail. Elle se résigna à attendre la fin du combat et la dispersion de la foule. Sifflotant, elle sautait d'un pied sur l'autre, se demandant où se trouvaient ses deux frères et si leur après-midi avait été aussi profitable que le sien. D'habitude les combats de boxe permettaient de se faire un joli butin. « Mais ils sont si ennuyeux ! » pensa Pip.

Réprimant un large bâillement, Royce aperçut Zachary avec ses amis de l'autre côté du ring. Ils poussaient des cris de joie lorsque le boxeur en pantalons noirs écrasait son poing sur le visage de son adversaire.

Ses yeux topaze continuant à survoler la foule, Royce croisa le regard froid de Martin Wetherly qui se tenait près de lord Devlin. Ils s'observèrent un court instant. Royce se demanda ce qu'il avait bien pu faire pour susciter une pareille hostilité chez Wetherly. Était-ce simplement parce que Wetherly était un ami intime de Devlin ? Ou y avait-il autre chose ?

Wetherly détourna les yeux le premier et Royce se demanda s'il n'avait pas imaginé le regard haineux. Sa mésentente avec lord Devlin le troublait. Il devait cesser d'attribuer aux autres de sinistres pensées.

Royce se força à se concentrer sur le spectacle. Pendant plus d'une heure, il fit semblant d'être fasciné par l'adresse des pugilistes. Heureusement le combat prit fin assez rapidement, le boxeur en culottes noires ayant assommé son adversaire par un coup sur la mâchoire. Cependant, Royce ne pouvait pas s'échapper si facilement. Il devait attendre que Zachary le rejoignît, et son jeune cousin, excité par le combat, n'était pas pressé de partir. Royce écouta patiemment les commentaires de Zachary, puis au moment où il pensait pouvoir l'emmener vers la voiture, George et quelques-uns de ses amis vinrent donner leur propre opinion. Personne, excepté Royce, ne semblait avoir envie de partir.

La foule s'était dispersée. Royce était sur le point de soulever Zachary par les épaules et de le mettre de force dans la voiture quand le jeune homme lui dit en riant :

— Je pense que tu es prêt à partir maintenant.

Son visage exprimant l'ennui le plus profond, Royce acquiesça :

— Ce serait en effet agréable.

— Allons ! s'exclama George. Nous ne pouvons pas terminer l'après-midi ainsi. Que diriez-vous de nous retrouver dans un des clubs pour jouer une partie de hasard ?

Royce hésita, imaginant la belle Della l'attendant patiemment sur son grand lit de plume. Décidément, la compagnie masculine avait peu d'attraits. Tenant fermement Zachary par le bras, il répondit :

— Une autre fois, merci beaucoup. Je regrette, mais j'ai fait d'autres projets.

Les autres semblaient désolés, mais il ne se laissa pas attendrir et entraîna Zachary avec lui.

Les deux hommes avaient dépassé plusieurs cavaliers et évité quelques carrioles lorsque Royce aperçut son cabriolet. Préoccupé par l'envie de partir au plus vite, il n'était pas conscient qu'une personne en veste verte et pantalons gris le suivait depuis quelque temps. Mais lorsque le garçon trébucha et se raccrocha à lui, Royce comprit en un éclair ce qui se passait.

Désespérant de ne jamais y arriver, Pip avait dû attendre pour dévaliser Manchester. Si le Borgne ne l'avait pas expressément exigé, elle aurait abandonné. Elle n'avait jamais eu une bonne occasion pour faire les poches de l'Américain. Quelqu'un s'était toujours tenu à ses côtés et au lieu de partir avec la foule, Royce s'était isolé avec quelques amis. Pip avait alors craint de se faire remarquer. Quand Royce avait commencé à se diriger vers sa voiture, il restait trop peu de monde pour faciliter la fuite de la jeune fille.

Elle avait cherché des yeux Jacko et Ben, espérant qu'ils pourraient à trois manœuvrer Manchester dans une ruelle avant qu'il ne rejoignît sa voiture. Elle avait aperçu ses frères errant près des voitures et elle s'était sentie soulagée. Dès qu'ils la verraient, ils comprendraient qu'elle avait besoin d'aide.

Mais Jacko et Ben avaient été occupés ailleurs et Pip s'était inquiétée quand l'Américain était parti d'un pas décidé vers sa voiture. Si Manchester montait dans son cabriolet, tout serait perdu ! Pip avait tremblé en pensant à la colère du Borgne si elle ne remplissait pas son contrat. Elle n'avait plus le choix. Il fallait agir. Elle avait alors tenté de réussir ce pour quoi elle avait été formée depuis des années : voler.

Sa prétendue maladresse, lorsqu'elle trébucha et se raccrocha à l'Américain, était du grand art. De même les doigts agiles qui lui dérobèrent son sceau en or et sa montre de gousset. Les deux objets disparurent en un clin d'œil dans une des nombreuses poches de la vieille veste verte. Pip était en train de se féliciter quand une main de fer agrippa son poignet.

Sans être consciente encore du danger, faisant semblant de retrouver son équilibre, Pip adressa à l'Américain un sourire joyeux :

— Merci, m'sieur ! Sans vous, j'tombais le nez par terre !

— Je ne crois pas, répondit une voix glaciale. Et je te serais reconnaissant de me rendre ma montre et mon sceau. Ensuite, nous verrons si tu apprécieras un petit voyage à Newgate !

Son cœur battant la chamade, Pip essaya de se sortir de ce mauvais pas en crânant :

— Mais, m'sieur ! J'comprends rien à ce que vous dites !

— Tu comprends parfaitement. Allons, donne-moi ma montre !

Pip ne s'était jamais trouvée dans une situation aussi dangereuse. Son sang se glaça dans ses veines quand les autres gentlemen, intrigués, formèrent un cercle autour d'eux. Se forçant à ne pas paniquer, Pip chercha ses frères des yeux.

Ils avaient tout vu. Pendant que Pip se tortillait sous la poigne de l'Américain, essayant de se libérer, ils se dirigeaient vers elle, leurs visages impassibles. Sachant que ses frères ne laisseraient pas l'Américain la traîner en prison sans se battre, elle se détendit, prit une expression martyrisée et s'adressa aux curieux :

— Seigneur Dieu ! Je vous l'demande, mes beaux messieurs, est-ce que j'ai l'air d'un voleur ?

Avec son air innocent et son léger sourire, on lui aurait donné le bon Dieu sans confession. Pendant les secondes qui suivirent, un doute filtra dans les yeux des hommes qui l'observaient.

Mais Royce ne s'y laissa pas prendre. Voyant ses amis hésiter, il s'énerva et, fouillant dans la poche de Pip, en sortit sa montre et son sceau ainsi qu'un mouchoir de soie que George reconnut comme le sien. Les visages des gentlemen devinrent sévères.

Pip ne broncha pas. Repoussant sa casquette de sa main libre, elle ouvrit grands ses yeux et s'exclama :

— Que j'sois pendu ! Comment qu'y sont arrivés là, ces machins-là ?

Royce était partagé entre l'envie de rire, tant l'audace du garnement le surprenait, et celle de lui donner une paire de claques. Il prit le garçon par le col de sa veste et le secoua.

— Ça suffit ! gronda-t-il, mais ses yeux riaient.

Pip comprit que ce grand homme à la chevelure fauve n'était pas en colère et elle le regarda, stupéfaite. La plupart des gens auraient été hors d'eux, mais l'Américain semblait plutôt amusé.

De sa vie, Pip n'oublierait jamais le bond que fit son cœur lorsqu'elle regarda pour la première fois le visage de Royce Manchester. Elle avait croisé des hommes d'une beauté plus classique, mais il y avait quelque chose de si puissant dans ce visage aux traits irréguliers, aux pommettes saillantes et au menton volontaire, qu'un frisson d'excitation lui donna la chair de poule. Pour la première fois de sa vie, elle était consciente d'un homme et ce sentiment nouveau la déconcerta. Une bouche sensuelle et un nez arrogant accentuaient la personnalité du visage, mais c'étaient les yeux étranges, presque jaunes, sous d'épais cils noirs qui la captivèrent. « Des yeux de tigre », pensa-t-elle, affolée, et elle se raidit pour affronter leur regard scrutateur.

Observant attentivement le visage du petit voleur, Royce fronça les sourcils. Quelque chose lui semblait tout à coup familier. Et pourtant... Royce repoussa un peu plus la casquette du visage du jeune garçon. Il vit les épaisses boucles noires et détailla à son aise les sourcils arqués et les superbes yeux gris. « Où ai-je déjà vu un visage comme celui-ci ? » se dit-il, intrigué.

— Aurait-on des soucis, Manchester ? lança une voix ironique.

Royce regarda celui qui venait de s'approcher. C'était le comte de St. Audries flanqué de ses deux détestables compagnons. Ils n'étaient pas venus l'aider mais se réjouir avec malveillance. Royce se sentit agacé. « Pas maintenant, pensa-t-il. Je n'ai pas envie de jouer au chat et à la souris avec toi, espèce de salaud ! » Mais en regardant les yeux gris de lord Devlin, Royce retint un cri de surprise. Bien sûr ! Il savait maintenant où il avait déjà vu les traits du jeune homme. Il les avait devant lui.

Soucieuse de saisir toute occasion qui se présenterait pour se libérer, Pip essaya de savoir qui venait de parler. Mais elle vit avec déplaisir trois autres gentlemen s'avancer vers elle. Eux ne l'aideraient sûrement pas ! Elle cherchait n'importe quel moyen pour se sortir d'embarras quand le plus grand des trois hommes retint son attention.

Le comte de St. Audries était un homme élancé d'une cinquantaine d'années. Comme Newell, il faisait honneur à son tailleur, portant une merveilleuse redingote marron et des pantalons beiges sur de longues jambes musclées. Il tenait à la main une canne mais, contrairement aux autres messieurs, ne portait pas de chapeau.

Pip tressaillit. N'en croyant pas ses yeux, elle détailla les épais cheveux noirs qui ressemblaient aux siens, et surtout les yeux gris étirés en amande sous les sourcils touffus.

Ne tenant pas de sa mère, Pip s'était souvent demandé à quoi ressemblait son père. Et maintenant, alors qu'elle s'y attendait le moins, elle s'apercevait que ses propres traits n'étaient qu'une réplique plus jeune et plus douce de ceux d'un gentleman qui se tenait debout devant elle !

4

Royce avait senti le petit corps du voleur se raidir. Il avait aussitôt compris que l'enfant ne pouvait être qu'un bâtard du comte de St. Audries et qu'il se retrouvait face à son père pour la première fois. Comment expliquer autrement que ce chenapan possédât les célèbres yeux des Devlin ?

Osant à peine croire ce qu'elle découvrait, Pip détaillait les traits hautains du lord. Ils n'avaient pas la même forme de visage, et leurs bouches et leurs nez n'étaient pas identiques, mais ces sourcils et ces yeux... Pip savait qu'elle possédait le même sang que cet homme et elle ne douta pas une seconde qu'il fût son père. Stupéfaite, elle oublia la gravité de la situation dans laquelle elle se trouvait et réprima un fou rire nerveux. Comment réagirait ce gentleman si élégant si elle se précipitait soudain sur lui, s'exclamant :

— *Père !* Je vous ai cherché partout. Ne me reconnaissez-vous pas ? Je suis votre *fille* !

Observant les traits dédaigneux, la bouche boudeuse et les yeux froids, elle se dit qu'il serait fort mécontent. C'était visiblement un homme arrogant et méchant. Pip n'avait pas la moindre envie de mieux le connaître. Inconsciemment, elle se serra contre Royce comme pour nier qu'elle était liée à cet homme.

Le comte, décidé à provoquer l'Américain, n'avait pas prêté attention au petit mendiant. Devant le silence de Royce, Devlin murmura :

— Ainsi vous frayez avec le menu peuple maintenant. Peut-être vous sentez-vous plus à l'aise en sa compagnie ?

Royce eut un sourire cynique :

— Leurs manières sont meilleures que celles de certaines personnes de ma connaissance.

Le visage du comte s'empourpra et il fit un pas en avant. George Ponteby, l'éternel conciliateur, les interrompit :

— C'est extraordinaire, Stephen ! Royce a attrapé ce garnement qui était en train de nous faire les poches. Vous vous rendez compte !

Le petit pickpocket dans sa veste verte devint soudain l'objet de tous les regards. Royce replaça négligemment la casquette du garçon pour lui dissimuler le visage et empêcher que les autres ne s'aperçoivent de l'étonnante ressemblance. Il se demanderait encore longtemps ce qui l'avait poussé à faire ce geste. Avait-il cherché à éviter une scène désagréable ? Ou alors, avait-il compris instinctivement que l'enfant avait besoin d'être protégé, que sa vie était en danger si jamais l'on dévoilait sa parenté avec le comte ?

— Un voleur... dit Wetherly, ses yeux noirs glissant sur Pip. Et que comptez-vous en faire ?

Quelques secondes auparavant, Royce aurait répondu sans hésiter. Mais maintenant, avec ce qu'il avait découvert, il n'avait plus envie de remettre l'enfant à la garde. Mais que faire d'autre ? Il ne pouvait tout de même pas pousser le garçon vers le comte en disant : « C'est plutôt à vous de faire quelque chose. » Il savait que Devlin n'apprécierait pas d'avoir son bâtard reconnu par tous. Alors ? Relâcher le petit chenapan ?

Comme Royce hésitait, un des deux solides jeunes gens qui s'étaient approchés en même temps que Devlin lui adressa la parole :

— On pourrait peut-être vous aider, m'sieur. On va remettre ce petit saligaud à la garde. Ça vous évitera de le faire. Vraiment, m'sieur, c'est pas un problème.

Les deux garçons étaient un peu trop empressés. Ils avaient une vingtaine d'années, mais leurs visages portaient les traces d'une vie difficile. Royce devina qu'il s'agissait des complices du pickpocket et l'immobilité soudaine du garçon qui retenait sa respiration ne laissa planer aucun doute. Avec un sourire sévère, il répondit :

— Merci, mais je préfère m'en occuper moi-même.

Pip tressaillit. Elle jeta à Jacko un regard mi-affolé, mi-défiant. Si ses frères n'agissaient pas vite, elle se retrouverait à Newgate.

— Ce serait dommage de remettre une si jeune créature aux mains de la garde, dit soudain une nouvelle voix.

Pip reprit espoir. C'était l'autre compagnon du comte, Rufe Stafford, qui avait parlé.

— Étant américain, vous ne devinez certainement pas ce qui attend notre jeune voleur. Il est plus que probable qu'on le pendra. Et seulement pour vous avoir dérobé quelques babioles.

Son regard croisa celui de Royce. Il ajouta avec reproche :

— N'est-ce pas un peu injuste ? Le garçon ne vous a sans doute volé que pour se nourrir. Ces menus objets ne vous manqueront guère. Mais à lui on va prendre la vie.

— Peut-être suggérez-vous que je m'occupe de son bien-être ? demanda Royce, ironique. Puisque vous semblez si perturbé, dois-je comprendre que vous voulez le prendre sous votre responsabilité ?

Newell l'interrompit :

— Il est en effet dommage que le garçon meure pour une bêtise pareille. Après tout, vous avez récupéré vos biens.

Quelques-uns des gentlemen murmurèrent leur assentiment et George Ponteby sembla hésiter :

— Ce n'est qu'un enfant...

Les yeux brillants, Pip regardait les uns et les autres, n'en croyant pas ses oreilles. Qui pouvait bien comprendre la noblesse ? On l'avait prise la main dans le sac, mais ces riches aristocrates semblaient vraiment préoccupés par son avenir, et si elle avait de la chance, elle éviterait peut-être Newgate. Un léger sourire éclaira son visage.

— Je vois, dit Royce lentement. Alors le consensus général voudrait que je relâche le garçon ?

Pip redressa les épaules, certaine qu'elle serait bientôt libre. George ajouta d'un air malheureux :

— Je ne sais pas. Je n'irais peut-être pas jusque-là. Si tu le relâches, il recommencera demain.

Jusqu'à maintenant, Royce avait trouvé amusant qu'on se préoccupât du destin d'un misérable voleur londonien, mais il commençait à perdre patience. D'une voix exaspérée, il répliqua :

— Alors, que proposez-vous ? Que je l'adopte et l'emmène chez moi ? Que je l'écarte de la tentation du diable ?

Le visage de George s'éclaira :

— Bon Dieu, Royce ! Quelle merveilleuse idée !

Pip, elle, trouvait la perspective très déplaisante et elle jeta à George un regard noir. Celui-là ferait mieux de se taire ! Mais l'idée, une fois émise, sembla enthousiasmer les autres messieurs. Même Francis Atwater, un autre ami de George, qui était resté jusqu'alors silencieux, prit parti :

— Ce n'est pas une idée si absurde. Si vous lui trouviez un emploi honnête, il pourrait refaire sa vie.

Royce regardait ses amis, le souffle coupé. Ils ne s'attendaient tout de même pas qu'il emmène ce sale petit voyou chez lui ? Royce chercha désespérément une issue honorable à une situation qui s'envenimait. Il ne voulait pas que le garçon finisse au bout d'une corde, mais il ne voulait pas non plus avoir sur le dos le bâtard du comte de St. Audries !

— Bien sûr, dit soudain Martin Wetherly. Si vous ne voulez pas qu'on pende le garçon et si vous ne voulez pas le prendre chez vous, vous pouvez toujours le relâcher. Vous avez récupéré vos biens. D'une certaine manière, vous êtes quittes tous les deux.

Mais George protesta :

— Mais non, ça ne va pas du tout ! Le petit continuera à voler et finira sûrement un jour ou l'autre à Newgate. Non, non. Il faut trouver autre chose.

George était un homme charmant, mais Royce avait oublié qu'il possédait un trait de caractère particulièrement ennuyeux : quand il avait une idée fixe, rien ne pouvait l'en détourner. Et il avait manifestement décidé de partir en croisade pour sauver ce malheureux voleur.

Le regard vif, George dit fermement :

— Tu dois l'emmener chez toi, Royce. Trouve-lui quelque chose à faire dans ta maison. Il faut que tu l'éloignes de son environnement criminel. Tu n'as qu'à le prendre comme valet de pied ou quelque chose de ce genre. Tu es un homme intelligent, je suis sûr que tu auras une idée.

D'ordinaire, Royce aimait bien son cousin, mais à cet instant il ne le portait pas dans son cœur. Il étouffa une protestation en entendant les autres approuver vivement la suggestion. Mais le pire restait à venir. Zachary dit soudain d'une voix chaleureuse :

— George a raison, Royce. Tu ne veux pas qu'on pende le garçon et tu ne veux sûrement pas qu'il recommence à voler. Pourquoi ne pas demander au maître d'hôtel ou à la cuisinière de lui trouver quelque chose à faire ?

Royce fit une grimace :

— Toi aussi, tu t'y mets ?

Zachary lui adressa un large sourire.

— Oui. Je suis désolé, mais je suis d'accord avec George. Ce serait une bonne action.

Royce cherchait une excuse pour éviter cette soi-disant bonne action quand le comte parla à son tour :

— Tiens, tiens ! Notre Américain en visite va prendre sur lui d'éduquer ce petit bon à rien. Comme c'est amusant ! On dirait un pot de fer qui soutient un pot de terre, non ?

Seuls Stafford et Wetherly trouvèrent la remarque amusante. Les autres se rapprochèrent de Royce, affichant leur mépris pour Devlin. Maîtrisant avec difficulté sa colère, Royce resserra sa main sur le col de Pip. Pendant un long moment, il hésita à demander réparation. Il aurait adoré rencontrer le comte en duel, et si cet homme persistait à le provoquer, tôt ou tard ils régleraient leurs comptes de la seule manière honorable — un coup de pistolet à vingt pieds de distance !

Heureusement, George émit un rire forcé et ajouta :

— Je dirais que mon cousin est plutôt un pot en argent !

Francis Atwater renchérit aussitôt :

— Certainement ! Et depuis qu'il a gagné son pari à vos dépens, Devlin, nous pouvons même affirmer qu'il est en argent massif !

Voyant que les amis de Royce retourneraient toutes ses remarques contre lui et qu'il ne parviendrait pas à énerver l'Américain, le comte abandonna. Avec un sourire mauvais, il s'inclina :

— Soit. Mais la chance ne sera pas toujours de son côté.

Royce était sur le point d'ajouter que c'était son talent et non la chance qui lui avait permis de prendre le dessus jusqu'à maintenant, mais George avait dû lire dans ses pensées, car il lui marcha lourdement sur le pied. Royce étouffa un grognement.

— Bien sûr, bien sûr, dit George. Si vous voulez bien nous excuser, nous devons partir.

— Qu'allez-vous faire du garçon ? demanda Wetherly.

— Mon Dieu, j'oubliais ! En effet, le garçon. N'y pensez plus ! Mon cousin va s'en occuper.

Sachant qu'il avait perdu, Royce fit contre mauvaise fortune bon cœur :

— Absolument. J'ai l'intention de ramener le garçon chez moi et de le convaincre qu'un travail honnête vaut mieux que le vol.

Il regarda le gamin peu ragoûtant et murmura :

— Je suis sûr qu'avec un bon bain et des vêtements propres, on ne le reconnaîtra plus. Mais il va falloir faire en sorte qu'il ne me dévalise pas pendant la nuit.

Pip était affolée. Elle jeta un regard éperdu

à Jacko et à Ben. C'était terrible ! Elle préférait de loin aller à Newgate !

— Est-il prudent d'introduire un pareil garnement dans votre maison ? demanda Newell.

Royce regarda Pip qui lui faisait la tête, ses yeux gris promettant une vengeance terrible.

— Probablement pas, mais je ne vois pas d'autre issue pour l'instant.

Le comte s'éloignait déjà avec ses deux compagnons. George, soulagé que tout fût terminé, prit le bras de Newell et suggéra qu'ils se retrouvent tous à St. James.

— Et Manchester ? insista Newell. Que va-t-il faire ?

George eut une expression peinée :

— Mon cousin passera la fin de l'après-midi à s'occuper du bien-être de l'enfant.

Amusé, Royce laissa George et les autres s'éloigner. Il ne restait plus que lui, Zachary et le voleur. Même les deux jeunes gens qui lui avaient proposé leur aide avaient disparu.

Pip n'en avait pas cru ses yeux quand, avec un signe de tête et un clin d'œil, ses frères s'étaient éclipsés. Ils l'avaient abandonnée ! Elle avait attendu, passive, qu'ils prennent les choses en main et la délivrent, mais elle avait brusquement compris qu'elle ne pouvait compter que sur elle-même. Elle était seule. Toute seule. Elle envoya un coup de pied rageur à l'Américain et essaya de lui échapper.

Surpris par cette violence inattendue, Royce faillit lâcher prise. Ignorant la fulgurante douleur dans sa cheville, il poussa un juron et fit un effort pour retenir l'animal sauvage qui mordait, crachait et se débattait de son mieux.

C'était un combat inégal. Pip infligea quelques légères blessures à Royce, mais celui-ci la maîtrisa sans trop de difficulté. L'enserrant dans une couverture qu'il avait prise dans le cabriolet, Royce parvint à contrôler les gestes étonnamment agressifs du garnement, qui combattait avec l'énergie du désespoir. Hors d'haleine, il soigna sa main ensanglantée qui portait la marque des dents de Pip puis, d'un mouvement brutal, il jeta le pickpocket dans le cabriolet.

Zachary, les mains dans le dos, souriait.

— Ne reste pas là comme un imbécile, grogna Royce. Si tu ne veux pas que je te laisse ici, tu ferais mieux de monter dans la voiture. Et tout de suite !

Obéissant, Zachary prit place et ne dit pas un mot pendant le voyage plutôt cahoté du retour. Royce était un excellent conducteur. Personne d'autre n'aurait pu guider les deux chevaux surexcités à une telle vitesse dans les petites rues sinueuses de la ville sans se fracasser contre un mur. Une fois arrivés à Hanover Square sains et saufs, Zachary laissa échapper un soupir de soulagement.

La créature serrée dans la couverture n'avait cessé de se débattre, et la vulgarité des jurons qui lui avaient échappé avait même surpris un homme comme Royce Manchester. S'étant calmé, celui-ci se permit un large sourire en pensant à la menace que proférait son prisonnier. Descendant de la voiture, il répliqua :

— Je suis certain que tu aimerais bien me priver de certaines parties de mon anatomie, mais heureusement pour moi, j'ai l'intention de te rendre la tâche extrêmement difficile, je dirais même impossible.

A moitié étouffée par les plis de la couverture, Pip entendit la note amusée qui soustendait les paroles de l'Américain et elle arrêta de gigoter. Quel genre de monstre dépravé était-il ? Tout homme honorable se serait senti offensé par de telles insultes, mais cette brute d'Américain semblait apprécier cette situation ! Que le diable l'emporte !

Les mains fermes l'agrippèrent une nouvelle fois et Pip se débattit. Elle parvint à donner quelques coups, mais le grand Américain la chargea sur son épaule et l'emporta dans la maison. Il la laissa tomber par terre et elle se débarrassa enfin de la couverture.

Telle une panthère toutes griffes dehors, elle se releva d'un bond. Ses yeux gris étaient noirs de colère et ses cheveux ébouriffés semblaient se dresser sur sa tête. Sans reprendre son souffle, poussée à la fois par la colère et la peur, elle se jeta sur Royce. Elle avait vu derrière lui deux grandes portes en bois et elle en avait déduit que son salut passait par là. Comme un animal sauvage, Pip était obsédée par une seule pensée : fuir.

Royce contra l'attaque. Attrapant le jeune garçon par les épaules, il le souleva et, sans effort apparent, le tint à bout de bras. Les coups de pied et de poing le frôlaient sans le toucher.

Furieuse et inquiète, Pip perdit la tête et, oubliant son double langage, siffla entre les dents :

— Si jamais je me libère, je vais découper votre foie en lamelles et je vous les ferai avaler morceau par morceau !

— Vraiment, petit tigre ? Mais je croyais que tu voulais d'abord t'attaquer à mes parties plus intimes ?

Royce avait aussitôt noté le changement de langage chez le gamin et il avait levé un sourcil. Intéressant. Non seulement l'enfant ressemblait de manière frappante au comte de St. Audries, mais il savait aussi parler un anglais choisi et pas seulement le patois des bas quartiers. Devinant quelque mystère, Royce sentit sa curiosité s'éveiller et les plans qu'il avait faits pour l'enfant changèrent aussitôt. Il ne s'agissait plus de mettre un petit voyou sur le bon chemin. Il y avait une intrigue à résoudre...

Pip s'aperçut de sa grave erreur. Elle ouvrit des yeux désolés. Essayant désespérément de se rattraper, elle recommença à se débattre en grommelant :

— Ouais, c'est ben vrai, j'vous jure que j'vous aurai !

Royce eut un léger sourire :

— Je suis sûr que tu n'hésiterais pas une seconde mais je te répète que je ne te le permettrai pas.

En réponse il n'obtint qu'un regard noir. L'enfant ne se débattait plus avec la même vigueur. Il était à bout de forces. Royce cessa de le taquiner.

— Si je te repose, demanda-t-il, est-ce que tu me donnes ta parole que tu ne nous attaqueras pas, ni moi, ni mes gens ?

Épuisée, Pip mourait d'envie de dire oui mais elle avait trop peur de ne pas pouvoir s'échapper. Elle continua faiblement à gigoter.

Royce admirait l'endurance de l'enfant mais il commençait à perdre patience. Il secoua le gamin légèrement et lui dit d'une voix ferme :

— Tu n'as rien à craindre de nous. Nous ne te voulons pas de mal. Puisque je suis plus grand et plus fort que toi, nous pouvons rester ainsi jusqu'à ce que tu t'évanouisses ou alors tu peux accepter mon offre. Que tu continues à lutter ou non, le résultat sera le même : tu ne pourras pas t'échapper. Alors, ai-je ta parole ?

Pip acquiesça, la mort dans l'âme. Son corps mince resta tendu et son regard furieux lorsque Royce la reposa par terre. Une moue boudeuse aux lèvres, elle regardait son ravisseur, se demandant ce qu'il allait lui faire.

Un peu embêté par la résistance du jeune garçon, Royce se posait la même question. La bienveillance n'était pas une de ses qualités les plus développées et s'il n'y avait pas eu ce mystère qui l'intriguait, il aurait lâchement laissé repartir le gamin. Il observait l'enfant pour savoir quels services il pourrait bien rendre dans la maison.

— Comment t'appelles-tu, mon garçon ? demanda-t-il brusquement.

Le gamin lui jeta un regard de défi et se redressa. Décidément, il semblait que les Devlin naissaient tous arrogants ! Maîtrisant sa colère, Royce essaya autre chose :

— Où sont tes parents ? Ne vont-ils pas s'inquiéter ? Ne veux-tu rien me dire ?

Comme réponse il n'obtint qu'un regard glacial. Soupirant, Royce détailla la petite créature sale qui encombrait son hall d'entrée impeccable. Le garçon semblait trop chétif et trop petit pour son âge, mais quelques semaines de bonne nourriture et de sommeil y remédieraient sûrement. Connaissant la force de l'enfant, Royce le devinait en bonne santé même s'il ne devait pas toujours manger à sa faim. Lui offrir un lit, des vêtements et de la nourriture ne posait aucun probème, mais que faire ensuite de ce petit monstre ?

Sans prêter attention à Zachary qui se tenait à sa gauche ni au majordome qui regardait la créature avec une expression horrifiée, Royce détailla le visage de son prisonnier. Il s'aperçut alors qu'il avait capturé un ravissant petit voyou. « C'est surprenant ! se dit-il. Ces yeux des Devlin, on ne peut pas se tromper ! Mais la finesse des autres traits, le nez délicat, les joues hautes, la bouche ourlée... tout prouve l'aristocratie du petit. » Perplexe, il s'exclama :

— Mais que vais-je en faire ? Un page ?

Zachary restait silencieux, un sourire aux lèvres. Le majordome s'étouffa. Royce se tourna vers le fidèle serviteur :

— Alors, Chambers, que suggérez-vous ?

Chambers, comme tous les autres domestiques, n'était pas au service de Royce depuis longtemps. C'était George Ponteby qui s'était chargé de trouver la maison, mais aussi des domestiques compétents.

En voyant son employeur déposer un sale garnement des rues sur le parquet brillant du hall d'entrée, Chambers avait frémi mais il se reprit :

— Si nous donnions d'abord un bain et un repas au... jeune homme ? Monsieur aura peut-être ensuite une idée.

— Vous ne semblez pas trop l'apprécier, Chambers ? dit Royce, amusé.

Chambers s'inclina légèrement :

— Quand Monsieur aura pris la légère collation qui l'attend et aura quelque peu réfléchi, Monsieur verra les choses plus clairement. En attendant, ai-je la permission de Monsieur d'emmener le garçon et de l'habiller convenablement ?

Royce sourit :

— Très bien, Chambers. Je remets l'enfant entre vos mains. Faites en sorte de ne jamais le laisser seul et empêchez-le de s'échapper. Le petit ne ratera pas une occasion pour nous faire ses adieux !

Royce saisit Zachary affectueusement par l'épaule. Laissant Chambers seul avec Pip qui l'observait d'un œil méfiant, il se dirigea vers la salle à manger.

5

Un délicieux repas attendait Royce et Zachary. En quelques secondes ils s'étaient servis et faisaient honneur au talent d'Ivy Chambers, la cuisinière.

Royce venait de terminer une délicieuse tarte au citron lorsqu'un Chambers échevelé se précipita dans la pièce. Repu, Royce se sentait en harmonie avec le monde entier et il laissait vagabonder dans son esprit des images voluptueuses de Della. Il regarda Chambers avec surprise. Jamais il ne l'avait vu dans un pareil état. Royce sentit avec regret que cet instant de répit prenait fin. Se levant à demi, il lui demanda :

— Qu'y a-t-il ? Le garçon s'est échappé ?

Se tordant les mains, Chambers déclara tristement :

— Monsieur, j'ai fait de mon mieux, nous avons tous essayé d'obéir à vos instructions, mais...

Ne maîtrisant plus son indignation, Chambers s'agita :

— C'est impossible, monsieur ! Cet odieux petit garnement brandit un couteau et ne laisse personne l'approcher. J'ai risqué ma vie, monsieur !

Ses yeux topaze scintillant de colère, Royce jeta sa serviette sur la table :

— Je vais régler cette affaire moi-même et d'une manière qui ne plaira sûrement pas à notre hôte. Où est-il ?

La cuisine était une grande pièce, dominée par un immense fourneau noir et une vaste cheminée qu'on utilisait autrefois pour faire rôtir les viandes. Le sol était recouvert de briques. Des gousses d'ail, des oignons et des sachets d'herbes odorantes pendaient des poutres noircies par la fumée. On respirait la bonne odeur de viandes grillées et de pâtisseries encore chaudes. Royce regarda fixement la créature terrée dans un coin qui tenait dans une petite main sale un méchant couteau.

La lutte avait dû être rude. Des seaux et des tabourets gisaient par terre, renversés, de la vaisselle brisée jonchait le sol et beaucoup d'eau avait été renversée. La cuisinière et les femmes de chambre avaient des mines harassées, leurs tabliers étaient trempés et leurs petites coiffes blanches de travers. « Je savais que le petit créerait des problèmes ! » se dit Royce, furieux.

Les femmes de chambre s'écartèrent pour le laisser passer. Voyant le regard mauvais du gamin et la manière efficace qu'il avait de brandir son arme, Royce soupira. Il ne serait pas facile de mettre l'enfant dans la baignoire en cuivre qu'on avait remplie d'eau chaude et placée devant la cheminée. Mais curieusement, Royce se réjouissait de la lutte qui ne manquerait pas de suivre.

Il ordonna à tous de quitter la cuisine.

— Et ne revenez pas à moins que je ne vous appelle, dit-il. Quoi qu'il arrive !

Pip se raidit en l'entendant. Elle savait se battre dans la jungle de la rue et une fois qu'elle avait eu son couteau à la main, il avait été facile de garder les domestiques à distance. Un sourire dédaigneux éclaira son visage. Ils s'étaient enfuis comme des poules dans une basse-cour !

Elle observait d'un air méfiant l'homme qui se dressait devant elle. Elle aurait dû se sentir rassurée maintenant qu'il ne restait plus qu'une seule personne dans la pièce, mais elle était impressionnée par l'expression décidée de l'Américain. Il fit un pas en avant et Pip serra son couteau.

— Ne vous approchez pas ! cria-t-elle. Restez où vous êtes, sinon j'vous ouvre le ventre !

Royce fit un effort pour se dominer et répondit le plus aimablement possible :

— Nous pouvons faire ceci de deux façons : facilement et sans se fatiguer ou...

— Ou quoi ? ricana Pip. Vous m'enverrez à Newgate ? Qu'est-ce que vos chers amis vont penser de vous après toutes vos belles paroles, hein ? J'aimerais bien l'savoir.

Elle ne savait pas pourquoi elle le défiait,

mais quelque chose l'incitait à le pousser à bout. Retenant son souffle, elle vit un muscle tressaillir près de la bouche de Royce et les yeux dorés se durcir. Elle regretta soudain de l'avoir taquiné.

— Ça suffit ! s'exclama Royce, hors de lui. Je t'ai donné une chance mais j'en ai assez...

Il enleva sa redingote et l'enveloppa autour de son bras. Pip s'entendit dire avec horreur :

— Pauvre imbécile !

Elle avait à peine parlé que Royce essayait de la saisir à bras-le-corps. Elle donna un coup de couteau dans le vide ; il la dominait de toute sa taille, l'immobilisant dans son coin. Mais Pip s'était déjà trouvée dans des situations aussi périlleuses, et agile comme une anguille, elle échappa à Royce. Levant brusquement son genou, elle lui assena un coup entre les jambes.

La douleur explosa si fort que Royce se demanda s'il allait s'évanouir. Pip se pencha vers lui, le couteau levé. La lame coupa le tissu de la chemise et entailla la peau.

Royce grimaça. Ce petit diable avait réussi à le blesser. A la fois furieux et impressionné par la détermination du gamin, il l'attrapa brutalement par le col de sa veste. L'enfant fut projeté contre lui. Il lui enserra le cou d'un bras et le serra contre sa poitrine. Il parvint enfin à saisir le poignet qui brandissait le couteau.

Pip n'avait jamais eu aussi peur. Jurant comme un charretier, elle se débattit violemment. En vain. Le bras autour de son cou l'étouffait et elle poussa un cri quand les doigts de Royce se resserrèrent violemment sur son poignet. D'une voix glaciale, il lui murmura à l'oreille :

— Lâche ce couteau ou je te brise le poignet !

Elle le laissa tomber par terre. En un tour de main, Royce avait commencé à lui arracher ses vêtements.

Il essayait d'ignorer la douleur qui cuisait entre ses jambes et refrénait une envie folle d'étrangler le voyou. Plus vite le gamin serait nu dans le bain, plus vite Royce pourrait passer à des divertissements plus agréables !

Les mouvements de l'Américain étaient si déterminés que Pip ne pouvait plus s'y opposer. La vieille veste lui fut arrachée en une seconde. Royce déchira la chemise. Traumatisée par la peur, Pip lui sauta au visage, les ongles en avant. Il évita l'attaque de justesse, lui saisit les bras et les lui serra derrière le dos.

Ils respiraient difficilement, leurs visages empourprés à quelques centimètres, leurs corps pressés l'un contre l'autre. Écrasée contre la large poitrine, ses jambes minces serrées contre les cuisses musclées, Pip éprouva un frisson curieux et elle en eut peur... de même qu'elle redoutait la lueur stupéfaite qui commençait à poindre dans les yeux topaze.

— Lâchez-moi ! cria-t-elle, recommençant à se débattre.

— Ça suffit ! répliqua Royce, surpris par ce qu'il venait de découvrir.

A travers la chemise, il sentait des seins fermes et la douceur fluide des cuisses collées aux siennes était tout ce qu'il y avait de plus féminin. A sa stupéfaction, il commença à ressentir les premiers émois du désir de même qu'une colère noire. Un garçon aurait suffi à poser des problèmes, mais une fille mettrait sa maison sens dessus dessous !

Fasciné, il se demandait comment il avait pu être aveugle à ce point. Les traits délicats, les yeux gris aux cils épais, et le tracé sensuel des lèvres si proches des siennes lui sautaient aux yeux maintenant qu'il savait qu'elle était une fille. Son regard fonça lorsqu'il vit les seins dressés et leurs pointes roses. Non, décidément, il ne s'agissait pas d'un garçon !

Pip était à la fois fière et effrayée par ce qu'elle lisait dans le regard de l'Américain. Troublée, elle le défia :

— Alors, qu'est-ce que vous regardez, hein ? Vous avez jamais vu une bonne femme, ou quoi ?

L'insolence fit sourire Royce. Il murmura :

— Je n'en ai jamais vu déguisées en garçon. Pourriez-vous peut-être m'expliquer ?

— Je n'ai rien à dire ! s'exclama-t-elle, souhaitant être à mille lieues de là, trop consciente de ses seins nus et du regard de Royce. Vous avez pas l'droit d'me toucher ! continua-t-elle.

— Bien sûr, répliqua Royce froidement. J'aurais pu me contenter de laisser la garde vous emmener à Newgate.

Une expression de terreur passa sur le visage pincé. Royce grogna et, la retournant d'un seul coup, il la força à s'approcher du tub.

— Je vous donne le choix. Vous pouvez vous déshabiller toute seule et vous laver, ou je le ferai pour vous. Que choisissez-vous ?

Pip savait qu'elle avait perdu mais elle fit une dernière tentative désespérée pour s'enfuir. Se tordant sur elle-même, elle échappa à Royce et courut vers la porte. En deux enjambées, il l'avait rattrapée. Déjà énervé, Royce était maintenant furieux.

Il la balança sur son épaule et se dirigea d'un pas décidé vers la baignoire en cuivre. Il siffla entre ses dents :

— Je n'ai jamais apprécié les hommes qui battaient les femmes, mais vous m'avez convaincu que c'était parfois utile !

Il la laissa retomber brutalement dans le bain. Toussant et crachant, elle se débattait mais il la maintenait fermement et, avec des gestes brutaux, il lui arracha ses derniers vêtements.

Royce était presque aussi mouillé que les habits qu'il avait jetés par terre. Lorsqu'elle fut nue, il lui demanda :

— Et maintenant, est-ce que je dois aussi vous laver, ou saurez-vous le faire toute seule ?

Cachant sa nudité de son mieux, Pip lui jeta un regard meurtrier mais hocha la tête. Elle saisit le savon qui avait glissé dans l'eau pendant qu'ils se battaient.

Royce ne lui faisait pas confiance. Il l'observa encore un moment, soudain conscient des douces rondeurs qu'elle essayait de lui cacher. Il n'avait pas l'habitude des amours ancillaires, mais dans le cas de cette créature fascinante, il ferait peut-être une exception !

Pip perçut aussitôt un changement d'attitude chez Royce et sa gorge se dessécha. Elle se rappela le corps puissant pressé contre le sien. Royce Manchester était un homme extrêmement séduisant. Bien des femmes perdraient la tête... Et elle se sentait elle-même très vulnérable.

La porte s'ouvrit. Royce vit Zachary et les domestiques le regarder avec inquiétude. Il les appela :

— C'est bon, vous pouvez entrer maintenant. Nous ne nous sommes pas entre-tués... pas encore, du moins...

Méfiante, Pip s'écria :

— J'veux pas qu'y m'touchent... J'peux m'laver toute seule !

Royce se dit que dans d'autres circonstances, il aurait pris un grand plaisir à la laver lui-même, mais il ajouta sévèrement :

— Ai-je votre parole que vous ne chercherez pas à vous échapper ?

Pip hocha vigoureusement ses boucles noires.

— Très bien, dans ce cas je vous laisse. Mais je veux vous voir demain matin. Soyez consciente que quelqu'un vous surveillera et que toutes les portes de ma demeure seront fermées à clé.

Pip haussa les épaules. S'il pensait pouvoir l'arrêter avec quelques serrures ! A la nuit tombée, lorsque tous les domestiques dormiraient, elle trouverait bien le moyen de s'enfuir. Et entre-temps, elle était décidée à profiter de cette nouvelle aventure. Lui lançant un vif sourire, elle dit gaiement :

— D'ac, m'sieur !

Royce fut étonné de la voir soudain si aimable et il s'éloigna à contrecœur.

— Je pense que tout est en ordre pour le moment, dit-il. Chambers, je compte sur vous pour que notre... invitée ne s'échappe pas. Vérifiez sans faute toutes les portes !

Ignorant le sourire amusé de Zachary, Royce s'inclina légèrement devant Ivy Chambers :

— Pardonnez-moi de vous avoir créé tous ces désagréments, mais je sais que je peux remettre cette jeune fille entre vos mains.

Ivy, son joli visage rougissant, fit une révérence :

— Oh, monsieur, je ferai de mon mieux.

Royce la remercia et se retourna vers la jeune fille :

— Me direz-vous un jour votre nom ?

Ayant décidé de s'amuser parmi ces nobles gens, Pip lui répondit avec plaisir :

— J'm'appelle Pip, m'sieur. Et vous ?

Royce manqua d'éclater de rire devant l'audace de la petite. Il s'inclina :

— Royce Manchester, à votre service.

— Ouah ! Vous êtes un type rudement poli, Royce Manchester ! s'exclama-t-elle.

Il la regarda droit dans les yeux :

— Je peux être bien des choses... si j'en ai envie.

Pip eut le souffle coupé. Elle resta comme hypnotisée face à la porte où il avait disparu, Zachary sur ses talons.

Il y eut un silence tendu après le départ des deux hommes, puis Ivy Chambers ajouta d'une voix mal assurée :

— Allons, Pip, tu as donné ta parole à M. le comte et on te fait confiance. Lave-toi et quand tu auras terminé je t'apporterai un autre seau d'eau pour te rincer les cheveux.

Pip savait qu'elle n'avait rien à craindre et elle obéit volontiers. Lorsque les domestiques se furent éloignés, Pip commença à apprécier le bain. L'eau chaude était douce contre sa peau et le savon éliminait toute la saleté incrustée depuis des mois. Une des jeunes filles vint l'aider à se laver les cheveux et Pip se sentit bientôt propre comme un sou neuf.

Il fut difficile de lui trouver des vêtements, mais Ivy mit la main sur une vieille robe en toile vichy bleu et blanc qu'elle avait portée quelques années auparavant. Pip sembla étonnée en voyant la corpulence d'Ivy :

— Mais oui, elle était bien à moi, dit Ivy sans se vexer. Mais il y a si longtemps...

La robe et les quelques sous-vêtements qu'Ivy lui procura étaient des nouveautés pour Pip. Elle fit ses premiers pas en hésitant. Les autres femmes la regardaient avec curiosité, mais on lui lança des sourires d'encouragement et Pip comprit qu'on ne lui voulait que du bien.

Plaçant du pain, du fromage et du jambon sur la table, Ivy fit signe à la jeune fille :

— On ne dînera que dans quelques heures. Tu n'as qu'à avaler ça tout de suite.

Pip mourait de faim et elle remercia vivement Ivy. Dévorant un morceau de l'excellent jambon cuit, elle détailla attentivement la cuisine, planifiant sa fuite. Royce Manchester l'émouvait tellement, et d'une manière si étrange, qu'elle n'avait pas le choix. Elle devait impérativement s'échapper.

Tandis que Pip terminait son repas, Royce subissait dans le salon les taquineries de Zachary.

— Bien sûr qu'une fille complique la situation, disait-il. Mais pense combien sa rédemption sera plus grande ! Nous lui aurons évité la prostitution et Dieu sait quelle vie licencieuse.

Zachary prit une expression innocente :

— Pourquoi ai-je eu l'impression que tu tenais justement à faire d'elle une fille de ce genre ?

Royce s'agita. Il ne pouvait nier qu'il avait trouvé la petite... intéressante.

— Tu ferais mieux de mesurer tes paroles, répliqua-t-il, agacé. Un jour, ta langue trop bien pendue t'attirera des ennuis.

— Oui, mais en ce qui te concerne, c'est autre chose qui va te causer des problèmes, très cher !

Refusant de poursuivre la conversation, Royce esquissa un sourire et prit ses gants de cuir souple sur le guéridon.

— Si tu ne dînes pas ici, avertis Chambers ! Je ne sais pas à quelle heure je rentrerai.

— Della ? demanda Zachary.

— Oui, répondit Royce, et il sortit de la pièce pour éviter d'autres questions et échapper au souvenir délicieusement érotique d'une jeune fille impudente.

La visite que Royce rendit à Della lui procura le plaisir attendu. Il dut cependant faire un effort pour chasser de son esprit l'image agaçante de Pip et se concentrer sur sa maîtresse. C'était ridicule ! Après avoir quitté une Della enchantée, il ne retourna pas tout de suite à Hanover Square mais se mit en quête d'un des clubs de jeu où il aimait se rendre. Malheureusement, la nouvelle de sa mésaventure à Fives Court avait déjà fait le tour de la société londonienne. Tout le monde était au courant. Agacé par ces commérages, il rentra chez lui de mauvaise humeur.

En dépit des événements dramatiques de la soirée, Pip s'était aussitôt endormie dans la petite chambre que lui avait montrée Chambers. Elle était certaine qu'elle s'échapperait et au lieu de se révolter contre sa situation, elle l'accueillait avec bonheur, décidée à profiter de ce court moment passé dans la demeure opulente d'un homme fortuné. Elle avait écarté de ses pensées la troublante image de Royce Manchester.

Pip s'émerveilla de la vie confortable que menaient les domestiques de la maison. Avisant leurs vêtements propres, elle rougit en se souvenant des loques dans lesquelles elle était arrivée. Ivy les avait jetées à la poubelle avec une grimace de dégoût. Pour la première fois de sa vie, Pip était gênée de ses origines et elle ne cessait de lisser sa robe bleu et blanc avec ses mains. La robe était modeste et passée de mode depuis longtemps, mais pour une jeune fille qui ne possédait rien, le tissu usé était le plus beau qu'elle eût jamais porté.

Même le repas qu'ils prirent dans la soirée l'enthousiasma. A aucun moment elle n'avait rêvé d'une nourriture pareille : de l'agneau si tendre qu'il fondait dans la bouche, des petits pois à la vapeur, des pommes de terre à la crème, et bien d'autres plats encore. Mais elle fut surtout impressionnée par les desserts, les tartes aux fruits et les crèmes renversées, jamais elle n'avait goûté de choses aussi délicieuses ! Terminant sa troisième tartelette à la fraise, elle pensa à ses frères. Comme ils seraient surpris de ce qu'elle leur raconterait !

Dès qu'ils avaient été convaincus qu'elle serait sage, les domestiques s'étaient montrés bienveillants. Ils plaisantaient gaiement en la regardant dîner. Auparavant, Pip pensait sincèrement qu'elle menait la vie la plus agréable qui soit, dépourvue de responsabilités et avec une liberté sans pareille, et elle s'était toujours moquée des gens qui gagnaient leur vie honnêtement. Mais chaque heure qu'elle passait chez Royce changeait son opinion. Un nouveau monde s'offrait à elle et Pip était troublée.

La journée touchait à sa fin et les domestiques se retiraient tour à tour. Pip était triste. Bientôt elle quitterait cet endroit pour toujours. Alors qu'Ivy lui montrait le chemin, la jeune fille ne put s'empêcher de jeter un dernier regard à la grande cuisine ; c'était moins pour se souvenir de son plan d'évasion que pour graver chaque détail de cette grande pièce chaleureuse dans sa mémoire.

On lui avait donné une chambre minuscule, à peine plus grande qu'un cagibi, mais elle était enchantée d'être seule pour la première fois. Dormir dans un lit était aussi une nouveauté. Le lit était étroit et le matelas dur mais elle avait l'habitude d'une couverture à même le sol, et tout lui semblait d'un luxe extraordinaire.

Elle s'endormit dès qu'elle eut posé sa tête sur l'oreiller. Elle était épuisée et n'avait pas la force de réfléchir aux événements de la journée, la rencontre avec son père, bien sûr, mais aussi la puissance fascinante de Royce Manchester. Elle ne craignait pas de dormir jusqu'au lendemain matin. Depuis son enfance, elle s'était entraînée à s'éveiller à la minute choisie. Vers trois heures du matin, elle ouvrit les yeux comme si quelqu'un l'avait touchée.

Elle resta immobile quelques instants, savourant ces dernières secondes dans un lit à elle. Puis, regrettant de quitter ce confort mais impatiente de retrouver la vie qu'elle connaissait, elle s'habilla rapidement dans l'obscurité. A l'idée de partir avec la robe d'Ivy, elle éprouva des remords. Quelques heures plus tôt, elle n'aurait pas hésité à voler la cuisinière, mais maintenant...

Troublée, elle quitta la chambre sans un bruit et s'engagea dans le corridor sur la pointe des pieds. Elle parvint sans incident à la cuisine et elle s'avançait doucement vers la grande porte barrée qui menait à l'extérieur lorsqu'elle s'aperçut qu'elle n'était pas seule.

Elle se raidit, immobile, cherchant à découvrir où se tenait l'intrus. Il y eut un silence pesant jusqu'à ce qu'elle perçût un léger bruit sur sa gauche. Elle tourna doucement la tête, essayant de percer l'obscurité, et elle frissonna, soudain consciente qu'il y avait deux personnes dans la pièce. Un coup s'abattit brusquement sur sa tête.

Elle réagit aussitôt en enfonçant violemment son coude dans l'estomac de son agresseur. Le cri de douleur étouffé lui fit plaisir mais elle reconnut tout de suite la voix :

— Jacko ! C'est toi ?

— Sacré bon Dieu ! Évidemment ! Qui ce serait d'autre ? répliqua son frère, plié en deux. Je parie que t'as fait un trou dans mon ventre !

— La prochaine fois, ne t'avise pas de t'approcher de moi par-derrière dans le noir, dit-elle, se frottant le crâne. Et de quoi te plains-tu ? C'est moi qui ai reçu le coup sur la tête.

— Chut ! souffla Ben. Avez-vous oublié où nous sommes ?

Ils baissèrent la voix et Pip murmura :

— Alors, on y va ?

Il y eut un curieux silence puis Jacko ajouta :

— Nous devons d'abord te parler. Ben et moi avons un plan.

Pip était inquiète :

— Nous pouvons en discuter dehors.

Il y eut encore un silence bizarre et elle sentit son inquiétude grandir. Ses frères lui cachaient quelque chose, quelque chose qui ne lui ferait pas plaisir.

Ben alluma une petite bougie. Les trois jeunes gens se dévisagèrent dans la lumière incertaine. Pip avait oublié sa métamorphose mais elle lut la stupéfaction sur le visage de ses frères.

— Ça alors ! s'exclama Ben. T'es une beauté !

Jacko hocha la tête :

— Qui aurait pensé qu'une robe te rendrait aussi jolie !

Pip sourit, heureuse des compliments. Oubliant son désir de s'enfuir au plus vite, elle tournoya, déployant la jupe.

— Vraiment ? demanda-t-elle timidement.

Ses frères approuvèrent. Puis soudain, leurs sourires se dissipèrent. Jacko soupira :

— Comment vas-tu ? Personne ne t'a fait de mal ?

— Non, répondit Pip. Ils ont tous été très gentils. Les domestiques se méfient un peu, mais ils m'ont bien traitée.

Elle fronça les sourcils.

— Excepté ce salaud d'Américain ! Il a failli me noyer et je n'apprécie pas ses méthodes cavalières ni son arrogance !

Elle pensa à Royce puis ajouta :

— Mais il n'a pas été méchant. On m'a donné une chambre pour moi toute seule ! Vous vous rendez compte !

Ses frères semblèrent impressionnés. Ben la regarda intensément :

— Alors ça ne te gênerait pas de rester ici quelque temps ?

— Rester ici ? répéta Pip d'une voix choquée. Mais pour quelle raison ?

Elle eut soudain peur.

— Je veux rentrer à la maison.

Jacko avait l'air mal à l'aise.

— Ben et moi avons réfléchi. Nous pensons que tu serais en sécurité ici.

— Que veux-tu dire ? Pourquoi ne suis-je pas en sécurité avec vous ?

Tendrement, Ben lui expliqua :

— Nous allions venir te chercher quand le Borgne est arrivé. Il a crié pendant une heure, il était furieux que tu aies été emmenée. Je ne l'avais jamais vu aussi en colère.

Ben frissonna.

— J'ai cru une seconde qu'il allait nous battre. Mais il s'en fichait que nous n'ayons pas réussi à faire les poches de l'Américain. Il était hors de lui parce que tu n'étais plus en son pouvoir.

Pip les regardait, interdite. Jacko continua nerveusement :

— Tu ne comprends donc pas ? Ici tu es en sécurité. Il ne pourra pas te toucher.

Il hésita avant de poursuivre :

— Il était enragé et ne mesurait plus ses paroles. Il nous a dit ce qu'il comptait faire de toi. Il parlait comme un fou, disant des choses insensées, que c'était toi qui lui permettrais de se venger des insultes qu'il avait dû supporter depuis tant d'années. Il a été très clair : il n'attendra plus pour te mettre dans son lit ! Si tu reviens avec nous ce soir, demain tu seras sa maîtresse, que tu le veuilles ou non !

Pip eut un haut-le-cœur. « Jamais ! » pensa-t-elle férocement. Le destin ferait peut-être d'elle une femme entretenue, mais elle ne coucherait jamais avec le Borgne. Quant à rester ici... Le beau visage de Royce Manchester lui revint en mémoire et elle frémit. Le grand Américain la troublait comme personne, et elle n'était pas certaine de vouloir rester près de lui.

— On trouvera un autre endroit où me cacher, dit-elle, désespérée.

— Connais-tu un endroit où le Borgne n'ait pas accès, excepté celui-ci ? répliqua Jacko rudement.

Elle secoua la tête.

— Bien, dit-elle, résignée. Je vais rester. Mais que lui direz-vous ?

Les deux frères eurent l'air soulagé. Ben sourit :

— Ne t'inquiète pas ! Nous lui dirons que la maison était trop grande pour chercher dans toutes les pièces et qu'un domestique s'est réveillé et nous a fait fuir !

— Il vous obligera à revenir !

— Oui, mais nous serons tranquilles pour quelques jours.

— Il vous tuera s'il apprend que vous lui avez menti !

— Mais non, dit Jacko d'une voix calme. Premièrement, il ne pensera jamais que nous lui mentons. Nous lui avons toujours obéi par le passé, pourquoi lui mentir maintenant ? Ensuite, nous lui dirons que nous t'avons trouvée mais que tu as menacé de réveiller la maison en poussant des hurlements si nous te forcions à partir. De ton côté, assure-toi que la chambre où tu dors est barricadée contre tout intrus.

Son visage s'assombrit.

— Ben et moi pouvons le faire patienter quelques jours, mais tôt ou tard, il enverra quelqu'un d'autre te sortir d'ici. Quelqu'un qui lui obéira ! Nous ferons tout pour lui rendre la tâche difficile mais tu devras être sur tes gardes.

Pip les regarda longuement. Soudain elle se précipita sur Jacko et le serra contre elle.

— Soyez prudents !

Elle embrassa Ben de toutes ses forces et s'enfuit.

6

Royce se réveilla en sursaut. Il resta quelques instants immobile, se demandant ce qui avait bien pu le déranger. Un fiacre passa dans la rue, les fers du cheval martelant le pavé. Il entendit l'appel étouffé du veilleur de nuit qui annonçait trois heures.

La maison était silencieuse mais quelque chose l'avait réveillé. Un sixième sens ? Son instinct ? Royce enfila une robe de chambre en soie noire et glissa ses pieds dans des pantoufles. Il alluma une chandelle.

Rien dans sa chambre n'aurait pu l'éveiller. Mais il était indéniable qu'il avait perçu un bruit dans son sommeil. Il se fiait beaucoup à son instinct, ce qui lui avait bien servi par le passé. Il empocha un petit pistolet qu'il portait souvent sur lui, souffla la flamme et ouvrit la porte. Le corridor était sombre et silencieux. Il descendit l'escalier, prêt à toute éventualité.

Il s'arrêta dans le hall, l'oreille tendue. Rien d'anormal. La pendule tictaquait sur la cheminée et les braises sifflaient et craquaient dans l'âtre. Pourtant, il avait le sentiment qu'on avait pénétré chez lui. Il commençait à se sentir un peu ridicule, debout dans l'obscurité, un pistolet à la main. Il était sur le point de retourner se coucher quand un bruit infime, comme un murmure, lui fit dresser l'oreille et regarder attentivement en direction de la cuisine.

Il y avait eu un cri étouffé, et ce léger appel de détresse l'avait surpris. Bougeant avec précaution, il traversa la salle à manger et l'office, s'immobilisa derrière la porte matelassée de la cuisine. Le rai de lumière qui filtrait sous la porte confirma ses soupçons. Quelqu'un se promenait dans la maison !

Il pressa l'oreille contre la porte et sursauta en entendant la voix de Pip murmurer :

— Il vous obligera à revenir !

Une voix d'homme qu'il ne reconnut pas lui répondit :

— Oui, mais nous serons tranquilles pour quelques jours.

Il était évident que Pip connaissait cet homme et Royce allait entrer dans la cuisine quand une troisième voix se fit entendre. Devinant qui étaient les deux hommes, Royce se contenta de tendre l'oreille pour ne pas perdre un mot de la fascinante conversation.

Il n'entendit pas sortir Pip, mais il comprit soudain qu'elle n'était plus dans la pièce. Sans hésiter, il poussa la porte et entra dans la cuisine. Les deux intrus étaient éclairés par la flamme vacillante de leur bougie et ils regardaient fixement l'escalier par où avait disparu la jeune fille. Royce s'approcha sans un bruit et murmura :

— Une heure tardive pour rendre visite, messieurs. Vous ne trouvez pas ?

Jacko et Ben se retournèrent comme un seul homme. Ils pâlirent en voyant le pistolet que Royce pointait sur eux. Jacko voulut souffler la bougie mais Royce l'en empêcha d'une voix glaciale :

— Si j'étais vous, je la garderais allumée. Une balle entre les deux yeux ne vous rendra pas plus attirant pour ces dames.

Haussant les épaules, Jacko laissa retomber ses mains.

— Nous n'avons pas été présentés cet après-midi, dit Royce, content d'avoir deviné juste. Alors j'aimerais maintenant connaître vos noms, je vous prie.

Jacko et Ben le regardaient en silence. Ils n'avaient pas l'intention de se montrer coopératifs.

— Vous n'avez rien à craindre, ajouta Royce. Je ne vous veux aucun mal et je n'ai pas la moindre intention d'appeler la garde. Puisque le bien-être de Pip est entre mes mains, ne pensez-vous pas que nous devrions nous entendre ?

Jacko et Ben étaient mal à l'aise, mais Jacko demanda :

— Pourquoi ?

Royce poussa un soupir :

— Je n'en ai aucune idée. Disons que je suis

intrigué par votre présence dans ma cuisine au milieu de la nuit et d'autant plus par la conversation que j'ai surprise entre Pip et vous.

Les deux jeunes gens semblaient toujours aussi méfiants. Royce ajouta d'une voix lasse :

— Nous pouvons rester ici jusqu'à demain, messieurs... ou passer au salon et discuter poliment. Que choisissez-vous ?

Jacko lança un coup d'œil à son frère. L'attitude calme de Royce les décontenançait.

— De quoi allons-nous parler, m'sieur ? demanda Jacko.

Royce fit une grimace.

— D'abord, laissez tomber ce déplorable accent. Je vous ai entendus discuter avec Pip et je sais que vous parlez aussi un anglais correct.

Sans se démonter, Ben demanda :

— C'est quoi, que vous voulez savoir ?

— Beaucoup de choses, admit Royce. Mais trouvons un endroit plus agréable. Marchez devant moi avec la bougie, je vais vous guider vers le salon.

Royce alluma le chandelier posé sur la table. Son sourire disparut.

— Et ne jouez pas aux plus malins avec moi, je n'aurai aucune peine à abattre au moins l'un d'entre vous si vous essayez de vous enfuir.

Ils parvinrent sans encombre au salon. Royce alluma les appliques et souffla sa bougie. Ben fit de même. S'approchant du cabinet Boulle dressé dans un coin, Royce demanda aimablement :

— Prendrez-vous un cognac ?

De plus en plus nerveux, Jacko maugréa :
— Ce que vous voulez.

Royce s'amusait de leur malaise. Il versa trois eaux-de-vie.

— Je vous en prie, asseyez-vous. Il n'y aura pas de formalités entre nous.

Ben regarda la pièce élégante, décorée avec soin. Il ajouta en grommelant :

— Je ne crois pas qu'on devrait. On va salir vos fauteuils.

— J'en achèterai d'autres, dit Royce. Ne soyez pas stupides, asseyez-vous.

Conscients de leurs loques sales, Jacko et Ben s'assirent sur le bord du canapé damassé. Les verres à cognac en cristal semblaient incongrus dans leurs mains noires. Royce était ému par les deux garçons. Il leur dit gentiment :

— Vous n'avez vraiment rien à craindre. J'étais sincère quand je vous ai dit que je ne vous ferais aucun mal.

Comme des animaux qui n'auraient connu que le fouet, Jacko et Ben observaient l'Américain avec méfiance tout en désirant le croire. Il y eut quelques minutes de silence, les Fowler scrutant le visage de Royce pour savoir s'il disait la vérité. Soudain, Ben lui demanda :

— Que nous voulez-vous ?

Soulagé qu'ils aient envie de parler, Royce s'assit dans un fauteuil en velours bleu et croisa les jambes.

— Je crois qu'en premier lieu, nous devrions nous présenter. Je m'appelle Royce Manchester. Je suis un Américain de Louisiane de passage à Londres, et vous... ?

Jacko, sur ses gardes, prit une gorgée d'eau-de-vie avant de répondre.

— Je suis Jacko Fowler et lui, c'est mon frère Ben.

C'était un début et Royce était décidé à les convaincre de sa bonne foi. Il les charma par ses sourires et ses manières polies. Petit à petit, mot par mot, il apprit beaucoup à leur sujet. L'eau-de-vie déliait les langues et après que Ben eut vidé son second verre et Jacko entamé son troisième, les jeunes gens avaient décidé que Manchester n'était pas un si mauvais bougre, même s'il appartenait à la noblesse.

Royce était fasciné par leur histoire, par cette mère qui avait insisté pour qu'ils apprennent à lire, à écrire et à parler correctement. Il comprit très vite que Jane avait été une demi-mondaine et que ses trois enfants étaient les bâtards d'hommes du monde. Les deux garçons ne parlèrent pas volontiers de leurs conditions de vie à St. Giles mais par leurs rares allusions, Royce s'en fit une image assez nette.

L'heure avançait. Les jeunes gens parlèrent ouvertement du Borgne, de ses activités criminelles et du pouvoir qu'il exerçait sur eux, mais ils ne dirent pas pourquoi l'affreux personnage les tenait à sa merci. Pour rien au monde ils n'auraient dévoilé à un étranger que Jacko était un assassin.

L'aube allait se lever quand Royce les interrompit, amusé :

— Quand je pense que je commençais à m'ennuyer à Londres ! En moins de vingt-quatre heures, j'ai été dévalisé par un pickpocket que j'ai recueilli dans ma maison. Un pickpocket qui se révèle être une jeune fille. Puis ses frères pénètrent chez moi et j'apprends que pour une raison mystérieuse j'ai attiré l'inimitié d'un criminel borgne, à la tête d'une bande d'assassins, qui est prêt à tout pour mettre la main sur ce même pickpocket que j'ai pris sous ma protection !

A la fois agacé et amusé, Royce observait les deux jeunes gens maintenant enfouis dans les profondeurs du canapé. Il leur demanda sèchement :

— Diriez-vous que j'ai décrit la situation de manière correcte ?

Jacko et Ben hochèrent la tête.

— C'est ça, m'sieur, dit Jacko, admiratif. Vous n'avez rien oublié, sauf que vous avez accepté de laisser Pip habiter quelque temps ici et que vous allez faire mettre une clé sur la porte de sa chambre.

Royce vida son verre. Si Pip n'avait pas ressemblé de manière frappante au comte de St. Audries, il aurait appelé la garde et fait jeter les trois Fowler en prison. Mais si Pip était bien une bâtarde du comte, ce dont il était persuadé, il ne voulait pas qu'elle tombe entre les mains du Borgne. Elle méritait mieux que cela.

Se levant, Royce ajouta :

— Les domestiques vont bientôt se réveiller.

Si vous devez partir sans être vus, il est temps de nous quitter.

Jacko et Ben chancelèrent :

— Nous allons dire au Borgne que nous n'avons pas trouvé Pip mais votre bouteille d'eau-de-vie ! dit Ben en souriant. Il nous cognera mais il nous croira.

— Nous ferions mieux de nous en assurer, dit Royce lentement.

Il saisit un superbe chandelier en argent massif ainsi qu'un plateau et un vase. Fourrant le tout dans la veste de Jacko, il tendit à Ben un petit nécessaire en ivoire et une boîte à priser en or.

— Je ne pense pas que le Borgne serait content si vous reveniez les mains vides.

Royce s'amusa de la stupéfaction des garçons. Il les poussa doucement vers la cuisine.

— Faites-moi confiance !

Curieusement, Jacko et Ben faisaient effectivement confiance à l'Américain. Quelque chose en lui avait brisé leurs préjugés. Ils l'avaient beaucoup apprécié et tandis qu'ils s'éloignaient de la belle demeure, ils étaient soulagés de savoir que Pip, pour le moment, n'avait rien à craindre... en tout cas du Borgne.

Ils aimaient bien l'Américain, mais ils ne le croyaient pas poussé par un souci purement altruiste. Les deux garçons avaient vécu assez longtemps à St. Giles pour savoir que Royce ne les aidait pas par gentillesse ! Il avait certainement des plans en tête concernant Pip et ceux-ci ne devaient pas différer beaucoup de ceux du Borgne, mais l'Américain était le moindre des deux maux et ils espéraient pouvoir ramener Pip saine et sauve à la maison avant que Manchester ne lui fasse connaître ses exigences.

Les événements de la soirée avaient intrigué Royce. Il avait été fasciné par l'histoire des trois jeunes gens. Tandis qu'il se couchait, il repensa au Borgne. Qu'avait-il fait pour susciter la colère d'un tel bandit ? Royce ne comprenait pas. Il ne fréquentait pas ce genre de personnage. Seigneur ! Il avait maintenant deux ennemis : St. Audries et ce ruffian. Il étouffa un bâillement. Décidément, il n'avait pas de chance !

Il ne parvint pas à s'endormir. Il entendit bientôt les domestiques aller et venir dans la maison. Le jour n'allait pas tarder à se lever. Qu'allait-il donc faire de Pip ?

Il serait facile de faire mettre une serrure sur la porte de la petite chambre et de renforcer celles des autres, mais il craignait néanmoins qu'une bande de malfrats pût pénétrer dans la maison. Royce se dit qu'il commettait une grave erreur en laissant sa curiosité l'emporter sur la raison. Il sourit. S'il parvenait par hasard à percer ce mystère et à causer quelque désagrément au comte de St. Audries, il en serait enchanté ! En parlant avec les garçons, Royce avait deviné les origines de la naissance de Pip. St. Audries avait été un jour le protecteur de Jane Fowler et Pip était le résultat de leur liaison. C'était fréquent chez les membres de la noblesse. Mais pourquoi St. Audries, un homme aussi fortuné, avait-il abandonné son enfant illégitime ? Pourquoi n'avait-il pas donné à Jane une somme d'argent pour l'éducation de sa fille ? La même question se posait au sujet des deux garçons, mais si Royce ne doutait pas qu'ils fussent aussi de sang noble, il ne connaissait pas les ressources financières de leurs pères respectifs. Ils avaient peut-être été de jeunes aristocrates sans le sou, ou alors Jane ne leur avait pas fait part de la naissance de leurs fils. Mais alors, peut-être le comte ne savait-il pas non plus qu'il avait une fille ?

Allongé sur son lit, Royce retournait dans sa tête toutes les possibilités. Il avait le sentiment très net qu'un mystère beaucoup plus important entourait la naissance de Pip.

Se levant dans l'après-midi, Royce se rafraîchit le visage et tira sur le cordon pour appeler Chambers. Le majordome frappa avant d'entrer. Il portait un plateau en argent sur lequel Ivy avait posé une cafetière, du lait, des toasts et de la confiture de fraises. Chambers posa le plateau et demanda gaiement :

— Bonjour, monsieur. Monsieur a-t-il bien dormi ?

Royce murmura une réponse polie et conversa aimablement avec son maître d'hôtel. Il saisit la tasse que lui tendait Chambers et posa la question qui le démangeait :

— Notre invitée a-t-elle créé des difficultés aujourd'hui ?

Chambers sourit, ses yeux bleus amusés :

— Oh non, monsieur. Elle a été... Tout a été très instructif.

Levant un sourcil, Royce demanda :

— Vraiment ? Pourriez-vous peut-être préciser ?

— Elle parle d'une manière curieuse, n'est-ce pas, monsieur ? Et vous seriez étonné de voir combien ses doigts sont agiles. Elle m'a dérobé ma montre sans que je m'en aperçoive et me l'a rendue avec un sourire des plus charmants. Elle nous a tous amusés avec ses tours de passe-passe. Même M. Zachary est fasciné. Lui et ses amis sont depuis une heure dans la cuisine à jouer aux cartes. Je crois comprendre qu'elle est très douée.

Mécontent de ce qu'il venait d'apprendre, Royce renvoya Chambers et s'habilla rapidement. Cinq minutes plus tard, il entrait dans la cuisine. Il ne put s'empêcher de sourire. La petite voleuse était assise sur la table, jouant aux cartes avec trois jeunes gens.

Elle était installée en tailleur, ses jupes relevées découvrant de fins mollets. Royce regarda longuement les petits pieds nus qui frissonnaient d'excitation. Elle avait la tête penchée en avant, les yeux fixés sur ses cartes. Royce détailla les cheveux bouclés et la haute poitrine qui tendait la robe. « Au moins elle est propre », se dit-il. Mais il savait qu'elle lui causerait des ennuis, surtout si elle s'avisait de corrompre toute la maisonnée !

A son grand étonnement, Royce s'aperçut qu'il regardait à nouveau la jeune poitrine, se demandant quelle forme avaient les seins, s'ils étaient doux au toucher... Il sursauta. Mon Dieu ! Où avait-il la tête ? Il fit un effort pour détourner son regard de Pip. Il reconnut Zachary et ses deux compères, Jeremy Shackelford et Leland Merryfield. Dans le fond de la pièce, Ivy Chambers s'activait aux fourneaux et deux jeunes aides-cuisinières essayaient de laver des assiettes, distraites par les rires et les commentaires qui fusaient du groupe installé autour de la table. Même Chambers s'était trouvé une excuse pour rester à la cuisine et il apprenait au valet de pied comment nettoyer l'argenterie sans quitter les joueurs des yeux. La présence de Pip allait mettre la maison sens dessus dessous, surtout si la cuisine en devenait la pièce la plus fréquentée !

Ne sachant s'il était irrité ou amusé par ce qu'il découvrait, Royce allait se montrer quand Leland abattit une carte et Pip s'exclama, folle de joie :

— Ça alors, m'sieur ! J'crois bien que j'ai gagné la partie !

Elle montra ses cartes, ce qui provoqua des soupirs de désespoir chez les autres joueurs, et ramassa d'une main habile les pièces d'argent au centre de la table.

Royce fit un pas en avant :

— Est-ce que je dirige un tripot maintenant ? C'est curieux, mais je ne m'en souvenais pas.

Zachary se leva aussitôt, l'air coupable :

— Royce ! Mais que fais-tu ici ?

— C'est tout de même ma cuisine, tu sais.

Zachary rougit :

— Je sais bien. Mais pourquoi es-tu descendu ? D'habitude, tu ne viens jamais ici.

— Je dirais volontiers la même chose de toi et pourtant tu es là et je me demande bien pourquoi.

Zachary sourit.

— Jeremy et Leland ne m'ont pas cru quand je leur ai dit que le pickpocket était une fille. Alors nous sommes venus voir Pip et...

— Je devine la suite.

Royce se tourna vers les deux jeunes gens aux visages empourprés :

— Je pense que maintenant vous ne doutez plus du sexe de cette personne ?

Gênés, ils murmurèrent une réponse indistincte et se levèrent.

— Nous devons y aller, dit Jeremy. Nous ne voulions pas rester longtemps.

Leland s'adressa à Zachary :

— Viens-tu avec nous au Tatersall's ? Lord Marchmont va vendre son étalon bai tout à l'heure.

Zachary accepta de se joindre à eux, et les trois jeunes gens se retournèrent vers Pip :

— Vous nous donnerez une chance de nous refaire, n'est-ce pas ? demanda Zachary.

Un sourire coquin éclaira le visage de la jeune fille :

— Bien sûr, m'sieur. Quand vous voulez !

Leurs rires résonnant dans toute la maison, les jeunes gens laissèrent Pip face à face avec Royce. Elle ne s'était pas inquiétée à l'idée de le revoir jusqu'à ce qu'elle croise le regard topaze de l'Américain. Ignorant les palpitations de son cœur, elle ne laissa rien paraître de sa nervosité. Elle refusait d'être troublée par Royce Manchester. Le courage était une seconde nature chez Pip, mais lorsqu'elle s'aperçut que tous les domestiques avaient soudain disparu de la cuisine, elle se sentit un peu déconcertée. Pourtant, elle releva le menton et regarda Royce dans les yeux :

— Bonjour, m'sieur ! Avez-vous bien dormi ?

Royce s'assit sur le bord de la table.

— Oui, merci. Et vous ?

Pensant à la visite de ses frères, elle répondit aussitôt :

— Ça oui, alors ! J'ai dormi comme un bébé.

Elle était assise à quelques centimètres de Royce et elle était troublée par la proximité de ce long corps musclé. Jamais elle n'avait été aussi consciente d'une présence masculine. Craignant que son regard ne trahît son émotion, elle contempla le bout de son pied, honteuse que Royce l'eût découverte dans une position aussi inconvenante.

Royce savait qu'ils ne pourraient pas avoir une longue conversation sans être interrompus par les domestiques. Il se leva brusquement :

— Je veux vous parler en privé. Venez dans la bibliothèque.

Pip prit une expression butée. Elle allait refuser lorsque Royce s'empara de son avant-bras et la traîna hors de la cuisine. Il remarqua froidement :

— Ce n'était pas un souhait. J'ai l'habitude d'être obéi et tant que vous serez sous mon toit, vous ferez ce que je vous dis, sans discuter.

Furieuse, Pip trébucha. « Quel salaud arrogant ! » pensa-t-elle. Royce vit sa colère et sourit.

— C'est vrai, dit-il en la poussant dans la bibliothèque. J'en suis un.

Pip sursauta. Lisait-il aussi dans les pensées ? Elle fit un autre bond lorsqu'il lui murmura à l'oreille :

— Cela m'arrive en effet à certaines occasions.

Craignant d'être entre les mains d'un sorcier, elle s'éloigna et lui jeta un regard méfiant. Il ne détourna pas les yeux et Pip eut la mauvaise surprise de se sentir attirée par ce visage qui dégageait une force irrésistible. Et ce corps si vigoureux... La colère l'enflamma. Elle attaqua :

— Alors, patron ? Qu'est-ce que vous m'voulez ?

— Vous et moi, mon enfant, allons nous mettre d'accord sur ce que je tolère dans ma maison et sur ce que je ne permets pas. Et d'abord, il n'y aura plus de parties de cartes dans ma cuisine.

Pip n'aimait pas particulièrement jouer, mais le ton arrogant de Royce la mit hors d'elle.

— Bonté divine ! Et comment pensez-vous que j'vais m'amuser, moi ? répliqua-t-elle, insolente.

— Vous allez vous « amuser » en apprenant les manières de mes excellents domestiques. Ivy et les autres vous enseigneront ce que vous devez savoir. Et je vous conseille vivement d'être une bonne élève si vous voulez rester chez moi.

— Et si j'veux pas être une satanée domestique ? Et si j'veux rentrer chez moi ? demanda Pip, les mains sur les hanches.

Royce eut un léger sourire ironique :

— Tiens, tiens ! Vous ne craignez donc pas les attentions du Borgne ?

Pip pâlit. Oubliant de jouer son rôle, elle demanda d'un ton inquiet :

— Que savez-vous de lui ?

— Ce que vos frères ont eu la bonté de m'apprendre hier soir.

Elle eut le souffle coupé :

— Mes frères ? Vous les avez vus !

La peur l'envahit :

— Où sont-ils ? Leur avez-vous fait du mal ?

Une pensée horrible lui traversa l'esprit.

— Vous ne les avez pas envoyés à N-N-Newgate ?

Ému par le désarroi de la jeune fille, Royce la rassura :

— Non, ils ne sont pas en prison. Ils sont partis d'ici sains et saufs, après que nous avons eu une conversation très intéressante.

Pip essayait de se ressaisir. Pouvait-elle lui faire confiance ? Que lui avaient dit ses frères ? Il était déjà au courant du Borgne... Espérant qu'il n'avait pas remarqué son changement de langage, elle demanda, défiante :

— Et comment que j'saurai si vous dites la vérité ?

Royce était fasciné de voir les changements si rapides de sa personnalité. Un moment elle était une enfant effrayée, ses yeux gris terrorisés, l'autre... Il sourit, détaillant la bouche voluptueuse, le petit menton volontaire. Une douce jeune fille et un voyou des rues tout en un !

— Je n'ai aucune preuve à vous fournir et je n'en ai pas l'intention, dit Royce. Vous n'avez qu'à me croire sur parole. Je me suis réveillé et j'ai trouvé vos frères dans ma cuisine. Vous veniez de terminer votre petit entretien. Je les ai convaincus de se confier à moi. Quant à vous donner des preuves, il suffit que vous sachiez qu'ils m'ont tout raconté au sujet du Borgne et que je sais que vous parlez un anglais parfaitement correct quand l'envie vous en prend. Je doute qu'ils m'aient appris autant si je les avais fait jeter en prison !

Il semblait sincère mais Pip n'était pas encore convaincue.

— La torture, ça existe ! Et si vous les aviez forcés...

Royce n'avait pas l'habitude qu'on mît sa parole en doute :

— En général, je ne torture pas les gens, mais dans votre cas, je vais peut-être faire une exception. Je n'ai pas l'intention de perdre mon temps à vous convaincre que je dis la vérité.

Il la regarda d'un air méchant.

— J'ai dit à vos frères que pour vous protéger du Borgne, je pouvais vous garder encore quelque temps. Mais si je vous accorde un asile temporaire, vous suivrez les règles de ma maison. Est-ce clair ?

Elle le fusilla du regard :

— Absolument, patron ! Tout ce que vous voudrez, patron ! Dois-je vous baiser les pieds pour vous remercier ?

— Petite ingrate ! s'exclama Royce, la prenant par les épaules et la secouant. Si tu n'apprends pas à être polie, je risque en effet d'avoir recours à la torture !

Il sourit méchamment.

— Et de m'y employer avec joie !

Pip lui envoya un coup de pied rageur, mais Royce esquiva l'attaque.

— Ah non, sale gamine ! J'ai assez donné hier. Ça suffit !

Il lui emprisonna les poignets dans le dos.

— Et maintenant, qu'allez-vous faire ? demanda-t-il alors que Pip se tordait dans tous les sens. Me mordre ?

— C'est une idée, cracha Pip, la tête rejetée en arrière, ses yeux gris presque noirs de colère, sa poitrine se soulevant au rythme de sa respiration saccadée.

Royce la maintenait facilement. Il fut soudain frappé par la beauté du visage qui le regardait avec haine. La peau presque transparente créait un vif contraste avec les cheveux noirs, le petit nez retroussé le défiait, et les yeux étonnants aux cils épais le transperçaient. D'une voix enrouée, il murmura :

— Qui aurait pu deviner qu'une telle beauté se cachait sous toute cette saleté ?

Le cœur de Pip fit un bond et elle se raidit. Les parties de son corps qui touchaient celui de Royce brûlaient comme si elles avaient pris feu. C'était à la fois terrifiant et merveilleux. Ne comprenant pas ce qui lui arrivait mais sachant qu'il fallait à tout prix qu'elle s'échappe, elle recommença à se débattre.

Royce la laissa partir et elle s'immobilisa, dos au mur. Sans un mot, ils se dévisagèrent. Puis, comme s'il n'y avait rien eu, le visage de l'Américain se ferma :

— A moins que vous ne vouliez une correction bien méritée, menaça-t-il, je vous conseillerais de retourner à la cuisine et de vous rendre utile.

Pip fit un effort pour maîtriser sa colère. Elle respira profondément. Il ne fallait pas que Royce soupçonne le trouble qu'il provoquait. Elle lui posa la question qui lui brûlait les lèvres :

— Pourquoi ?

Voyant qu'il était furieux qu'elle continuât à le défier, elle se reprit aussitôt :

— Je voulais dire, pourquoi faites-vous tout ceci ? Vous avez laissé partir mes frères, vous me permettez de rester ici. Vous auriez pu me jeter à la rue.

Royce prit un air intrigué. Il n'avait pas l'intention de lui dire qu'elle ressemblait étonnamment au comte de St. Audries.

— Disons que j'en ai envie et que vous me serez probablement utile un jour ou l'autre.

Ce n'était pas une réponse satisfaisante mais

Pip comprit qu'il n'en dirait pas plus. Se forçant à sourire gaiement, elle répliqua :

— Bien, patron. Alors j'dois apprendre à être une petite bonne bien obéissante, c'est ça ?

Réprimant une envie de rire, Royce répondit doucement :

— Laisse tomber cet accent minable, la môme ! Nous savons tous les deux que tu sais parler correctement, alors fais-le !

Poussée par le désir de le taquiner, Pip rétorqua :

— Et si j'veux pas ?

Il y eut un silence. Puis, tout amusement ayant disparu, Royce déclara d'une voix menaçante :

— Je crois que vous feriez mieux de ne pas me contrer, mon enfant... Nous savons qui est le plus fort de nous deux et si vous l'avez oublié, je serai heureux de vous le rappeler.

Terrifiée à l'idée d'être une nouvelle fois à la merci de ce corps puissant, Pip s'enfuit de la pièce. Pendant un long moment, Royce garda les yeux fixés sur la porte par laquelle elle avait disparu, sous le choc de la beauté de la jeune fille. Il se rappelait le corps souple pressé contre le sien. « Ce n'est pas étonnant que le Borgne ait des idées la concernant », se dit-il. Il sentit une chaleur familière entre ses cuisses et il grommela à mi-voix :

— Elle est à l'abri de lui, mais qu'en est-il de moi ?

DEUXIÈME PARTIE

UN ABRI DANGEREUX

7

Troublée par sa conversation avec Royce, Pip se réfugia dans la cuisine, essayant de reprendre ses esprits. « Je le hais ! pensa-t-elle. C'est un monstre d'arrogance ! » Puis, se rappelant les réactions troublantes de son propre corps, elle sentit son estomac se nouer. « Ce n'est rien, se dit-elle pour se rassurer. Rien du tout ! » S'il n'y avait pas eu le Borgne, elle ne serait pas restée une minute de plus dans cette maison.

Ce fut une étrange journée pour Pip. Elle avait l'habitude de se promener librement dans les rues et elle trouvait curieux de rester à l'intérieur toute la journée. Et comme elle n'avait jamais vécu dans une maison pareille, tout l'émerveillait. Elle voulait tout essayer, même si elle ignorait totalement comment faire.

Elle s'était attaquée à son premier travail

avec enthousiasme. Il s'agissait de préparer une tarte. Elle ne réussit qu'à se couvrir de farine des pieds à la tête et à en éparpiller dans toute la cuisine, pour un résultat immangeable ! Ivy la convainquit de s'essayer à quelque chose qui requérait un peu moins d'expérience.

Il avait d'abord fallu nettoyer Pip et remettre la cuisine en ordre. Ivy avait ensuite commis l'erreur de demander à la jeune fille de casser des œufs pour préparer une sauce. Ne sachant comment s'y prendre, Pip avait commencé par casser les œufs sur la table avant de retirer les morceaux de coquille avec les doigts et de glisser le reste dans le bol.

Elle essayait de son mieux de se rendre utile mais tout lui était étranger. Elle n'était pas stupide, mais pendant que les autres petites filles grandissaient dans les jupes de leurs mères et apprenaient les secrets des femmes, Pip vagabondait dans les rues, faisant les poches de passants innocents.

Agacée, Ivy finit par lui mettre un balai entre les mains en lui demandant si elle pensait pouvoir balayer la cuisine sans créer d'autres dégâts. Pip hocha la tête humblement et balaya scrupuleusement chaque miette.

Elle ne pouvait s'empêcher de penser à la conversation que ses frères avaient eue la veille avec Royce. Comment le Borgne réagirait-il quand ils lui apprendraient qu'ils n'avaient pas pu la trouver ? Les croirait-il ? Leur ferait-il du mal ? Et dans combien de temps enverrait-il quelqu'un d'autre pour la sortir de là ? Et

Royce... Que savait-il exactement ? Et qu'avait-il pu dire aux deux garçons pour les convaincre de lui faire confiance ?

En travaillant, Pip faisait tout pour éviter de penser à Royce. Elle aurait dû se sentir reconnaissante mais Royce Manchester n'avait pas besoin de sa gratitude. Il avait suscité en elle d'autres émotions qui agitaient son corps et la tourmentaient. Elle était soulagée de ne pas avoir à le revoir pendant quelque temps. Jusqu'à ce qu'elle comprît ce qui lui arrivait, Pip ne voulait pas être confrontée avec l'arrogant et troublant M. Manchester !

Inquiète, elle parvint au bout de sa première journée dans la maison de Royce. Les domestiques se montraient gentils envers elle, mais ses frères lui manquaient beaucoup. La cuisine était le centre vital de la demeure. On y préparait les repas, les domestiques s'y croisaient et discutaient de choses et d'autres.

Pip apprit que Royce Manchester était un excellent patron. Plusieurs fois, Ivy soupira en disant :

— Ah, si tous les Américains étaient aussi gentils que M. Manchester et M. Zachary, je partirais en Amérique sans hésiter !

Chambers semblait d'accord avec sa femme.

Le personnel se composait aussi du valet de chambre de Royce, Edward Spurling, un homme menu, discret, aux gestes précis, et de trois femmes de chambre. Alice, la plus jeune, avait seize ans, Hazel vingt, et Sarah vingt-sept. N'ayant fréquenté que des garçons depuis son plus jeune âge, Pip avait d'abord été mal à l'aise avec elles, mais elles étaient gentilles, la taquinant sans méchanceté et l'aidant de leur mieux.

Le valet de pied, Tom Cooper, joli garçon aux yeux bleus et aux cheveux châtains naturellement bouclés, savait que les trois jeunes filles étaient amoureuses de lui et il était plutôt content de lui. Son arrogance agaçait Pip.

Le jeune Matt Hatton, en revanche, était merveilleux ! A treize ans, il était le benjamin de la maisonnée et devait obéir aux uns et aux autres. Pip s'était sentie attirée par lui dès qu'elle l'avait vu. Était-ce à cause de son sourire moqueur, de ses yeux marron rieurs ou de sa chevelure carotte et de ses taches de rousseur ? Il pouvait bien être le plus jeune employé de la maison, mais vu son efficacité, personne ne l'aurait cru.

Durant la journée, Pip était parvenue à oublier les menaces du Borgne, mais elle redoutait la tombée de la nuit. On ne l'avait pas laissée seule une seconde et son travail la retenait la plupart du temps à la cuisine où se trouvait toujours quelqu'un. Les rares fois où elle s'était éloignée de la cuisine, une des femmes de chambre l'avait accompagnée. Même lorsque Alice et Matt étaient sortis faire des emplettes et qu'ils auraient eu besoin de Pip pour les aider, Ivy avait exigé qu'elle reste à ses côtés, et Pip en avait été soulagée. Le Borgne n'hésiterait pas à la faire enlever dans la rue en plein jour !

Elle ne s'attendait pourtant pas vraiment à une attaque cette nuit. Si quelqu'un devait à nouveau pénétrer dans la maison, il s'agirait probablement de ses frères. Mais comment percer les pensées machiavéliques du Borgne ? Peut-être n'avait-il pas cru à l'histoire de Jacko et de Ben ? Peut-être envoyait-il en ce moment même un assassin pour l'emmener de force ? Pip frissonna. Elle jeta un coup d'œil inquiet à la lourde porte en bois. Surprise par ce qu'elle découvrit, elle feignit la nonchalance :

— Oh ! N'est-ce pas un nouveau verrou que je vois sur la porte ?

Alice lui répondit :

— Oui. Monsieur l'a fait mettre cet après-midi quand tu aidais Hazel avec le linge. Il a dit qu'il avait entendu parler de cambriolages dans le coin et qu'il ne prendrait pas de risques.

Pip sourit et baissa la tête pour qu'on ne remarque pas ses joues qui rougissaient de plaisir. Elle savait que le nouveau verrou avait été mis en place pour rendre la tâche du Borgne plus difficile.

Elle en eut la confirmation plus tard dans la soirée lorsqu'elle rejoignit sa chambrette. Une lourde barre de bois était posée près de la porte. Elle la ramassa, la glissa dans ses ornières. La porte était barricadée. Pip était à la fois étonnée et reconnaissante.

L'Américain semblait sérieux lorsqu'il disait vouloir la protéger du Borgne. Mais pourquoi ? Elle alluma sa bougie et se prépara à dormir. Assise sur le lit, les bras entourant ses genoux, elle observait la porte. Personne ne pouvait entrer sans sa permission. Au moins ce soir, elle dormirait sur ses deux oreilles !

Mais ses pensées concernant le grand Américain étaient toujours confuses. Pourquoi cette sollicitude ? Il avait dit qu'elle pourrait un jour lui être utile. Comment ? Il n'avait pas besoin d'une domestique supplémentaire. Alors, que pouvait-il bien envisager ?

S'habillant le soir même pour le bal des Mortimer, Royce se demandait avec amertume si cela valait la peine de garder Pip à cause de sa ressemblance avec St. Audries. Depuis l'arrivée de la jeune fille dans la maison, il avait acquis une notoriété qui lui déplaisait. Grimaçant dans un miroir, il s'efforça de nouer sa cravate. La journée n'avait pas été agréable. Il en avait assez de détourner des questions impertinentes concernant Pip et ce qu'il avait l'intention de faire d'elle... ainsi que d'entendre les autres soupirer en lui enviant sa chance !

Les deux amis de Zachary s'étaient empressés de répandre la nouvelle que le pickpocket était bien une fille.

— Et bien jolie avec ça ! avait dit Jeremy à ses amis. Elle me rappelle étrangement quelqu'un mais je n'arrive pas à savoir qui.

Leland avait ajouté :

— Belle pièce, en effet ! Et Jeremy a raison, elle ressemble à quelqu'un...

En quelques heures, tous les hommes de la société savaient que Royce Manchester avait installé sous son toit une ravissante voleuse qu'il avait prise en flagrant délit. Ayant vu

Jeremy et Leland dans la cuisine, Royce avait su qu'il serait désormais impossible de garder le sexe de Pip secret, mais il avait espéré que la nouvelle se propagerait moins vite. Ses espoirs avaient été naïfs.

Entrant au White's Club dans l'après-midi, il avait été abordé par Francis Atwater.

— Bravo, Manchester ! J'apprends que votre petit pickpocket est un joli morceau.

Ricanant, Atwater avait ajouté :

— Je regrette qu'elle ne m'ait pas dévalisé, moi !

Comme George lui avait déjà fait une remarque similaire, Royce s'était contenté de sourire en continuant son chemin. Mais il ne s'était pas attendu à être le centre d'intérêt de toutes les conversations ! Partout on le saluait avec des exclamations :

— Le voilà, le veinard ! Dis-nous, Manchester, est-elle aussi jolie que cela ?

Royce accueillit la plupart des taquineries avec un sourire, mais il n'apprécia guère les sous-entendus pernicieux de Rufe Stafford et de Martin Wetherly.

— Et moi qui pensais que vous faisiez une bonne action ! s'était exclamé Stafford.

Martin Wetherly avait ajouté, ironique :

— Une bonne action... pour lui-même !

Wetherly s'amusait, ses yeux bruns ne dissimulant pas son animosité envers Royce.

Sachant qu'il n'avait rien à gagner à se disputer avec les amis intimes de St. Audries, Royce avait esquissé un sourire crispé sans répondre.

« Si, ce soir, une seule personne me parle de

ma “chance”, je l’étrangle ! » pensa Royce, enfilant sa jaquette avec l’aide de son valet. C’était plutôt une malchance colossale. Si seulement ses amis étaient au courant du Borgne mystérieux et savaient qu’une bande de vauriens menaçaient d’attaquer sa maison !

Les femmes et les maîtresses de ses amis ne tardèrent pas non plus à être mises au courant. Il avait salué lord et lady Mortimer et se promenait dans les salons parmi les robes de soie et de satin, faisant semblant de ne pas remarquer les regards circonspects de quelques dames d’un certain âge, et les sourires moqueurs des plus jeunes. Seigneur ! pensa-t-il. N’y avait-il donc personne à Londres qui ne fût au courant de son aventure ?

Visiblement chacun pensait qu’il n’avait recueilli Pip que pour des raisons malhonnêtes. Une partie des convives l’enviait et l’autre le regardait de travers. Soit on le félicitait pour son ingéniosité, soit on le méprisait pour son manque de moralité. Agacé, il décida de mettre un terme à ces commérages et se dirigea d’un pas décidé vers Julia Summerfield, une beauté élancée qu’il envisageait de prendre pour épouse. Tourbillonnant avec Julia au son d’une valse, il put oublier Pip en regardant le beau visage de la jeune femme. La main de Royce tenait fermement la taille de Julia et ils tournoyaient, la jupe bleue volant autour d’eux.

A vingt-deux ans, Julia était une jeune fille avec la tête sur les épaules. Royce avait été attiré par sa beauté et par sa sérénité. Elle était grande, avec de superbes cheveux blonds, de grands yeux intelligents, et dépourvue des simagrées qu'on devait subir habituellement chez les jeunes filles.

Royce remarqua gentiment :

— Vous êtes une merveilleuse partenaire. J'ai rarement dansé avec quelqu'un d'aussi gracieux.

Julia répondit par un délicieux sourire :

— Vous êtes trop poli.

Soudain Royce revit Pip assise dans la baignoire, ses boucles noires humides collées sur son visage animé, ses yeux gris moqueurs et s'exclamant :

— Ouah ! Et rudement poli avec ça, Royce Manchester !

Irrité par ses pensées qui s'égaraient à nouveau, Royce fronça les sourcils. Julia s'en inquiéta :

— Quelque chose ne va pas ?

Royce se ressaisit :

— Pas du tout. Qu'est-ce qui vous fait dire ça ?

— Vous semblez mécontent... Et je me demandais ce qui vous troublait.

Royce l'observa de plus près et elle rougit.

— Vous avez entendu parler du pickpocket, dit-il d'une voix résignée.

Elle se raidit :

— C'est de notoriété publique. Tout le monde en parle.

— Et qu'en pensez-vous ?

La valse prit fin. Royce lui tendit la main pour la ramener à sa place.

— Je n'ai pas à avoir d'opinion sur votre vie privée, répondit modestement la jeune fille.

Royce la trouva suffisante, mais il n'en dit rien et insista :

— Supposons que vous puissiez porter un jugement, quel serait-il ?

Ils étaient à quelques pas du chaperon de Julia, une de ses tantes. Elle se tourna vers Royce et leva son beau visage :

— Je suis certaine que vous avez vos raisons pour agir ainsi et si vous gardez votre liaison discrète, cela ne concerne personne.

Le regard dur, Royce demanda brutalement :

— Même pas une épouse ?

Julia reprit calmement :

— Même pas une épouse.

Royce n'était pas satisfait de la réponse. Il laissa Julia avec sa tante et partit à la recherche d'un verre de punch. Il n'avait pas prévu de rester fidèle après son mariage — qui donc l'était ? — mais il trouvait la réaction de Julia plutôt déplaisante. Une nouvelle fois, il pensa à Pip. Il croyait deviner qu'elle ne serait pas si complaisante. Puis, énervé, il mit un terme à sa rêverie en constatant que Pip envahissait toutes ses pensées. Après quelques verres, il décida de partir à la recherche d'une compagnie plus agréable. Quelqu'un sur sa droite lui souffla à l'oreille :

— Vous voilà, Manchester ! Je me demandais justement si vous aviez pu vous arracher à la compagnie d'une soi-disant exquise petite voleuse.

Royce se retourna et se trouva nez à nez avec Allan Newell, particulièrement élégant ce soir-là dans un manteau gris perle. Sans dissimuler son irritation, Royce s'inclina légèrement :

— La prochaine personne qui fait allusion à mon aventure d'hier après-midi ou qui me rappelle que le pickpocket est une fille... je lui fais violence.

Royce jeta à Newell un regard noir.

— Je pense que vous me comprenez ?

Affichant un sourire suffisant, Newell ne se laissa pas démonter :

— Mon Dieu ! Vous semblez vraiment énervé !

— Ne le seriez-vous pas ? répliqua Royce.

Newell haussa les épaules.

— Sans doute. Il ne doit pas être agréable d'être le centre de conversations libidineuses.

Royce sourit brusquement :

— C'est vrai.

Après tout, pourquoi ne pas laisser ces inconnus spéculer sur son compte ? Il continua son chemin, espérant trouver ses hôtes pour prendre congé.

Il allait à la rencontre de lady Mortimer lorsqu'une voluptueuse jeune femme aux cheveux blonds éclatants se plaça devant lui. Un sourire charmeur jouait sur ses lèvres et son regard était une invitation sans équivoque. Heather Cresswell demanda d'une voix enjôleuse :

— Me cherchiez-vous ?

Des deux femmes qu'il avait envisagées comme épouses, Royce se sentait plus attiré par la sensualité d'Heather. Il admirait Julia et la trouvait charmante, mais quelque chose chez Heather plaisait à son instinct plus charnel.

Soudain, il n'était plus aussi pressé de quitter le bal. Jeune veuve de vingt-six ans, capable de s'occuper d'elle-même, Heather subissait moins de contraintes que Julia, et Royce n'avait aucun scrupule à lui faire la cour.

Voyant le regard intéressé de la jeune femme, Royce se dit cyniquement qu'en poursuivant Heather de ses assiduités devant tout le monde, il ferait taire les commérages concernant ses relations avec Pip.

Il sourit :

— Bien sûr que je vous cherchais... C'est la seule raison de ma présence ce soir.

Heather éclata de rire. Lui frappant le bras avec son éventail, elle continua à le taquiner :

— Quel menteur ! C'est pour ça que vous avez tourné toute la soirée autour de la petite Summerfield... ? Pleurant mon absence...

Royce porta la main de la jeune femme à ses lèvres. Ses yeux topaze riaient :

— Bien entendu.

— Quel voyou ! s'exclama Heather. Si vous n'étiez pas l'homme le plus captivant de la soirée, je ne vous permettrais pas de me charmer avec une telle impudence.

Heather disait la vérité. Elle trouvait Royce fascinant et elle avait la ferme intention de l'avoir, avec ou sans mariage ! Elle détailla avidement le grand corps musclé, les larges épaules, les jambes interminables. Elle rougit, imaginant ce corps nu pressé contre le sien. Le regard lascif de la jeune femme ne laissait à Royce aucun doute sur ses intentions.

Royce manqua de sourire à une invitation aussi claire. Il n'avait pas pensé séduire la veuve Cresswell, mais si elle y tenait... Il lui murmura dans le cou :

— Est-il vrai que je vous charme ?

Le cœur d'Heather se mit à battre plus vite. Une faim sauvage s'empara de son corps. Elle le désirait ! Désirait sentir cette bouche sensuelle embrasser ses lèvres, caresser sa peau... Désirait sentir Royce au plus profond de son corps.

— Vous le savez bien, répliqua-t-elle dans un souffle.

Sans se gêner, elle laissa traîner un doigt le long de la manche de Manchester et ajouta d'une voix sensuelle :

— Si nous étions seuls, je pourrais vous montrer combien vous me plaisez.

Un sourire carnassier éclaira le visage de Royce.

— Je crois que nous avons fait notre devoir à ce bal, dit-il. Puis-je vous raccompagner ?

— J'en serais enchantée.

En quelques minutes, Royce était allongé sur les coussins de velours dans la voiture d'Heather. Elle était penchée sur lui. L'intérieur du cabriolet était sombre, éclairé par moments par un des becs de gaz qui montraient le chemin. On n'entendait que le pas régulier du cheval.

Royce attira Heather vers lui, se pencha pour saisir les lèvres déjà entrouvertes. Heather trembla sous la force de l'étreinte. Elle se pressa contre lui, s'offrant de tout son être, et lorsque Royce commença à déposer des baisers sur la poitrine opulente, elle s'arqua de plaisir, ses doigts s'emmêlant dans la chevelure châtaine.

Il libéra les seins et tourmenta la jeune femme par ses caresses jusqu'à ce qu'elle se tordît sous lui. Elle toucha le membre qui gonflait contre son ventre. Royce poussa un grognement. Il fallut une seconde à Heather pour déboutonner la braguette du pantalon et elle soupira en saisissant le sexe rigide.

Les mains de Royce ne laissaient aucun répit à la jeune femme. Il fouillait sous les jupes, cherchant la peau. Lorsqu'elle pensa mourir de désir, il s'empara d'elle, plongeant entre ses cuisses. Elle jouit aussitôt, son cri de plaisir étouffé par un baiser ardent. Dans les heures qui suivirent, Royce dépassa toutes les espérances de la jeune femme. Ses rêves érotiques les plus fous n'avaient pas pu préparer Heather à une pareille extase.

Rentrant chez lui à l'aube, Royce salua Chambers, l'esprit vague, encore sous le charme de la jeune veuve. Il sursauta quand Chambers referma fermement le nouveau verrou.

— Je vois que le serrurier est déjà passé.

— Oui, monsieur. Il est venu cet après-midi et il s'est occupé de tout.

Chambers gardait un visage impassible.

— Il a aussi posé la nouvelle serrure sur la porte de la jeune personne.

Royce laissa échapper un léger rire. La ville entière pensait qu'il ne cherchait qu'à séduire la petite. S'ils savaient qu'elle était plus sûrement barricadée qu'une nonne dans son couvent !

8

Le lendemain matin, la cuisine était en pleine agitation lorsque Pip descendit. Ivy Chambers avait souffert toute la nuit d'une rage de dents et on l'avait emmenée chez le médecin. Hazel avait été chargée de la remplacer et se lamentait à tout propos :

— Je ne suis pas cuisinière !

Les choses seraient rentrées dans l'ordre si Chambers, préoccupé à cause de sa femme, n'avait pas glissé dans l'office. Ses blessures n'étaient pas graves, une bosse sur le front et un poignet foulé, mais les domestiques perdirent la tête. Avec la cuisinière et le majordome indisponibles, la cuisine était encore sens dessus dessous quand Royce sonna plusieurs heures plus tard pour son café.

Hazel, occupée avec le déjeuner, poussa le plateau dans les mains de Pip en grommelant :

— Voilà ! J'espère que je n'ai rien oublié. Tu n'as qu'à le lui apporter, deuxième étage, troisième porte sur ta droite.

Démoralisée, Pip monta lentement l'escalier, priant pour que Royce dorme encore et qu'elle puisse déposer le plateau et s'enfuir sans le voir. La chance était avec elle. Elle frappa doucement, n'obtint pas de réponse. Elle ouvrit la porte, passa la tête.

La grande chambre était superbe. Un tapis rouge de Turquie recouvrait le sol, ses fils de couleurs vives, saphir, émeraude et or, entrelacés dans un dessin audacieux. Des meubles en acajou étaient disposés avec goût dans toute la pièce. Un instant, elle contempla, fascinée, l'homme qui dormait dans le lit à baldaquin.

Elle entra sur la pointe des pieds, posa le plateau sur une table basse près du lit, les yeux fixés sur les traits virils de Royce.

Il avait l'air si différent ! Elle détailla les cils noirs qui ombraient la joue, le nez arrogant, la bouche sensuelle. Sans avoir à craindre le regard moqueur des yeux topaze, elle pouvait l'observer à son aise. « Il est très séduisant, dut-elle s'avouer. Mais la beauté ne suffit pas ! » Elle se redressa fièrement, se forçant à ne plus le regarder.

Il avait la poitrine découverte et un bras étendu sur l'oreiller. Les draps de lin bouchonnaient à sa taille. Pip continua malgré elle à le détailler. Elle eut envie de caresser la toison bouclée qui recouvrait sa large poitrine.

Elle déglutit péniblement, effrayée par ses pensées indécentes. Elle était comme hypnotisée, désirant partir mais incapable de bouger. Son regard glissa sur le ventre plat, descendit vers les poils fauves qui disparaissaient sous les draps. Des sensations inconnues la firent trembler.

Sincèrement choquée par ses réactions, elle retint sa respiration et lui tourna le dos. Elle n'avait pas fait deux pas quand la voix moqueuse de Royce la fit sursauter :

— Vous partez déjà ? Ça ne vous a pas plu ?

Humiliée et furieuse, elle lui fit face. Il était à moitié assis dans le lit, une mèche de cheveux barrant ses yeux moqueurs. Le cœur de Pip s'arrêta une seconde. Rassemblant ses forces, elle lui lança :

— Vous auriez pu me dire que vous étiez réveillé ! Ce n'était pas poli de faire semblant de dormir.

Il s'étira sans se couvrir, les muscles saillant sous sa peau.

— N'était-ce pas impoli de me dévisager ? demanda-t-il sèchement.

— Je ne vous dévisageais pas ! répliqua Pip, sachant qu'elle mentait effrontément. Je voulais simplement savoir si vous étiez réveillé.

Il rit :

— C'était évident ! Sinon comment aurais-je sonné pour mon petit déjeuner ?

Elle insista, les poings serrés, souhaitant frapper cette bouche moqueuse :

— Vous aviez l'air endormi.

Décidément, elle était ravissante en colère ! Royce découvrait qu'il prenait un plaisir pervers à la provoquer. Il aimait voir les yeux de la jeune fille foncer, devenir d'un gris menaçant, les joues s'empourprer joliment. Il laissa glisser son regard insolent vers la poitrine palpitante qui tendait la robe bleu et blanc. Un corps mince, des traits délicats... La petite voleuse avait beaucoup d'atouts. Si sa filiation avec St. Audries ne donnait rien, il pourrait peut-être...

Royce se reprit, furieux. Il n'avait pas l'habitude de séduire les domestiques. Il demanda brusquement :

— Puisque vous avez apporté le plateau, versez-moi une tasse de café, voulez-vous ?

Pip le fusilla du regard mais elle était soulagée qu'il parlât d'autre chose.

— Comment l'aimez-vous ? Noir ? demanda-t-elle sèchement.

Il acquiesça et elle lui tendit la délicate tasse de porcelaine.

— J'espère que vous vous habituez à votre nouvelle vie. Mes gens vous traitent-ils bien ?

Pip ne put s'empêcher dc répliquer d'une voix outrée :

— Il n'y a qu'une seule personne dans cette maison dont je trouve le comportement insultant !

Immobile, il la contemplait par-dessus la tasse de café et son regard la fit frissonner. Méfiante, elle fit un pas en arrière.

— Un mouvement judicieux, murmura Royce.

Il ressemblait à un tigre sur le point de bondir sur sa proie. Pip prit son courage à deux mains :

— Puis-je partir maintenant ou désirez-vous encore autre chose ?

Entendant ces quelques mots, Royce imagina toutes les délices érotiques qu'il pourrait lui demander et à sa stupéfaction il se sentit durcir sous les plis des draps. Furieux, il grogna :

— Vous pouvez partir. Il n'y a rien que *vous* puissiez faire !

Il y avait quelque chose de si méprisant dans sa voix que Pip bouillonna de colère. Quel mufle ! Mais elle était consciente qu'en deçà de sa colère une émotion différente s'était emparée d'elle, et elle eut envie de le provoquer. Sur le plateau, Hazel avait posé une carafe de jus d'orange. Avec un brusque sourire, Pip demanda d'une voix doucereuse :

— Peut-être un peu de jus d'orange avant mon départ ?

Sans attendre de réponse, elle souleva la carafe et la renversa sur Royce.

Horrifiée par son audace, Pip s'amusa pourtant de l'incrédulité qui se peignit sur le visage de Royce lorsqu'il la vit prendre la carafe. Sans attendre son reste, elle prit ses jambes à son cou en riant. Un cri de fureur résonna dans le corridor.

Royce se leva rapidement du lit trempé. « Petit diable ! Attends un peu ! La prochaine fois, tu ne t'en tireras pas si facilement ! »

Royce venait de s'habiller lorsqu'il entendit la porte de sa chambre s'ouvrir. Son cœur fit un bond. La petite sauvage revenait-elle ?

Il fut surpris par l'intensité de sa déception

lorsqu'il aperçut Zachary. Mais il ne perdit pas une seconde et entraîna son cousin dehors : il ne voulait pas avoir à expliquer l'état de son lit !

Excepté quelques rares occasions, comme le combat de boxe, Zachary et Royce s'étaient peu vus ces derniers temps. Ils partageaient parfois un repas mais étaient rarement seuls. Royce fut heureux de pouvoir raconter à son cousin l'entrevue avec les frères Fowler et les mystérieuses activités du Borgne.

Zachary n'en croyait pas ses oreilles :

— Ça, alors, Royce ! C'est la chose la plus excitante depuis notre arrivée à Londres. Je commençais à m'ennuyer un peu, mais maintenant !

Se penchant en avant, il demanda :

— Veux-tu que je fasse des rondes de nuit dans la maison ? J'ai acheté une excellente paire de pistolets la semaine dernière. Ils arrêteront tout intrus, je peux te l'assurer ! Je pourrais même surveiller la porte de Pip. Seigneur, comme j'aimerais mettre la main sur le Borgne !

Royce avait craint cette réaction enthousiaste. Il essaya de tempérer l'ardeur de son jeune cousin.

— Zack ! s'exclama-t-il. Si les frères de Pip disent vrai, ce Borgne est un homme dangereux et pas un nouveau jeu que je viens d'inventer pour te divertir. L'homme a le bras long. Il menace même des personnalités haut placées. N'importe qui pourrait être son complice.

Zack sembla inquiet :

— Allons ! Ça ne peut pas être si affreux. Tu ne vas tout de même pas croire que cet horrible bandit terrorise les membres de la bonne société ? Comment le pourrait-il ?

— Très facilement, répondit Royce. Je vais te donner quelques exemples. Supposons qu'un lord X sans le sou et une comtesse Y veuillent se marier ; seul problème, la comtesse Y a déjà un mari, un mari très riche... Le Borgne, moyennant une certaine somme, fait disparaître le mari de la comtesse Y, de manière que les soupçons ne retombent pas sur les deux amants. Après un temps raisonnable, ceux-ci se marient et vivent heureux grâce à la fortune de la victime. Autre exemple. Le jeune lord Z attend impatiemment que meure son oncle richissime. Il fait appel au Borgne et avant longtemps l'oncle meurt d'une attaque. Tout le monde est content, lord Z hérite de la fortune, et le Borgne encaisse son argent. Ou encore... Imaginons que la fille du duc de M. se retrouve enceinte. Le Borgne s'occupe de faire disparaître l'objet encombrant...

Le visage de Royce était sérieux.

— Tout le monde est satisfait, surtout le Borgne. Non seulement il a été récompensé pour son aide mais il tient désormais tous ses employeurs à sa merci. S'ils désirent que leurs crimes restent secrets, ils feront tout, absolument tout ce qu'il leur demandera.

— Mon Dieu ! s'exclama Zachary, horrifié. C'est terriblement plausible !

— Tu comprends maintenant pourquoi tout ceci doit rester entre nous ?

Zachary hocha la tête.

— Ne t'inquiète pas. Je n'en dirai pas un mot, même pas à Jeremy et à Leland.

Royce rétorqua vivement :

— Surtout pas à ceux-là !

Zach se leva :

— Je sais bien. Ils sont les pires pipelettes de tout Londres.

Accompagnant son cousin jusqu'à la porte, Royce demanda :

— Tu vas les retrouver ?

— Oui. Nous allons faire une promenade à cheval dans Hyde Park. Pourquoi toi et tes amis ne viendriez-vous pas avec nous la semaine prochaine ?

— Bonne idée. Je vais en parler à George.

Royce remonta dans sa chambre. Il esquissa un sourire à la vue des draps trempés. Avec Pip dans la maison, il ne risquait pas de s'ennuyer.

Dans les jours qui suivirent, Pip et Royce s'évitèrent mais il l'apercevait de temps en temps lorsqu'elle courait çà et là pour faire le ménage. Il ne pouvait s'empêcher de l'observer, notant le visage délicat, le corps mince, la poitrine qui pointait sous la robe. Il s'énervait d'être aussi attentif à la jeune fille. Après tout, grâce aux assiduités de sa maîtresse, il n'était pas en manque, mais chaque fois qu'il croisait Pip, ses pensées prenaient une tournure peu honorable.

N'était cette étonnante ressemblance avec le

comte de St. Audries, il l'aurait déjà mise à la porte. Se préparant à rejoindre des amis au stand de tir, il enfila ses bottes noires d'un geste rageur. Son valet s'affairait autour de lui. Royce commençait à douter que ce fichu Borgne existât vraiment !

Pip choisit ce moment pour entrer dans la chambre, des cravates repassées sur le bras. Comme chaque fois, le cœur de Royce fit un bond. Il lui lança un regard noir. A cause de l'ineptie de la jeune fille en cuisine, Chambers l'avait affectée aux tâches domestiques.

Spurling fut surpris par la soudaine colère de son maître. Furieux, Royce demanda à Pip :

— J'ai demandé ces cravates il y a vingt minutes. Qu'est-ce qui vous a pris si longtemps ?

Pip avait essayé d'éviter Royce ces derniers jours. Elle était encore troublée par les sentiments contradictoires qu'il éveillait en elle et trop consciente de ce corps viril, des yeux à demi fermés qui suivaient ses moindres mouvements. Elle avait tout fait pour garder un visage impassible, se rendre invisible, mais en vain.

Elle aurait voulu rester polie, mais la colère injuste de Royce l'irrita :

— J'suis vraiment désolée, patron, murmura-t-elle, insolente. Si vous étiez aussi pressé, y avait qu'à vous bouger les fesses et descendre les prendre vous-même !

Royce se raidit, mais, regardant le petit visage buté qui le défiait, il eut envie de rire.

Comme domestique, elle se montrait bien impertinente ! Et pourtant, il appréciait cette audace. Il était temps de lui donner une leçon et de lui apprendre les bonnes manières. Lui laissant une dernière chance, il lui prit les cravates des bras en murmurant :

— Rappelez-moi de vous donner une fessée un de ces jours, voulez-vous ? Et maintenant, sortez ! Vous m'avez assez agacé pour aujourd'hui.

Pip lui tira la langue quand il eut le dos tourné et Spurling retint une exclamation. Elle donnerait cher pour lui arracher les cheveux ! Elle claqua la porte. Royce sourit. Sauvageonne ! Ce serait un plaisir exquis de la dresser.

La matinée au stand de tir passa agréablement et Royce fut content de voir qu'il n'avait rien perdu de sa précision. Il avait quitté ses amis et rentrait à pied chez lui quand il croisa Heather Cresswell.

Elle conduisait un phaéton tiré par deux superbes hongres noirs. Royce lui sourit. Elle était ravissante, avec un chapeau coquin posé sur le coin de l'œil, un habit noir bordé de vert qui soulignait son corps voluptueux. Le lendemain de leur nuit d'amour, il lui avait fait envoyer un grand bouquet de roses jaunes avec un mot de politesse, mais il ne l'avait pas revue depuis.

Retenant ses chevaux, elle lui demanda :

— Que diriez-vous d'une promenade ? Ou êtes-vous de ces hommes qui se méfient des femmes qui mènent leurs chevaux ?

Royce grimpa lestement à côté d'elle.

— Quand elles sont aussi belles que vous, tout m'est bonheur.

Elle inclina la tête pour remercier du compliment et laissa son attelage repartir. Ils ne parlèrent pas pendant quelques minutes, puis Heather risqua :

— Je pensais vous revoir plus souvent... N'avez-vous pas apprécié notre nuit ?

Royce la regarda attentivement. La réputation de la veuve Cresswell n'était pas à faire. On savait qu'elle avait eu des liaisons discrètes depuis la mort de son mari. Ils ne s'étaient rien promis et le désir de possession de la jeune femme l'agaça. Il choisit ses mots avec soin :

— Je suis désolé que vous vous soyez sentie délaissée, mais je pensais que cette nuit n'avait été qu'un interlude charmant pour nous deux.

Heather changea de tactique. Royce Manchester était un homme idéal et elle avait décidé d'en faire son mari. Ses yeux verts brillèrent. Il l'avait désirée cette nuit-là. Elle ferait en sorte qu'il la désire encore. Si seulement elle pouvait le compromettre... Elle posa une main sur la cuisse musclée, un sourire sensuel jouant sur ses lèvres. Les doigts audacieux, elle murmura :

— Tu m'as manqué, chéri. J'espérais que tu me reviendrais.

Royce remit la main vagabonde à sa place.

— Je pense que vous devriez garder les deux mains sur les rênes.

— Allons ! s'exclama-t-elle. Ne me faites pas croire que vous êtes timide !

Les avances d'Heather l'irritaient. Il pensait à l'audace de Pip. Au moins, la petite était plus originale.

Sur un ton légèrement moqueur, il murmura :

— Je ne confie jamais rien à une jolie femme !

Royce avisa soudain une des plus grandes commères du Tout-Londres.

— Si vous ne rendez pas son salut à lady Belmont, dit-il en souriant, les langues iront bon train !

Heather fit la moue, mais elle ne pouvait pas ignorer la vieille dame qui leur faisait de grands signes de la main. Sans comprendre comment, elle se retrouva bientôt avec lady Belmont à ses côtés tandis que Royce avait disparu !

Rentré chez lui, Royce croisa son cousin.

— George et moi viendrons monter à cheval avec toi mardi, si ça te convient ?

Zachary se déclara enchanté et sortit précipitamment. Royce se sentait un peu seul. Il entra dans la bibliothèque et aperçut alors des boucles noires dépassant d'un grand fauteuil. Il s'en approcha sans bruit.

Pip était plongée dans un livre et elle ne l'avait pas entendu entrer. Autour d'elle étaient éparpillés des chiffons à poussière et un pot de cire. Visiblement, elle avait interrompu son travail pour lire.

Royce lui prit brusquement le livre des mains. Elle poussa un cri et bondit sur ses pieds, honteuse et vexée.

— Bonté divine ! Je croyais que vous étiez sorti ! Vous n'êtes pas supposé être ici !

Royce se moqua gentiment :

— Je ne vous savais pas responsable de mes mondanités. Vous aurait-on assigné une nouvelle tâche, celle de lire Jane Austen ?

Pip rougit :

— Vous savez très bien que non.

Royce l'observait, étonné qu'elle fût si énervée. Maudissant sa langue acerbe, Pip savait qu'elle avait tort de l'indisposer. Elle lui devait beaucoup et elle ne lui rendait pas la vie facile. Après tout, il avait toujours été parfaitement correct.

— Chambers m'a envoyée faire la poussière et...

Elle semblait impressionnée :

— Je n'avais jamais vu autant de livres et j'ai commencé à les regarder, puis soudain j'en lisais un.

Elle lui jeta un regard de défi :

— Allez-vous me battre ?

Royce éclata de rire et secoua la tête :

— Je le devrais, mais je n'en ferai rien... Pas cette fois.

Ses yeux dorés brillèrent lorsqu'il ajouta :

— Quand vous me ferez vraiment enrager, la correction sera telle que vous ne pourrez pas vous asseoir pendant une semaine.

Elle répliqua sèchement :

— Vous ne vous en sortirez pas indemne si vous levez la main sur moi.

Quelque chose de puissant, de primaire, enflamma Royce. Il s'aperçut à sa stupéfaction qu'il avait très envie de poser la main sur elle, mais pas pour la punir. Il eut un sourire sensuel. Non, sûrement pas pour la punir.

— Aimez-vous lire ? demanda-t-il soudain.

Pip répondit, méfiante :

— Je ne sais pas. Un pickpocket n'a pas l'habitude de ce genre de divertissement.

Royce la taquina :

— Certes, mais combien de pickpockets savent-ils lire ? Des doigts agiles n'en demandent pas tant !

Il lui fit signe de s'asseoir et s'installa dans le canapé. Pip s'assit sur le bord du fauteuil, les mains sagement croisées, droite comme un *i*. Elle était adorable, mais Royce commençait à se lasser de cette robe bleu et blanc. Elle avait besoin d'autres toilettes.

Il demanda doucement :

— Êtes-vous un bon pickpocket ?

Se détendant un peu, Pip ne put s'empêcher de se vanter :

— Patron, j'suis une des meilleures ! Vous avez eu une sacrée chance de m'attraper.

Royce répliqua d'un ton paresseux :

— Je ne dirais pas que j'ai été particulièrement chanceux ces derniers jours.

Pip sourit mais ne dit rien. Curieusement elle ne voulait ni se disputer avec lui, ni que cette conversation prît fin. Elle mémorisait la façon dont les yeux de Royce se plissaient quand il riait, la manière dont sa bouche se pinçait quand il réprimait un sourire. Une douce langueur l'envahissait.

Ils parlèrent encore quelques instants sans animosité, Royce demandant à Pip des détails sur la vie à St. Giles, la jeune fille le priant de lui décrire l'Amérique. Chambers apparut et Royce regretta qu'il interrompît cette nouvelle intimité.

— Oh, monsieur ! s'exclama le majordome. Je ne savais pas que Pip était avec vous.

Il sembla intrigué.

— Puis-je vous apporter quelque chose ? ajouta-t-il.

Royce secoua la tête et renvoya le domestique. Il était agacé de s'être laissé intéresser par la petite voleuse. Il lui lança d'un air méchant :

— Vous feriez bien d'aller retrouver Chambers. Je ne tiens pas à être l'objet de commérages de la part de mes propres domestiques.

Blessée par son changement d'attitude, Pip rétorqua :

— C'est vous qui m'avez ordonné de m'asseoir !

— C'est probablement le premier ordre auquel vous ayez obéi !

Royce se sentait obligé de détruire cette intimité qui était née entre eux. Glacial, il ajouta :

— Avant de créer d'autres problèmes, soyez gentille de suivre Chambers et emportez ces foutus chiffons à poussière avec vous !

Pip éprouva une vive souffrance.

— C'est vous qui créez les problèmes ! cria-t-elle, essayant de dissimuler sa tristesse. Ma vie était parfaite jusqu'à ce que vous vous en mêliez !

— Vraiment ? rétorqua Royce. Vous vous réjouissiez de la vie que vous préparait le Borgne ?

Elle répliqua sans réfléchir :

— Au moins je n'aurais pas eu à supporter des hommes comme vous !

Royce lui saisit les poignets :

— Vous ne vouliez tout de même pas devenir sa maîtresse de votre plein gré ?

Sa voix était rauque. Il était tourmenté par un sentiment qu'il ne comprenait pas.

Terrifiée d'avoir réveillé le tigre qui sommeillait en lui, Pip détourna les yeux et murmura :

— Non. Je ne veux pas être sa maîtresse.

Royce avait de la peine à respirer. La bouche tentatrice était à quelques centimètres de la sienne. Il se penchait pour l'embrasser quand Pip murmura :

— Je ne veux pas être votre maîtresse non plus.

Royce la lâcha, le visage fermé. Pip n'hésita pas. En une seconde, elle avait bondi dans le corridor, loin, très loin de lui...

9

La promenade dans Hyde Park était agréable, mais Royce fut irrité de voir se joindre à eux les amis intimes de St. Audries, Stafford et Wetherly. Il se sentit obligé de les inviter aussi chez lui pour prendre une légère collation.

Ils se retrouvèrent donc à quinze dans la maison d'Hanover Square. Royce fut surpris de voir parmi les amis de Zachary le jeune Julian Devlin. Zachary expliqua à son cousin :

— Il n'est pas si mal, tu sais. Après tout, ce n'est pas sa faute si le comte est son père. Tu ne m'en veux pas de l'avoir invité ?

Royce sourit :

— Pas du tout ! Je m'étonne simplement qu'une amitié soit née aussi vite. Il y a quatre jours, tu m'en disais le plus grand mal.

— Je le croyais arrogant comme son père, mais je m'étais trompé, ajouta Zachary à mi-voix. Nous nous promenions hier soir dans Covent Garden quand le comte nous a croisés. Il était ivre mort et il a injurié Julian. Je peux t'assurer que je n'aurais pas hésité une seconde à donner une correction à celui qui aurait osé me parler de cette façon. Julian a été impeccable ! Quand St. Audries a vu qu'il ne pourrait pas le provoquer, il a cherché une autre proie.

Zachary esquissa une grimace.

— Malheureusement, il est tombé sur moi. Il s'est mis à attaquer violemment les Américains et nous deux en particulier. C'était très gênant, mais Julian a pris ma défense. J'étais stupéfait. Plus tard, Julian est même venu s'excuser pour l'attitude de son père.

Royce observa Julian Devlin. Il était le fils que tout homme rêverait d'avoir, grand, séduisant, avec d'excellentes manières et apprécié de tous. Qu'avait-il bien pu faire pour susciter la colère de son père ? Le comte était-il jaloux de son fils ? Royce retourna ces questions dans sa tête tout l'après-midi.

Ces messieurs s'étaient retirés au salon et discutaient des dernières nouvelles du continent. Napoléon venait de s'échapper de l'île d'Elbe et on craignait d'autres batailles en Belgique. Les plus jeunes discutaient des mérites des derniers chevaux mis en vente au Tattersall. Royce s'amusait de voir Zachary acquiescer à chaque parole de son nouvel ami.

Julian était sans doute un Devlin. Bien qu'ils fussent garçon et fille, Pip et lui se ressemblaient de manière étonnante. Grands yeux gris, sourcils arqués, cheveux noirs bouclés. « Normal, se dit Royce, puisqu'ils ont le même père ! »

Zachary et ses amis s'étant excusés, il ne resta bientôt dans le salon que Ponteby, Newell, Atwater et Wetherly. Soudain, Royce s'aperçut que Stafford avait disparu.

Aussitôt soupçonneux, Royce partit à sa recherche. Où pouvait-il bien être ? Au premier étage ? Sûrement pas, il n'avait rien à faire dans les chambres. Peut-être était-il retourné manger un morceau dans la salle à manger ? Royce s'en approchait lorsqu'il entendit la voix indignée de Pip dans une pièce voisine. Il se précipita.

Stafford avait-il croisé Pip par hasard ou l'avait-il délibérément cherchée ? En tout cas il avait trouvé la ravissante jeune fille, tenant une soupière à moitié pleine. Visiblement, Stafford lui avait pris le bras et lui avait fait une proposition offensante. Pip avait répliqué avec son aplomb habituel.

Les joues de la jeune fille étaient empourprées de colère, ses yeux gris lançaient des éclairs et elle le repoussa violemment :

— Espèce de salaud, bas les pattes ! Je préférerais coucher dans le caniveau avec un porcher que de vous laisser me toucher !

Royce était déjà dans la pièce. Stafford fit l'erreur de saisir Pip par les épaules et de la secouer brutalement.

— On verra, petite garce !

Il attira Pip contre lui et l'embrassa sur la bouche.

Royce était encore à quelques pas quand Pip parvint à se dégager et à renverser ce qui restait du potage sur la tête de Stafford, qui poussa un cri et fit un bond en arrière. La soupière se fracassa sur le sol. Serrant les dents, Pip remonta son genou entre les jambes de son adversaire. La douleur subite le fit se plier en deux.

— Et ça, dit-elle, c'est pour m'assurer que vous ne reviendrez pas chercher quelque chose que vous n'obtiendrez pas !

— Et si vous ne comprenez pas ce qu'elle veut dire, ajouta Royce d'un ton mielleux, je serai heureux de vous l'expliquer, après avoir mangé vos tripes au dîner !

Pip et Stafford se retournèrent. Le visage de la jeune fille s'éclaira, mais Stafford sembla très ennuyé. Il s'empressa de s'expliquer :

— Allons, mon cher, ce n'est qu'une servante.

Royce fit un pas en avant.

— C'est ma servante, figurez-vous. Et je refuse d'imposer à mes domestiques des gens comme vous.

— C'est grotesque ! s'exclama Stafford. Il y a une semaine elle n'était qu'une voleuse de bas étage. Mais ne vous méprenez pas, je suis prêt à vous payer pour l'avoir.

Stafford eut un sourire carnassier.

— Votre prix sera le mien.

Royce saisit Stafford par sa cravate.

— Elle n'est pas à vendre ! Et si jamais vous vous approchez d'elle encore une fois, je me ferai un plaisir de vous briser les reins.

Il secoua Stafford brutalement :

— Est-ce clair ?

— Mon cher garçon, dit Ponteby qui venait d'arriver, nous avons tous parfaitement compris. Maintenant, veuillez laisser ce pauvre bougre. Je parie que vous lui avez fait peur avec vos grossières manières d'Américain.

Royce fut agacé de voir les autres entrer dans la pièce. Il relâcha Stafford et fit signe à Pip de partir. Elle disparut aussitôt. George leva un sourcil en point d'interrogation :

— La petite voleuse ?

Royce hocha la tête, les poings serrés. En présence des autres, Stafford se ressaisit :

— Vous avez vu ! Il m'a agressé !

Il bomba le torse :

— Je suis obligé d'exiger un duel.

— Rien du tout ! répliqua George. On ne se bat pas pour une voleuse. Même si elle est ravissante.

— Je n'ai nullement l'intention de me battre avec Stafford, dit Royce d'une voix glaciale en s'avançant vers lui, mais j'ai la ferme intention de le jeter hors de chez moi !

Voyant la détermination de l'Américain, Stafford battit en retraite.

— Viens, Wetherly, partons d'ici tout de suite !

Le visage impassible, Wetherly s'inclina légèrement :

— Bonjour à vous, Manchester. J'ai passé un excellent moment.

Chambers apparut. Son visage inquiet prouvait que Pip lui avait tout raconté.

— Je suis heureux que vous vous soyez amusé, répliqua Royce à Wetherly. Chambers va vous raccompagner.

Après le départ des deux hommes, George brisa le silence gêné en murmurant :

— Pas très sympathiques, ces deux-là. Je me demande bien pourquoi tu les as invités chez toi.

— Je ne l'ai pas fait. Ils se sont incrustés. C'était difficile de les mettre dehors.

George ajouta, le visage soucieux :

— Croyez-vous qu'on va beaucoup jaser ? Je ne veux pas que Royce soit embêté.

Atwater haussa les épaules :

— Il est évident qu'ils vont raconter l'histoire à St. Audries en noircissant Royce, mais je pense que l'incident sera vite oublié.

— Peut-être, dit Newell, réfléchissant. Mais j'espère que Stafford ne va pas provoquer Royce en duel.

Royce grogna :

— Messieurs, j'apprécie votre inquiétude, mais je ne crains pas les hommes comme Stafford. S'il veut raconter son histoire dans tout Londres, c'est son affaire. Après tout, c'est lui qui faisait des avances à ma domestique. Quant à me livrer à un duel avec lui, c'est hors de question !

— Pourquoi ? demanda George, intrigué.

— Est-ce que Stafford est connu pour son adresse à l'escrime ou au pistolet ?

George secoua la tête. Royce sourit :

— Et ne me trouvez-vous pas plutôt adroit à l'un comme à l'autre ?

George se rappela le talent de son cousin. Son inquiétude disparut :

— C'est vrai. Ce ne serait pas juste de te battre contre lui.

Quelques minutes plus tard, les trois gentlemen repartaient chez eux. Royce resta seul, un peu troublé par ce qui venait de se passer.

Stafford et Wetherly s'étaient-ils joints à eux par hasard ou l'avaient-ils prémédité ? Stafford n'avait-il pas cherché à emmener Pip ? Royce était mécontent. Le Borgne avait-il changé de tactique ? Stafford était-il un de ses acolytes ? Ainsi il n'y avait pas que des cambrioleurs qui menaçaient la jeune fille. Royce partit à sa recherche.

Pip était dégoûtée par les avances malhonnêtes de Stafford. Elle s'était violemment frotté la bouche en s'enfuyant de la salle à manger. Et ce salaud qui pensait qu'elle serait flattée de devenir sa maîtresse ! Elle haussa les épaules, furieuse.

Elle se rappela sa joie quand elle avait entendu Royce intervenir. Il avait été magnifique ! Ces yeux de tigre pleins de fureur, ce beau visage déformé par la colère et ce corps prêt à se battre... Pip en avait eu le souffle coupé. Ah, si seulement c'était lui qui avait voulu l'embrasser... ! Elle rougit et essuya vigoureusement l'assiette qu'elle tenait entre les mains. Quelle idiote ! C'était ce genre de pensées qui la perdrait. Elle finirait comme sa mère si elle ne faisait pas attention. L'idée de se vendre à qui que ce soit la révulsait.

Elle n'en voulait pas à sa mère, et aurait été la dernière à la juger, mais elle refusait de vivre de la même façon. Elle eut un pauvre sourire. Aucun des enfants de Jane ne voulait suivre le chemin que leur avait montré leur mère. Jacko espérait un jour devenir fermier et Ben avait toujours adoré les chevaux.

Quant à elle... Pip fronça les sourcils. Qu'attendait-elle de la vie ? Pour l'instant, il s'agissait d'échapper aux griffes du Borgne. Mais après ? La vie à St. Giles ne permettait pas beaucoup de rêver, mais Pip avait depuis toujours un désir ardent, celui de devenir une femme respectable. Elle ne savait pas comment y parvenir, mais si jamais on lui donnait la chance de mener une vie normale, elle ne la raterait pas. Elle enviait à Chambers et à sa femme leur existence conventionnelle. Depuis son enfance, Pip avait dû survivre grâce à son audace et à son intelligence. Elle n'avait jamais réfléchi à l'amour ou au mariage. Soudain elle se prit à espérer qu'elle rencontrerait un jour un homme bon et respectable, qui se moquerait qu'elle fût une bâtarde et une voleuse. Elle désirait un homme qui l'aimerait pour ce qu'elle pourrait devenir, qui la demanderait en mariage et lui offrirait une vie tranquille. Elle sourit. Enfin, pas trop tranquille ! Elle soupira. C'était impensable. Elle devait se contenter du rêve de Jacko: gagner l'Amérique. Mais si jamais ils réussissaient l'impossible et s'installaient là-bas, serait-elle satisfaite ?

Jacko et Ben seraient heureux dans une

ferme avec des chevaux, mais elle ? Oui, si cette vie incluait Royce Manchester. La réflexion était venue sans crier gare. Pip fut surprise par sa propre audace. Un homme aussi respectable, aussi fortuné et sophistiqué que Royce Manchester n'offrirait jamais à une fille comme elle plus de quelques nuits.

Elle ne se faisait pas d'illusions. Les hommes tels que Royce ne prenaient des femmes des rues que comme maîtresses. Sa mère avait-elle connu cela ? Un amour pur pour un homme qui l'avait ensuite abandonnée, la réduisant à la prostitution car il lui avait pris le goût de vivre ? Pip frissonna. Elle ne permettrait pas à Manchester de la guider dans les pas de Jane Fowler. Jamais !

Malheureusement, Chambers choisit cet instant pour lui annoncer :

— Pip, le maître aimerait vous voir dans la bibliothèque.

10

— Pourquoi ? demanda Pip, inquiète. Il n'est pas fâché contre moi ? Il ne pense pas que c'était ma faute ?

Chambers haussa les épaules.

— Je ne sais pas, ma chère. Il s'est contenté de requérir votre présence.

Royce était sûrement furieux. Pip fit une grimace. Chaque fois qu'elle lui parlait, elle perdait ses bonnes intentions d'être polie et elle l'agressait. Si seulement il n'était pas aussi séduisant ! Si seulement elle pouvait empêcher son cœur de s'emballer chaque fois qu'elle le croisait !

Agacée du pouvoir que Royce avait sur elle, Pip se dirigea d'un pas décidé vers la bibliothèque. Elle se rappela le sort qu'avait connu sa mère et son visage se durcit. Elle frappa. Royce lui dit d'entrer.

La bibliothèque était l'endroit préféré de la jeune fille. Elle était longue, étroite, avec une cheminée. Les murs étaient couverts de livres reliés et les fenêtres donnaient sur une roseraie. Quelques fauteuils confortables, un sofa en damas noir et des guéridons en bois de citronnier étaient disposés avec goût.

— Vous m'avez fait demander, monsieur ? demanda Pip, les yeux baissés.

Royce, installé devant la cheminée, ne pouvait pas détacher ses yeux de la ravissante jeune fille qui se tenait devant lui. Décidément, il faudrait qu'il lui achète des vêtements. Comment serait-elle, habillée de taffetas et de soie ? Ou sans rien sur ce corps délicat ? Il se ressaisit, furieux de ses pensées vagabondes.

Il n'avait jamais éprouvé une colère semblable à celle qui l'avait enflammé lorsque Stafford avait embrassé la jeune fille. Pip lui appartenait et lui seul avait le droit de toucher ces lèvres provocantes ! Il avait fait un effort surhumain pour se maîtriser et ne pas se jeter sur l'intrus. Pensant aux mains de Stafford la caressant, il s'adressa à Pip sur un ton plus abrupt qu'il ne l'aurait voulu :

— Je voulais vous parler de cet après-midi. Expliquez-moi, je vous prie, ce qui s'est passé avant mon arrivée.

Le ton de Royce déplut à Pip. Elle répondit, acerbe :

— Il n'y a rien à expliquer. J'étais en train de ranger quand cet individu est entré et m'a empoignée. Vous connaissez la suite de l'histoire.

Elle fixait son regard sur les longues bottes noires de Royce.

— Puis-je partir maintenant ? J'ai des choses à faire à la cuisine.

— Non, vous ne pouvez pas partir ! s'exclama Royce, hors de lui. Qu'est-ce qui vous prend? Ce n'est pas moi qui vous ai attaquée.

Pip faillit s'excuser. Il avait raison, mais elle ne voulait pas se montrer agréable. Si Royce la trouvait exaspérante, elle pourrait garder ses distances. Sinon... Il était beaucoup trop séduisant. Elle ajouta, sévère :

— Ce sera tout, monsieur ?

Royce fit un effort pour se contrôler mais il ne put s'empêcher de la toucher. Il lui saisit gentiment le menton et leva le beau visage vers lui.

— Il ne vous a pas fait mal, au moins ? demanda-t-il doucement.

Pip tressaillit.

— Non, murmura-t-elle.

La main de Royce caressait inconsciemment la peau douce. Son regard s'attarda sur les lèvres gonflées. Il ajouta à mi-voix :

— Tant mieux pour lui. Sinon, je l'aurais peut-être tué.

Pip aurait voulu s'éloigner de ce corps puissant qui la dominait, mais elle était paralysée. Son sang battait contre ses tempes. Elle était fascinée par les doigts de Royce qui parcouraient son visage et elle savait qu'elle prenait un risque. Enfin, elle parvint à articuler :

— Je suis heureuse de pouvoir vous rassurer. Je n'aurais pas voulu une mort sur ma conscience.

Royce, lui aussi, connaissait les dangers de cette intimité, mais il était comme hypnotisé. Cette bouche sensuelle qui hantait désormais ses nuits était soudain si proche. Il serait cavalier d'en profiter. Sans cesser de lui caresser la joue, il lui demanda :

— Avez-vous des nouvelles de vos frères ?

Pip tressaillit, rassembla ses pensées éparses.

— Non. Les avez-vous revus ?

— Non, mais pensez-vous qu'on doive s'inquiéter ?

Elle secoua la tête.

— Ils me savent en sécurité et ils se méfient sûrement du Borgne. Ils donneront bientôt signe de vie.

Elle sourit :

— Même s'ils doivent vous faire les poches pour me faire parvenir un message !

Royce sourit à son tour. Il voulait à tout prix faire durer la conversation :

— Comment ça va avec Chambers ?

— Je n'ai encore rien cassé et il dit que j'apprends vite.

— Savez-vous qu'il reste perplexe devant vos progrès en anglais correct ? Il me dit chaque jour que vous parlez de mieux en mieux.

Pip éclata de rire :

— C'est vous qui m'avez demandé de laisser tomber l'argot de St. Giles !

Royce devint grave :

— Serez-vous toujours aussi obéissante ?

Le cœur de Pip fit un bond. Une boule dans

la gorge l'empêcha d'avaler. La tension sensuelle grandissait entre eux. Elle bégaya :

— J-je ne sais pas. Cela dépendra de ce que v-v-vous me demanderez.

D'un ton rauque, Royce murmura :

— Que feriez-vous si je vous proposais la même chose que Stafford ?

D'une main, il lui caressait la joue. L'autre s'égarait maintenant parmi les boucles noires.

— Auriez-vous la même réaction ?

Un sentiment étrange s'empara de Pip. « C'est de la folie, pensa-t-elle. Je dois m'échapper... »

Ses yeux gris immenses fixés sur le visage de Royce, elle ne bougeait pas. D'une voix étranglée, elle lui demanda :

— Voulez-vous que je devienne votre maîtresse ?

— Vous me rendez à moitié fou, répliqua Royce. Si je ne vous embrasse pas, je vais devenir complètement dingue !

Il l'attira contre lui, saisit avidement les lèvres qui s'offraient. Son baiser était à la fois exigeant et tendre. Ce n'était pas un baiser maladroit, mais celui d'un homme dont le désir a été trop longtemps refoulé, et la réaction timide de Pip n'était pas ce qu'il attendait. Il murmura soudain :

— Bon sang ! Ouvrez-moi cette bouche ! Laissez-moi...

Il n'attendit pas qu'elle obéît, lui saisit le menton et la força à ouvrir les lèvres. Avec un grognement sourd, il pressa sa langue contre la sienne.

Un court instant, Pip se perdit dans ce baiser intense mais la raison reprit froidement le dessus. Elle était à deux doigts de devenir le jouet de Royce. Affolée, elle le repoussa :

— Arrêtez !

Pris par son désir, le plus fou qu'il eût jamais connu, Royce ne comprit pas :

— Comment ? Ne pas vous embrasser ? Ma chérie, vous me demandez l'impossible...

Ses lèvres parcouraient tendrement les joues, le front, le menton de la jeune fille. Elle se sentait faiblir. « Ce n'est qu'un baiser », se dit-elle. Elle pouvait tout de même s'offrir le plaisir d'un seul baiser sans succomber...

Elle lui tendit sa bouche, ses bras lui entourèrent les épaules, elle l'attira à elle, perdue dans le tourbillon des sensations nouvelles qui l'enflammaient. Elle n'entendait plus rien, ne pouvait que sentir la puissance du corps viril qui l'écrasait, le feu de cette langue qui explorait les confins de sa bouche...

Pip était vaguement consciente que son corps ne lui appartenait plus. Elle sentait sa poitrine se durcir sous sa robe et elle eut l'envie brutale de libérer ses seins pour qu'il les vît et les touchât. Royce la serrait maintenant contre lui, une main dans le creux de son dos. Elle avait besoin de ce corps, voulait s'y fondre pour soulager enfin le désir qui palpitait entre ses jambes.

Les baisers ne suffisaient plus à Royce. Il souleva la robe, caressa les fesses rondes et fermes. Pip frissonna lorsqu'il toucha sa peau nue. Elle brûlait de mille feux et gémit de plaisir quand la main de Royce s'insinua entre leurs deux corps.

Il explora le ventre soyeux, désireux de saisir cette peau, de préparer cette femme à sa venue. Il était prêt, tellement excité qu'il devait faire un effort pour ne pas la jeter par terre et la prendre sans autre formalité.

La main de Royce lui caressait le ventre. Pip comprit soudain qu'ils étaient allés trop loin. Elle finirait comme sa mère ! Elle avait dû être folle de penser une seconde qu'un homme comme Manchester se contenterait d'un baiser ! Bouleversée, elle se raidit et le repoussa brutalement. Honteuse, folle de rage de n'avoir pas su se retenir, elle s'écria :

— Arrêtez ! Lâchez-moi ! Ma mère était peut-être une putain, mais pas moi.

Il fallait l'éloigner d'elle. A tout prix. Elle persista :

— Je suis peut-être votre domestique et vous avez offert de me protéger du Borgne, mais je ne veux pas remplacer un maquereau par un autre !

Ses paroles étaient cruelles mais elles étaient vraies. Le visage de Royce se figea. Jamais aucune femme ne lui avait fait perdre la tête pareillement et il n'avait jamais de sa vie séduit une servante. Il était horrifié par ce qu'il venait de faire et les accusations de Pip faisaient d'autant plus mal qu'elles étaient justifiées. Il grogna :

— Puisque vous avez été si explicite, je propose que vous partiez ! Retournez à la cuisine !

Il ajouta, furieux :

— Et pour notre tranquillité à tous les deux, par pitié, restez-y !

Pip s'enfuit de la bibliothèque. Étouffant ses larmes, elle grimpa dans sa chambre et se jeta sur le lit. Son corps tremblait d'un désir non assouvi, sa poitrine était encore gonflée, douloureuse. Des larmes de honte et de désespoir coulaient sur ses joues. Elle se sentait indigne. Mais pourrait-elle résister longtemps ?

Elle devait s'enfuir. C'était la seule solution. Un rire amer la secoua. Pour se précipiter dans les bras du Borgne ! Il n'y avait pas d'échappatoire. Royce était le seul qui pût la protéger du Borgne. Jacko et Ben étaient réduits à l'impuissance. Ce n'était pas une pensée très agréable. Celle de devenir la maîtresse de Royce non plus d'ailleurs...

« Mais serait-ce si terrible ? se demanda-t-elle, désolée. Il m'achèterait une jolie maison, quelques belles robes et surtout je l'aurais dans mes bras, dans mon lit. Si seulement il désirait autre chose que mon corps, peut-être pourrais-je m'habituer ? S'il m'aimait vraiment, je ne saurais rien lui refuser », s'avoua-t-elle, enfin.

« Je suis mon propre ennemi. Je suis comme ma mère. » La pensée l'effrayait. Avait-elle été malgré elle responsable de l'incident dans la salle à manger ? Pourquoi un inconnu l'aurait-il empoignée de cette manière si elle n'avait pas été provocante ?

Elle se rappela en détail l'événement désagréable. Non, elle n'avait rien fait de mal. Stafford avait offert de l'acheter ! Elle frémit. Le Borgne ! C'était sûrement lui qui était derrière tout ça !

Royce, de son côté, était arrivé aux mêmes conclusions, mais pour l'instant il se maudissait d'avoir perdu la tête. Il était horrifié par ce qui s'était passé dans la bibliothèque et inquiet à l'idée que la même chose ne tarderait pas à se reproduire quand il se trouverait seul avec Pip. « Et la prochaine fois, je ne pourrai peut-être pas me retenir ! » se dit-il.

Il était censé protéger la petite, non pas la séduire. Pourtant il ne pouvait oublier ce corps mince serré contre le sien, la peau satinée, les fesses rondes.

Autant se l'avouer : il désirait Pip et il savait qu'un jour, il la ferait sienne.

11

Royce décida de se concentrer sur autre chose. Il était étonnant que les frères Fowler n'aient pas donné signe de vie. Il aurait dû mettre au point un stratagème pour qu'ils puissent se rencontrer en cachette. Il quitta la maison avec l'idée de mener une enquête discrète.

Il n'avait pas fait cent mètres quand il comprit son erreur. Se promener dans Londres à la nuit tombante était trop dangereux. Agacé par sa propre bêtise, il s'arrêta près d'un bec de gaz qui diffusait une lumière tremblotante. Il allait faire demi-tour quand un bruit suspect provenant d'une ruelle sombre le fit sursauter. Grommelant un juron, il saisit son petit pistolet. C'était sûrement un voleur qui voulait lui faire la peau. Il appela :

— Qui va là ?

— Fermez-la, espèce d'imbécile ! siffla la voix de Jacko. Voulez-vous avertir tout le monde de notre présence ?

Un drôle de sourire aux lèvres, Royce

regarda attentivement dans la direction opposée et murmura :

— Vous choisissez des moyens peu orthodoxes pour vos rencontres, mais je suis enchanté d'avoir de vos nouvelles. J'espère que ça va, tous les deux ?

Ben rit doucement.

— Ça oui, alors, patron. A part quelques bosses, on est bien.

Puis il ajouta, un peu critique :

— C'est dur de vous mettre la main dessus. Ça fait cinq jours qu'on surveille la maison, espérant que vous allez en sortir seul et qu'on pourra vous parler.

Royce ne pouvait pas rester longtemps immobile sans éveiller des soupçons. Il demanda d'un ton urgent :

— N'y a-t-il pas un endroit où nous puissions nous voir sans risques ?

Jacko répondit franchement :

— J'espérais que *vous* auriez une idée.

Royce réfléchit, tapant sa canne contre sa botte.

— J'ai installé une maîtresse dans la troisième petite maison de la rue des Chanceliers. On pourrait s'y retrouver.

— La fille va pas cafter ? demanda Ben.

— Si vous me demandez si elle va en parler, je peux vous assurer que non, répondit Royce amusé. Je vous y attendrai dans une heure. J'aurai le temps de faire sortir Della ou de lui dire de se taire.

— Dans une heure, répéta Jacko, et les deux frères se fondirent dans les ténèbres.

Royce rentra chez lui, fit atteler son cabriolet et partit au grand trot vers sa maîtresse. Il trouvait normal d'utiliser la maison de Della. Après tout, c'était lui qui la payait et Della était une femme peu curieuse. Elle ne recherchait que son confort et fuyait les problèmes.

Della était chez elle : la jeune femme se devait d'attendre le bon plaisir de son protecteur, mais elle était déjà couchée. Royce la trouva allongée sur son lit, adossée à plusieurs oreillers de satin noir, feuilletant un livre de gravures de mode. Elle portait un négligé de soie verte qui laissait deviner ses formes arrondies. Ses longs cheveux auburn rehaussaient son teint de pêche. Della était décidément une ravissante créature.

Enchantée de le voir, elle bondit du lit et se colla à lui. Voulant se prouver qu'il n'était pas troublé par Pip, Royce l'embrassa mais avec moins de fougue que d'habitude. Un peu inquiète, Della lui passa une main dans les cheveux :

— Est-ce que je t'aurais déplu ? demanda-t-elle.

— Bien sûr que non ! répliqua Royce, mal à l'aise. Mais je suis préoccupé.

— Alors pourquoi es-tu venu ?

Royce sourit. Il aimait la franchise de Della. Celle-ci connaissait sa place et ne cherchait jamais à se dissimuler la vérité. Tant que son protecteur du moment la traitait avec respect et l'installait à son aise, elle lui offrait volontiers son corps et sa loyauté. Royce savait apprécier cette qualité à sa juste mesure.

Il lui avoua :
— En fait, je ne suis pas venu te voir... J'ai donné rendez-vous à quelques amis ici.
Reprenant son livre, elle lui dit gentiment :
— Tu peux dire à Annie de vous servir des rafraîchissements dans le salon.
Royce se pencha, déposa un baiser affectueux sur sa joue :
— Je crois que je vais t'offrir ce collier de diamants que tu as vu.
Elle sourit, ravie, et lui envoya un baiser du bout des doigts, déjà absorbée par les esquisses des nouvelles robes.
Retournant au salon, Royce demanda à Annie de lui apporter du cognac et des verres et lui donna la permission de se retirer. Della l'avait amenée avec elle et il lui faisait confiance, mais il était content qu'elle dormît au quatrième étage. Il s'installa dans un fauteuil et attendit les deux frères.
Dix minutes plus tard, les garçons se glissèrent silencieusement dans la pièce.
— Personne ne nous a vus, dit Jacko. On est venus par l'arrière.
Ben s'assit dans l'autre fauteuil.
— Si j'étais vous, je changerais la serrure de la porte de service. Il m'a fallu à peine deux secondes pour l'ouvrir.
Royce remarqua que les jeunes gens s'étaient assis loin de la lumière, dans l'ombre.
— Merci, dit-il. C'est gentil de me prévenir. Il a fallu que les Fowler entrent dans ma vie pour que je découvre tout un nouveau monde.

Les deux frères éclatèrent de rire.

— Je parie que vous maudissez le jour où vous nous avez rencontrés, dit Jacko.

— Pas encore, répliqua Royce. Mais certaines fois, je me demande si je deviens fou !

Il leur versa trois grands cognacs, puis, tendant son verre à Ben, s'exclama :

— Bonté divine ! Qu'est-ce qui vous est arrivé ?

Il souleva le chandelier et examina leurs visages.

— Seigneur ! dit-il, choqué. Que diable s'est-il passé ?

— Reposez ça, soupira Jacko. On va tout vous raconter.

Visiblement quelqu'un avait sauvagement battu les deux jeunes gens et Royce devinait de qui il s'agissait.

— Le Borgne ne vous a pas crus ?

Ben eut un rire amer :

— Oh, il nous a crus ! Mais il nous a donné une leçon pour nous apprendre à réussir la prochaine fois.

Royce frémit. Se sentant responsable, une colère noire s'empara de lui et ses poings se serrèrent. Cinq minutes avec le Borgne et il le réduisait en bouillie !

Royce but une gorgée de cognac.

— Est-il prudent de continuer à lui obéir ? demanda-t-il.

Ben rit à nouveau.

— Vous savez bien qu'on n'a pas le choix !

— Très bien, répliqua Royce, et il commença

à leur raconter ce qui s'était passé depuis leur première rencontre, terminant par l'incident avec Stafford.

Les frères avaient écouté attentivement. Jacko vida son verre avant d'ajouter :

— Le Borgne, en effet, nous a prévenus qu'il s'en occuperait désormais lui-même. Mais il n'a pas plus réussi que nous.

Observant Royce qui secouait la tête, Ben demanda soudain :

— Vous ne semblez pas penser que c'était la faute du Borgne.

— J'en suis certain, corrigea Royce. Mais je ne veux pas que nous perdions la tête en voyant les actions du Borgne partout. Au fait, cet homme n'a-t-il pas un vrai nom ?

Jacko réfléchit :

— Je ne l'ai jamais entendu. Pourquoi ?

— J'espérais pouvoir l'identifier. Même un prénom nous aiderait.

— Demandez à Pip, proposa Ben. Peut-être a-t-elle entendu quelque chose. Elle a passé plus de temps avec maman que nous.

Mais Royce s'était fait une assez bonne idée de Jane Fowler. Elle avait été une femme secrète. Très secrète. Ses enfants n'avaient aucune idée de qui étaient leurs pères respectifs et ils ne connaissaient rien de la vie de Jane avant l'épisode de St. Giles. Elle leur avait raconté ses origines mais n'avait pas donné le nom du village où elle était née, ni le nom de son propre père.

Royce soupira :

— J'en parlerai à Pip mais je doute qu'elle puisse nous apprendre autre chose.

— Qu'allons-nous faire maintenant ? demanda Jacko.

Royce réfléchit :

— Et si vous essayiez de filer le Borgne, de découvrir où il habite, qui il fréquente ? Il doit mener une vie en dehors de St. Giles. Nous pourrions alors trouver un moyen de nous protéger de lui.

Les deux jeunes gens semblaient effarés à l'idée de mener une action agressive contre le Borgne. Toute leur vie, ils l'avaient craint comme une puissance maléfique contre laquelle on ne peut rien.

— Vous voulez qu'on l'espionne ? demanda Jacko, incrédule.

— Pourquoi pas ? répliqua Royce. Si nous n'en savons pas plus sur lui, nous luttons avec un bandeau sur les yeux. Nous ne pouvons rien prévoir, qu'attendre son prochain coup.

Ses yeux topaze brillant d'excitation, il se pencha en avant :

— Si nous ne savons rien de lui, nous sommes aussi démunis que des agneaux devant le loup. Nous n'avons qu'un seul atout en main : il vous fait encore confiance. Profitons-en !

Ben se frottait le menton.

— Je pense en effet qu'il nous croit encore loyaux, dit-il, mais pourquoi ne pas nous avoir donné une autre chance de libérer Pip ?

Jacko hocha la tête.

— Il se méfie de nos réactions en ce qui concerne Pip. S'il avait eu le moindre doute sur notre franchise, il n'aurait pas hésité à nous tuer.

— Alors ? demanda Royce. Pouvez-vous le faire sans trop de risques ?

Jacko acquiesça gravement :

— On y arrivera.

Son visage s'éclaira d'un sourire coquin :

— Ben et moi, on est silencieux comme des chats, il ne se doutera de rien !

Royce s'inquiétait. Ne mettait-il pas leurs deux vies en péril ? Et il ne pouvait pas les aider. Si seulement il y avait un autre moyen... Soudain il bondit de son fauteuil :

— Quel idiot je suis ! Je vais vous envoyer tous les trois en Amérique. Là-bas, vous serez en sécurité.

Normalement, la fierté des Fowler les aurait contraints à refuser l'offre généreuse, mais ils pensaient à Pip et à leur propre passage à tabac. Ils échangèrent un regard et demandèrent, excités :

— Quand ?

— J'irai voir mon homme d'affaires demain. Il s'occupera de tout. Une fois que nous aurons les billets sur le premier navire qui quitte l'Angleterre, il suffira de surveiller Pip et de rester tranquilles jusqu'au départ. Le plus dangereux sera de vous faire embarquer sans éveiller les soupçons du Borgne.

— Si vous voulez bien vous occuper de Pip, vous n'aurez pas à vous inquiéter pour nous, dit Jacko, enthousiaste. Donnez-nous simplement le nom du bateau et l'heure de départ. Nous y serons !

Royce sourit. Les choses n'étaient pas toujours aussi simples.

— Avant de nous quitter, dit-il, nous devons trouver un moyen pour entrer à nouveau en contact. Nous pourrons nous retrouver ici à une date fixée, mais il faut un signal en cas d'extrême urgence. Avez-vous une idée ?

Les garçons se regardèrent puis secouèrent la tête, perplexes.

Royce claqua soudain des doigts :

— Les fenêtres ! s'exclama-t-il. Le troisième étage est peu utilisé. Choisissons la troisième fenêtre en partant de la droite. Normalement, elle sera à moitié ouverte. Entièrement ouverte, cela voudra dire qu'on se retrouvera le même soir à dix heures. Si elle est fermée, il faudra nous rencontrer sur-le-champ.

Ils se quittèrent enchantés. Rentrant chez lui, Royce se demanda ce qui pouvait bien le pousser à aider pareillement les trois jeunes gens contre son propre intérêt. Il était content d'envoyer les garçons en Amérique, mais Pip... Il s'était habitué à la savoir près de lui. S'il l'envoyait aussi loin, elle ne deviendrait pas sa maîtresse avant longtemps. « Mais il le faut ! » se tança-t-il vertement. Là-bas elle serait en sécurité. Or l'idée ne lui procurait aucune joie.

Il était à peine dix heures. Royce permit à Chambers de se retirer et erra dans la maison comme une âme en peine. Il mourait d'envie de rejoindre Pip, mais savait que c'était impossible.

Sa dernière pensée avant de s'endormir fut qu'elle serait saine et sauve de l'autre côté de l'océan. Loin du Borgne et de Royce Manchester.

Le mercredi matin, à la première heure, il était assis dans le bureau de son homme d'affaires. Roger Steadham était un homme de trente-cinq ans, de taille moyenne, avec des cheveux châtains et des yeux bruns. Il avait été chaudement recommandé par George Ponteby.

— Très capable et discret, avait dit George, et il avait eu raison.

Royce poussa un soupir et lui expliqua le motif de sa visite :

— Je voudrais réserver un passage en Amérique pour quatre personnes. Sur le premier bateau qui part de Londres.

— Je suis désolé que vous ayez décidé de partir plus tôt, dit Steadham.

Royce ne le corrigea pas. Tant mieux si les pistes étaient brouillées !

Après quelques mots polis, Royce se leva :

— Je compte sur vous. Soyez gentil de m'aviser des dates dès que possible.

Steadham l'assura qu'il ferait de son mieux. Royce sortit du bureau avec des sentiments mitigés. Il était désolé à l'idée du départ de Pip mais content de sa bonne action.

Cependant, il n'aurait pas été aussi serein s'il avait remarqué qu'on le suivait depuis sa maison. Un homme en noir se dissimulait dans l'ombre d'une porte cochère et lui jeta un regard mauvais en le regardant s'éloigner.

L'homme attendit quelques instants puis entra dans l'immeuble par une porte de service. Il connaissait visiblement l'endroit. Tel un chat, il traversa quelques pièces et apparut sans bruit dans le bureau de Roger Steadham, le faisant sursauter.

Roger pâlit et s'exclama à mi-voix :

— Que faites-vous ici ? Vous aviez juré de ne jamais me recontacter.

L'homme sourit d'un air mauvais, son œil unique transperçant Steadham.

— Vous me pardonnerez, dit-il d'un ton sarcastique, mais il y a certaines promesses que je n'arrive pas à tenir. De même que vous ne parvenez pas à éviter les salles de jeu. Dommage que vous n'ayez pas une autre tante fortunée, n'est-ce pas ?

Roger frémit. Il se savait battu.

— Que voulez-vous ? demanda-t-il d'une voix morne.

— Pas grand-chose, répondit le Borgne. J'aimerais simplement que vous me racontiez ce que désirait Royce Manchester.

12

— C'est tout ce que vous voulez savoir ? demanda Steadham, incrédule.

Le Borgne lui adressa un autre de ses sourires méprisants.

— Oui.

Soulagé de s'en tirer à si bon compte, Steadham raconta dans le détail la conversation qu'il avait eue avec Royce. Le Borgne sembla réfléchir :

— Ainsi Manchester s'ennuierait à Londres et aurait décidé de rentrer chez lui ? Je trouve cela difficile à croire...

Il se leva lentement et ajouta :

— Obéissez aux ordres de Manchester mais débrouillez-vous pour qu'il n'y ait pas de places disponibles sur le bateau avant le premier août.

Roger protesta :

— Mais c'est dans plus d'un mois ! Je suis sûr de pouvoir trouver quelque chose avant.

Le Borgne sourit :

— Je sais bien. Mais vous suivrez mes instructions, n'est-ce pas ?

Roger savait que le Borgne le tenait à sa merci. Il frémit.

— Si c'est ce que vous désirez.

Le sinistre personnage glissa vers la porte :

— Vous avez toujours été un homme raisonnable, Steadham. C'est un bonheur de traiter avec vous.

Le Borgne se rendit alors dans une des nombreuses cachettes qu'il possédait dans Londres. Il avait vite compris qu'il lui était indispensable d'avoir plusieurs endroits où dormir et s'occuper de ses affaires. Un sourire cynique éclaira son visage. Combien de pauvres imbéciles avaient essayé de découvrir où il habitait pour lui tendre un piège ! Ils ne savaient pas qu'il ne restait pas deux nuits dans un même endroit et qu'il ne planifiait jamais rien à l'avance.

Il arriva à destination, quelques chambres joliment décorées dans un immeuble non loin du bureau de Steadham. Il s'assura qu'on ne l'avait pas suivi et entra par la porte de derrière. Toutes ses cachettes avaient plusieurs issues.

Une fois en sécurité chez lui, il retira son chapeau noir à large bord et le bandeau qui lui couvrait un œil. Se passant la main dans les cheveux, il se dirigea vers une armoire en acajou et en sortit une autre tenue. Puis, il versa de l'eau dans un bol et commença à nettoyer son visage.

Il s'habilla rapidement, retrouvant avec plaisir les vêtements qu'il portait d'habitude à cette heure de la journée. Une redingote coupée dans un superbe tissu, des pantalons clairs, des bottes qui brillaient comme celles de tous les gentlemen londoniens. Le visage qui se reflétait dans le miroir possédait certes une bouche cruelle et des yeux froids, mais on ne pouvait nier qu'il était séduisant. Pas un cheveu blanc ne déparait l'épaisse chevelure noire, bien que l'homme eût dépassé la cinquantaine.

Dans le petit salon, il alluma un cigare et se versa un verre d'alcool. Puis, il s'installa confortablement dans un fauteuil pour réfléchir aux événements de la matinée.

Il ne croyait pas une seconde que Manchester voulût quitter Londres. L'Américain était arrivé un mois plus tôt pour un long séjour. Il n'avait aucune raison de repartir aussi vite. Alors, à quoi jouait-il ?

Était-ce un stratagème ? Manchester ne pouvait pas deviner que ses plans avaient été si vite découverts. L'homme sourit. Il avait eu raison de placer un espion dans la maison de l'Américain. Celui-ci l'avait averti du rendez-vous avec Steadham. L'instinct infaillible du Borgne l'avait poussé à filer lui-même Manchester. L'Américain devenait gênant. Il avait commencé à l'agacer bien avant l'incident avec Pip.

Une expression mauvaise défigura son visage. Il n'avait pas l'habitude d'être dérangé dans ses plans. Depuis plus de vingt ans, depuis qu'il avait pris la place du véritable Borgne, il avait été tout-puissant. Il était furieux que

Manchester vînt troubler sa vie bien organisée. D'abord il y avait eu cette course de chevaux qui lui avait coûté une petite fortune, ensuite Della... Et maintenant Pip !

Ses doigts se crispèrent autour du verre fragile. Il avait été irrité que Manchester fît de Della sa maîtresse. Lui-même l'avait eue à l'œil, la sachant discrète et fidèle à son protecteur. Elle aurait été la compagne idéale ! Mais il n'avait aucun doute qu'il saurait un jour convaincre Della de laisser tomber l'Américain même si cela exigeait de briser la volonté de la petite. Il eut un sourire cruel en pensant aux moyens qu'il employait pour réduire une femme récalcitrante à sa merci. Devrait-il se débarrasser de l'Américain ? L'assassiner ? Bien des problèmes seraient résolus. Pip se retrouverait à la rue. Et une fois qu'elle serait en son pouvoir...

Il avait fait des projets mirifiques concernant Pip ou plutôt Morgane Devlin et il n'avait pas l'intention de la laisser devenir le jouet de l'Américain. Il fit une grimace en pensant aux frères Fowler. Quels imbéciles ! Faillir alors qu'il comptait sur eux ! Lorsqu'ils lui avaient dit qu'ils n'avaient pas réussi à trouver Pip dans la grande demeure de Manchester, il avait été fou de rage. Il était aussi furieux que sa seconde tentative ait échoué. Pouvait-il imaginer que Manchester refuserait de vendre la petite ? Quoi qu'il arrive, jamais il ne laisserait l'Américain déranger ses projets.

Personne ne s'était jamais opposé à ses

plans. Au début il n'avait su que faire de Morgane et il l'avait presque éliminée comme l'avait souhaité cet imbécile de Devlin. L'homme éclata d'un rire cynique. Comme Devlin souffrirait s'il savait que Morgane était encore en vie et qu'il existait une preuve de sa naissance ! Il rit encore, imaginant la consternation qui se peindrait sur le beau visage du comte en apprenant la nouvelle. Il regrettait de ne pouvoir déjà le lui dire, mais c'était encore trop tôt. La place de Morgane était à ses côtés et il patienterait encore. Le moment venu, il détruirait le comte et il en retirerait une intense satisfaction, se vengeant de chaque humiliation que lui avait fait subir Devlin au fil des années.

Sa bonne humeur revenue, il prit une gorgée d'alcool. Pour l'instant il devait se concentrer sur l'Américain et lui arracher Pip. Si celui-ci continuait à poser un problème, il serait obligé de le tuer. Il avait été surpris que Manchester ne se débarrasse pas aussi vite que possible de la jeune femme. Manchester avait été hors de lui lors de l'incident dans la salle à manger. Serait-il attaché à Pip ?

L'homme fronça les sourcils. Dans peu de temps, il serait obligé de convaincre Pip de l'épouser. Ce serait une tâche difficile. Si en plus elle était tombée amoureuse de l'Américain... Il réfléchit. Ce ne serait peut-être pas une si mauvaise chose. Si elle aimait véritablement Manchester, il pourrait se servir de cet amour comme arme contre elle. Il suffirait de la convaincre qu'elle devait l'épouser pour sauver la vie de Manchester... L'homme sourit. C'était diabolique. Il brandirait comme menace l'exécution de Manchester.

Pip sortirait d'elle-même de la maison dès qu'il l'exigerait. Il n'aurait pas besoin d'aller la chercher. L'homme était enchanté. Il devait en savoir plus sur les sentiments qu'éprouvaient les deux individus l'un envers l'autre. Pour cela, il ferait appel à l'espion placé dans la maison.

Une pensée désagréable traversa son esprit. Pourquoi les frères Fowler, d'habitude si habiles, n'avaient-ils pas réussi à trouver leur sœur ? Et s'ils mentaient ? Cela compliquerait singulièrement ses affaires. Mais quel intérêt avaient-ils à lui mentir ? Pour protéger Pip ? Manchester les aidait-il ? C'était fort improbable, mais l'homme n'écartait jamais une hypothèse, si farfelue fût-elle.

Il tenait la vie de Jacko entre ses mains, mais il y avait Ben. Peut-être faudrait-il donner une leçon au plus jeune, lui rappeler où résidaient ses intérêts ?

Ennuyé, il étouffa un bâillement. Il avait envie de quitter Londres. A cette époque les membres de la bonne société désertaient la ville pour les joies des bains de mer ou les plaisirs champêtres. Il n'avait pas encore décidé s'il partirait pour Brighton ou s'il accepterait une des nombreuses invitations à la campagne. Peut-être passerait-il quelque temps dans sa propre demeure. Tout dépendrait de Pip...

Il n'était pas le seul, ce jour-là, à faire des plans pour quitter Londres. Royce et Zachary, ayant terminé un excellent repas, se retiraient au salon en discutant du même sujet.

— Tu vas habiter chez Julian Devlin, dit Royce, très étonné. Es-tu certain de vouloir passer plusieurs semaines chez lui ?

Zachary eut un léger sourire.

— Je sais que ça semble curieux mais nous nous sommes découvert beaucoup d'intérêts en commun.

Ses yeux brillèrent :

— Julian dit qu'on peut pêcher dans les rivières à St. Audries et que les promenades à cheval sont fantastiques. Rien à voir avec les gentilles allées d'Hyde Park. Ça fait une éternité que je n'ai pas fait une bonne balade ! Je t'assure que je ne tiens plus en place.

Royce n'était pas vraiment surpris. Il s'était attendu que son jeune cousin se lasse bientôt des plaisirs futiles de la grande ville. Lui-même étudiait plusieurs invitations. Une seule chose le préoccupait. Il s'en ouvrit à Zachary :

— Et le comte ? As-tu pensé à lui ? Il pourrait te rendre le séjour très désagréable.

Zachary secoua la tête.

— J'ai aussitôt posé la question à Julian. Il m'assure que son père habite rarement St. Audries. Il en garde de trop mauvais souvenirs.

Royce eut l'air étonné.

— Un homme aussi insensible que Devlin aurait des mauvais souvenirs ?

Zachary se jeta sur le sofa.

— Julian dit que son père était très attaché à sa belle-sœur et qu'à sa mort, il n'a pas supporté de rester dans un endroit qui la lui rappelait.

Royce n'en croyait pas un mot. Il répliqua, amusé :

— Nous parlons bien du même homme, n'est-ce pas ? Le septième comte de St. Audries, Stephen Devlin. Le plus arrogant des salauds que j'aie jamais rencontré ! Je n'arrive pas à croire qu'il connaisse le sens du mot compassion.

Zachary s'amusa à son tour :

— Selon son fils, c'est le seul sentiment que le comte ait jamais éprouvé pour quelqu'un excepté lui-même. Il faut croire que cet attachement pour sa défunte belle-sœur a été la cause de la séparation finale du comte et de sa femme.

Zachary devint plus sérieux.

— La comtesse douairière n'avait rien d'une vieille sorcière, à ce qu'il paraît. Elle était très jeune et tout à fait charmante. Lucinda, bien sûr, était enchantée qu'elle mourût en couches. La fortune appartenait à la comtesse douairière. Si elle n'avait pas tout laissé au comte, les Devlin seraient pauvres comme Job !

Royce était fasciné mais il ne put retenir une remarque ironique :

— Il semble que toi et Julian soyez devenus très intimes en peu de temps !

Zachary rougit légèrement avant d'expliquer :

— Ce n'est pas Julian qui m'a raconté l'histoire mais Leland. Sa mère est très amie avec lady Lucinda. Même un étranger comme moi ne peut ignorer que Devlin et lady Lucinda se haïssent ! Leland jure que c'est parce que le comte serait tombé amoureux de sa belle-sœur et que sa femme ne le lui aurait jamais pardonné. Vingt ans après, lady Lucinda déteste toujours autant sa défunte belle-sœur. Il paraît que Lucinda aurait voulu épouser le frère aîné de Stephen, le sixième comte, et qu'elle aurait haï la jeune veuve parce que celle-ci avait été l'heureuse élue. Visiblement le frère aîné n'avait rien en commun avec le père de Julian ! Tout le monde l'adorait. J'ai l'impression que Julian ressemble plus à son oncle qu'à son père.

Royce était captivé.

— Tiens, tiens... Tu ne peux pas savoir comme je suis bouleversé d'apprendre toutes ces informations sur le comte et sa famille.

Zachary lui jeta un regard soupçonneux avant d'éclater de rire :

— Je sais. Leland est un moulin à paroles !

— J'ai l'impression que tu lui ressembles ! dit Royce, amusé.

— Avoue que c'est une histoire fascinante. Le séduisant comte de St. Audries épouse une ravissante héritière qui a vingt ans de moins que lui, s'installe dans sa maison à la campagne et meurt assassiné ! Ensuite, la jeune veuve éplorée est consolée par le petit frère qui a hérité du titre. Or on sait qu'il détestait son aîné, et puis c'est elle qui meurt et sa petite fille avec elle. On dirait du Shakespeare !

Bientôt, Zachary repartit à la recherche de ses amis et Royce resta seul. Cette histoire expliquerait-elle la haine du comte à son endroit ? Stephen Devlin avait hérité de l'argent de manière inattendue. Serait-il jaloux de ceux qui avaient acquis des fortunes de façon plus conventionnelle ? Royce en doutait mais il retournait dans sa tête tous les détails de la triste histoire. Et surtout celui concernant la petite fille décédée à sa naissance...

Pip aurait été fascinée par le récit. Après tout, il s'agissait de sa propre famille, même si c'était de la main gauche !

Depuis son arrivée à Hanover Square, elle n'avait pas eu le temps de penser à son père. Jacko et Ben n'avaient pas remarqué l'étrange ressemblance et elle n'avait pas les moyens d'en savoir plus. Elle n'osait pas demander son nom à Royce qui devait pourtant le connaître. Elle était certes curieuse mais quelque chose en cet homme hautain l'inquiétait. Les yeux froids et la bouche cynique lui faisaient peur. Et d'ailleurs, il ne serait pas content d'apprendre qu'il avait une fille illégitime. Il devait avoir oublié sa liaison avec Jane Fowler depuis longtemps.

Pourtant, par moments, Pip rêvait qu'il apprenait par hasard son existence et qu'il l'accueillait à bras ouverts, prêt à lui offrir une vie luxueuse. Mais le plus souvent, et à son grand agacement, ses pensées tournaient autour de son séduisant employeur. Royce aussi lui faisait découvrir une vie de plaisirs, mais il n'avait rien d'un père. Dans son lit étroit, chaque nuit, elle se souvenait de ses lèvres, de son corps, et elle gémissait, se tordant sous des vagues de désir qu'elle ne pouvait maîtriser.

Depuis le baiser dans la bibliothèque, elle dormait mal. Le matin, elle apparaissait pâle et défaite, des cernes violets ombrant ses yeux. Ivy craignait qu'on ne lui donne trop à faire mais Pip se contentait de rougir et l'assurait du contraire. Elle s'épuisait à travailler, espérant que la fatigue l'entraînerait dans un sommeil sans rêves.

Mais rien n'y faisait. Elle se retournait dans son lit comme secouée par une forte fièvre. Sa mère avait-elle connu ces tourments de la chair ? Pip allait-elle succomber comme elle à une passion dévorante ?

13

Tourmentée, Pip errait tristement dans la maison. Elle était confrontée à un dilemme qui s'aggravait chaque jour. Elle en arrivait même à oublier la crainte que lui inspirait le Borgne et l'affection qu'elle portait à ses frères. Comment mettre un terme à l'attirance qu'elle éprouvait pour le maître riche et bien né de la maison, elle qui n'était qu'une gamine des rues, une voleuse et une bâtarde ? De plus, la vie à Hanover Square avait suscité en elle des changements qui l'inquiétaient.

A St. Giles, elle avait été trop occupée pour penser à son avenir. Trop occupée à voler, à éviter que le Borgne ne fasse d'elle une prostituée. Mais depuis son arrivée dans cette maison, elle avait découvert un autre monde. Un univers rempli de beaux objets, de repas somptueux, d'une chambre pour elle seule. Il y avait aussi un lit avec des draps, des bains réguliers et une robe, la première qu'elle eût portée de sa vie, mais surtout, surtout, elle s'habituait à l'idée de faire un travail honnête. Elle ne craignait plus à chaque instant de sentir une main agripper son épaule pour l'entraîner vers la prison de Newgate. Elle aimait la routine de la vie de domestique car elle se sentait en paix avec elle-même. Elle se réjouissait de se lever chaque matin à l'aube, de prendre une collation rapide dans la cuisine avec les autres avant de s'attaquer aux tâches de la journée. Les lundis et vendredis elle nettoyait avec Hazel les pièces du haut ; le mardi elle aidait Ivy à la cuisine et le mercredi Sarah lui apprenait à coudre. Tous les soirs elle aidait Alice à nettoyer la vaisselle qui s'empilait dans l'évier. C'était une vie ordonnée et Pip en était enchantée.

« En fait, se disait-elle tristement, il y a peu de choses dans cette maison que je n'aime pas, excepté la présence de Royce Manchester. » Elle savait qu'un jour elle devrait quitter la belle demeure, mais les souvenirs resteraient intacts. « Jamais plus, se jurait-elle, jamais plus je ne volerai ! » Mais comment gagner sa vie quand elle aurait quitté Hanover Square ? Elle ne pourrait pas partir pour l'Amérique avant longtemps. Ne deviendrait-elle pas une prostituée comme sa mère ?

Avant de rencontrer Royce, Pip aurait préféré mourir plutôt que de devenir la maîtresse d'un homme fortuné. Depuis que son corps s'était réveillé aux baisers ardents de l'Américain, elle en était moins sûre.

Serait-ce si terrible s'il lui achetait une jolie petite maison et quelques belles robes ? Sa conscience lui criait que c'était une faute, et cependant...

Elle continua à arpenter la pièce, perdue dans ses pensées, lançant le chiffon à poussière çà et là. « Que puis-je faire d'autre ? se demandait-elle, furieuse. Je pourrais bien essayer de devenir domestique dans une autre maison... » Mais elle se rappelait alors les histoires affreuses des domestiques qui parlaient de viols et de coups, et savait qu'elle ne pourrait le supporter.

Que faire ? Espérer obtenir par miracle des billets sur un bateau pour elle et ses frères ? Un rêve naïf. Et que se passerait-il quand Royce se lasserait d'elle et ne la protégerait plus du Borgne ?

Inquiète, elle regarda fixement sans le voir le délicat tapis d'Aubusson à ses pieds. A moins de demeurer servante toute sa vie ou de redevenir pickpocket, elle n'avait qu'une seule solution : vendre son corps. Et comme elle ne voulait pas finir comme sa mère, elle devait le vendre cher. Elle leva le menton dans un geste de défi. Si Royce Manchester la voulait vraiment, il devrait y mettre le prix... Cette répugnante pensée l'horrifiait, mais elle avait vécu dans St. Giles, elle avait vu les visages de petites filles de neuf ou dix ans qui tentaient de vendre leurs corps à peine formés aux passants dépravés ; sa propre mère avait été une prostituée de haut vol, et malgré son dégoût, elle était résolue à garder la tête froide.

Elle devait penser aussi à l'avenir de ses frères. Elle pourrait gagner assez d'argent pour acheter une ferme en Amérique et des terres. Et au moins, c'est elle qui aurait choisi son amant et non pas le Borgne !

Pip rejeta la tête en arrière pour se donner du courage, ignorant les sentiments de honte et de désespoir qui l'assaillaient. La prochaine fois que Royce Manchester l'embrasserait, elle lui ferait comprendre qu'elle se prêterait à ses caresses à une seule condition : une compensation financière.

Ayant pris sa décision, elle aurait dû se sentir mieux, mais il lui semblait avoir un trou noir à la place du cœur. La première indication qu'elle eut de la présence de Royce dans la pièce fut sa voix amusée qui lançait :

— Je crois que vous avez essuyé ce portrait déjà plus d'une dizaine de fois.

Surprise, elle se retourna vivement. Il était habillé de manière très informelle. Une chemise blanche en lin ouverte au cou laissait apparaître quelques poils fauves et des pantalons beiges enserraient les cuisses musclées. Ses cheveux châtains étaient ébouriffés, et dans les yeux de tigre brillait une lueur taquine. Pip, fascinée par la virilité qui émanait de lui, avait de la peine à respirer.

Elle murmura une réponse et se dirigea d'un pas rapide vers la porte. Royce lui saisit le bras :

— Pas si vite ! dit-il. Je vous cherchais. J'ai pris une décision vous concernant.

Elle eut peur. Allait-il lui demander de devenir sa maîtresse ? Seigneur ! Elle espérait que non.

Royce s'était fait violence pour partir à la recherche de la jeune fille et lui faire part de ses plans. Il s'était juré qu'il ne trahirait pas la tristesse qu'il ressentait à l'idée d'être séparé d'elle. Il avait essayé de se convaincre qu'elle ne signifiait rien pour lui, même si elle était attachante. Il aurait d'autres femmes et le souvenir de Pip resterait comme un joyeux interlude. Dans quelques semaines, il ne se souviendrait même plus de son nom. Mais contemplant les grands yeux gris de la jeune fille, il sentit fondre ses résolutions comme neige au soleil.

Espérant qu'elle n'avait pas remarqué le soudain renflement de son pantalon, maudissant son manque de contrôle, il continua d'une voix irritée :

— J'ai vu vos frères et nous avons décidé que le meilleur moyen pour vous d'éviter le Borgne était de partir en Amérique. J'ai déjà vu mon agent qui s'occupe de vos billets. Dans quelques jours, vous serez tous en route vers un port américain.

Abasourdie, Pip ouvrit la bouche. « Le quitter ? pensa-t-elle. Le quitter et ne jamais le revoir ? » Elle secoua lentement la tête. L'Amérique. Il l'envoyait en Amérique. Il n'y avait pas si longtemps, elle en rêvait avec ses frères. Elle étouffa une folle envie de rire et de pleurer à la fois. Son rêve se réalisait et elle souffrait un enfer.

Elle fit un pas en avant, lui posa la main sur la poitrine. La tête en arrière, scrutant le regard de Royce, elle demanda à mi-voix :

— Est-ce vraiment ce que vous voulez ? Que je parte ?

Royce aurait peut-être pu se maîtriser si elle avait obéi sans rien dire, si elle ne l'avait pas touché... Il sentait la chaleur de la petite main et son corps réagit violemment à la proximité de la jeune fille. Le désir le rendait fou. Voulait-il qu'elle parte ? Il eut un sourire amer. Oui, tout comme il désirait que le soleil cesse de briller et son cœur de battre...

Royce avait l'habitude d'obtenir ce qu'il désirait et il voulait cette femme plus que tout au monde. Il perdit la tête :

— Non, dit-il d'une voix rauque. Je ne veux pas que vous partiez... En ce moment, tout ce que je désire, c'est vous porter sur ce canapé si confortable...

Ses lèvres glissèrent le long du visage de la jeune fille. Il lui mordilla l'oreille, murmurant :

— Je veux enlever chaque vêtement sur votre corps jusqu'à ce que vous reposiez nue entre mes bras... Et puis je veux vous faire l'amour. Voilà ce que je veux !

Pip retint sa respiration, le sang tourbillonnant dans sa tête, incapable de se libérer des images érotiques qui enflammaient son esprit. C'était mal ! Elle devait l'en empêcher ! Et pourtant... Les lèvres de Royce étaient si douces, ses caresses si envoûtantes. Une vague de désir menaçait de la submerger.

Elle se débattit faiblement :
— Non, laissez-moi...
Royce répondit avec difficulté :
— Vous laisser ? C'est impossible.
Il toucha ses lèvres et murmura d'une voix rauque :
— C'est au-dessus de mes forces.
La soulevant, il la dévora de baisers. Pip savait qu'elle allait le regretter, que sa vie changerait définitivement après ce soir, mais elle était impuissante à lutter contre les forces primaires qui la consumaient dès que Royce la caressait, la touchait, l'embrassait.
Royce aurait voulu posséder en même temps chaque partie du corps mince qui se serrait contre lui ; ses doigts descendaient le long du dos, caressaient les fesses fermes, prenaient à pleines mains la poitrine haute.
Jamais il n'avait été aussi impatient, jamais il n'avait perdu le contrôle de lui-même comme maintenant. Un homme aussi maître de lui bouleversé par ce corps délicat ! Se perdant dans une spirale de désir, il gémit en forçant sa langue dans la bouche au goût de miel de la jeune fille.
Pip sentait tout son corps répondre aux caresses exigeantes de Royce. Le baiser lui enlevait tous ses moyens. Elle souhaitait se fondre en lui, devenir lui. Se pressant contre la poitrine de Royce, elle sentait ses seins se tendre à lui faire mal et une chaleur inconnue envahir son ventre. Elle était excitée de le sentir contre elle, se dit qu'elle mourrait s'il n'em-

plissait pas son corps comme il avait pris possession de sa bouche. Instinctivement elle l'embrassa à son tour, dévorant les confins de la bouche qui happait la sienne. Royce murmura :

— Oui, embrasse-moi... Embrasse-moi, mon cœur...

Pip obéit. Sa petite langue avide chercha celle de Royce. Il trembla sous la force de son désir, la laissa découvrir la joie de donner à son tour. Mais il ne pouvait plus attendre :

— Mon Dieu ! Je ne peux plus... Je dois, je dois...

Pip entendit vaguement sa robe se déchirer, puis elle sentit enfin la chaleur d'une main sur ses seins. Il en taquinait les pointes jusqu'à la faire crier. A chaque seconde elle menaçait d'exploser.

Royce commença à dévorer de baisers la peau satinée. La robe en lambeaux pendait autour de la taille de la jeune fille mais elle ne s'en apercevait pas. Elle gémit de plaisir lorsque la langue de Royce caressa la pointe de ses seins.

Elle lui arracha sa chemise, poussée par une force qu'elle ne contrôlait plus. Royce la porta jusqu'au canapé, ses lèvres ne la quittèrent pas lorsqu'il la posa doucement sur les coussins. Il la débarrassa rapidement de sa robe. Elle était nue, offerte à ses regards.

Soudain consciente de la situation, Pip s'écria, affolée :

— Ma robe ! Qu'avez-vous fait de ma robe ?

Lui souriant tendrement, Royce dessina le contour de la fière poitrine et murmura :

— Ne t'inquiète pas ! Je t'en achèterai d'autres, plein d'autres.

Un rire sensuel roula dans le fond de sa gorge et ses yeux brillèrent :

— Je te couvrirai de satin et de soie, rien que pour nous procurer le plaisir de te dévêtir.

Pip avala avec difficulté, fascinée par les mouvements rapides avec lesquels Royce se déshabillait à son tour. Il était splendide ! Elle n'avait jamais vu un homme nu auparavant et la virilité de Royce la faisait trembler. « Un étalon ! pensa-t-elle, mi-affolée, mi-enchantée. Un merveilleux étalon qui me désire... comme moi, je le désire », se dit-elle encore, l'esprit en feu.

Royce retint sa respiration. Pip était superbe, allongée sur le sofa bleu outremer, sa peau d'ivoire se détachant contre le velours sombre. Ses lèvres étaient gonflées, ses cheveux noirs ébouriffés, ses yeux brillaient. Il avait encore le goût de sa peau sur la langue. Il la regardait, fasciné. Une taille fine, de longues jambes délicatement galbées. « Une Vénus de poche, se dit Royce. Et elle va être à moi. » Sa bouche se plissa en un sourire possessif.

Tombant à genoux, il l'attira à lui, embrassa la bouche rose, puis descendit le long du corps tremblant. Pip prenait un plaisir fou à caresser la peau ferme de Royce, à sentir sa chaleur, le dos immense, les muscles des bras et des cuisses. Lorsqu'il glissa à son tour sur le sofa, il lui sembla naturel de se coller à lui, comme pour l'encercler.

Royce émit un grognement sourd. Il savait qu'elle le désirait, elle aussi. Il aurait passé des heures à la caresser, à l'amener jusqu'au point exquis de délivrance, mais il craignait de ne pouvoir attendre. S'il ne la possédait pas tout de suite, il deviendrait fou.

Avec son genou, il lui ouvrit les cuisses et posa la main entre ses jambes. Pip gémit, dévorée par la même passion. Doucement, les doigts de Royce explorèrent la douce chaleur qui s'offrait à lui. Elle s'arqua violemment, désirant toujours plus. Son cœur battant dans ses tempes, elle se tordait contre lui, son corps réagissant de lui-même. Elle caressait Royce, cherchant à lui donner le même plaisir qui la consumait.

Mais il lui saisit la main :

— Pas cette fois, murmura-t-il. Je ne le supporterais pas si tu me touchais.

Retenant les deux mains captives dans la sienne, il continua à l'embrasser sans relâche tandis qu'il bougeait son corps au-dessus du sien. Sachant ce qui se préparait, Pip eut un moment de panique mais déjà il la pénétrait doucement. Ce qui explosa dans son corps soumis était indescriptible. Royce entrait en elle, petit à petit ; elle s'émerveilla, eut un peu mal, à peine, sa virginité offrant une faible barrière à cette puissance indomptable.

Mais c'était tout de même une barrière et Royce ouvrit des yeux étonnés. Il n'arrivait pas à croire qu'elle fût encore vierge. Il se dit que ce n'était pas grave. Il ne pouvait plus s'arrêter.

Et il plongea, pénétra en elle, de plus en plus profondément, jusqu'aux limites de son être, et le corps de Pip lui répondit, s'arqua, s'ouvrit, l'accueillit.

Des sentiments violents se déchaînèrent en elle. Elle devinait qu'un paradis s'offrait à elle et ses mains luttèrent pour se libérer, désirant enserrer l'homme qui dominait son corps et son esprit. Chaque poussée lui faisait désirer la suivante. Soudain, elle se raidit, une vague de plaisir intense la submergea, son corps trembla et elle cria.

Les traits tirés à force de retenir son propre plaisir, Royce put enfin laisser sa passion exploser. Leurs mouvements se ralentirent, mais il continua à l'embrasser.

Puis, doucement, il se détacha d'elle, regarda le visage passionné qui le contemplait et dit tout haut, d'une voix rauque, ce qu'il pensait en secret depuis qu'elle lui avait rendu son baiser :

— Je ne peux pas te laisser partir. Pas maintenant. Désormais tu es à moi.

14

Étourdie par ce qui venait de lui arriver, son corps encore tremblant de l'étreinte, Pip regardait sans comprendre le visage de Royce penché au-dessus du sien.

Quelques minutes auparavant, elle errait dans cette pièce, perdue dans ses pensées mélancoliques. Et maintenant... Elle savait le pouvoir qu'exerçait ce grand corps sur le sien, elle savait quel bonheur pouvaient se donner deux amants, et désormais, pensait-elle, attristée, elle avait mis le pied sur le même chemin indigne que sa mère.

Dès que Royce avait posé ses lèvres sur les siennes, sa décision avait été prise. Elle avait permis qu'il lui fît l'amour, lui avait donné sa virginité avec bonheur, avait joui de ce corps qui la possédait, mais maintenant elle était face à face avec la dure réalité. Les hommes comme Royce Manchester utilisaient les femmes comme elle. Ils n'en tombaient pas amoureux, ne songeaient jamais à les épouser. Ils jouissaient de leurs corps et, une fois l'attirance disparue, les rejetaient et prenaient une autre maîtresse. C'était la coutume et elle ne la changerait pas. Si seulement les choses avaient été différentes !

Pip détailla le beau visage de Royce en évitant de s'attarder sur les yeux de tigre, s'arrêta sur la bouche, sur les lèvres qui avaient transformé son corps en une coulée de lave, qui lui avaient procuré tant de plaisir, ces lèvres qui... Sa gorge était desséchée. Elle désirait que son mari possède les mêmes traits volontaires, les mêmes qualités. Elle réalisa avec tristesse qu'elle souhaitait que son mari ressemble beaucoup à Royce Manchester.

Elle en ressentit un désespoir furieux. Des femmes comme elle ne pouvaient pas espérer épouser un homme comme Manchester. Elle se gronda d'être si naïve. Un couteau lui déchirait les entrailles. Pour la première fois de sa vie, elle souhaitait soudain être née autrement. Si elle avait été une lady fortunée, elle aurait pu exiger qu'il l'épouse...

La main de Royce lui caressait paresseusement le cou. Elle se raidit. Il la regardait intensément et ses yeux topaze brillaient. Était-ce de satisfaction ? Elle hésita. Quelque chose dans les profondeurs de ce regard la faisait trembler.

Là où il laissait planer ses yeux, Pip sentait son corps réagir, ses seins se tendre, son ventre frissonner. Elle le désirait encore !

Royce saisit la pointe d'un sein entre ses dents, murmura :

— Je ne veux plus jamais te quitter. Je voudrais rester ici des heures pour t'aimer, encore et encore...

Puis, visiblement contrit, il se releva.

— Ce n'était pas très sérieux, dit-il tendrement. Je n'avais jamais pensé te prendre comme ça. Si j'avais su que c'était ta première fois...

Sa voix baissa d'un ton.

— Si j'avais su que tu étais vierge, j'aurais voulu que tout soit parfait et j'aurais choisi un meilleur moment et un meilleur endroit pour te faire mienne...

Comme s'il ne pouvait pas s'en empêcher, sa main lui saisit un sein et ses doigts s'enfoncèrent dans la chair ferme. Les yeux de tigre s'illuminèrent de tendresse.

— Je ne t'ai pas fait trop mal, j'espère ? demanda-t-il.

Troublée par la tendresse qui voilait la voix aimée, Pip ne répondit pas. Comment avait-elle pu tomber aussi bas ? Pourquoi restait-elle immobile, lui permettant de la toucher, alors qu'elle devrait s'enfuir, remplie de honte ? Pip fit un effort désespéré pour se ressaisir.

Repoussant brutalement la main de Royce, elle se redressa, ramena ses genoux vers elle et les entoura de ses bras. Elle jeta un coup d'œil à sa robe qui gisait à quelques mètres, là où Royce l'avait jetée.

Lui restait assis près d'elle, nullement gêné par sa propre nudité, et elle fut soudain frappée par la situation incongrue dans laquelle ils se trouvaient, complètement nus en plein après-midi, alors que n'importe qui pouvait entrer dans le bureau. Elle sourit faiblement en pensant au visage de M. Spurling si jamais le valet de chambre s'avisait de rechercher son maître.

Royce vit l'amorce de sourire et murmura :

— Puisque tu souris, j'en déduis que je n'ai pas dû trop te faire souffrir.

Pip n'avait jamais su mentir et elle s'entendit répondre :

— Oh non ! Ce n'était rien. Juste un peu au début.

Elle lui avoua :

— C'était merveilleux.

Il lui saisit le menton :

— Ce n'est pas une bonne idée de me dire des choses pareilles. Je veux te refaire l'amour, maintenant, et si je ne craignais pas de te refaire un peu mal, tu te trouverais déjà sous moi !

Il déposa un baiser sur la bouche entrouverte de Pip et chuchota :

— Ne me tente pas !

Il sourit brusquement :

— Je crains que nous n'ayons moins de chance une seconde fois. Ce serait une bonne idée de nous rhabiller. Nous sommes dans une situation quelque peu compromettante.

Il saisit sa chemise et se vêtit lentement, sans aucune gêne. Les joues rouges, Pip n'osait pas regarder le corps qui lui avait donné tant de plaisir. Il était presque prêt lorsqu'elle se mit soudain à ramasser les morceaux épars de ses vêtements. La robe était déchirée de haut en bas. Elle essaya désespérément de l'enfiler, puis, inquiète, se tourna vers Royce :

— La robe d'Ivy est ruinée ! Elle me l'avait prêtée, comment puis-je la rembourser ? Je ne peux plus l'attacher... et je n'ai rien d'autre à mettre.

Honteuse, elle ajouta :

— Je ne peux pas retourner à la cuisine dans cet état.

— Bien sûr que non, répliqua doucement Royce. Mais je n'ai jamais eu l'intention que tu y restes pour toujours.

— Que voulez-vous dire ? demanda Pip sèchement.

Royce s'approcha, lui saisit gravement le menton :

— Je veux dire qu'il est temps que nous cessions nos petits jeux. Après aujourd'hui, crois-tu vraiment que je vais te garder comme domestique ?

Pip frémit. Devinant ce que Royce allait dire, elle préféra prendre les devants et poser ses conditions :

— Je pense qu'il nous faut d'abord discuter le prix de notre liaison, dit-elle froidement.

Royce n'était pas encore certain de la place qu'occuperait Pip dans sa vie, mais il savait déjà que ce ne serait en rien comparable à l'arrangement professionnel qu'il avait avec Della. Il était furieux qu'elle fût prête à monnayer des émotions aussi intenses. Ses doigts se refermèrent sur le menton de la jeune femme :

— Qu'entendez-vous par là ? demanda-t-il d'une voix menaçante.

Se surprenant elle-même, Pip fit abstraction de l'angoisse qui lui comprimait l'estomac et le regarda droit dans les yeux :

— Si vous me voulez comme maîtresse, ça va vous coûter beaucoup, beaucoup d'argent.

— Je vois, siffla-t-il, hors de lui, une lumière dangereuse brillant dans son regard. Et quelles sont vos conditions, ma chère ?

Sans hésiter, n'écoutant pas sa douleur, Pip répliqua :

— Une maison. Je veux une maison à la campagne qui m'appartiendra. Et de l'argent.

Royce fut étonné de se sentir si attristé. C'était comme un poignard qui lui déchirait le cœur. Il pensait avoir partagé avec elle un moment inoubliable mais il s'était gravement trompé. Elle n'était qu'une petite garce ! Furieux de s'être laissé abuser par un visage charmant et un corps souple, il réprima l'envie de la secouer violemment pour lui faire admettre que ce qu'ils venaient de partager était précieux. Mais que pouvait-il espérer d'une putain ramassée dans la rue ? Il aurait dû s'en douter.

Il dit d'un ton moqueur :

— Comment ? Vous ne voulez pas de bijoux, pas de robes, pas de cabriolet et de chevaux pour vous emmener en ville ? Ou dois-je comprendre que ces choses sont automatiquement incluses dans le paiement ?

Pip faisait de tels efforts pour garder la tête froide, désirant assurer un avenir à ses frères, qu'elle n'avait pensé qu'à l'essentiel. Entendant les paroles sarcastiques que Royce lui jetait à la figure, elle se sentit brûler de honte. Mais que pouvait-elle faire d'autre ? Si elle ne voulait pas multiplier les amants comme sa mère, elle devait assurer pour ses frères et elle-même une rente importante dès le départ.

D'une petite voix désolée, elle répondit :

— Oui, toutes ces choses-là aussi.

Royce se raidit et répliqua, glacial :

— Très bien. Je m'en occupe.

Pip le regarda, la bouche ouverte, stupéfaite qu'il ait accepté si facilement.

— Vous n'allez pas en d-d-discuter avec moi ? demanda-t-elle en bégayant.

Royce sourit, les yeux froids :

— Bien sûr que non ! Je suis un homme riche et j'ai toujours été prêt à payer pour mon plaisir, quel qu'en soit le prix.

Il l'attira à lui et l'embrassa férocement, sans tendresse.

— Et croyez-moi, chérie, vous allez gagner chaque sou que je dépenserai pour vous !

Blessée dans son orgueil, Pip répondit fièrement :

— J'en ai bien l'intention !

— Alors nous nous comprenons, mais d'abord je dois vous procurer d'autres vêtements.

Il tira sur la corde en velours qui pendait près du mur. Quelques minutes passèrent dans un silence glacial, les deux amants se lançant des regards furibonds.

Chambers frappa mais Royce ne lui donna pas le temps de voir la robe déchirée. D'une voix cinglante, il ordonna :

— Dites à Spurling de m'apporter une cape. Tout de suite !

Chambers s'inclina, avec raideur :

— Tout de suite, monsieur.

Il hésita avant d'ajouter :

— Quand Monsieur a sonné, je cherchais Monsieur pour lui dire que lady Whitlock et lady Devlin venaient juste d'arriver. Je les ai fait entrer au salon bleu. Elles m'ont dit avoir à entretenir Monsieur d'une affaire importante.

Le visage furieux de Royce s'assombrit davantage. Lady Whitlock était une pipelette qui vous barbait avec ses bonnes œuvres et ses galas de charité. Elle n'avait qu'un but dans la vie, sauver les miséreux, et la plupart des gens aisés la fuyaient comme la peste. Récemment, elle avait convaincu Royce de faire une importante contribution pour les Londoniens défavorisés. Il avait donné des instructions à son banquier et il ne comprenait pas pourquoi elle venait le déranger chez lui. Quant à lady Devlin, que diable pouvait-elle vouloir ?

Il devait se changer avant de les recevoir.

— Dites aussi à Spurling de m'apporter ma veste et mon gilet.

Spurling s'exécuta aussitôt. Royce le remercia et lui ordonna de faire avancer son cabriolet. Il partirait dès qu'il aurait salué ces dames.

Le valet se retira. Royce jeta la cape à Pip et s'habilla rapidement. Froidement, il lui dit :

— Je ne serai pas long. Attendez-moi ici et on ira vous commander d'autres vêtements. Après tout, vous les avez bien mérités, n'est-ce pas ?

Dans le salon bleu, Chambers servait de la limonade et des pâtisseries. Royce sourit poliment :

— Je regrette de vous avoir fait attendre, mesdames, mais je vois que l'on s'est bien occupé de vous.

Elles étaient assises sur le canapé bleu, leurs jupes drapées avec goût s'étalant en corolle autour d'elles. Royce s'inclina, gardant les yeux fixés sur lady Devlin qu'il ne connaissait que de vue.

A quarante-deux ans, Lucinda Devlin était encore une belle femme. Ses cheveux foncés, noués en un superbe chignon, ne laissaient pas apparaître un seul cheveu blanc. En dépit d'une ou deux rides au coin des yeux, elle gardait le corps d'une jeune femme, la poitrine haute et ferme, la taille fine, les hanches étroites. On voyait au regard qu'elle lança à Royce que c'était une femme qui appréciait les hommes. Royce se demandait ce qu'elle pouvait bien faire en compagnie d'un personnage comme lady Whitlock.

Celle-ci avait dépassé la soixantaine, ses cheveux blancs encadraient un visage dont les traits anguleux n'avaient jamais dû être harmonieux. Sa robe brune jurait avec la mousseline abricot que portait lady Devlin. Lucinda était réputée pour ses nombreux amants alors que lady Whitlock se dévouait aux infortunés. Que pouvaient-elles bien lui vouloir ? se demanda Royce, intrigué.

Lucinda reposa son verre de limonade et dit en hésitant :

— Je suis certaine que vous vous demandez

ce que nous faisons ici. Ma cousine et moi-même sommes venues pour faire une bonne action...

— Oui ? demanda Royce, amusé que ces deux femmes si différentes fussent parentes.

Lucinda se tourna vers sa cousine.

— Letty, c'était ton idée. Tu l'expliqueras mieux que moi.

Elle regarda Royce, la tête joliment inclinée.

— Letty a insisté pour que je l'accompagne ce matin. D'habitude je ne lui cède pas mais j'avais tant entendu parler de vous que j'avais très envie de vous connaître enfin.

Lady Whitlock prit son courage à deux mains :

— C'est au sujet de la jeune voleuse.

Royce était surpris. Que diable venait faire Pip dans leurs histoires ?

— Que voulez-vous dire ? demanda-t-il d'un ton neutre.

Lady Whitlock ajouta nerveusement :

— Comme vous savez, on en parle beaucoup... Vous êtes célibataire et... je pensais qu'il serait plus convenable que la jeune fille vînt habiter chez moi.

Lucinda rit :

— Je lui ai dit que c'était une idée ridicule ! Mais Letty est tellement butée. Elle est persuadée que la petite serait plus heureuse dans une maison féminine.

Réfléchissant, Royce répliqua :

— Mais il y a plusieurs femmes dans cette demeure.

Lady Whitlock se tortillait de gêne :

— Vous voulez dire des domestiques. Ce

n'est pas pareil. En tant que femme du monde, je peux lui apprendre comment se comporter.

Elle ajouta, les yeux suppliants :

— Il est très important pour moi qu'elle vienne habiter chez moi. Je m'occuperai bien d'elle, je vous le promets.

Royce croyait deviner pourquoi lady Whitlock semblait si désireuse d'héberger Pip. Il se demanda quel pouvoir maléfique le Borgne exerçait sur la vieille dame.

— Enfin, Letty ! s'exclama Lucinda, surprise. Je ne t'ai jamais vue dans un état pareil. Pourquoi cette gamine t'intéresse-t-elle autant ?

— J'avoue être moi-même perplexe, continua Royce. Quelqu'un vous aurait-il demandé de faire sortir Pip de ma maison ?

Une lueur de terreur dans ses yeux bleus, lady Whitlock se leva aussitôt dans un bruissement de soie.

— Je ne vois pas de quoi vous voulez parler ! s'exclama-t-elle. Je voulais simplement vous aider. Personne ne m'a envoyée ici, quelle idée grotesque ! Si vous ne voulez pas que j'emmène la fillette, vous n'avez qu'à le dire.

— En effet, je ne veux pas que vous emmeniez la petite voleuse qui, par ailleurs, n'est plus une enfant, dit Royce froidement.

Lucinda semblait étonnée par l'agitation qui faisait trembler sa cousine. Elle se leva à son tour. Souriant à Royce, elle lui dit :

— J'ai peur que Letty ne soit pas elle-même aujourd'hui. Veuillez accepter nos excuses pour vous avoir dérangé.

— Vous ne m'avez nullement dérangé, répondit Royce poliment. J'ai été enchanté de faire votre connaissance.

Il s'inclina vers la vieille dame et ajouta :

— C'est toujours une joie de vous voir, lady Whitlock.

Lady Whitlock lui jeta un regard noir et sortit de la pièce sans ajouter un mot. Chambers les raccompagna à la porte.

— La voiture de Monsieur est avancée, annonça-t-il quelques secondes plus tard.

— Parfait, répondit Royce. Je sors quelques heures avec Pip. Comme vous l'avez sans doute compris, elle ne reprendra pas ses fonctions à la cuisine et elle va s'installer dans ma suite. Veuillez la faire préparer, je vous prie. Elle utilisera la chambre qui jouxte la mienne jusqu'à ce que je lui trouve un logement convenable. Entre-temps, je tiens à ce qu'elle soit traitée avec respect et courtoisie.

Chambers s'inclina légèrement, le visage impassible :

— Très bien, monsieur.

Royce partit chercher Pip dans la bibliothèque.

— Venez, lui dit-il. J'aime régler mes dettes tout de suite. Il me faudra quelque temps pour trouver la maison, mais je peux m'occuper des robes et des bijoux dès aujourd'hui.

Pip glissa vers la porte, les yeux baissés, écrasée sous le poids de sa résolution. Elle s'était vendue à Royce Manchester et elle n'en ressentait que honte et désespoir. L'idée de se procurer, pour ses frères et elle, un avenir stable, ne la consolait pas. Elle aurait voulu revenir quelques heures en arrière, reprendre les affreuses paroles qu'elle avait dites. Jamais plus cette cuisante douleur ne quitterait son cœur...

Dehors, elle releva pourtant fièrement la tête et ne remarqua pas les deux dames qui montaient dans leur cabriolet. Mais Lucinda Devlin aperçut la jeune femme et pâlit de colère :

— Mon Dieu, ce n'est pas possible ! siffla-t-elle. La petite d'Hester ! Vivante !

Sa bouche sensuelle s'étira en une ligne mince. Elle tremblait de haine. Jetant un regard furieux à sa cousine, elle murmura :

— Il serait temps que tu m'expliques pour quelles raisons précises tu voulais emmener cette petite chez toi... Et qui te l'a demandé.

Ignorant la réaction de lady Devlin, Royce et Pip se dirigeaient à travers les rues encombrées de Londres vers la boutique d'une célèbre couturière. Ils s'arrêtèrent dans Bond Street. Royce regarda Pip d'un air sévère.

— Avez-vous un autre nom que Pip ? lui demanda-t-il. Ce surnom ne convient guère à la carrière que vous vous êtes choisie. Votre mère a dû vous appeler différemment, non ?

L'ironie des paroles lacéra Pip tel un fouet. Elle réfléchit longuement, puis répondit :

— Morgane. Je m'appelle Morgane.

TROISIÈME PARTIE

MORGANE

15

Mme Duchand était une belle Française qui disait avoir échappé à la guillotine pendant la Révolution. Qu'elle fût ou non d'ascendance noble, on ne pouvait démentir son goût très sûr pour les vêtements.

— Monsieur Manchester ! s'exclama-t-elle, en voyant entrer Royce et Morgane dans sa boutique. Quelle joie de vous revoir !

Royce sourit vaguement et, poussant Morgane en avant, il énonça :

— Habillez-la ! De la tête aux pieds.

Mme Duchand remarqua le regard furieux de la jeune fille. Ne voulant pas énerver un client aussi fortuné, elle se renseigna poliment :

— Avec plaisir, monsieur. Mais peut-être avez-vous déjà une idée des couleurs et du style que vous désirez ?

Drapée dans sa tristesse, Morgane n'était que vaguement consciente de ce qui se passait. En quelques heures, sa vie avait été bouleversée. Si seulement elle n'avait jamais croisé Royce Manchester ! Désormais elle n'obtiendrait jamais cette respectabilité qu'elle avait tant souhaitée. Si seulement elle lui avait permis de l'envoyer en Amérique... Le regard vide, elle maudit sa langue acerbe qui avait provoqué Royce dans la bibliothèque. Si elle avait évité de lui poser ces questions stupides, ils seraient maintenant en train de discuter amicalement de son voyage. Elle se mordit les lèvres. Maintenant elle n'était plus que la putain d'un homme riche, achetée et payée comptant !

Elle réprima un sanglot. Elle refusait de pleurer et elle était décidée à ne pas finir comme sa mère. Pour une importante somme d'argent, elle avait accepté de devenir la maîtresse d'un homme qui la fascinait, mais jamais elle ne partagerait cette intimité avec quelqu'un d'autre. Quand cette liaison serait terminée, elle rejoindrait ses frères en Amérique. Là-bas, elle se bâtirait une nouvelle vie. Une vie respectable.

Elle se redressa, résolue à ne pas se laisser abattre. Cependant, elle ne comprenait pas pourquoi sa décision avait rendu Royce si furieux.

Mme Duchand lui avait retiré la cape et la faisait tourner devant elle, appréciant les formes de la jeune femme. Elle demanda enfin :

— Un style « jeune fille », peut-être ? Ou désirez-vous quelque chose de plus « osé » ?

Le regard dur, Royce répliqua :

— Comme elle n'a rien d'innocent, le mot osé convient parfaitement.

— Oh ! la la ! taquina la couturière, ignorant la tension qui montait entre ses clients. Un style pour « jeune dame », alors ?

— Je n'emploierais pas le terme de « dame », reprit Royce, jetant un regard noir à Morgane.

Décidée à le battre à son propre jeu, elle répliqua d'une voix doucereuse :

— Putain, alors ?

Choquée, Mme Duchand porta la main à sa bouche. Morgane l'ignora.

— C'est cela, choisissons quelque chose d'approprié pour une putain, répéta-t-elle.

Royce poussa un juron, saisit la jeune fille par le bras :

— Où pouvons-nous discuter en privé ? demanda-t-il, les dents serrées.

— Par ici, monsieur, dit la modiste. La deuxième porte sur votre gauche. Vous y serez tranquilles.

La pièce était petite mais arrangée avec goût. Royce claqua la porte derrière lui et secoua Morgane par les épaules :

— A quoi jouez-vous ? Pourquoi vous traitez-vous de putain ?

Elle était ravie de l'avoir mis en colère et lui répondit sur un ton de défi :

— N'est-ce pas ce que je suis devenue ?

— Seigneur Dieu ! grogna Royce, ses yeux

dorés plissés en deux fentes étroites. Vous êtes peut-être une arriviste mais comme vous étiez vierge il y a encore quelques heures, je doute que vous soyez une vraie putain. Vous allez être sage désormais. Je vous laisserai une certaine liberté de choix mais je vous interdis de vous habiller comme une traînée. Et je vous conseille de m'obéir sinon...

— Sinon quoi ? Vous allez me battre ?

Morgane ne se tenait plus de rage.

— Vous l'avez mérité cette fois ! siffla-t-il.

Elle fit un pas en arrière.

— Je vous préviens...

Elle était allée trop loin. Elle bondit vers la porte mais Royce fut plus rapide. Il la saisit et la porta sur le sofa. Ignorant les coups de poing et de pied dont elle l'assaillait, il la retourna sur ses genoux, remonta ses jupes.

— Ordure ! cria-t-elle, la voix étouffée par la robe, se tordant dans tous les sens. Si jamais vous levez la main sur moi, je vous tuerai !

Décidément, cette femme avait le don de lui faire perdre tout contrôle de lui-même. De plus, le corps de Morgane, à plat ventre sur ses genoux, l'excitait. Elle l'avait défié, fait enrager et insulté ! Fou de colère, il lui donna une forte fessée.

Il y eut un silence de mort pendant quelques secondes, puis, au cri perçant que poussa Morgane, Royce réalisa ce qu'il était en train de faire. Jamais il n'avait perdu son sang-froid, jamais il n'avait battu une femme. Qu'il l'eût fait avec celle qui le fascinait entre toutes l'horrifiait. Il lâcha prise et Morgane lui mordit la cuisse.

Il jura et se leva d'un bond. Elle se remit aussitôt debout, les yeux furieux, les poings levés.

Il regarda la jeune femme échevelée, la déchirure dans son pantalon. C'était ridicule :

— Paix, petite diablesse ! Nous sommes quittes. Si je vous promets de ne pas vous battre, me promettez-vous de ne plus me mordre ?

La colère de Morgane s'évanouit. Elle se sentit soudain épuisée, mais murmura :

— Ne levez plus jamais la main sur moi !

Royce caressa d'un doigt le visage délicat.

— Pouvez-vous accepter mes excuses ? Je ne voulais pas vous maltraiter.

Il rit doucement.

— Je suis sûr que nous pouvons mieux nous entendre. Vous voulez bien qu'on fasse un nouvel essai ?

Morgane hocha la tête. Si seulement son cœur ne faisait pas un bond chaque fois qu'il la touchait !

Pendant les heures qui suivirent, ils restèrent aimables. Morgane était enchantée de découvrir les tissus et les dessins de Mme Duchand, mais chaque robe fut longuement discutée avant d'être choisie. Morgane devenait de plus en plus silencieuse, Royce de plus en plus exigeant.

Ce fut une de ces robes qui déchira la fragile entente qui s'était établie. Elle avait été commandée par une jeune femme qui était la maîtresse d'un marquis, mais elle n'avait jamais été payée. Morgane était fascinée par l'opulence de la soie rubis. Elle l'enfila et sortit de la cabine d'essayage. Royce retint avec peine une exclamation. Aussitôt, le désir l'enflamma.

La robe avait un décolleté audacieux et le corsage rouge était bordé de dentelle noire. Elle enserrait le buste et la taille de Morgane à tel point qu'on croyait que la poitrine allait jaillir de l'étoffe brillante. La dentelle créait un contraste très érotique contre la peau ivoire. La robe rehaussait le teint pâle de la jeune fille, ses cheveux noirs et ses grands yeux gris.

Morgane ignorait l'effet qu'elle avait sur Royce. Elle se sentait désirable, confiante. Elle sursauta lorsqu'il dit sèchement :

— Pas question ! Nous n'en voulons pas. Ce n'est pas son style.

Elle bégaya :

— Mais, mais... je l'aime tant ! Rendons une des autres !

— Non, rétorqua froidement Royce.

Il savait qu'il se comportait en homme jaloux et qu'il se rendait ridicule, mais c'était plus fort que lui. Morgane était à lui. Il ne la soumettrait pas aux regards lascifs des autres hommes.

Morgane prit son expression butée :

— Pourquoi ?

— Parce que c'est ainsi. Enlevez cette fichue robe avant que je ne vous l'arrache !

Elle tourna les talons, furieuse, et déclara à mi-voix à Mme Duchand :

— Je veux cette robe. Vous la mettrez avec les autres.

La couturière répliqua d'une voix doucereuse :

— Mais bien sûr, mademoiselle. Elle vous va si bien.

Chez Mme Duchand, presque toutes les robes étaient faites sur mesure. Cependant Morgane put en emporter tout de suite deux qui avaient la faveur de Royce. L'une était en mousseline verte avec de la dentelle de Bruges, l'autre en satin rose et blanc.

Morgane se tint toute droite aux côtés de Royce, attendant que Mme Duchand eût fini d'empaqueter la robe verte. Le silence entre eux était tendu.

Quand ils arrivèrent à la maison, Chambers leur ouvrit la porte, le visage éclairé par un large sourire :

— Monsieur a-t-il entendu ? Napoléon a été battu à Waterloo ! C'est un grand jour pour l'Angleterre !

Royce sourit et bavarda aimablement avec le majordome, puis il ajouta :

— Les chambres sont-elles prêtes ?

Lançant un regard apitoyé à la jeune fille, Chambers acquiesça :

— Oui, monsieur.

Royce serrait le bras de Morgane à lui faire mal. Il semblait craindre qu'elle ne parte en courant. Ils entrèrent dans la suite et il claqua la porte derrière eux.

Elle aperçut à travers une autre porte le grand lit majestueux. Son visage pâlit. Visiblement, elle avait peur que Royce la force à remplir son contrat dès maintenant. L'Américain eut un sourire méchant :

— Je n'ai pas l'intention d'exiger vos services ce soir. Vous avez été très claire tout à l'heure. Jusqu'à ce que ma dette soit payée, je ne me permettrai pas de profiter de votre adorable petit corps. Entre-temps, vous pouvez vous amuser dans ces chambres en comptant vos gains, et ce, jusqu'à ce que je vous trouve une demeure convenable.

Il sortit de la pièce, furieux. « Mon Dieu, qu'ai-je fait ? » se lamenta Morgane, éperdue.

Royce se posait la même question en se versant un verre de cognac. L'alcool le réchauffait doucement quand la porte s'ouvrit et Zachary se précipita dans la pièce, le visage défait :

— Est-ce vrai ? demanda-t-il sur un ton outragé.

Royce devina les pensées de son cousin, essaya de changer de sujet.

— C'est vrai, répondit-il, imperturbable. Napoléon a été vaincu à Waterloo.

Zachary s'avança vers lui, l'air menaçant.

— Tu sais parfaitement ce dont je veux parler. As-tu séduit Pip ?

— Oui, mais Pip n'existe plus. C'est ma maîtresse, Morgane, qui habite désormais ici.

Zachary lui jeta un regard méprisant. Royce fut attristé de perdre l'estime de ce jeune homme qu'il aimait comme un frère.

— Je n'ai pas voulu croire Chambers quand il me l'a dit, reprit Zachary. Il t'est très dévoué, tu sais. Il a fallu que je lui fasse du charme pour obtenir la vérité. Tu me déçois terriblement. Elle était ici sous ta protection... Comment as-tu pu profiter d'elle ?

Royce n'avait pas l'habitude de rendre compte de ses actes. Il marmonna, retournant son verre entre ses mains :

— C'est arrivé. Point final.

Hors de lui, Zachary sortit sans ajouter un mot.

Royce approcha la bouteille. Ses idées commençaient à se brouiller. Buvait-il pour oublier la dure réalité des paroles de Morgane ou pour noyer son désir ? Après tout, il payait pour elle, non ? La petite lui revenait de droit.

Le lendemain, George Ponteby lui donna le nom d'un agent immobilier qui lui trouverait une maison à la campagne.

Dans l'après-midi, Royce raconta tout aux frères Fowler, craignant une réaction violente. Curieusement, Jacko et Ben ne furent pas indignés. Ils étaient certes désolés à l'idée de partir en Amérique sans leur sœur, mais ils semblaient trouver normal que Royce fît d'elle sa maîtresse. Celui-ci commença à se poser des questions. Les trois adolescents avaient-ils manigancé toute l'affaire pour le posséder ? Le Borgne existait-il vraiment ? Stafford, lady Whitlock... des coups fourrés ? Depuis que Morgane s'était montrée sous son vrai jour, Royce n'était plus si crédule.

Il avait trouvé particulièrement pénible

d'expliquer à ses domestiques le changement de statut de la jeune fille. S'ils servaient leur maître avec la même déférence, leurs regards ne reflétaient plus l'admiration et le respect. Ils plaignaient tous Morgane. Royce ne leur en voulait pas. Il savait que son comportement envers elle était indigne d'un gentleman.

Dix jours plus tard, Royce arpentait la bibliothèque en maudissant le jour où Morgane avait fait irruption dans sa vie. Zachary lui avait tourné le dos, lui adressait à peine une parole aimable. Avoir fait de Morgane sa maîtresse ne lui procurait que des ennuis ! Il eut un rire amer. Il souffrait de la réprobation évidente de son cousin et de ses serviteurs mais il savait qu'il ne changerait rien à la situation. Il désirait tant Morgane qu'il était prêt, en échange, à perdre l'estime de ses amis. Pour la garder, il ne reculerait devant rien.

Royce avait toujours été un homme honorable, juste et raisonné. Ses pensées étaient claires et sa vie sans surprises. Il s'était moqué autrefois des imbroglios dans lesquels se retrouvaient ses amis à cause d'une femme. Mais aujourd'hui, c'était lui qui perdait la tête pour des boucles noires et un joli sourire.

Chaque nuit il se retournait dans son lit, cherchant le sommeil. Morgane dormait à deux pas. Il aurait pu la rejoindre mais son orgueil le lui interdisait. Elle devait continuer à ignorer le pouvoir qu'elle exerçait sur lui. Mais comme il était tenté...

L'agent immobilier avait envoyé une lettre. Il

avait plusieurs propositions à lui faire. Royce était persuadé qu'il aurait bientôt rempli la dernière exigence de sa maîtresse. Elle l'aurait, sa fichue maison, et il pourrait à nouveau s'enfouir dans la douceur de ce corps envoûtant.

Curieusement, il prenait un certain plaisir à lui faire des cadeaux. Certes, Morgane n'était qu'une traînée qui vendait ses charmes mais Royce voulait lui offrir tout ce qu'une femme pouvait désirer. Il ne revenait jamais bredouille de ses promenades : une breloque, une jolie porcelaine, des fleurs... Il pensait à elle à chaque instant.

Un soir, incapable de dormir, il se rendit chez White's, dans l'espoir de se distraire. Il y retrouva George et quelques-uns de ses amis qui jouaient aux cartes. Personne ne s'étonnait qu'il eût fait de la voleuse sa maîtresse. La haute société semblait s'en désintéresser. « Après tout, ces choses arrivent, ma chère... » murmurait-on.

Pourtant, il y avait dans Londres une demeure où l'existence de Morgane ne passait pas inaperçue. Lorsque la comtesse de St. Audries vint annoncer à son époux l'atroce nouvelle, celui-ci resta d'abord incrédule.

Ils étaient seuls dans la belle bibliothèque de leur maison de Brook Street, le comte toujours aussi élégant dans une redingote bleu foncé. Il retira ses gants d'un geste nerveux et s'adressa sur un ton méprisant à sa femme :

— Ne sois pas stupide ! L'enfant est morte depuis vingt ans. D'ailleurs, j'étais présent quand la voleuse a dévalisé Manchester. Je peux t'assurer que ce n'était pas Morgane.

— Tu ne savais même pas à l'époque que c'était une fille ! répliqua Lucinda. Et l'as-tu vraiment examinée de près ?

— Évidemment pas... Mais je suis certain que tu as des visions. Morgane Devlin est morte. Tu ferais mieux de l'accepter ou d'aller te faire soigner chez les fous.

— C'est ce que tu aimerais, n'est-ce pas ? Tu ferais n'importe quoi pour te débarrasser de moi.

— C'est vrai... si je pouvais éviter d'être soupçonné.

Il plissa les yeux, le visage déformé par la haine.

— Mais tu le sais bien, ma chère. Depuis le jour où tu as eu le mauvais goût de jeter ton dévolu sur mon propre frère.

— Grands dieux ! s'exclama Lucinda. Tu ressasses encore cette vieille histoire. C'est du passé. Et d'ailleurs Andrew avait commencé à me courtiser avant ta demande en mariage. Il n'y avait là rien de mal.

— Tu croyais vraiment qu'il te faisait la cour ? demanda le comte d'un air sarcastique. J'avais plutôt l'impression qu'une chienne en chaleur s'offrait à un étalon célèbre !

Les poings de Lucinda se crispèrent et ses yeux se remplirent d'éclairs. Elle se retint de le gifler. D'une voix froide, elle déclara :

— Nous avons chacun notre version des faits, mais si tu ne veux pas que le passé nous détruise, tu dois me croire ! Cette jeune femme chez Manchester est Morgane, j'en suis certaine.

Stephen fronça les sourcils. Elle commençait à l'inquiéter. Si Lucinda parvenait si bien à maîtriser sa formidable colère, c'est qu'elle avait une bonne raison. Il hésita :

— Comment en es-tu si sûre ?

— Je l'ai vue, je te dis ! C'est l'image même de sa mère.

Stephen haussa les épaules.

— Même si c'était vrai, ça ne prouve rien. C'est probablement une des bâtardes d'Andrew.

Lucinda s'approcha de son mari et lui posa la main sur le bras. Son beau visage était rempli d'inquiétude.

— Stephen, tu dois me croire. Je ne cherche pas à t'agacer inutilement. Si cette jeune femme n'avait pas les yeux gris et les sourcils noirs des Devlin, elle serait le double d'Hester.

Stephen regarda longuement sa femme. Pour la première fois, sa voix trembla légèrement :

— C'est impossible. Le Borgne m'avait promis de s'en débarrasser. Pourquoi aurait-il menti ? Il avait tout à perdre s'il ne remplissait pas son contrat. Personne ne lui aurait jamais plus fait confiance.

— Je ne pense pas qu'il l'ait fait exprès, murmura Lucinda. Quelque chose a mal tourné. Peut-être ne sait-il même pas qu'elle est en vie ?

— Mon Dieu ! s'écria Stephen. Si quelqu'un prouve qu'il s'agit vraiment de Morgane...

Il frissonna. Si l'on découvrait la vérité, il perdrait tout, il risquait même la pendaison.

— Tu comprends maintenant mon désarroi, dit Lucinda. Il faut faire quelque chose avant qu'on ne découvre cette étonnante ressemblance.

— Je sais, je sais...

Stephen marchait de long en large, essayant de maîtriser l'angoisse qui troublait ses pensées.

— Ce n'est peut-être pas si grave. Personne ne sait vraiment à quoi ressemblait Hester. Son vieil oncle est mort il y a des années. Je me souviens vaguement d'une miniature qui avait été peinte pour Andrew, mais Dieu sait ce qu'elle est devenue. Le seul portrait d'elle se trouve à St. Audries. Je vais lui substituer un autre ancêtre et le dissimuler dans le grenier. Personne ne s'en apercevra.

Son visage se durcit:

— Il n'y a que ton détestable fils qui aime habiter le château, mais je doute que lui ou ses amis entrent jamais dans la galerie des portraits. Nous n'avons rien à craindre de ce côté-là. Et si par hasard, on découvre que cette gamine est vraiment Morgane, qui nous soupçonnera ? Nous ferons semblant d'être aussi surpris que les autres. A l'époque, on nous avait dit que la petite était morte. Pourquoi aurions-nous cru autre chose ? Nous montrerons à tous notre joie à l'idée de la retrouver.

Lucinda hocha la tête.

— Au pire, c'est ce que nous ferons.

Elle ajouta d'une voix glaciale, le regardant droit dans les yeux :

— Mais nous n'avons pas l'intention d'en arriver là, n'est-ce pas ?

— Non, répondit calmement Stephen. Bien sûr que non.

— Peut-être pourrions-nous arranger un rendez-vous avec le Borgne ? S'il ignore ce qui s'est passé, il pourra nous aider.

— Et s'il est au courant ? S'il a gardé Morgane en vie pour nous faire chanter ?

Lucinda porta la main à sa bouche, horrifiée. Elle détestait le Borgne, mais elle n'avait jamais imaginé qu'il pût lui en vouloir. Le Borgne n'était qu'un instrument, dangereux, certes, mais utile.

— Tu crois vraiment qu'il...

— Je n'en sais rien ! répliqua Stephen, furieux. Mais je ne fais confiance à personne. Et certainement pas au Borgne.

— Mais la fille ? Que faire d'elle ?

Stephen rajusta sa cravate.

— J'ai bien peur que la nouvelle maîtresse de Manchester, qu'elle soit Morgane ou pas, n'ait bientôt un accident.

Il adressa un sourire cruel à sa femme :

— Un accident mortel.

16

Le lendemain, l'agent immobilier Thomas Grimsly vint rendre visite à Royce. C'était un homme de taille modeste, toujours impeccablement mis. Ses cheveux grisonnants trahissaient un certain âge, et sa déférence plaisait aux aristocrates hautains pour qui il travaillait depuis de longues années. Il avait la réputation d'être quelqu'un de confiance.

Les deux hommes s'installèrent dans la bibliothèque pour discuter des différentes maisons que proposait Grimsly. Montrant le dessin d'un ravissant manoir de style Queen Ann situé dans les environs de Londres, ce dernier, un peu nerveux, toussota avant de parler :

— C'est une tâche un peu délicate que vous m'avez confiée, monsieur. J'ai visité plusieurs maisons agréables, mais les propriétaires espèrent vendre à des personnes de leur milieu. Ils ne sont pas très contents de savoir qu'une... euh... une...

Il cherchait en vain un moyen poli de s'exprimer. Royce sourit gentiment :

— Ils ne veulent pas d'une colombe souillée dans leur entourage, n'est-ce pas ? Une aventurière sous leur ancien toit.

Grimsly hocha vigoureusement la tête :

— C'est cela ! Je n'ai donc malheureusement que peu de propositions à vous faire. Mais je suis certain que vous trouverez votre bonheur.

Royce choisit trois propriétés et décida d'en visiter deux tout de suite.

Les maisons auraient été idéales dans des circonstances normales mais Royce était hanté par l'image du Borgne. Le manoir Queen Ann se situait en pleine campagne, loin de la route principale. Les arbres touffus qui l'entouraient seraient une cachette idéale pour un observateur indésirable. La deuxième maison était également trop isolée. L'une comme l'autre n'étaient qu'à une heure de Londres. Royce n'avait pas l'intention de faciliter la tâche à celui qui aurait l'idée de kidnapper Morgane.

Ce fut le premier jeudi de juillet que Royce trouva la demeure parfaite près de Tunbridge Wells. La maison était un de ces petits manoirs dessinés par John Nash lorsque celui-ci était devenu le protégé du Régent. Charmante, elle était entourée d'un bois, mais la propriété était protégée par une haie d'ifs infranchissable. Une grande grille en barrait l'accès. Personne ne pouvait y pénétrer sans l'accord du gardien dont le logis donnait sur l'entrée. Une cour murée préservait la demeure des regards indiscrets. Tout autour, une pelouse et des jardins fleuris descendaient en terrasses vers un petit lac. L'endroit était enchanteur et bien protégé. De plus, la maison se trouvait à plusieurs heures de cheval de Londres... et du Borgne.

Construits en pierre avec un toit de chaume, ces « cottages ornés » avaient été dessinés pour répondre aux aspirations bucoliques de la haute société. On y trouvait une grande bibliothèque, un salon, une immense salle à manger, un boudoir, une cuisine, dix chambres à coucher ainsi que des logements pour le personnel. Royce n'avait jamais vu de cottage aussi luxueux.

Il visita Tunbridge Wells avec Grimsly et trouva la petite ville adorable. Brighton était l'endroit à la mode en été, mais la haute société appréciait aussi Tunbridge Wells et ses célèbres bains.

Royce n'hésita donc pas à acquérir Lime Tree Cottage. Il en informa Grimsly sur le chemin du retour.

— Je suis heureux d'avoir pu vous être utile, monsieur, déclara celui-ci, enchanté. Je m'occuperai des papiers dès ce soir. L'ancien propriétaire sera très heureux de la vente.

Il ajouta à mi-voix :

— Il a malheureusement des dettes de jeu qu'il doit honorer.

Royce n'en était pas surpris. Des fortunes entières se jouaient sur un coup de dés et plusieurs membres de l'aristocratie s'étaient ainsi ruinés du jour au lendemain.

— Je verrai mon banquier demain matin, dit-il. Je tiens à ce que cette affaire soit réglée au plus vite.

Il réfléchit un instant :

— Je vous avais demandé de mettre la maison au nom de cette dame mais j'ai changé d'avis. Je veux que nos deux noms figurent sur l'acte de vente.

— Très bien, monsieur.

Royce rentra chez lui en sifflotant. Si tout allait bien, dans une semaine il serait installé avec Morgane à la campagne. Son cœur battit plus vite. Ses nuits solitaires seraient enfin terminées. Il pourrait profiter du corps délicieux de la jeune femme.

Chambers avait l'air ennuyé. Royce lui tendit son chapeau :

— Tout s'est bien passé pendant mon absence ?

— Pas exactement, monsieur. Quelqu'un a essayé de forcer plusieurs serrures pendant la nuit. Pourtant, nous n'avons rien entendu.

Un frisson parcourut l'échine de Royce. Soudain le Borgne reprenait vie. Ses derniers doutes sur l'existence de l'assassin s'évanouirent. Ne voulant pas montrer son inquiétude, il tenta de rassurer le majordome :

— C'étaient sûrement des cambrioleurs. C'est malheureusement un risque à courir lorsqu'on habite une grande ville, mais puisqu'ils n'ont pas pénétré dans la maison, il n'y a pas de quoi s'en faire. Autre chose ?

Chambers secoua la tête :

— Non, monsieur. Les ordres de Monsieur ont été exécutés à la lettre.

Royce n'apprécia pas le ton de son majordome. Il y décela une note de sarcasme. Agacé, il demanda sèchement :

— Dites à Zachary de venir me voir dans mon bureau. Et apportez-nous quelque chose à boire, merci.

Le jeune homme le rejoignit quelques instants plus tard, la mine renfrognée. Royce s'enquit poliment :

— Comment vas-tu ? Tu t'amuses toujours à Londres ?

Zachary haussa les épaules et se jeta dans un fauteuil en cuir.

— Pourquoi voulais-tu me voir ? demanda-t-il, impatient.

Chambers apporta un plateau où s'empilaient différents vins, de la charcuterie, des fromages et du pain frais. Royce sourit. Seule Ivy, la cuisinière, ne le prenait pas pour un monstre dépravé. Il se tourna vers Zachary :

— Bon, dis-moi ce que tu as sur le cœur et débarrassons-nous de ce sujet déplaisant une fois pour toutes.

Zachary leva un sourcil ironique.

— Déplaisant ? C'est tout ce que tu trouves à dire ? Alors que tu as bassement séduit une jeune fille qui recherchait ta protection ? Comment peux-tu excuser un acte pareil ?

S'il s'était agi de quelqu'un d'autre, Royce lui aurait envoyé son poing dans la figure, mais il aimait profondément son jeune cousin. Il essaya de répondre calmement :

— Je n'ai pas l'habitude de formuler des excuses. Même pas à toi. Je sais que tu es mécontent mais ça ne sert à rien de me traiter comme un lépreux.

Zachary continuait à lui lancer des regards noirs. Royce comprenait le jeune homme. Après tout, lui-même n'était pas si fier, mais il ne se sentait pas entièrement coupable.

— Je crois que tu devrais te rappeler un certain détail, dit-il fermement. Je ne l'ai pas forcée. Tu ne l'as pas entendue hurler quand je la tenais dans mes bras, n'est-ce pas ? Et ce n'est pas moi qui ai fixé un prix ou proposé qu'elle devienne ma maîtresse.

Royce éprouva une nouvelle fois le vif chagrin que lui avait causé la réaction surprenante de Morgane.

— Non, mon jeune ami. Tout ceci était son choix. Moi, je n'étais que le pauvre envoûté qui n'arrivait pas à résister aux charmes qu'on lui offrait.

Brusquement furieux de ses confidences, Royce se leva d'un bond:

— Seigneur! Si seulement je ne l'avais jamais rencontrée!

Il se versa un grand verre de vin:

— Sors d'ici. Nous n'avons plus rien à nous dire.

Zachary avait de la peine pour son cousin. Il l'aimait depuis toujours, et Royce avait été bon pour lui. La vie londonienne avait d'ailleurs ouvert les yeux du jeune homme. Zachary avait été étonné de voir que la haute société ne condamnait pas Royce. Son ami Jeremy lui avait même déclaré l'autre soir:

— Que peut-on attendre d'un homme normalement constitué face à une petite aussi délicieuse ? Ce serait du gâchis de la garder comme servante. Ton cousin ou un autre... Et qui sait, un autre n'aurait peut-être pas été si généreux. Ce genre de fille se trouve un protecteur ou termine au bordel. Dis-toi que ton cousin lui rend un grand service.

Zachary avait reconnu que Jeremy disait la vérité, du moins en partie. Morgane, en effet, n'avait pas demandé de l'aide ou cherché à s'échapper. Des paquets arrivaient chaque jour. Elle ne refusait rien.

Zachary murmura, mal à l'aise :

— Royce, on ne peut pas continuer comme ça... Je déteste être fâché avec toi. Peut-être ai-je été trop prompt à te juger. Après tout, ça ne me regarde pas. J'ai réagi trop brutalement, pardonne-moi. C'est seulement que j'aime bien Pip, je veux dire Morgane.

Royce était soulagé d'entendre les excuses de Zachary, mais aussi un peu gêné.

— Tu n'as pas à t'excuser. C'est ma faute, marmonna-t-il.

Zachary sourit à son tour.

— Je suis un peu puritain !

— Quelque peu, acquiesça Royce en riant.

Rapidement, ils oublièrent leur mésentente et retrouvèrent l'affection qui les unissait.

— Chambers t'a-t-il parlé des serrures ? demanda soudain Royce en prenant du fromage.

— Oui. Je les ai regardées de près et j'ai l'impression que c'est un travail d'amateur.

Royce eut l'air étonné.

— Le Borgne et ses acolytes ne sont guère des amateurs.

— Je me trompe peut-être. Examine-les et tu me diras ce que tu en penses.

Une heure plus tard, Royce donnait raison à son cousin. C'était visiblement une tentative d'effraction maladroite. Ce n'était donc pas le Borgne qui avait voulu entrer. Mais alors qui ? Et pourquoi ?

Les jours suivants, Royce resta tout aussi perplexe. Les transactions concernant le cottage se passèrent au mieux. Cela lui fit un drôle d'effet de voir le nom de Morgane côtoyer le sien sur l'acte de vente. Un peu comme si elle avait été sa femme et qu'ils eussent fait l'achat ensemble.

Il chassa cette pensée stupide de son esprit et se demanda pourquoi Roger Steadham n'avait toujours pas proposé une date pour le départ des frères Fowler. Maintenant que Morgane était devenue sa maîtresse, il n'était plus question qu'elle parte en Amérique sans lui. Il décida de rendre visite à Steadham pour lui dire qu'il ne désirait plus que deux billets.

Le lundi après-midi, à deux heures, Royce était confortablement installé dans le bureau de son homme d'affaires. Il trouva Steadham quelque peu nerveux mais ne s'en soucia pas. Lorsque Royce mentionna les billets, Steadham se troubla :

— Les b-billets ? Je suis désolé mais il n'y a plus rien jusqu'à la fin de l'été. Peut-être août ou septembre.

Royce fut immédiatement sur ses gardes. Ses yeux dorés prirent un air menaçant lorsqu'il demanda à mi-voix :

— Vous me dites qu'il n'y a aucun bateau qui parte en Amérique avant cette date-là ?

Steadham eut un pauvre sourire :

— Rien qui puisse vous convenir.

Depuis que Royce connaissait les pouvoirs inquiétants du Borgne, il se méfiait. Il vérifierait l'affirmation de Steadham. Mais comment le Borgne aurait-il été au courant de sa visite ? Aurait-il été prévenu par un espion ? Prenait-il simplement des précautions ou savait-il que ces billets étaient réservés aux Fowler ?

Ne voulant pas trahir ses pensées, Royce dit aimablement :

— Très bien. Je me contenterai de ce que vous me donnerez. D'ailleurs mes plans ont changé, je n'ai plus besoin que de deux places. Pensez-vous que cela facilitera mon départ ?

Évitant le regard perçant de Royce, Steadham se tortilla sur sa chaise :

— Je vais vérifier mais je crains de ne rien trouver avant l'automne.

Préoccupé, Royce quitta le bureau de Steadham. Il se renseigna auprès d'une compagnie maritime, et on lui donna l'horaire de deux bateaux qui appareillaient la semaine suivante. Tous deux avaient des places disponibles.

Steadham avait donc menti. Et pour une seule raison : le Borgne.

Royce rentra chez lui, furieux, et décidé à rencontrer Jacko et Ben dès que possible. Il était toujours de mauvaise humeur lorsque Chambers vint lui annoncer que le repas était servi. Il s'attendait à dîner seul, Zachary étant sorti rejoindre des amis, et se dirigea d'un pas nonchalant vers la salle à manger. Il eut la mauvaise surprise de trouver Morgane, affublée de la robe rubis, qui présidait la table !

— Que faites-vous ici ? Et où diable avez-vous trouvé cette robe ?

Morgane tremblait de peur mais elle releva courageusement le menton. Il lui avait fallu du cran pour annoncer à Chambers qu'elle dînerait le soir avec Royce, mais elle s'en voulait maintenant d'avoir choisi cette robe. Depuis la visite à Mme Duchand, elle était restée dans ses appartements sans voir personne, excepté Hazel et Chambers, et elle s'ennuyait ferme. Ces longues heures solitaires lui avaient fait vivement regretter son offre. Tous les cadeaux luxueux qu'elle recevait, parfums, lingerie en soie, robes, chaussures, chapeaux, savons aux délicates senteurs, l'humiliaient et elle les regardait avec dégoût.

Elle voulait supplier Royce de la laisser partir avec ses frères, mais elle savait qu'il ne le permettrait pas. Ne l'avait-il pas menacée ? Chaque sou qu'il dépenserait pour elle serait mérité. Morgane n'avait pas le choix. Pour se faire plaisir, elle avait donc choisi de porter cette robe. Or Royce semblait vraiment furieux. Elle parvint à lui répondre posément :

— J'avais l'intention de prendre mon repas. Quant à la robe, vous savez bien qu'elle vient de chez Mme Duchand.

Royce s'assit en face d'elle et la regarda avec haine. « Petite intrigante ! se dit-il. Pour qui te prends-tu ? » Pourtant, le doux visage éclairé par les flammes des candélabres fit surgir son désir.

Elle était ravissante avec son teint clair illuminé par la dentelle noire et le satin rubis. Il admira la poitrine retenue par le bustier serré et sa gorge se noua. En une seconde, il était dur comme un roc. Il se réfugia dans la colère et demanda sur un ton maussade :

— Je ne me souviens pas vous avoir invitée à partager mon repas, mais je me souviens parfaitement vous avoir interdit d'acheter cette fichue robe.

Elle murmura, tout miel :

— Puisque j'habite cette maison, je ne pensais pas que vous ayez à m'inviter où que ce soit.

— Et la robe ? ironisa-t-il. Auriez-vous la bonté de m'expliquer comment elle s'est retrouvée dans votre armoire ?

Morgane fut soulagée de voir Chambers apporter le premier plat. Ils changèrent momentanément de sujet.

L'atmosphère du dîner fut tendue. Morgane devait se forcer à avaler chaque bouchée. Elle était certaine de détester Royce, mais chaque fois qu'elle se retrouvait en sa présence, son cœur battait la chamade. Lorsque Royce leva les yeux, elle sentit ses seins durcir et l'excitation nouer son ventre. Elle aurait tant aimé que les choses fussent différentes entre eux.

La présence des domestiques servant à table empêchait une dispute mais Royce était à peine poli. Elle prit peur lorsque, à la fin du repas, il dit à Chambers :

— Laissez-nous maintenant.

Une virilité puissante émanait de l'homme assis en face d'elle, une main caressant son verre de vin, l'autre posée sur la table. Son visage mat était souligné par la blancheur de sa cravate et la redingote bleu marine aux boutons dorés soulignait admirablement ses larges épaules. Elle se souvint de ce long corps pressé contre le sien, de sa force, de sa chaleur et elle rougit. Désirant s'échapper à tout prix, elle fit une nouvelle bêtise en se levant brusquement :

— Je vais vous laisser à votre cognac.

Royce murmura, les yeux mi-clos :

— Pas encore, ma chérie. Vous ne m'avez pas expliqué cette robe...

Il parcourut le corps de Morgane d'un regard insolent.

— Maintenant que je la revois sur vous, je ne comprends pas pourquoi je ne l'aimais pas. Elle met vos charmes très joliment en valeur... Elle me rappelle ce pour quoi je paie.

Le chagrin la transperça et Morgane s'exclama malgré elle :

— Vous ne me toucherez pas avant que j'aie ma maison !

Royce essaya en vain de l'attraper. Elle se précipita dans sa chambre et s'appuya contre la porte, à bout de souffle, attendant que Royce fasse irruption à son tour. Mais il ne l'avait pas poursuivie. Elle avait échappé au tigre une nouvelle fois. Mais pour combien de temps ?

17

Royce hésitait entre la poursuivre ou laisser exploser sa colère en écrasant son poing contre le mur. Qu'elle aille au diable ! Elle n'était qu'une petite aventurière sans scrupules... Pourquoi la laissait-il l'irriter ? Il avait bien d'autres soucis. Le moment était venu de parler à Della. Mais comment expliquer à sa maîtresse en titre qu'une autre femme avait pris sa place ?

Jamais Royce n'avait été confronté à un tel problème. Il y pensait depuis qu'il avait fait l'amour avec Morgane. Pour rien au monde, il n'aurait voulu humilier Della ou lui créer plus de chagrin que nécessaire. Depuis quelque temps, il l'évitait et pour soulager sa mauvaise conscience, il lui avait fait livrer par son joaillier un superbe collier en diamants avec des boucles d'oreilles assorties.

Prenant son courage à deux mains, il se rendit chez elle. Della portait une somptueuse robe de soie bronze et l'attendait dans le salon. Il s'inclina, porta la main fine à ses lèvres :

— Je suppose que tu es au courant pour Morgane, dit-il sans attendre.

Della hocha légèrement la tête :

— Oui. Plusieurs gentlemen se sont empressés de m'apprendre la nouvelle. J'aurais préféré l'entendre de ta bouche.

Royce tressaillit :

— Je suis désolé. Rien ne peut excuser ma conduite. J'espère qu'un jour tu sauras me pardonner mes mauvaises manières. Si je peux faire quelque chose...

Les yeux topaze fouillaient ceux de Della. Elle caressa la joue de Royce en souriant.

— A moins d'exiger que tu jettes ta nouvelle maîtresse à la rue, je ne vois vraiment pas ce que je pourrais te demander.

Voyant l'expression résolue de Royce, elle eut un rire un peu triste.

— Je pensais bien que tu ne le ferais pas, mais je devais essayer. Ne t'en fais pas ! Je survivrai. Tu as été un amant très généreux, avec ton portefeuille comme avec ton corps.

Elle lui jeta un regard sensuel :

— Tu me manqueras... Mais les femmes qui ont la même profession que moi savent que toute liaison a une fin. J'espérais simplement que notre aventure durerait un peu plus longtemps. Tu ne veux pas que je quitte la maison tout de suite, j'espère ?

Royce l'assura qu'elle pouvait y demeurer encore quelques mois.

— Ce ne sera pas si long. Moi non plus je ne suis pas restée inactive. Avant la fin de la semaine, mon nouveau protecteur m'aura installée dans sa maison à Tunbridge Wells.

Royce resta une seconde interloqué :

— Je suppose que je l'ai bien mérité.

— C'est vrai, ignoble personnage ! dit-elle en le taquinant. Tu m'as utilisée d'une manière éhontée.

— J'ai eu une conduite déplorable, avoua-t-il.

— Abominable !

— Tout à fait répréhensible !

Della éclata de rire :

— Devons-nous continuer ou nous estimer quittes ?

Royce sourit :

— Nous sommes quittes, mais je dois souligner que ma conduite a été honteuse, déplorable, abominable et répréhensible.

Elle murmura tendrement :

— Tu vas me manquer, Royce Manchester.

Royce lui déposa un baiser sur le front :

— Merci, Della. Tu as été merveilleuse en dépit de tout.

— Ah ! s'exclama-t-elle. Mais cela va te coûter cher, mon pauvre Royce. Je mérite sans aucun doute tes superbes chevaux alezans ainsi qu'un nouveau buggy.

— Affaire conclue ! Tu les auras dès demain.

Il ajouta timidement :

— Voudrais-tu me dire le nom du gentleman qui m'a si vite remplacé dans ton affection ?

— Si tu veux. C'est l'un des messieurs qui me faisaient la cour juste avant ton arrivée à Londres. J'étais sur le point d'accepter son offre quand tu es venu me séduire.

— Je sais que plusieurs de mes amis te couraient après, dont Newell et Atwater.

Della ne put s'empêcher de se vanter :

— Tout comme Devlin, Wetherly et Stafford !

Royce n'aurait pas aimé que le comte s'occupât désormais de la jeune femme. Il demanda brutalement :

— Alors, c'est le comte ?

— Non. C'est un homme très fortuné qui s'appelle Jasper Simonds.

Royce fronça les sourcils.

— Jasper Simonds ? Je ne crois pas le connaître.

— Probablement pas. Il n'est guère mondain et il n'aime pas parler de ses origines. Je sais seulement qu'il est très riche et qu'il compte parmi ses amis Stephen Devlin, Stafford et Wetherly.

Soulagé que la rupture avec sa maîtresse se déroule si bien, Royce resta badiner avec elle. En partant, il apprit qu'elle passerait la nuit chez Simonds. Son nouveau protecteur ne voulait pas qu'elle dorme encore sous le toit de son ancien amant.

Royce partit aussitôt à la recherche de son cousin George. Il le trouva chez White's, entouré de ses amis habituels. Il l'attira dans un petit salon pour lui parler en privé.

— Jasper Simonds ? dit George en réfléchissant. Grand, yeux noirs, plutôt mince ? Très discret ? Des origines probablement modestes mais bourré d'argent ?

Royce s'impatienta :

— George, puisque je ne le connais pas, comment diable saurais-je si ce type est grand ou petit, mince ou gros ? Le connais-tu, oui ou non ?

George haussa les épaules.

— Tu l'as déjà rencontré. Je te l'ai présenté à ton arrivée.

— George, tu m'as présenté la moitié de Londres ! Comment aurais-je pu me souvenir de tous ? Cesse de me taquiner et raconte-moi ce que tu sais.

— Il n'y a pas grand-chose à dire. Il fréquente plutôt la bande de Devlin. Il est très riche, mais personne ne sait d'où vient son argent. Je n'ai rien entendu dire de particulier sur sa famille. Ce sont peut-être de modestes épiciers et il préfère le cacher. Pourquoi t'intéresses-tu à lui ?

Avec un air piteux, Royce répondit :

— C'est le nouveau protecteur de Della.

— Vraiment ? répliqua George, amusé. Tu te sens cocu ?

— Non, et pourtant Dieu sait que je le mérite après avoir joué ce mauvais tour à Della. Je suis simplement curieux. J'éprouve un sentiment de responsabilité envers elle.

— Ne t'en fais pas, murmura George. Les femmes comme Della ont l'habileté des chats, elles retombent toujours sur leurs pieds... ou leur dos.

Ils devisèrent encore quelques minutes, puis Royce demanda lentement :

— George, as-tu jamais entendu parler du Borgne ?

La réaction de son cousin, d'ordinaire si décontracté, fut frappante. George se raidit comme s'il avait été criblé de balles et son visage se décomposa.

— Que sais-tu de lui ? demanda-t-il.

— C'est moi qui ai posé la question en premier, répliqua Royce, inquiet de voir son cousin si désemparé.

Mon Dieu ! George ne pouvait pas être lui aussi à la merci du Borgne ! Son cousin frémit et jeta un regard aux alentours :

— Je ne le connais pas personnellement, mais c'est un mauvais bougre. Un de mes meilleurs amis est tombé entre ses griffes et il s'est suicidé. Une bien triste affaire.

George agrippa l'avant-bras de Royce :

— Tu ne l'as pas rencontré ? Tu ne lui as pas demandé conseil ? Ce ne serait pas prudent, Royce. Il vaut mieux que tu viennes vers moi. Je t'aiderai. Ne va pas voir ce type... Il te perdrait...

Rassurant son cousin, Royce parvint habilement à détourner la conversation sur son emménagement prochain à Tunbridge Wells. George en sembla enchanté et Royce l'invita à Lime Tree Cottage.

Il profita du beau temps pour rentrer chez lui à pied. Il n'avait pas encore parlé à Morgane de l'achat de la maison. Il n'avait pas non plus prévenu les domestiques qu'ils allaient quitter Londres. Dès son arrivée chez lui, il s'en ouvrit à Chambers.

Le majordome ne broncha pas :

— Bien sûr, monsieur. Je veillerai à tout.

— Je suis désolé de vous annoncer notre départ si tard, dit Royce. J'espère que cela ne posera pas trop de difficultés.

Chambers se permit un léger sourire.

— Non, monsieur. Puisque la maison est déjà meublée, il n'y aura que nos effets personnels à transporter.

Royce repoussait le moment où il devrait en parler à Morgane. Il détestait l'idée d'acheter son affection. Curieusement, il n'avait jamais eu ce genre de scrupules avec des femmes comme Della.

Il monta l'escalier à la recherche de la petite peste envoûtante. Entrant dans le salon bleu qui séparait leurs deux chambres, il la trouva installée sur un long sofa ivoire. Coiffée à la dernière mode, Morgane portait une charmante robe de mousseline parme et lisait une copie du « Corsaire » de lord Byron qui avait été publié l'année précédente.

Comme d'habitude, Royce fut saisi par la beauté de la jeune femme. Il lui annonça plus brutalement qu'il ne l'aurait souhaité :

— J'ai trouvé votre fichue maison. Nous nous installerons à Tunbridge Wells vendredi.

Il sourit de manière insolente, la déshabillant du regard :

— A notre arrivée, je compte bien découvrir rapidement si vous valez vraiment tout cet argent !

Morgane resta muette. Elle l'avait si peu vu récemment qu'elle était surprise de l'avoir enfin devant elle. Elle l'épia alors qu'il traversait la pièce, se réjouit de son visage si beau, de son corps musclé. Cet homme la tenait en son pouvoir... parce qu'elle l'aimait ! Pour cette seule raison, elle lui permettait de diriger sa vie. Mais elle ne put empêcher un sursaut de fierté :

— Et si la maison ne me plaît pas ? Après tout, c'est moi qui dois être satisfaite.

Le visage de Royce se durcit. Morgane était horrifiée par les paroles qui venaient de lui échapper. Elle maudit son impertinence et son orgueil.

— Je pense que vous l'aimerez, dit Royce. Mais vous la trouverez peut-être trop raffinée à votre goût. Elle appartenait à un lord qui a été assez stupide pour perdre sa fortune au jeu, mais qui reste un homme bien né et d'une éducation parfaite. Ce qui n'est vraiment pas votre cas !

Morgane bondit sur ses pieds et le gifla. Les yeux fous, Royce l'attira brusquement à lui :

— Mon Dieu, il ne manquait plus que ça !

Il la força à ouvrir les lèvres et l'embrassa brutalement. Il avait envie de la faire souffrir parce qu'elle le bouleversait, parce qu'elle se comportait en maîtresse avide, mais comme il était bon de presser ce corps mince contre le sien, de goûter cette bouche si douce. Plus il l'embrassait, plus sa colère se transformait en désir ardent.

Morgane se débattit. Elle voulait échapper à ce baiser cruel, insultant, mais elle ne le pouvait pas. Comment osait-il la traiter ainsi ! Soudain elle fut consciente qu'il l'embrassait différemment. Elle sentit sa virilité contre son ventre et une émotion qui n'avait plus rien à voir avec la colère les bouleversa tous les deux. Elle s'agrippa à celui qu'elle avait vainement essayé de repousser. Ses lèvres se firent plus tendres.

Un désir primaire s'empara d'eux. Royce lui caressait les seins, la peau, déclenchant une vague de plaisir chez Morgane. Elle tremblait, la poitrine gonflée, le ventre serré par la passion. Elle savait que cette douleur exquise grandirait, la tourmenterait jusqu'à ce qu'il la possède entièrement.

Royce poussa un juron. La prenant dans ses bras, il la porta jusqu'à la chambre. Il lui enleva rapidement ses vêtements, ses doigts fébriles cherchant la douce moiteur entre les longues jambes.

Morgane gémit de plaisir, s'arqua vers lui, impuissante à contrôler ses pulsions. Son cœur battant à tout rompre, Royce défit ses pantalons et plongea en elle. Il la dévorait de baisers. La sensation érotique de leurs peaux l'une contre l'autre les entraîna tous deux dans une extase sans fin.

Longtemps, ils restèrent enlacés. Morgane était honteuse d'avoir laissé libre cours à son instinct et de s'être comportée comme une fille de petite vertu. Mais quel plaisir intense elle avait ressenti ! Cette créature sauvage qui s'était tordue sous Royce, était-ce vraiment elle ? Pouvait-on passer de la colère au désir aussi vite ? Son corps tremblait encore de la violence subie, mais elle avait joui de leur amour si ardent.

Royce se dégagea lentement. Honteuse de ses

jupes qui avaient été retroussées à hauteur de ses épaules, Morgane se dépêcha de se rasseoir. Rougissante, elle essaya de remettre de l'ordre dans ses vêtements, sans oser lever les yeux vers lui.

Royce détaillait le profil exquis, le nez retroussé, le petit menton volontaire. Il était troublé par cette passion dévorante qui le transformait en un homme brutal, avide d'un corps féminin. Jamais il n'avait traité une femme avec aussi peu d'égards. D'habitude, il aimait prendre son temps, faire de l'acte d'amour un moment de caresses sensuelles. Ce besoin irrationnel, violent, de marquer le corps d'une femme, jamais il ne l'avait ressenti. Et cela l'effrayait.

Sa bouche se durcit. Qu'attendait-il d'elle ? De l'amour ? Il sourit amèrement. Seigneur ! Elle avait dû l'ensorceler pour qu'il pense une chose pareille. Furieux contre lui-même, Royce la regarda avec colère :

— Je suppose que ce petit interlude va me coûter très cher !

Morgane ne s'attendait pas à une insulte pareille. Bouleversée, elle rétorqua :

— Sortez de ma chambre, espèce de malotru ! Ne m'avez-vous pas suffisamment humiliée ? Devez-vous en rajouter ?

Elle était magnifique, les cheveux en bataille, les joues enflammées par la colère. Un poignard le transperça. Un sentiment de regret ? Ou quelque chose de plus profond ? Il ne pouvait pas la quitter ainsi.

— Je regrette, dit-il doucement, cherchant dans le regard gris une réponse à ses tourments.

Elle fut déconcertée par ses excuses. Les yeux de tigre restaient un mystère. Elle avait été idiote de tomber amoureuse d'un homme aussi énigmatique.

— Ce n'est rien, murmura-t-elle. Je suis là pour ça, n'est-ce pas ?

Des larmes de honte brillaient dans ses yeux.

— Toute ma vie j'ai été à la merci des autres. J'ai commencé comme pickpocket et maintenant je suis devenue la maîtresse d'un homme riche.

Royce frémit. La vérité semblait bien cruelle. Il répliqua, sévère :

— Au moins avec moi vous ne vivrez pas comme un animal sauvage et vous ne finirez pas au bout d'une corde ! Et sachez bien que je ne vous laisserai jamais me quitter.

Dès qu'il fut sorti, Morgane se jeta sur le lit. Elle était trop furieuse pour pleurer et elle essayait désespérément de rassembler ses pensées confuses.

Royce resta éveillé une bonne partie de la nuit. Il pressentait que ses sentiments envers Morgane étaient si profonds qu'il ne s'en délivrerait jamais. Il était comme un animal pris au piège.

Au loin, une cloche sonna quatre heures. Il était sur le point de s'endormir quand un léger bruit le mit sur ses gardes. Sans bouger, il scruta l'obscurité de sa chambre. Un déclic et la porte se referma. Quelqu'un était-il entré ou sorti ? Son instinct l'avertissait qu'un intrus lui voulait du mal.

Un faible rayon de lune filtrait entre les rideaux. Il chercha à discerner une ombre anormale. Chaque muscle de son corps était tendu.

Il n'appela pas, ne demanda pas à l'inconnu de se manifester. Il fallait éviter que l'intrus sache qu'il était réveillé.

Le jeu était dangereux. Il se forçait à rester immobile pour ne pas trahir sa seule chance, celle de surprendre son adversaire. Ce dernier avançait à pas feutrés dans la pièce. Royce regretta de ne pas avoir placé un pistolet ou un couteau sous son oreiller. Il était totalement démuni. L'inconnu était-il un vague cambrioleur ou un sbire du Borgne ?

Il entendit soudain des pas glisser sur le tapis. Les yeux à moitié fermés pour donner l'illusion du sommeil, il resta de marbre.

L'inconnu se précipita sur lui et ce fut le rayon de lune qui sauva Royce, éclairant brièvement la lame du poignard qui se levait. En un mouvement rapide, il saisit le poignet de l'assassin. Il entendit un cri de rage et l'homme commença à se débattre violemment. Royce fut tiré hors de son lit. Il esquivait de son mieux le poignard acéré. Les deux hommes se tordaient, se jetaient l'un contre l'autre, renversaient les meubles avec fracas.

Royce se savait d'une force comparable à l'assassin, mais il était nu, vulnérable aux coups de poignard. De temps en temps, la lame lui arrachait des lambeaux de peau et il grimaçait sous la douleur. Ses orteils furent sauvagement écrasés sous la botte de son adversaire. Il faillit tomber. Ses blessures qui saignaient commençaient à le fatiguer.

Soudain la porte qui donnait dans la chambre de Morgane s'ouvrit :

— Royce, qu'est-ce qui se passe ? s'écria-t-elle, affolée, une bougie à la main.

Au même moment, Spurling, le valet de chambre, apparut à la porte du corridor :

— Monsieur ? Est-ce que tout va bien ?

Royce aperçut alors le visage de son assaillant. C'était bien le Borgne ! On voyait nettement le bandeau qui lui couvrait un œil, mais son visage était en partie dissimulé par un chapeau à large bord. Ses traits étaient déformés par la haine et rappelaient ceux d'une bête sauvage. Royce ne s'était pas attendu à une tentative d'assassinat et il n'aurait jamais pensé que le Borgne prît lui-même l'affaire en main. Surpris, il relâcha un peu son étreinte.

Le Borgne en profita. Il lança une dernière fois un violent coup de poignard en direction de Royce, puis il s'élança vers Morgane. Sans réfléchir, elle lui planta la bougie dans son œil valide. Hurlant de douleur, l'homme laissa tomber le poignard et s'enfuit vers la porte où se tenait Spurling, médusé. Il bouscula le pauvre valet et disparut.

18

Pendant quelques secondes régna une confusion générale. Le cri de Morgane résonnait encore entre les murs alors qu'elle courait vers Royce. Spurling reprit ses esprits et alluma un chandelier. Zachary apparut derrière Spurling, un pistolet à la main, et demanda froidement :

— Que diable se passe-t-il ?

Morgane était dans les bras de Royce, ses mains le parcouraient comme pour s'assurer qu'il n'était pas grièvement blessé :

— Vous n'avez pas trop mal ?

Oubliant qu'il était nu et que ses éraflures saignaient, Royce entoura de son bras les épaules de Morgane et s'avança vers la porte. Il scruta le corridor sombre :

— Il s'est échappé, l'infâme ! s'écria-t-il.

— Le Borgne ! dit Zachary, excité. Il t'a envoyé un de ses acolytes ?

Spurling passa à Royce une robe de chambre en soie noir et or.

— Encore mieux, murmura Royce. Le Borgne lui-même m'a honoré d'une petite visite.

Il pressa à nouveau Morgane contre lui. Elle ne voulait plus le lâcher. Ses yeux gris foncèrent lorsqu'elle aperçut le sang sur la poitrine de Royce.

— Vous saignez de partout ! s'écria-t-elle.

Zachary et Spurling se rapprochèrent, mais Royce les renvoya.

— Ce n'est rien. Quelques égratignures. Je suis sûr que le Borgne aurait souhaité qu'elles fussent plus graves. Et vous, vous n'êtes pas blessée, ma chérie ? Il ne vous a pas touchée ?

— Non. Tout s'est passé si vite qu'il n'en a pas eu le temps.

Chambers apparut à son tour, une bougie à la main. Derrière lui, Ivy ouvrait de grands yeux affolés. Royce expliqua l'incident et Chambers partit chercher du whisky et des pansements tandis que Zachary, accompagné par un Spurling nerveux, descendait au rez-de-chaussée à la recherche d'indices. Ils trouvèrent la porte de service ouverte, mais personne n'avait fracturé la serrure. Il fallait se rendre à l'évidence : quelqu'un de la maison avait laissé entrer l'assassin...

Royce attendait patiemment qu'Ivy et Morgane eussent terminé de panser ses plaies. On avait remis sa chambre en ordre et il était allongé sur le sofa de velours rouge, le corps légèrement douloureux. Il regarda Spurling dans les yeux et lui demanda d'une voix sévère :

— Comment se fait-il que vous soyez venu si rapidement, Spurling ?

Spurling rougit :

— M-Moi ? bégaya-t-il, affolé. J-Je ne comprends pas ce que Monsieur veut dire.

— Vous comprenez parfaitement, reprit Royce lentement. Ce n'est sûrement pas dans vos habitudes de vous promener la nuit dans la maison. Pourquoi n'étiez-vous pas dans votre chambre comme tout le monde ?

Spurling avala avec difficulté. Curieusement, il portait encore ses vêtements de journée. Royce attendait. Aurait-il mauvaise conscience ?

— Pas de réponse ? s'enquit-il d'une voix doucereuse.

Spurling se redressa :

— Je ne pouvais pas dormir, monsieur, et j'ai commencé à faire vos valises pour notre prochain départ. Je n'ai rien à faire avec cet ignoble personnage, monsieur ! Je vous le jure...

Royce se sentit brusquement épuisé. Il renvoya ses domestiques.

— Tu crois que ce pauvre vieux Spurling est de mèche avec le Borgne ? s'enquit Zachary.

Morgane s'était assise par terre auprès de Royce. Sa main reposait sur le genou du blessé et sa chemise de nuit blanche s'étalait à ses pieds. Elle semblait fragile.

— Il y aurait un espion dans la maison ? demanda-t-elle d'une voix tremblante.

— Pourquoi pas ? répondit Royce. Le Borgne n'est pas omniscient. Il a sûrement besoin d'indicateurs. Et je ne serais pas étonné que notre Spurling ait dû un jour faire appel à ses services et lui soit maintenant redevable.

— Que vas-tu faire au sujet de Spurling ? voulut savoir Zachary. Nous ne pouvons pas le laisser nous espionner.

Royce caressa l'épaule de Morgane :

— J'ai bien peur que nous n'ayons pas le choix.

— Comment ? s'écria Zachary, outré. Tu vas le laisser en liberté dans la maison ?

— Si je le laisse partir, le Borgne le remplacera par quelqu'un d'autre. Nous avons au moins l'avantage de soupçonner Spurling et nous pouvons le garder à l'œil.

— Tu es génial, Royce ! On pourrait même le laisser nous guider jusqu'au Borgne.

Royce eut soudain la vision effrayante de Zachary filant Spurling et se retrouvant aux mains du Borgne. Il répliqua fermement :

— Pour l'instant, nous ne ferons rien. Les frères de Morgane sont déjà en train de rechercher sa cachette.

Morgane poussa un léger cri et Royce s'en voulut de l'avoir inquiétée. Il tenta de la rassurer :

— Ils font très attention et ils sont presque aussi habiles que lui. De plus, il ne s'en méfie pas.

Elle frémit :

— Mais il est diabolique ! Il n'hésitera pas à les tuer.

— Nous avons déjoué ses plans pour cette nuit. Je suis toujours en vie et vous êtes toujours sous ma protection.

Ces paroles malheureuses rappelèrent à Morgane sa situation déplaisante. Elle se releva brusquement :

— Si vous voulez bien m'excuser, je crois que je vais me coucher. Bonsoir.

Zachary sourit et lui saisit la main pour l'embrasser.

— C'était une idée formidable de lui envoyer la bougie dans l'œil. Peut-être deviendra-t-il aveugle ?

— Avoir été élevée à St. Giles a ses avantages, répliqua Morgane, amusée. On y acquiert de bons réflexes !

Zachary examinait le beau visage levé vers lui, lorsque quelque chose le frappa comme une gifle. Il ne fréquentait son ami Julian que depuis peu, et ce n'était que ce soir qu'il s'en apercevait : Morgane Fowler ressemblait comme deux gouttes d'eau à Julian Devlin. « Mon Dieu ! pensa-t-il. Ils pourraient être frère et sœur. »

Inconsciemment, il serra plus fortement la main de Morgane. Elle vit le visage stupéfait du jeune homme et prit peur :

— Qu'est-ce qu'il y a ? Pourquoi me regardez-vous comme ça ?

Zachary la relâcha, troublé.

— Ce n'est rien. Vous me rappelez quelqu'un.

Royce ajouta rapidement :

— Probablement cette petite ballerine que tu admires tant depuis un mois. N'ai-je pas entendu que vous alliez vous coucher ? lança-t-il en direction de la jeune femme.

Morgane rougit et s'enfuit de la pièce. Zachary resta immobile. Puis il se tourna lentement vers son cousin :

— Depuis quand sais-tu qu'elle est la sœur de Julian ?

Royce soupira. Les minutes à venir ne seraient pas agréables. Il se versa un verre de whisky et en offrit un à Zachary qui refusa en grommelant :

— C'est presque l'aube.

— Je sais, mais il va me falloir des forces pour t'expliquer.

— Tu savais qui elle était depuis le début, n'est-ce pas ? demanda Zachary, mécontent.

— J'ai deviné en effet qu'elle était peut-être une bâtarde du comte.

— Et ça ne te fait rien d'avoir pris la fille d'un comte comme maîtresse !

— Une fille bâtarde, ajouta Royce, les yeux fixés sur le liquide doré.

— Quelle différence y a-t-il ? s'écria Zachary, hors de lui. C'est évident qu'elle est une St. Audries, même de la main gauche !

— Certes, et son père lui a offert une vie merveilleuse, n'est-ce pas ? L'abandonnant dans la rue avec des assassins et des prostituées, l'obligeant à voler pour se nourrir.

Royce eut un rire amer.

— Quel père exemplaire ! Au moins avec moi, elle ne sera pas pendue à Tyburn. Elle dort sous un toit confortable, elle est nourrie, habillée, et elle ne court pas le risque d'être violée par le premier sauvage qui croise son chemin. Moi, je la protège. Ce que son salaud de père n'a jamais fait !

Il y avait tant de passion dans sa voix que

Zachary en resta pétrifié. Une pensée saugrenue lui traversa l'esprit. Il comprenait maintenant l'étrange attitude de Royce. Mais combien de temps faudrait-il à son cousin buté pour qu'il se rende à l'évidence ? D'une voix douce, Zachary ajouta :

— Tu as raison. Je ne l'avais pas envisagé sous cet angle.

Royce restait sur ses gardes.

— Tu renonces à me sermonner ?

— Ce n'est pas à moi de le faire. Je n'aurais jamais dû en parler.

— Dieu merci ! s'exclama Royce, soulagé. Mais ne crois pas que je sois indifférent. Si Morgane avait été une enfant légitime et si je n'avais pas été en si mauvais termes avec St. Audries, je l'aurais peut-être demandée en mariage.

— Ah, le vent souffle tout de même dans la bonne direction, ajouta Zachary, très satisfait.

— Le vent ne souffle dans aucune direction, grogna Royce. Je n'ai nullement l'intention de l'épouser. Tu peux oublier tes fadaises romantiques. Elle est ma maîtresse, point final.

— Si tu le dis...

Zachary étouffa un bâillement :

— Je crois que je vais suivre l'exemple de Morgane. La nuit a été longue.

Royce, lui, n'avait aucune envie de se coucher. Il revivait dans son esprit chaque instant de l'attaque du Borgne. Il frissonna. Cet individu sinistre avait essayé de le tuer.

Royce avait déjà regardé la mort en face, lors

de duels en particulier, mais ceci était une autre affaire. C'était dangereux, malsain, traître. S'il avait dormi profondément, si la lune n'avait pas brillé... Il prit une nouvelle gorgée d'alcool. Si le destin n'était pas venu à sa rescousse ce soir, il serait mort.

Pourquoi le Borgne avait-il pris le risque de venir faire la sale besogne lui-même ? Il avait sûrement assez d'acolytes pour l'aider. Royce Manchester méritait donc une attention particulière. Il trouvait inquiétant que le Borgne attache tant d'importance à son élimination.

Bien sûr, Morgane était la clé du problème. Il eut un sourire amer. A part son charme et sa beauté, qu'est-ce qui pouvait la rendre si importante aux yeux du Borgne ? Il savait que celui-ci la désirait comme maîtresse, mais cela méritait-il de prendre tous ces risques ?

Dans sa tête, Royce inversa les rôles. Si Morgane avait été prisonnière du Borgne, il aurait fait n'importe quoi pour la délivrer. Il aurait détruit Londres pierre par pierre. Il aurait même tué de sang-froid pour sauver la femme qu'il aimait, qu'il désirait !

Il fallait partir au plus vite pour Tunbridge Wells. Il devait renforcer la sécurité autour de Morgane. Il s'habilla en hâte et sonna Chambers.

Le majordome apparut avec du café et des petits pains. Il regarda son maître avec affection. Royce retint un sourire. Il était remonté dans l'estime de Chambers pour avoir frayé avec la mort. Buvant le café brûlant à petites gorgées, il lui annonça :

— Cette nuit mouvementée a modifié mes plans. Nous partirons pour Tunbridge Wells dès aujourd'hui.

— Certainement, monsieur. Je me doutais que Monsieur prendrait cette décision. Les domestiques ont déjà commencé à préparer notre départ. Les chevaux et les véhicules seront bientôt prêts.

Royce lui lança un large sourire :

— Chambers, vous ai-je jamais dit que vous étiez quelqu'un d'exceptionnel ? Je suis très heureux que mon cousin George vous ait recommandés, vous et votre merveilleuse femme !

Le majordome rougit légèrement et s'inclina.

— Nous sommes très heureux de servir Monsieur, murmura-t-il.

Royce ne put s'empêcher de le taquiner :

— Même si vous n'approuvez pas ma conduite concernant une certaine jeune femme ?

— Ce n'est pas à moi de juger les activités de Monsieur, reprit-il dignement.

Royce le renvoya et s'assit à son bureau. Il rédigea quelques lettres pour informer ses amis de son départ de Londres, mais il n'en précisa pas la raison.

Le soir même, près de la moitié de la maisonnée était déjà partie pour Lime Tree Cottage. Les derniers devaient les rejoindre le lendemain après-midi. Royce avait décidé de garder Spurling auprès de lui pour mieux le surveiller. Zachary, Morgane et lui-même voyageraient le lendemain.

Royce ne quitta pas la maison de la journée. Il craignait de s'éloigner de Morgane. Mais il devait absolument parler aux frères Fowler et il fut obligé de s'absenter d'Hanover Square dans la soirée pour donner le signal convenu. Zachary reçut de strictes consignes.

Della étant sortie avec son protecteur, Jacko et Ben étaient confortablement installés dans le salon lorsque Royce arriva vers dix heures. Il leur raconta sa mésaventure et les deux garçons n'en crurent pas leurs oreilles.

— Vous êtes sûr que c'était lui ? demanda Jacko, stupéfait.

— C'est une bonne chose que vous partiez demain, ajouta Ben. S'il veut vous tuer, il vaut mieux vous éloigner au plus vite. Vous ne pourriez pas partir cette nuit ?

Royce secoua la tête :

— Non. Je n'ai pas l'intention de conduire de nuit sur une route qui m'est inconnue. Dans la maison, je peux prendre mes précautions, pas dans l'obscurité de la campagne.

— Vous avez raison, dit Jacko. Demain suffira. Où exactement se trouve Lime Tree Cottage ? Nous aimerions voir Pip avant d'appareiller.

Royce hésita. Les garçons n'avaient pas été très heureux d'apprendre que leur sœur resterait en Angleterre. Il se méfiait. Peut-être voulaient-ils emmener Morgane ?

Jacko lut dans les pensées de Royce. Il sourit :

— Patron, si on voulait l'enlever, vous ne

pourriez rien contre nous. Nous savons toutes les précautions que vous avez prises. Et n'oubliez pas qu'elle est notre sœur. Elle nous aiderait plutôt que de nous combattre comme elle l'a fait avec le Borgne. Nous avons accepté de la laisser sous votre protection. Nous ne voulons que lui dire au revoir. Vous ne nous le refuserez tout de même pas ?

Rassuré, Royce leur expliqua comment trouver la maison.

— Soyez prudents quand vous viendrez à Lime Tree Cottage. Je suis certain que le Borgne apprendra très vite notre départ, mais il ne doit pas savoir que nous sommes de mèche.

— On n'est pas des imbéciles, vous savez ! grogna Ben, mécontent.

— Je sais. Mais je suis très prudent. Au fait, je ne pense pas que vous ayez appris du nouveau sur lui ?

Jacko eut l'air ravi.

— Vous vous trompez, patron. On a réussi à découvrir plusieurs de ses cachettes dans la ville. Mais le plus intéressant, c'est que nous pensons qu'il n'est pas borgne pour un sou et que c'est un membre de la haute société.

— Mon Dieu ! s'exclama Royce. Si c'est le cas, je l'ai probablement croisé des dizaines de fois sans le savoir.

— C'est bien possible, murmura Ben. C'est peut-être même un de vos amis...

19

Le lendemain matin, le soleil brillait. Royce, Zachary et Morgane partirent comme convenu, une heure après l'aube. Royce poussa un soupir de soulagement. Il était content de laisser Londres et le Borgne derrière lui, mais les derniers mots de Ben hantaient encore son esprit.

Les deux frères soupçonnaient bien des choses, mais ils n'avaient aucune preuve tangible. Pourtant, son instinct le poussait à les croire. Si le Borgne appartenait à la haute société, il pouvait en effet découvrir qui avait besoin de ses services et se déguiser avant d'approcher ses proies. Personne n'imaginerait qu'un homme du monde pouvait être un sinistre assassin. L'idée était diabolique.

Le cri de joie poussé par Morgane l'arracha à ses sombres pensées. Vêtue à la dernière mode d'une pelisse rose soulignée de passementerie rouge, elle était ravissante. Sous la pelisse, on apercevait le bas de sa robe de mousseline vert pomme et les rubans rouges de son chapeau de paille formaient un nœud coquin sur l'oreille. Un sourire illuminait son visage et ses grands yeux gris brillaient d'enthousiasme.

La regardant admirer le paysage verdoyant, les bois et les vallons, les prairies où galopaient des chevaux, Royce sentit son cœur se serrer. Si seulement il pouvait lui faire conserver ce merveilleux sourire, cette joie de vivre ! Si seulement elle n'avait pas à craindre le Borgne, si seulement elle n'était pas une petite prostituée avide !

Il s'amusa de la voir s'émerveiller à la vue d'une biche qui bondissait dans les bois. Elle se tourna vers lui, surexcitée :

— N'est-ce pas superbe ?

La détaillant, Royce répondit d'une voix passionnée :

— En effet. La plus jolie chose que j'aie vue de ma vie.

Le cœur de Morgane se mit à battre plus vite. Ils s'observaient, perdus dans l'intensité de leur désir.

Zachary remarqua sèchement :

— Nous parlons bien de la biche, n'est-ce pas ?

— Certainement, répliqua Royce. A quoi pouvais-je bien faire allusion ?

— Bien sûr ! dit Zachary en éclatant de rire.

Le voyage se déroula sans incident. Ils s'arrêtèrent vers onze heures dans une auberge pour reposer les chevaux et se dégourdir les jambes.

Morgane n'avait jamais quitté Londres. Elle était habituée au bruit, à la foule des gens se bousculant dans les ruelles, aux maisons noires pressées les unes contre les autres. La campagne l'émerveillait. Elle n'avait jamais vu tant d'animaux, ni remarqué l'intensité du ciel bleu. Celui de Londres était toujours obscurci par la fumée des cheminées. Chaque prairie de fleurs sauvages, chaque bosquet l'enchantaient et elle criait de joie comme une enfant. Pour quelqu'un habitué à la saleté, à la vermine grouillante des bas-fonds londoniens, la pureté de la campagne était bouleversante.

La voiture s'arrêta en haut d'une colline et Morgane regarda le doux paysage s'étalant à ses pieds :

— C'est si beau !

Un renard traversa la route devant eux.

— Vous avez vu ! Un renard !

Royce et Zachary la regardaient avec curiosité. Même en Louisiane, ils ne prêtaient guère attention à la solitude du paysage, ni aux animaux sauvages qui s'y promenaient en liberté. Cette campagne apprivoisée avec ses prairies et ses douces collines ne les émouvait pas. Zachary bâilla :

— Ce n'est qu'un renard, Morgane. Pas la peine d'en faire un drame.

Le visage de la jeune femme se troubla et Royce eut envie de secouer son cousin par la peau du cou. Il cherchait un moyen pour réconforter Morgane lorsqu'elle expliqua :

— Vous ne comprenez pas, Zachary. Je n'avais jamais vu un vrai renard, ni un lapin, ni une biche, ni même une prairie... Souvenez-vous, ce n'est que ma troisième promenade en voiture. La première fois, j'étais enveloppée dans une couverture car je venais de dévaliser Royce, et la deuxième, il m'emmenait chez la couturière sous bonne garde. Tout est nouveau pour moi, même ce simple renard !

Royce fut surpris. Tant de choses élémentaires avaient été défendues à Morgane. Zachary s'excusa aussitôt :

— Je n'y ai pas pensé. Pardonnez-moi, Morgane ! Je suis un imbécile.

Voulant se racheter, il lui indiqua trois biches près d'un petit bois.

— Regardez !

Royce renchérit :

— Et là, près de la barrière, un lapin !

La société londonienne aurait été stupéfaite de voir deux de ses membres les plus éminents s'extasier devant un hérisson, un lièvre mangeant une brindille, ou un veau tétant sa mère. Zachary et Royce ne perdirent pas une occasion pour faire découvrir à Morgane les beautés de la campagne anglaise.

— Quel merveilleux voyage ! soupira-t-elle. Je n'arrive pas à croire que nous soyons bientôt arrivés.

Royce lui sourit tendrement :

— Puis-je espérer que ce fut notre charmante compagnie qui fit passer le temps si vite ?

— La compagnie fut merveilleuse, en effet, mais c'est le paysage et les animaux qui m'ont fascinée, répliqua-t-elle en le taquinant.

— Bravo ! s'écria Zachary. Elle a marqué un point, Royce.

Royce était envoûté par le charme de la jeune femme. La moindre inquiétude qui voilait son joli visage le jetait dans des tourments atroces. Quant à son sourire... Pour un de ses sourires, il était prêt à faire n'importe quoi ! Morgane était devenue indispensable à son bonheur, et pourtant il savait qu'il s'était laissé séduire par une aventurière. Elle lui avait fait découvrir des sentiments inconnus, la jalousie et la possession.

Après un large tournant, Royce fit ralentir les chevaux pour permettre à Morgane d'apprécier la vue de la maison. Il était curieux de voir sa réaction. Lorsqu'elle aperçut sa nouvelle demeure, ses yeux s'écarquillèrent, elle retint un cri de surprise et lui saisit le bras.

A cette distance, la maison, posée sur un petit promontoire, ressemblait à un bijou dans son écrin. On apercevait le toit de chaume, les hautes fenêtres arquées. Des roses, du laurier sauvage, des fleurs de toutes sortes poussaient près des portes, le long des murs. L'eau du petit lac scintillait sous le soleil. La maison avait un air douillet et accueillant.

Morgane admirait bouche bée le cadeau de Royce. Elle s'était attendue à une charmante petite ferme, mais ça... Elle était stupéfaite que Royce eût dépensé une telle fortune pour accéder à son lit.

Morgane avait cru mourir de honte lorsqu'elle avait dicté ses exigences lors de cette terrible nuit, mais elle s'était consolée en se disant qu'elle le faisait pour son avenir et pour celui de ses frères. Manchester était un homme fortuné. Il avait les moyens d'être généreux avec sa maîtresse. Mais elle n'avait jamais rêvé de posséder une aussi belle propriété.

Ils s'arrêtèrent devant le perron. Morgane refusait toujours d'y croire. C'était peut-être la demeure d'un ami ? Elle demanda nerveusement :

— Allons-nous rester ici longtemps ?

— Cela dépendra de vous, répondit Royce, un sourcil levé. Si vous ne l'aimez pas, nous trouverons bien autre chose dans la région.

Morgane fit un effort pour se ressaisir.

— C'est bien Lime Tree Cottage ? demanda-t-elle.

— Oui. Êtes-vous contente ?

— Moi, j'adore ! s'exclama Zachary en sautant du landau. C'est superbe, Royce. Peut-être vais-je rester avec vous cet été et laisser tomber l'invitation de Julian.

— Tu devras demander à Morgane, dit Royce, lançant les rênes à un jeune palefrenier. C'est elle la propriétaire. Elle n'appréciera peut-être pas ta compagnie.

Chambers apparut à la porte. On escorta Morgane dans la maison.

De merveilleux bouquets de fleurs embaumaient l'intérieur. Chambers les conduisit dans le grand salon :

— Les chambres sont prêtes, monsieur, et le dîner sera servi à sept heures. Mais lorsque Monsieur aura un moment, j'aimerais discuter avec lui de domestiques supplémentaires.

Royce répondit aimablement :

— De qui avez-vous donc besoin ?

— Après m'être renseigné, j'ai pris la liberté d'engager quelques jeunes filles de la région pour aider dans la maison, ainsi que des jardiniers. Je crains que le cocher lui aussi n'ait besoin d'autres garçons d'écurie. Je suis désolé, monsieur, mais nous devons plus que doubler le nombre de serviteurs.

— Ce n'est pas grave, répondit Royce. Je savais qu'en venant à la campagne, nous aurions besoin de plus de gens. Je vous remercie de m'avoir débarrassé de ce souci. J'ai confiance en votre jugement, vous n'aurez pas de plaintes de ma part.

Satisfait, Chambers répliqua chaudement :

— Merci, monsieur. J'ai fait de mon mieux. Puis-je maintenant me retirer ?

— Je pense que oui, à moins que Zachary ou Morgane aient besoin de vous.

Zachary secoua la tête, mais Morgane demanda avec une petite voix :

— Je suis fatiguée. J'aimerais monter dans ma chambre.

— Comme vous voudrez, chère, dit Royce en haussant les épaules. Chambers va vous la montrer et si elle vous déplaît, vous pourrez bien sûr en changer.

Morgane était encore sous le choc. Elle aurait pris n'importe laquelle des dix chambres. La sienne se composait d'une suite de ravissantes pièces, décorées dans des couleurs pastel, rose, mauve et jaune, qui donnaient sur le parc. Bouleversée, elle ne put même pas les apprécier. Elle sortit sur le petit balcon et s'installa dans la chaise longue.

Comment en était-elle arrivée là ? Elle s'était attendue à une maison charmante mais minuscule. Ce manoir l'intimidait. C'était une folie de dépenser tant d'argent pour posséder une femme !

Elle se sentait confuse et furieuse à la fois. Sa vie s'était emballée comme un cheval sauvage. Elle avait certes apprécié son séjour à Hanover Square. Les robes, les bijoux... c'était un rêve qui devenait réalité. Et surtout, l'homme qu'elle adorait lui rendait son affection. Mais puisqu'elle l'aimait, devait-elle mettre un prix à ses sentiments ? Elle avait été odieuse de lui rendre la vie si difficile ces derniers temps, alors qu'il ne voulait que son bien.

Morgane sentit les larmes piquer ses paupières. Elle ne pleurerait pas. Elle s'était mise dans cette situation pénible et maintenant elle s'en sortirait !

La jeune femme se redressa. Elle exigerait qu'il reprît tous ses cadeaux. Elle travaillerait avec les autres domestiques, serait traitée comme eux. Quant aux émotions violentes qui la saisissaient lorsqu'il passait auprès d'elle... elle apprendrait à en faire abstraction. Après tout, que pouvait espérer un homme comme Royce Manchester d'une petite voleuse ? Il n'avait pas de place dans sa vie pour une fille comme elle.

Aujourd'hui, il la voulait dans son lit, mais pour combien de temps ? Et puis, elle l'aimait.

Pourrait-elle supporter qu'il se serve d'elle avant de la rejeter ? Pour sauver son amour-propre, elle préférait de beaucoup être une servante en cuisine que s'humilier chaque nuit en partageant son lit.

Malheureusement, elle oubliait de prendre en compte tous les aspects de la situation : le Borgne cherchait à l'enlever, elle était donc obligée de se soumettre à la protection de Royce.

Une heure plus tard, elle le retrouva dans la chambre à coucher. Nerveusement, elle lui lança :

— Je dois vous parler. Cette situation est devenue intolérable.

— Vous ne supportez plus vos longues nuits solitaires ? ironisa-t-il. Je peux vous assurer que depuis l'achat de cette maison, ces nuits-là sont terminées.

Il tendit la main pour la saisir, mais Morgane l'évita.

— Je ne peux pas accepter cette maison ! cria-t-elle, désespérée. Je ne la veux pas. C'est obscène !

Royce se raidit. Elle poursuivit :

— Je crois qu'il vaudrait mieux pour nous tous que vous me laissiez retourner à la cuisine. Nous devons nous contenter d'une relation maître-serviteur.

D'une voix menaçante, Royce répliqua :

— Vous espérez me rouler, ma chère ? Ça ne marchera pas. J'ai payé pour vous et vous êtes à moi !

20

Morgane était effarée. Il n'avait rien compris. Elle ne cherchait pas à le rouler, l'imbécile ! Elle essayait de faire ce qui était honorable. Royce ajouta, cynique :

— Ma chérie, si vous essayez d'élever votre prix, c'est trop tard. Vous avez émis vos exigences. A vous de remplir votre partie du contrat.

Ses yeux gris foncèrent tel un ciel avant l'orage et Morgane répondit, les dents serrées :

— Je veux simplement vous dire que je ne peux pas...

— Que vous ne voulez pas aller au lit avec moi ? Ne croyez-vous pas qu'il est un peu tard pour poser de nouvelles conditions ?

Tandis qu'elle tremblait de rage, il s'approcha, lui prit le menton entre les doigts :

— Il est bien trop tard, ma chère. Vous avez accepté de devenir ma maîtresse, vous en avez fixé le prix et je l'ai payé. Je n'ai pas l'intention de vous laisser changer d'avis, et je ne reculerai devant rien pour obtenir ce qui me revient de droit.

Il la déshabilla du regard.

— Pour l'instant, vous m'appartenez.

Elle fit un pas en arrière, furieuse.

— Vous ne me possédez pas ! cria-t-elle. Ni vous, ni personne. Pas même le Borgne ! Je suis restée chez vous parce que je l'ai bien voulu. Pensez-vous vraiment que vous auriez pu me retenir prisonnière si j'avais voulu m'échapper ? Ne vous abusez pas... Je suis restée sous votre...

Elle lui cracha le mot à la figure :

— ... « protection » parce qu'il était moins dangereux de vous obéir que de risquer ma peau avec le Borgne.

Royce pâlit, mais il rétorqua :

— Quand je pense que je me tourmentais à votre sujet, que j'étais honteux de vous traiter de la sorte, alors que vous vous serviez de moi. Quel idiot j'ai été de gaspiller un seul instant à vous plaindre ! C'est une erreur que je ne commettrai plus.

Il lui saisit le bras, écrasa ses lèvres sur les siennes. Il y avait tant de colère, tant de fureur dans ce baiser brutal que Morgane était impuissante à le repousser. Elle subit l'attaque sauvage et gémit.

En entendant sa plainte, Royce sembla revenir sur terre. Il la repoussa. Elle tomba sur le lit. Elle craignait qu'il ne se jette sur elle pour la violer. Elle n'avait jamais eu peur de Royce auparavant, mais cette fois elle tremblait et ses grands yeux gris le dévisageaient, affolés.

Royce vit la terreur qu'il lui inspirait et ce

fut comme si quelqu'un le poignardait. Son corps s'affaissa. D'une voix cassée, il murmura :

— Mon Dieu ! Je n'ai pas voulu vous faire de mal... Je voulais seulement vous aim...

A son tour, Morgane fut bouleversée par l'image de cet homme brisé. Elle eut la certitude que Royce ne lui ferait jamais de mal. L'amour qu'elle lui portait la blesserait plus sûrement que des gifles et des coups. Elle dut faire un effort pour ne pas l'enlacer et le réconforter.

— Je rêvais d'une soirée agréable avec vous, ajouta Royce, agacé. Mais pour l'instant, l'idée de partager votre lit m'est plutôt désagréable. Vous pouvez vous féliciter. Vous avez réussi à me faire dépenser une petite fortune et maintenant vous m'empêchez de toucher ma récompense. Pas mal !

Elle s'écria, hors d'elle :

— Pauvre idiot ! Comment osez-vous insinuer de pareilles horreurs ? C'est plutôt moi qui devrais me sentir rejetée !

— Comment cela, ma chère ? Ma générosité ne vous semble-t-elle pas suffisante ? Ou regrettez-vous mon manque d'ardeur ?

On aurait dit un chasseur traquant sa proie. Morgane s'éloigna.

— Vous avez raison de vous méfier, dit-il. Avec vous, je perds rapidement la tête. Mais ne vous en faites pas, ma chérie, je n'ai pas l'intention de vous faire rembourser vos dettes, en tout cas pas ce soir...

Comment les choses avaient-elles pu dégénérer à ce point ? Elle essaya de s'expliquer une dernière fois :

— Vous ne comprenez pas. Ce n'est pas ce que vous pensez...

— C'est vous qui ne comprenez pas, dit-il en l'interrompant. Vous avez gagné du temps, ma chère, mais c'est tout. Personne ne se moque jamais de moi et sûrement pas une petite morveuse comme vous. Vous partagerez ce lit avec moi, soyez-en certaine, et vous serez ma maîtresse pour le temps que je le voudrai.

Son sourire était froid :

— Vous pouvez essayer de vous enfuir. Je saurai toujours vous rattraper et vous faire perdre l'envie de me quitter. Faites de beaux rêves solitaires, ma chérie. Ce ne sera plus très long, je vous le promets !

Il quitta la chambre avec un air insolent. Morgane resta interdite puis elle se laissa tomber avec un soupir sur le lit.

Ils s'étaient tous deux dit des choses cruelles mais lui l'avait insultée, brutalisée. Elle se rappela ce terrible baiser. Et pourtant... Son visage s'adoucit. Il avait aussi parlé de remords, et il semblait encore terriblement épris d'elle. Hélas, il avait aussi dit qu'il regrettait.

Elle releva le menton. Elle, au moins, ne regrettait rien. Elle n'oublierait jamais ce merveilleux sentiment d'être possédée par l'homme qu'on aime.

Royce, lui aussi, était heureux d'être l'amant

de Morgane. Ce qui le tourmentait, c'était la situation dans laquelle ils se trouvaient. Ses sentiments étaient encore très confus et il ne pensa pas un instant qu'il avait peut-être mal interprété les paroles de la jeune femme.

Il quitta la maison, décidé à mettre autant de distance entre eux que possible. Maudite soit-elle ! Comment osait-elle rejeter son cadeau ? Comment osait-elle réclamer encore davantage ? Il aurait dû la prendre sur le lit et ignorer ce cri de détresse. Il avait souffert comme jamais lorsqu'il avait compris qu'elle était indifférente à ce coin de paradis, alors que Lime Tree Cottage était un cadeau bien trop beau pour une simple maîtresse. Il s'était tellement réjoui de lui faire découvrir l'endroit, de la tenir dans ses bras... Il ne cherchait qu'à lui faire plaisir, mais c'était sans espoir. Morgane restait distante.

Perdu dans ses pensées, il marcha encore quelque temps avant de rentrer.

Tous deux se conduisirent admirablement pendant le dîner. Ils parlèrent de sujets divers, restant toujours très polis, et un étranger les aurait crus enchantés l'un de l'autre. Seul Zachary perçut la tension qui vibrait entre eux.

Le lendemain, ils semblaient de meilleure humeur. Ils visitèrent les différentes pièces de la maison, la serre remplie de fleurs exotiques, le parc et les jardins. Morgane soupirait d'aise à chaque nouvelle découverte.

Le vendredi, Royce emmena Zachary et Morgane découvrir les environs. Ils pique-niquèrent sur la petite île au milieu du lac, se taquinant et riant aux éclats.

En fin d'après-midi, les deux hommes partirent pour Tunbridge Wells, mais Morgane préféra rester à la maison. Royce n'aimait pas laisser la jeune femme en compagnie des seuls domestiques mais il avait installé un gardien à la grille en qui il avait toute confiance.

Durant leur promenade, Royce aperçut soudain un homme élégant et se tint aussitôt sur ses gardes. On ne pouvait se méprendre sur les traits hautains du comte de St. Audries et Royce se prépara à quelque remarque désobligeante. A son grand étonnement, Stephen Devlin, un sourire aux lèvres, les salua poliment :

— Je vois que les charmes de cette ville vous ont aussi attirés.

— Elle est en effet ravissante, même si elle n'est plus aussi réputée qu'autrefois, répondit Royce.

Il était persuadé que la présence du comte à Tunbridge Wells ainsi que son amabilité étaient dues à Morgane... ou au Borgne. Prudent, Royce décida d'en savoir plus :

— Et vous-même ? Êtes-vous ici depuis longtemps ?

Stephen répondit sans se troubler :

— Non, je suis arrivé il y a quelques jours. Mardi après-midi pour être précis. Je suis venu avec mon épouse et Stafford. Nous habitons chez Wetherly qui possède une charmante maison pas très loin d'ici.

Le comte était bien volubile. Royce eut un mauvais pressentiment. Il n'aimait pas savoir Stafford et Wetherly dans les parages.

— Combien de temps pensez-vous rester ? demanda-t-il un peu brutalement.

— Tout l'été, je pense. Wetherly a invité plusieurs amis et nous avons décidé de faire une infidélité à Brighton cette année. Après la cohue de la saison londonienne, un peu de repos à la campagne me semble idéal.

Royce et Zachary acquiescèrent poliment. Zachary ajouta, timide :

— Je me réjouis de revoir votre fils à St. Audries la semaine prochaine. Il m'en a dit des merveilles.

Le regard de Stephen se durcit :

— Je suis certain que vous vous amuserez... Plusieurs de mes amis ont eu raison de s'absenter de la ville, continua-t-il en changeant de sujet. La veille de notre départ, Wetherly, Stafford et Newell ont bu un peu trop. Newell n'arrivera pas avant la semaine prochaine et Wetherly n'a pas émergé de sa chambre depuis notre arrivée !

Le comte rit, les invitant à faire de même. Secouant la tête, il ajouta :

— Wetherly doit avoir une sacrée gueule de bois ! Et Newell est introuvable. Quant à Stafford, il est tombé dans l'escalier en rentrant chez lui et il a un œil au beurre noir !

Royce se raidit et Zachary ne put retenir un léger cri de surprise. Pour l'empêcher de faire une remarque imprudente, Royce ajouta rapidement :

— Je suis désolé qu'ils soient en mauvaise forme. Vous devez vous ennuyer tout seul.

— Pas le moins du monde. J'ai plusieurs amis qui possèdent des propriétés dans les alentours. Et figurez-vous que Wetherly a invité la veuve Cresswell ainsi que Julia Summerfield et son père. Je crois savoir que vous avez été assidu auprès de ces jeunes femmes, non ?

Royce ne répondit pas. Stephen haussa les épaules et continua à mi-voix :

— Vous n'êtes pas en grâce auprès d'elles. On dit qu'elles n'apprécient pas vos récentes manières. Vous ne seriez plus très fidèle dans vos attentions. D'abord Cresswell, puis Summerfield... Mais j'ai aussi appris que la belle Della vous a abandonné.

— Vous semblez être très au courant de ma vie amoureuse, répondit Royce sans broncher. Je me demande pourquoi. La jalousie, peut-être ?

Zachary réprima un fou rire. Sur un ton haineux, le comte poursuivit :

— J'ai eu le plaisir de parler hier avec Della dans cette même rue. Elle semblait enchantée par son nouveau protecteur. C'est une belle femme, quel dommage qu'elle se soit désintéressée de vous ! Jasper Simonds semble lui donner bien du plaisir... Ce dont vous étiez visiblement incapable.

Royce étudia le comte un long moment, presque soulagé qu'il montrât son vrai visage. Avec un air moqueur, il rétorqua :

— Ça ne fait rien. J'ai une nouvelle maîtresse dont le côté aristocratique m'enchante. Elle vient peut-être du ruisseau, mais je jurerais que son sang est aussi bleu que le vôtre.

Royce avait fait exprès de provoquer Devlin. Sa remarque porta plus profondément qu'il ne l'eût cru. Le visage de Stephen devint blanc de fureur et ses doigts se crispèrent sur le pommeau d'argent de sa canne. Il décocha une dernière flèche :

— Vous pouvez vous tromper, vous savez. Après tout, que connaît un homme comme vous à la noblesse ?

Sur ces mots, Stephen tourna les talons.

— Ça alors ! s'exclama Zachary. Il est évident qu'il sait que Morgane est ta maîtresse et cela lui déplaît. Tes allusions l'ont rendu fou furieux.

— Il ne m'aime guère, dit Royce, pensif, et il ne doit pas apprécier que sa bâtarde soit devenue une femme entretenue, mais j'aimerais savoir comment il l'a appris. Et après tout, l'ayant abandonnée toutes ces années, pourquoi est-il aussi furieux aujourd'hui ? Et que cherchait-il en étant d'abord si amical et si prompt à bavarder ?

Ils rentrèrent à Lime Tree Cottage. Royce voulait s'assurer que Morgane allait bien. Avec des hommes comme Wetherly et Stafford dans les environs, tout pouvait arriver.

La jeune femme avait passé un agréable

moment pendant l'absence des deux hommes. Elle avait visité la maison de fond en comble, enchantée par sa décoration exquise, mais elle ne comprenait toujours pas la générosité de Royce. « Si je lui permets de me l'offrir, se disait-elle, mon amour pour lui deviendra quelque chose de sordide. »

Elle descendit dans la cuisine ensoleillée pour bavarder avec Ivy et Alice. La cuisinière voulut la renvoyer car ce n'était plus sa place, mais Morgane la supplia si bien qu'Ivy lui permit de rester. Elle lui versa un grand verre de lait et posa devant elle une assiette de petits gâteaux sortis du four. Morgane mangea avec entrain, comme si elle était redevenue la petite vagabonde d'autrefois.

Apercevant une chatte noir et blanc, Morgane s'assit par terre pour la prendre dans ses bras, sa robe élégante s'éparpillant à ses pieds.

— Comme elle est belle ! s'écria-t-elle. Est-ce qu'elle habite ici ?

Ivy grogna gentiment :

— D'abord, c'est un garçon et croyez-moi, il n'était pas si beau quand je l'ai trouvé miaulant à la porte. Mais j'aime avoir un chat dans les alentours, alors on l'a lavé, nourri et le voilà !

Alice dit en riant :

— Ce matin, Chambers l'a trouvé se promenant dans les étages. Il a peur que le maître n'en veuille pas.

Puisqu'elle n'avait pas encore abandonné la maison, Morgane décida qu'elle aurait aussi son mot à dire. Elle se leva, frottant sa joue contre le doux pelage de l'animal.

— Je suis contente qu'il soit là. Je vais même l'emmener avec moi. Il dormira sur mon lit.

Elle remontait dans sa chambre lorsqu'elle entendit le cabriolet entrer dans la cour. Elle se tourna vers la porte.

Lorsqu'il vit Morgane au pied de l'escalier, cajolant un petit chat, Royce sentit son cœur s'emballer. Elle portait une ravissante robe bleue, brodée de dentelle blanche, et les manches ballons découvraient ses bras minces. Ses cheveux noirs entouraient son adorable visage de boucles soyeuses. Un large ruban les retenait en place et sa bouche était entrouverte. Royce dut se retenir pour ne pas la prendre aussitôt dans ses bras.

Zachary s'exclama :

— Seigneur ! Où avez-vous trouvé cet animal ?

Morgane lui adressa un sourire de défi :

— Dans la cuisine. Ivy dit qu'elle aime avoir un chat dans la maison et je vais le laisser dormir sur mon lit.

Zachary rit sous cape :

— Je pense que Royce aura son mot à dire à ce sujet.

Ignorant son cousin, Royce s'approcha de Morgane. La regardant dans le fond des yeux, il demanda à voix basse :

— Est-ce que vous préférez vraiment la compagnie d'un chat à la mienne ?

Morgane détailla les traits virils, les cheveux

épais dont une mèche lui balayait le front. Se souvenant de ces lèvres écrasant les siennes, de la chaleur de cette bouche, de cette langue taquinant ses seins, elle sentit une étrange langueur l'envahir.

— Ai-je le choix ? dit-elle d'une voix rauque.

Caressant la joue de la jeune femme, Royce secoua lentement la tête :

— Pas vraiment. Mais depuis que je vous ai vue, ma chérie, moi non plus...

Craignant d'en avoir trop dit, Royce fit un pas en arrière, laissant une Morgane stupéfaite. Il s'adressa gaiement à Zachary :

— Si nous demandions à Chambers de nous trouver une autre bouteille de cet excellent cognac ?

— Volontiers !

Le jeune homme fit un clin d'œil à Morgane et murmura :

— Il dit vrai, vous savez. Il n'a pas le choix, il est pieds et poings liés. Si vous êtes habile, vous gagnerez à ce petit jeu. Je parie sur vous, alors ne me laissez pas tomber !

Il rit en voyant le visage étonné de la jeune fille et, sifflotant, il suivit Royce.

21

Ivy leur avait préparé un délicieux dîner. Comme à son habitude, Morgane s'excusa après le dessert et laissa les deux hommes déguster leur cognac. Le chat blanc et noir vint lui tenir compagnie. Il avait la réputation d'attraper les rats facilement et, sans trop réfléchir, Morgane l'avait appelé Raton. Il avait convaincu la jeune femme de lui donner chaque soir un peu de son lait chaud dans une soucoupe. Morgane s'endormit, le chat allongé sur le ventre.

Dans la bibliothèque, affalés dans des fauteuils confortables, Zachary et Royce s'entretenaient de leur rencontre avec le comte.

— Je me demande comment il a appris que sa bâtarde était devenue ma maîtresse, dit Royce. Les seules personnes qui l'ont vue, excepté nous, sont les domestiques. Bien sûr, cet affreux Stafford aurait pu lui en parler. C'est son ami intime, après tout.

Zachary fronça les sourcils.

— Et Spurling ? Il espionne déjà pour le Borgne, il pourrait être à la solde de quelqu'un d'autre.

— Je ne suis pas si sûr que Spurling soit à la merci du Borgne. Nous n'en avons aucune preuve. Et toute cette histoire est si bizarre... Il est possible que Devlin ait corrompu quelqu'un dans la maison, mais pourquoi diable s'intéresse-t-il à ma nouvelle maîtresse ?

Royce alluma un cigare puis sursauta :

— J'oubliais que lady Devlin était un jour venue me rendre visite avec cette folle de lady Whitlock.

— Mais elles n'ont pas rencontré Morgane, protesta Zachary.

— Non, mais elles montaient dans leur voiture quand Morgane et moi sommes sortis de la maison. Elles l'ont peut-être aperçue à ce moment-là.

Zachary semblait troublé :

— Mais lady Devlin en aurait-elle parlé ? Une épouse ne discute pas avec son mari de ses bâtards éventuels.

Ils essayaient désespérément d'y voir clair, troublés par l'œil au beurre noir de Stafford et par les absences de Wetherly et de Newell depuis l'attaque du Borgne. L'assassin était-il l'un d'eux ?

— Que diable ! s'écria Royce. Bon nombre de gentlemen ressemblent à sa description. Prends l'ami de George, Atwater... Ou ce Jasper Simonds, je ne l'ai jamais rencontré, mais George me l'a décrit élancé et aux yeux noirs.

Et puis il y a Newell, Wetherly, Stafford, Barrows, Eden... Nous ne sommes guère avancés !

Royce s'étira :

— Tout ça est ta faute, tu sais.

— Comment cela ? s'écria Zachary.

— C'est toi qui as voulu m'entraîner à ce fichu combat de boxe !

Depuis l'arrivée des derniers domestiques, la maison avait retrouvé sa routine. Morgane, Royce et Zachary se familiarisèrent avec le parc et les jardins. La journée passa agréablement. Après dîner, Morgane s'excusa poliment, mais Royce dit soudain :

— Je vous verrai plus tard. J'ai plusieurs choses à discuter avec vous.

Elle s'inquiéta. Il avait été gentil avec elle depuis leur arrivée, à la fois charmant et taquin, mais ce doux répit semblait terminé. Elle hocha la tête et s'enfuit de la pièce.

— Je dois lui apprendre le départ de Jacko et de Ben et je ne m'en réjouis guère, dit Royce.

— Tu ne lui as encore rien dit ? demanda Zachary, surpris.

— Non. Je pensais attendre quelques jours, le temps qu'elle s'habitue à la maison...

Il avait espéré lui en parler un soir, après lui avoir tendrement fait l'amour. Le cœur de Royce se serra. Voudrait-elle un jour de lui ? Elle serait triste d'apprendre le départ de ses frères et sûrement furieuse quand il lui avouerait que Lime Tree Cottage leur appartenait à tous les deux. Il passa la main dans ses cheveux et son visage se durcit. Cette petite le menait en bateau depuis trop longtemps. Ce soir, elle saurait qu'il faut toujours tenir ses promesses, surtout celles faites à Royce Manchester.

A minuit passé, il se retrouva devant la porte qui séparait le boudoir de Morgane de son petit salon. Il regrettait que les sentiments intenses qu'elle soulevait dans son âme fussent ainsi réduits à un échange commercial. Mais elle avait choisi. Qu'elle paie maintenant !

Il entra sans frapper et s'immobilisa au seuil de la chambre, fasciné par le joli spectacle qu'éclairait un candélabre en argent.

Morgane était assise au centre du lit, plusieurs oreillers en soie crème et rose empilés derrière elle. Calé contre sa hanche dormait Raton. La bougie nimbait le corps mince d'une auréole dorée. Morgane lisait, caressant son chat d'une main absente.

Elle était superbe et Royce la dévora des yeux. La chemise de nuit couvrait à peine sa poitrine, laissant deviner des seins hauts et fermes. Royce se souvenait l'avoir lui-même choisie et la couleur améthyste faisait ressortir la peau ivoire de la jeune femme.

Il avait dû faire un bruit car Morgane releva soudain la tête. A la vue de ce corps viril appuyé contre le chambranle de la porte, elle sentit la chaleur coutumière l'envahir.

Soudain, elle tremblait d'envie de sentir leurs deux corps enlacés pour bannir, pendant quelques instants de grâce, l'incertitude qui empoisonnait son cœur. Elle l'aimait ! Et le désirait de chaque fibre de son corps ! Levant les yeux vers le visage de Royce, elle eut la respiration coupée en voyant le désir ardent qui brûlait dans les yeux topaze.

Sans savoir qu'il la bouleversait, Royce s'avança paresseusement dans la pièce :

— Je suis heureux de vous trouver encore éveillée.

Elle posa son livre. Raton se leva, vexé.

— Je vous attendais, dit-elle. Vous désirez me parler, je crois.

Il sourit vaguement et s'assit sur le lit sans y avoir été invité. Il lui prit la main et y posa ses lèvres :

— Est-ce la seule raison pour laquelle vous me laissez pénétrer chez vous au milieu de la nuit ?

— Bien sûr ! Pour quelle autre raison seriez-vous ici ?

Il rit, la tête en arrière, et l'attira dans ses bras. Sa bouche effleurant la sienne, il murmura :

— Ma chérie, je peux vous donner des dizaines de raisons... mais pour l'instant, une seule m'importe.

Morgane songea une seconde à le repousser, mais la bouche de Royce emprisonna la sienne et elle oublia tout, excepté le délice de sentir ces douces lèvres l'embrasser. Elle s'agrippa à lui, ses doigts parcourant le large dos musclé. Avec sa langue, il explora les confins de la bouche qui s'offrait et laissa échapper un gémissement lorsque Morgane, à son tour, lui rendit le baiser.

A bout de souffle et un peu surpris qu'elle l'accueillît aussi volontiers, Royce releva la tête. Les yeux de Morgane reflétaient la couleur violette de la chemise de nuit, ses joues étaient roses et sa bouche gonflée par leurs baisers. Royce sentit quelque chose se nouer en lui. Ce n'était plus un simple désir qui exigeait d'être assouvi mais une joie profonde de la tenir dans ses bras. Il était bouleversé. Il comprenait maintenant qu'il avait vraiment besoin d'elle.

Voyant l'incrédulité au fond des yeux dorés, Morgane murmura :

— Avez-vous changé d'avis ? Vous ne me désirez plus ?

Royce ferma les yeux comme s'il était blessé.

— Ne plus vous désirer ? Seigneur Dieu ! Je ne rêve que de cela. Vous m'avez ensorcelé. Je ne pense plus qu'à votre bouche sensuelle, à votre corps, au plaisir que me procure chacun de vos mouvements. Est-ce que ceci ne vous désire plus ?

Il lui saisit la main, la posa sur son membre rigide.

Morgane rougit violemment, mais elle ne retira pas sa main. Les mots torturés de Royce la comblaient d'aise. Il tenait à elle. Il la désirait bien sûr, mais il voulait aussi autre chose que son corps. Rien n'avait changé entre eux et pourtant... Elle se surprit à le caresser...

— Peut-être devriez-vous me le prouver ?

— Peut-être, grogna-t-il. Mais si vous continuez à me toucher de la sorte, je ne pourrai plus me retenir longtemps.

Il la repoussa doucement sur le matelas, lui retira sa chemise de nuit sans jamais cesser de la caresser. Morgane frissonna lorsqu'elle sentit les mains de Royce remonter le long de ses cuisses, sa bouche suivre le même chemin, effleurant la toison noire qui joignait ses deux jambes. Elle soupira lorsqu'il s'y arrêta, caressant de son pouce la peau fragile, ses lèvres semant des baisers dans le secret intime de sa féminité.

Morgane n'y résista plus. Elle emmêla ses doigts dans l'épaisse chevelure châtaine, le força à lever la tête. Soudain gênée par sa nudité, elle bégaya :

— Arrêtez ! Qu'êtes-vous en train de faire ?

Il lui déposa un léger baiser sur le ventre :

— J'espérais vous donner du plaisir...

— J'ai peur, mon corps ne m'obéit plus. C'est comme si une terrible bête était entrée en moi.

Il sourit, lui caressa le bras :

— N'ayez pas peur. Je ne laisserai rien de mal vous arriver. Il y a tant de façons de se donner du plaisir. Tant de façons de s'aimer...

Morgane désirait la même chose que lui mais elle était encore trop innocente. Elle l'entoura de ses bras, enfouit son visage dans son cou et l'embrassa.

Royce poussa un léger grognement. Le baiser l'embrasa tout entier et ses doigts la caressèrent une nouvelle fois. Il défit avec hâte sa robe de chambre. Il ne pouvait plus attendre.

Sa bouche happa avidement la sienne. Il saisit les fesses rondes, pressa le corps de la jeune femme contre le sien. Il ressentit une telle tendresse, un désir si violent, qu'il en frémit. Il continuait à explorer la bouche offerte, enivré par sa douceur de miel. Bientôt il se mit à bouger, se frottant contre elle, la faisant trembler d'excitation sous ses caresses érotiques.

Emportée par une vague de passion, Morgane arqua son corps svelte contre le sien. Ses seins, écrasés contre la poitrine de Royce, lui faisaient mal et le frottement de ce corps viril la rendait folle. Elle le désirait, de tout son être, de toute son âme...

Royce bougea légèrement. Il lui écarta les cuisses et la fit gémir d'excitation en frottant son genou contre son sexe. Elle savait qu'il était prêt, elle sentait le membre rigide qui s'écrasait entre leurs corps, mais Royce patientait, continuait ses jeux langoureux. Tout le corps de Morgane vibrait. Elle serra le genou qui la taquinait, essaya désespérément de soulager les flammes qui dévoraient son ventre.

La bouche de Royce descendit saisir la pointe d'un sein. Elle avait un goût de nectar. Tel un affamé, il suça et mordilla les pointes dures.

Morgane n'était plus qu'un corps en fusion. Royce continuait à distribuer des baisers qui étaient autant de langues de feu. Maladroite, mais voulant qu'il trouve aussi son plaisir, elle commença à le caresser. Il se raidit lorsqu'elle le toucha, murmura :

— Non, chérie. Comme ceci...

Et il guida sa main pour lui apprendre. Il

avait de la peine à respirer, son corps tout entier réagissait au toucher de la jeune femme.

Sentant l'érection, Morgane était à la fois excitée et fascinée. Si fascinée qu'elle le repoussa, voulant voir quel pouvoir elle exerçait sur lui. Royce la laissa faire, son visage tendu de désir. Il s'étendit sur le dos et la laissa jouer avec son corps.

Ce fut un tendre tourment. Il dut serrer les dents pour ne pas s'humilier aux yeux de Morgane en lâchant prise. Savait-elle combien elle était séduisante, à moitié assise, jouant avec une certaine partie de son anatomie ? Il essayait de ne pas exploser en des milliers d'étincelles. La vue de la poitrine aux pointes tendues le fit grogner.

Le cœur de Morgane battait à grands coups, elle lui offrit encore sa bouche et quand Royce glissa le long de ses seins, vers son ventre et plus bas encore, elle crut qu'elle allait succomber. Elle poussa un cri. Il séparait avec sa langue ses lèvres secrètes et il se réjouit de la douceur qu'il y trouva. Elle se tordait dans tous les sens, incapable de se maîtriser.

Royce la retenait, implacable, sentant quelle tension grandissait chez sa bien-aimée. Mais avant de se perdre en elle, il voulait qu'elle goûtât le bonheur de la jouissance ultime.

Morgane n'en pouvait plus. Elle était affolée de se comporter comme une bête sauvage. Elle lui tira les cheveux, criant :

— Arrêtez ! Je vous en supplie !

Royce la regarda, effaré, puis, comprenant

qu'il la poussait peut-être trop loin, trop vite, il s'excusa :

— Je n'ai jamais connu de vierges, ma chérie, alors vous devez être indulgente. Je vais essayer de ne pas vous choquer, mais vous êtes si délicieuse que je ne peux m'en empêcher.

Ses doigts se refermèrent une nouvelle fois sur sa poitrine, et il l'emmena encore au seuil de l'extase. Mais cette fois il ne pouvait plus attendre. Il la caressa doucement, puis s'enfouit au plus profond d'elle.

Morgane l'entoura de ses bras, se pressa contre lui. Royce l'embrassa avec fièvre, succombant à un tourbillon de joie érotique. Il avait pensé savourer chaque seconde, lui faire l'amour lentement, mais c'était impossible. Morgane bougeait déjà sous lui.

L'extase s'empara d'elle au moment où elle le sentit pénétrer en elle. Elle se colla à lui, le désirant tout entier. Leurs bouches tout près l'une de l'autre, elle souffla d'une voix rauque :

— S'il vous plaît... S'il vous plaît, aimez-moi !

Elle entendit un grognement guttural, puis plus rien, rien que ce corps qui plongeait dans le sien, lui donnant tant de joie qu'elle pensa en mourir.

La chaleur satinée de Morgane le rendait fou. Royce se poussa jusqu'à l'extrême limite, puis, enfin, il frémit et cria en trouvant sa propre délivrance.

Les démons les avaient quittés et ils reposaient dans les bras l'un de l'autre. Royce n'arrêtait pas de déposer des baisers sur le front et le coin des lèvres de Morgane, la jeune femme lui caressait l'avant-bras et la cuisse. Elle s'endormit la première, mais Royce resta encore longtemps éveillé, bouleversé par les sentiments qui le ravageaient.

Il aperçut soudain une légère cicatrice sur la hanche droite de Morgane. Il se pencha, surpris de constater que c'était une marque déjà ancienne et qu'elle représentait une sorte de blason.

Il allait la réveiller pour lui en demander la signification lorsqu'un grand bruit résonna à l'avant de la maison. Morgane fit un bond. Royce sauta hors du lit, enfila sa robe de chambre, craignant une nouvelle attaque du Borgne. Il courut à sa chambre, saisit un pistolet chargé et descendit l'escalier avec Zachary sur ses talons. Chambers, son bonnet de nuit de travers et armé d'un tisonnier, demandait d'une voix de stentor aux individus qui se trouvaient à l'extérieur de se nommer.

Royce reconnut la voix de Jacko et ouvrit brusquement la porte. Le frère aîné de Morgane et un gardien vociférant furent précipités dans le hall. Il fallut quelques secondes à Royce pour rassurer le gardien, puis il se tourna vers Jacko :

— Qu'y a-t-il ? Qu'est-ce qui ne va pas ?

Ses yeux bleus effrayés, le visage tendu, Jacko s'écria :

— C'est le Borgne, il nous a trahis ! Ben est à Newgate !

QUATRIÈME PARTIE

NÉMÉSIS

22

Tout le monde parlait en même temps. Royce dut crier pour se faire entendre :

— Silence ! J'ai dit silence !

Le vacarme cessa. Royce se tourna vers Chambers :

— Apportez du cognac au salon.

Puis il s'adressa au gardien, un jeune homme musclé nommé Bullard :

— Vous avez fait un excellent travail. J'aurais dû vous prévenir au sujet des frères de Morgane. Je vous remercie d'avoir été si attentif. Jacko et Zachary, suivez-moi !

Soudain, Morgane apparut en haut de l'escalier. Elle avait perdu du temps en cherchant sa robe de chambre. Lorsqu'elle aperçut Jacko, elle poussa un cri de joie :

— Jacko, c'est toi !

Elle descendit les marches en courant pour se jeter dans ses bras. Bullard se retourna en l'entendant arriver. Il la dévisagea, bouche bée.

— Monsieur, dit-il en hésitant, j'ai oublié de vous dire qu'un gentleman est venu ce matin à la grille. Il était très poli mais il a posé des tas de questions. Comme vous m'aviez dit d'être prudent, je n'ai pas répondu.

Le visage de Royce se durcit :

— De quoi avait-il l'air ? demanda-t-il.

— C'était un homme d'un certain âge, mais il ressemblait étrangement à cette jeune fille.

— Devlin ! Ce doit être lui ! s'exclama Zachary.

Avec un regard noir, Royce commanda à son cousin impétueux de se taire. Zachary entraîna Jacko et Morgane :

— Venez au salon. Chambers va nous apporter de quoi nous remonter.

Le trio ayant disparu, Royce dit à Bullard :

— Ce qui est fait est fait, mais à l'avenir je veux savoir immédiatement si quelqu'un, homme, femme ou enfant, vous pose des questions, si anodines soient-elles. Que vous a demandé ce gentleman ?

L'air désolé, Bullard répondit :

— Je ne m'en souviens pas exactement, monsieur, mais il voulait savoir combien vous aviez de domestiques et si vous aviez engagé des gens de la région. Il était très amical et quand il a demandé combien de temps vous alliez rester, j'ai pensé qu'il était simplement intrigué par votre présence ici. Les gens de la campagne sont toujours un peu curieux, vous savez.

Il avoua :

— J'aurais dû me méfier davantage, surtout après avoir été prévenu, mais j'ai pensé que l'homme était juste un peu indiscret. Je me souviens qu'il voulait savoir si une jeune fille vous accompagnait et le fait que la propriété était encerclée par une haie l'a beaucoup intéressé. Il m'a aussi demandé si quelqu'un habitait la maison du gardien. Heureusement que je n'avais pas vu la jeune personne auparavant, j'aurais peut-être dit une bêtise. Ils se ressemblent tant.

— Gardez ça pour vous, répliqua Royce.

Bullard hocha sa tête blonde.

— Vous pouvez me faire confiance, monsieur. J'ai été très discret. Il n'a pas apprécié quand je lui ai dit que vous nous aviez interdit de bavarder. Il est même parti un peu furieux.

Royce eut un vague sourire, amusé à l'idée du comte réprimandé pour indiscrétion par un serviteur. Il posa la main sur l'épaule du gardien :

— Rien n'est arrivé, alors ne vous en faites pas. Mais prévenez-moi dès qu'il se passe quelque chose. Et dites à vos frères de faire de même. Êtes-vous bien installés dans votre maison ?

— Oh oui, monsieur ! répondit Bullard, enthousiaste. Mais c'est une bonne chose que nous soyons trois à nous relayer, sinon j'aurais peut-être manqué ce jeune homme ce soir.

D'ailleurs Elmer et Harry attendent mon retour pour aller se coucher.

— Très bien. Je dormirai mieux en me sachant protégé par les frères Bullard.

Royce referma la porte, content de son choix. Ces trois garçons étaient parfaits. Ainsi, Stephen Devlin était venu poser des questions indiscrètes. Pourquoi ? Était-il gêné que sa fille illégitime fît une carrière aussi peu respectable ? Ou y avait-il une autre raison ?

Dans le salon, il trouva Morgane et Jacko côte à côte sur le divan et Zachary vautré dans un fauteuil. Leurs visages tendus trahissaient leur inquiétude : que faire pour sauver Ben ? Chambers apporta les rafraîchissements :

— Ce sera tout, monsieur ?

Royce jeta un rapide coup d'œil sur le plateau chargé de thé, d'alcools et de grandes assiettes de fromage et de viandes froides.

— C'est parfait, merci. Je vois qu'Ivy a été réveillée elle aussi.

— Le bruit a réveillé plusieurs d'entre nous, continua Chambers. J'ai donné l'ordre aux autres de retourner se coucher. Moins il y a de personnes concernées, mieux c'est, n'est-ce pas, monsieur ?

Royce était amusé. Il savait que Chambers, d'ordinaire peu bavard, prolongeait la conversation en espérant entrer dans les confidences.

— Vous avez été superbe, dit-il. Et je vais éclaircir une partie du mystère. Sachez que notre visiteur inattendu est Jacko Fowler, le frère de Morgane, et qu'il nous apporte des informations importantes concernant Ben, leur autre frère. Mais gardez ça pour vous et Ivy.

Chambers s'inclina, touché que son maître lui fît confiance, et s'en fut.

Royce mit les mains dans ses poches :

— Nous pouvons parler librement. Dis-nous ce qui s'est passé, Jacko.

Morgane donna un verre de whisky à son frère. Jacko la remercia avec un sourire.

— Comme notre bateau part lundi, Ben et moi voulions dire au revoir à Pip aujourd'hui. On s'est dit que vous nous laisseriez dormir ici ce soir.

— Qu'est-ce que tu racontes ? demanda Morgane, son regard accusateur allant de Royce à Jacko.

Jacko eut l'air surpris :

— Vous ne lui avez pas dit ? Elle ne sait pas que nous devons appareiller pour l'Amérique lundi ?

— Euh, non, avoua Royce, ignorant le visage outré de Morgane. J'avais l'intention de le lui dire depuis longtemps, mais je n'ai pas trouvé le bon moment.

Il croisa le regard furibond de la jeune fille :

— Je voulais vous voir confortablement installée avant de vous l'annoncer. Je savais que vous seriez sûrement attristée d'apprendre que vos frères vous laissaient sous ma protection, et j'espérais que les charmes de Lime Tree Cottage adouciraient votre peine.

— Depuis quand vous occupez-vous de mes

sentiments ? s'écria Morgane. C'est pour ça que vous êtes venu dans mon lit ce soir ? Pour mon « confort » ?

— Un mot malheureux, répondit Royce calmement. Quant à ce qui s'est passé entre nous, je refuse d'en discuter en public.

Soudain consciente que Zachary et Jacko buvaient ses paroles, Morgane rougit. Elle se calma et retourna auprès de son frère.

Jacko avait été fasciné par la conversation entre sa sœur et Royce. Elle avait bien changé. Elle n'était plus la gamine maigrichonne dont on ne pouvait pas deviner le sexe. Il se trouvait désormais confronté à une ravissante jeune fille d'apparence soignée et richement vêtue, même si elle n'était qu'en robe de chambre. Jacko savait reconnaître la qualité. A la place de cheveux en désordre, des boucles soyeuses encadraient un visage délicat qui avait perdu son expression tendue et méfiante. Morgane était plus belle que jamais. Elle bougeait avec grâce et ses yeux gris étincelaient. Il avait été surpris quand cette délicieuse jeune fille s'était jetée dans ses bras. Il avait eu honte de ses vêtements sales, de ses mains dégoûtantes dont elle avait serré les doigts. Mais l'altercation avec Royce l'avait rassuré. Elle portait peut-être de beaux vêtements et ressemblait à une lady, mais Pip était toujours la même ! Jacko rassembla ses pensées et saisit la main de sa sœur.

— On voulait arriver avant la nuit et partir d'ici pour embarquer demain. On s'est dit que le Borgne ne nous chercherait pas à la campagne.

— Que s'est-il passé ? demanda Royce, tandis que Jacko mordait avidement dans un morceau de pain.

Il avalait la nourriture à grandes bouchées. Le pauvre garçon avait l'air affamé. Jacko continua d'une voix tourmentée :

— Le Borgne est venu nous dire qu'il avait un petit travail à nous confier. On ne voulait pas éveiller ses soupçons, alors on a accepté.

— Et ce « petit travail » était un piège ?

— Oui. J'ai eu de la chance de ne pas me retrouver avec Ben à Newgate, dit Jacko, hargneux. On devait dérober un rubis que porte toujours sur lui un certain gentleman. Le Borgne nous a dit où le trouver. C'était soi-disant quelqu'un de passage à Londres. Nous n'avions qu'une seule occasion pour réussir.

Jacko se frotta la nuque d'un geste fatigué.

— Ça semblait facile. On avait souvent fait ce genre de coup, mais l'homme a dû être prévenu parce qu'il nous attendait. On ne l'avait même pas encore touché lorsqu'il a donné un grand coup de poing à Ben. Puis il a dégainé une canne-épée et m'a attaqué ! Ben était complètement groggy. J'ai essayé de distraire le type pendant qu'il reprenait ses esprits mais, soudain, quatre membres de la garde nous ont encerclés. Je ne pensais qu'à m'enfuir. Je croyais que Ben était derrière moi et j'ai couru comme un fou pour les semer. Ben avait disparu quand je me suis retourné. Je pensais le retrouver à la maison.

Ses épaules s'affaissèrent :

— Lui n'y était pas, mais la garde si ! Heureusement, je l'ai repérée devant la maison. C'est à ce moment-là que j'ai compris que le Borgne nous avait trahis. J'ai attendu un peu, pensant que Ben arriverait tôt ou tard. Puis, je me suis discrètement renseigné et j'ai appris qu'on l'avait emmené à Newgate. Je suis aussitôt venu ici.

— Je me demande, dit Royce, si le Borgne vous a trahis parce qu'il savait que vous le suiviez ou parce qu'il est au courant de votre départ pour l'Amérique.

Jacko haussa les épaules.

— C'est sans importance maintenant ! Tant que ce pauvre Ben est en prison, nous n'irons plus nulle part.

— Justement, en faisant enfermer Ben, il s'assure qu'aucun de vous ne partira et il est libre de planifier l'enlèvement de Morgane.

Ils se turent, anxieux, puis Zachary demanda doucement :

— Comment allons-nous faire sortir Ben de Newgate ?

— Ça ne sera pas trop difficile, j'espère, répliqua Royce. Dès l'aube, je retourne à Londres. George saura à quel juge je dois m'adresser et demain soir, si tout va bien, Ben sera avec nous.

— Et si ce n'est pas le cas ? s'inquiéta Morgane.

— Chérie, ayez confiance en mon pouvoir de persuasion. Si je n'arrive pas à convaincre les autorités de me confier Ben, je trouverai sûrement quelqu'un qui, moyennant finance, fermera les yeux et le laissera s'échapper. Croyez-moi, d'une manière ou d'une autre, je délivrerai votre frère. Je le jure !

— Je vais avec toi, dit Zachary, l'air déterminé.

— Moi aussi ! s'écria Jacko.

Morgane ouvrit la bouche, mais Royce lui jeta un regard sévère :

— N'y pensez même pas ! grogna-t-il, et elle se tut.

Royce se tourna vers les deux jeunes gens :

— Personne ne viendra avec moi. J'ai besoin de vous pour protéger Morgane. Nous devons diviser nos forces le moins possible. Le Borgne a peut-être arrangé la capture de Ben dans le but de nous séparer et de faciliter le kidnapping de Morgane. Si nous partons tous pour Londres, nous tomberons dans son piège.

Royce avait raison et le sujet était clos. Il posa son verre vide sur la table :

— Il faut maintenant nous reposer. Jacko, choisis une des chambres d'invités et installe-toi.

Jacko grimaça en regardant ses vêtements sales.

— Je crois que je ferais mieux de trouver une étable. Dieu sait ce qui grouille dans ces vêtements !

— Je suis certain que notre inimitable Chambers a déjà prévu de l'eau et du savon, dit Royce amusé. Il ne manquera pas de brûler tes vêtements dès que tu les auras retirés. Je pense même qu'il attend patiemment nos ordres. On parie ?

Jacko baya aux corneilles.

— Je ne connais rien aux manières de la noblesse. Vous seriez certain de gagner.

Ils quittèrent le salon et, comme Royce l'avait prédit, Chambers les attendait :

— Monsieur, j'ai pris la liberté de faire monter de l'eau chaude dans la chambre verte. Si ce jeune homme avait la bonté de déposer ses vêtements souillés devant la porte, je les ferais disparaître. Demain matin, nous lui aurons trouvé quelque chose de plus convenable.

— Vous voyez ? dit Royce, enchanté.

Zachary prit gentiment le bras de Jacko.

— Venez avec moi. Je vais vous montrer votre chambre et quant aux vêtements, j'ai plusieurs choses qui vous iront. Vous aurez l'air d'un vrai gentleman !

Ils se séparèrent de bonne humeur, mais Royce était beaucoup plus anxieux qu'il ne l'avait montré. Il pensait pouvoir obtenir la libération de Ben, mais pas avant un certain délai. Entre-temps, Ben serait enfermé à Newgate, à la merci des complices du Borgne. Jamais les frères Fowler ne pourraient quitter rapidement le pays.

Mais il s'inquiétait surtout pour Morgane et se maudissait de ne pas l'avoir mise sur le premier bateau. S'il n'avait pas écouté ses désirs égoïstes, Morgane et ses frères vogueraient maintenant vers l'Amérique. Désormais, elle était en danger et elle le serait jusqu'à l'élimination définitive du Borgne.

Les lèvres de Royce s'étirèrent en un sourire cruel, tandis qu'il s'imaginait tuant le Borgne de ses propres mains. « Si seulement on parvenait à le faire sortir de l'anonymat ! pensa-t-il. S'il s'attaquait à moi et non à Morgane ou à ses frères... » Mais le Borgne l'avait déjà attaqué et il n'en était guère plus avancé.

Pour quelle raison étrange le sinistre individu était-il tant attaché à Morgane ? Parce qu'il voulait en faire sa maîtresse ? Ou parce qu'elle était la fille illégitime du comte de St. Audries ?

Perdu dans ses pensées, Royce n'entendit pas Morgane entrer. Elle lui toucha le bras et il se retourna vivement, saisissant son poignet dans une main de fer. Son regard était si dur que Morgane prit peur.

La reconnaissant, son visage s'adoucit et il la relâcha :

— Je suis désolé. Je ne savais pas que c'était vous.

— Je suis heureuse de ne pas être celui que vous attendiez, dit-elle, amusée.

— Que faites-vous ici ? Je pensais que vous étiez couchée.

Morgane avait été furieuse d'apprendre que Royce avait décidé le départ des garçons sans lui en parler et heurtée que Jacko et Ben l'abandonnent si facilement. Mais elle voulait bien lui donner une chance de s'expliquer. Elle demanda doucement :

— Quand alliez-vous me dire qu'ils partaient ?

Ne la sentant pas hostile, Royce osa la serrer contre lui :

— Ce soir, murmura-t-il, le menton reposant sur les boucles noires. J'étais venu dans votre chambre avec l'intention de vous en parler, mais j'ai été distrait...

La joue posée contre le cœur de Royce, Morgane sentit une délicieuse chaleur l'envahir. Elle était en sécurité.

— Royce, pourrez-vous vraiment faire libérer Ben ?

Il lui prit le menton, effleura ses lèvres d'un baiser :

— Oui, ce ne sera pas trop difficile parce que j'ai des amis bien placés et de l'argent, mais je n'arriverai peut-être pas à le libérer demain.

Rassurée, Morgane lui sourit. Leurs visages n'étaient qu'à quelques centimètres. Royce oublia le Borgne et un désir violent l'enflamma. Il l'écrasa contre lui.

— Vous êtes encore en train de me distraire, dit-il.

Morgane se permit un léger sourire et chuchota, ses lèvres s'approchant du visage de Royce :

— Je l'espère bien...

23

Le lendemain matin, Royce arriva à Londres de très mauvaise humeur. Il ne regrettait pas un instant d'avoir passé la nuit avec Morgane mais il aurait mieux fait de se reposer. Ç'avait néanmoins été une nuit mémorable... Des images érotiques défilèrent devant ses yeux et un sourire sensuel éclaira son visage.

Il arrêta ses chevaux devant chez George et s'adressa au jeune Matt Hatton, le palefrenier qui l'avait accompagné :

— Occupe-t'en. Avec un peu de chance, je ne serai pas long.

George était chez lui, vêtu d'une large robe de chambre en soie rouge. Il semblait content de voir Royce mais intrigué. Ils s'installèrent dans le salon. Un valet leur apporta des tasses de café noir et les laissa converser tranquillement.

— Pourquoi diable es-tu revenu en ville ? s'enquit George. Je croyais que tu t'étais enterré à la campagne. Je pensais même te rendre visite la semaine prochaine.

Royce expliqua brièvement la raison de son

voyage. Les yeux bleus de George s'agrandirent :

— Tu veux que je te trouve un juge ?

— Tu dois bien connaître quelqu'un.

— Tu ferais mieux d'oublier toute cette histoire et mettre la fille et ses frères à la porte. Sinon, tu auras des ennuis. Il ne faut pas jouer avec le Borgne, c'est dangereux.

— Je te donne entièrement raison, dit Royce avec un air désolé. Mais malheureusement, ça m'est impossible. Tu vois, Morgane me fascine et je ne peux pas me détacher d'elle.

— Elle t'a ensorcelé, tu veux dire ! s'écria George. Il y a quinze jours, on pensait que tu ramènerais bientôt une épouse en Amérique. Toutes les femmes étaient sur le qui-vive. Qu'en est-il de la veuve Cresswell et de la petite Summerfield ? Je croyais qu'elles t'intéressaient ?

— C'est vrai, acquiesça Royce, amusé. D'ailleurs, je n'ai pas dit que j'allais épouser Morgane.

George semblait quelque peu rassuré. Il prit une gorgée de café.

— Dieu soit loué ! On ne peut pas te laisser épouser n'importe qui. Les gens comme nous ne font pas ces choses-là. Tu dois choisir ta femme avec soin, penser à tes enfants, aux générations à venir.

Il n'y avait pas si longtemps, Royce aurait été d'accord avec son cousin, mais pour une raison inconnue, George l'énervait ce matin. Mal à l'aise, Royce déclara :

— Bien sûr. Il serait impensable de faire autrement.

— Exactement ! Maintenant oublions cette histoire de magistrat et profitons de cette belle journée. Londres s'est vidé ces derniers jours et je m'y ennuie. Je vais partir pour Tunbridge Wells avec toi. Je serai prêt cet après-midi.

Royce comprit que George cherchait à l'éloigner du Borgne. Il apprécia cette loyauté et lui dit gentiment :

— George, il me faut un magistrat. Je ne quitterai Londres qu'après avoir trouvé un moyen de faire sortir Ben de Newgate.

George s'emporta :

— Mais tu viens de dire que...

— J'ai dit que je n'épouserais pas Morgane, mais c'est tout. Alors, vas-tu m'aider, oui ou non ?

— Je ne veux pas qu'il t'arrive malheur. Tu es mon cousin préféré. Je n'aime pas cette façon qu'a le Borgne de s'intéresser à toi. C'est trop dangereux !

— Mais tu vas m'aider ?

George poussa un soupir :

— Évidemment.

— Alors tu connais un magistrat qui pourrait nous conseiller ?

— Je connais tout le monde, reprit George, offensé.

— J'en suis sûr, s'empressa d'ajouter Royce. Mais il nous faut quelqu'un d'important pour aider Ben.

— Laisse-moi m'habiller et je t'emmène chez un de mes amis. Un type fantastique ! Je suis certain qu'il pourra nous être utile.

— D'abord, je veux aller à Newgate pour voir Ben. Nous irons ensuite chez ton ami.

George n'avait pas l'air très heureux, mais il dut s'incliner :

— Sois prudent ! dit-il en voyant sortir Royce.

Quelques minutes plus tard, Royce s'arrêtait devant la prison. Contemplant la masse grise de Newgate qui créait une tache sombre contre le ciel d'été, Royce se rappela qu'il devait être très prudent. La chaleur de juillet ne parvenait pas à le réchauffer alors qu'il levait la tête devant l'imposante structure de la prison. C'était sinistre, humide et noir. Il voulait en terminer avec cette entrevue le plus vite possible. Autour de lui, des visiteurs semblaient aller et venir librement et rien n'empêchait des criminels en liberté de venir converser avec les prisonniers. Le Borgne pouvait ainsi facilement faire passer des messages aux malfrats qui se trouvaient derrière les barreaux. C'était une situation fort dangereuse pour le jeune Ben.

Royce fut examiné par un gardien qui le traita en personnage éminent et ne lui infligea pas l'humiliante fouille corporelle. N'ayant pas encore été jugé, Ben se trouvait dans une aile spéciale de la prison. Royce demanda au gardien :

— Y a-t-il un endroit où je pourrais parler tranquillement à mon ami ?

— En payant, vous pouvez avoir tout ce que vous voulez, répliqua l'homme d'un air sournois.

Royce lui glissa une pièce et on le fit pénétrer dans une cellule étroite. Très vite apparut Ben, tête basse. Les fers à ses poignets cliquetaient de manière odieuse et son corps entier révélait sa détresse. Il avait l'air si jeune... si pitoyable. Mais à la vue de Royce, son visage s'éclaira comme par magie.

— Dieu merci, c'est vous et pas le Borgne ! J'avais peur qu'il n'ait attrapé Jacko aussi.

Ben parlait à mi-voix, conscient que le gardien arpentait le couloir devant la cellule. Royce fit signe au garçon de s'éloigner de la porte. Ils parlèrent à voix basse.

— Ton frère est sain et sauf à la campagne avec ta sœur. Si tout va bien, tu vas bientôt nous rejoindre. En partant d'ici, je vais chez un magistrat et j'espère obtenir ta libération.

Royce lui raconta les derniers événements. Ben, qui avait un méchant bleu sur la tempe, se montra très inquiet :

— Vous êtes sûr de me faire libérer ?

— N'en doute pas, mon jeune ami ! Même si je dois démolir cette prison pierre par pierre ! Mais entre-temps, que puis-je faire pour te rendre la vie plus confortable ?

— Ça va vous coûter cher... Mais avec de l'argent, je pourrais être transféré dans une aile où les criminels sont moins dangereux.

— Et je pense que je pourrais aussi m'arranger pour que tu aies un matelas et de quoi te nourrir pendant ton séjour ?

Ben sourit :

— J'en s'rais très heureux, patron. La nourriture qu'on nous donne est infecte et les lits sont inexistants !

Royce murmura :

— Je m'en occupe. Le Borgne doit maintenant savoir que vous l'avez trahi. Tu es en danger, Ben. Je ferai de mon mieux pour te protéger tant que tu te trouves entre ces murs, mais tu devras être sur tes gardes !

— Je sais. Mais si le Borgne avait l'intention de me tuer, ce serait déjà fait. Je crois qu'il voulait simplement me faire enfermer dans un endroit sûr. Comme ça, il nous empêchait d'embarquer demain matin.

— Tu as probablement raison, ajouta Royce. Ne t'inquiète pas si tu n'as pas de nouvelles pendant quelques jours. J'essaierai de te tenir au courant et si je ne peux pas revenir te voir, j'enverrai un ami.

Il réfléchit.

— Mais il faut que tu aies une preuve que la personne vient bien de ma part.

Il enleva la chevalière en or qu'il portait à son doigt.

— Regarde bien cette bague. Elle porte mes initiales. Mon ami te la montrera pour s'identifier et toute lettre sera scellée avec ce même sceau. Sinon, méfie-toi. Ce sera un piège !

Le gardien apparut dès que Royce l'appela, et il emmena Ben. Royce parvint ensuite à voir le gouverneur de la prison. Il paya une somme exorbitante pour assurer au jeune homme de la nourriture convenable, des vêtements et une couverture.

Matt et lui poussèrent un soupir de soulagement en s'éloignant du bâtiment sinistre. Royce s'en voulait de ne pas avoir suffisamment protégé Morgane et ses frères. Les traits tendus, il arriva chez George.

— Tu as pu voir le garçon ?

Royce hocha la tête :

— Je l'ai vu. Je suis furieux contre moi-même de ne pas avoir éloigné Morgane dès que j'ai été mis au courant de l'existence du Borgne.

Jouant l'innocent, George demanda :

— Avais-tu des plans très différents des siens ?

— Ce n'est pas comparable ! Je n'avais pas l'intention de lui forcer la main ou d'en faire une putain dans la rue !

Mais Royce savait que George n'avait pas entièrement tort. Morgane était vierge quand il lui avait fait l'amour pour la première fois. Maintenant, elle était sa maîtresse.

— Oh et puis zut ! grogna-t-il. Tu as raison, bien sûr. Je crois que j'ai perdu la tête ces dernières semaines. Mais j'ai l'intention de remettre les choses en ordre dès que possible. Et le premier pas sera de rendre visite à ton magistrat.

Ils arrivèrent bientôt à Berkeley Square. L'homme qu'ils étaient venus voir, un certain M. Blackwell, avait été un avocat célèbre avant de devenir juge. Il était grand et portait ses épais cheveux blancs rejetés en arrière. Ses yeux bruns pétillaient d'intelligence.

Royce expliqua succinctement la situation, évitant de mentionner le Borgne, Jacko et Morgane. Blackwell l'écouta gravement. Quand Royce eut fini, il dit lentement :

— George m'a fait porter une lettre ce matin annonçant votre arrivée. J'en ai profité pour me renseigner sur le jeune Fowler. Savez-vous qu'il a deux frères et qu'ils sont tous les trois affiliés au plus dangereux criminel de Londres ? Ils appartiennent à la bande de celui qu'on surnomme « le Borgne ». Nous sommes depuis longtemps au courant de leurs activités illégales.

Royce garda un visage impassible :

— Je l'ignorais. Je savais que Ben marchait sur un fil, mais je ne pensais pas qu'il était tombé si bas.

Il se pencha en avant :

— Il a de bons côtés, je vous l'assure, et je pense qu'en l'éloignant de son environnement criminel et en l'envoyant en Amérique, je pourrais l'aider. Il est plein de bonne volonté et il a reçu une bonne éducation. Je voudrais vraiment lui donner une chance et je suis prêt à dépenser ce qu'il faut pour le faire libérer.

Blackwell réfléchit longuement. Il feuilleta des papiers devant lui et demanda d'un air détaché :

— Connaissez-vous la personne qu'il a essayé de voler ? Un certain M. Martin Wetherly.

— Wetherly ? s'écria George.

Dissimulant sa propre surprise, Royce fut soulagé que George eût interrompu la conversation. Il en profita pour reprendre ses esprits.

— Oui, je connais Wetherly, dit-il enfin. Mais je ne vois pas le rapport.

— Puisque vous le connaissez, pourrez-vous

le convaincre d'abandonner la plainte qu'il a déposée contre Ben Fowler ?

Royce secoua la tête, certain que Wetherly était lié au Borgne :

— Je suis convaincu que Wetherly ne laissera pas tomber l'affaire. N'y a-t-il pas un autre moyen de faire libérer Ben ? Je vous promets qu'il quittera le pays aussitôt. Peut-être pourrais-je faire un don à une œuvre de charité que vous jugerez digne ?

C'était un moment délicat et Blackwell réfléchit encore longuement avant de murmurer :

— Je pense qu'on pourra s'arranger parce que vous vous portez garant pour le jeune homme. Mais je le ferai escorter par des gardes jusqu'au bateau et ils attendront de le voir appareiller.

— Le bateau part demain matin, dit Royce.

— C'est trop tôt. Tout ceci est très irrégulier mais il faut tout de même suivre certaines règles. Votre ami ne sera libéré que dans une dizaine de jours.

Royce voulut faire une objection, mais Blackwell leva un doigt :

— Et même libéré, il restera à Newgate jusqu'au départ du bateau. Je vous conseille de vous renseigner sur les possibilités début août. Réservez-lui une place et je m'occupe du reste.

Royce devait s'estimer heureux. Il remercia vivement le magistrat.

Une fois dehors, Royce déclina l'invitation de George de se rendre chez White's. Étouffant un bâillement, il grommela :

— J'ai besoin de rattraper mon sommeil

perdu. Tu oublies que je suis debout depuis l'aube et qu'il est déjà cinq heures de l'après-midi.

Sachant que la maison de Royce à Hanover Square était fermée pour l'été, George proposa gentiment :

— Va dormir chez moi. J'ai une chambre d'invité.

Dès qu'il fut allongé, Royce sombra dans un délicieux sommeil, regrettant de ne pas tenir Morgane dans ses bras.

Il se réveilla pourtant après cinq ou six heures de repos et ne put plus se rendormir. Il s'inquiétait pour la jeune femme. La meilleure solution aurait été de l'expédier en Amérique, mais maintenant que Ben était prisonnier à Newgate, ce n'était plus possible. Lime Tree Cottage pouvait la protéger un certain temps mais Royce commençait sérieusement à craindre les manigances du Borgne.

Le pouvoir du malfrat ne s'étendait pas partout. Où pouvait-il mettre Morgane hors de sa portée ? Dans un couvent ? Pensée risible. Chez le comte de St. Audries ? Royce frémit. Ce serait comme la livrer au Borgne lui-même.

Soudain, l'idée lui vint, lumineuse. Il sourit. Il obtiendrait exactement ce qu'il voulait et Morgane serait sauvée. Pour prendre le Borgne de vitesse, il devait faire de Morgane une femme respectable.

Enchanté d'avoir trouvé une solution à tous leurs problèmes, Royce s'endormit. « Heureusement que George connaît un évêque », pensa-t-il, à moitié assoupi.

24

Royce avait trouvé la solution à son dilemme immédiat, mais il n'était pas le seul. Tandis que Royce s'abandonnait à un doux sommeil, Stephen Devlin arpentait sa chambre élégante chez Martin Wetherly à Tunbridge Wells, un sourire satisfait aux lèvres.

Lucinda, assise dans un fauteuil en velours bleu, regardait son mari avec appréhension.

— Tu es sûr que ça va marcher ? demanda-t-elle pour la énième fois.

Stephen lui jeta un regard impatient :

— Évidemment ! Il faut simplement qu'elle avale le poison et le problème sera réglé.

— Mais comment vas-tu faire ? Tu ne peux tout de même pas entrer dans la maison et le lui donner.

— Bien sûr que non ! répliqua Stephen, indigné. J'ai longuement parlé avec une de leurs femmes de chambre cet après-midi. Je l'ai persuadée de m'aider...

— Mais quand la petite sera morte, tout le

monde se posera des questions. Es-tu certain que celui qui t'a vendu l'arsenic ne te dénoncera pas ? Et la femme de chambre, elle pourra te reconnaître...

— Me prends-tu pour un imbécile ? Je me suis procuré le poison de manière très discrète à Londres. Tu crois vraiment que les autorités locales vont remonter la piste jusqu'à un médecin de la capitale à qui un parfait étranger a rendu visite il y a déjà quelques jours ? Quant à la femme de chambre, je ne lui ai pas laissé ma carte de visite ! Je me suis déguisé avec une fausse barbe et j'ai même loué un cabriolet dans le voisinage. Tout ça pour éblouir ma petite dupe innocente.

Lucinda était impressionnée.

— C'est en tout cas une meilleure idée que lorsque tu as essayé de forcer la maison de Manchester pour poignarder la petite dans son lit. Tu crois qu'ils ont remarqué que c'était un travail d'amateur ?

Il rougit en répliquant :

— Aucune importance ! Cette idée-ci marchera.

— Mais comment feras-tu pour lui faire administrer le poison ?

— Grâce à la femme de chambre, évidemment. La petite naïve buvait mes paroles ! Je lui ai raconté que Morgane et moi étions amoureux, mais que Manchester nous empêchait de nous voir, tout en lui donnant des drogues diaboliques pour qu'elle l'aime, lui.

Lucinda avait l'air incrédule :

— Et elle a cru cette histoire rocambolesque ?

— Chaque mot ! dit Stephen en riant. Que veux-tu, elle est un peu simplette. Je l'ai convaincue que derrière le visage attrayant de Manchester se cachait un odieux personnage. Elle a été touchée jusqu'aux larmes !

— Très bien, très bien... Mais je ne vois pas où tu veux en venir.

— J'ai rendez-vous demain avec Clara. Je dois lui donner un philtre qu'elle fera boire en cachette à ma bien-aimée. Cet antidote réduira à néant les potions de Manchester et lui permettra de retrouver son véritable amour. Futé, non ?

Même en cherchant bien, Lucinda ne trouvait pas de faille au plan de Stephen.

— Tu es certain que personne ne te soupçonnera ?

— Comment le pourrait-on ? Une fois Morgane morte, on cherchera cet étranger mythique qui s'est approché de Clara, pas le comte de St. Audries. Crois-moi, j'ai pris toutes mes précautions.

— Je serai soulagée quand tout sera terminé. Je n'arrive toujours pas à croire qu'elle est vivante.

Le visage sombre, Stephen la rassura :

— Ne t'en fais pas, chère. Demain, à cette même heure, Morgane Devlin sera bien morte !

Lucinda retourna dans sa chambre. Cette fois, le plan de Stephen pouvait peut-être aboutir. La pièce était plongée dans l'obscurité, à l'exception de la lumière diffuse d'une bougie. Elle se mit au lit et éteignit la flamme sans remarquer la silhouette d'un homme caché derrière les rideaux. Elle n'avait qu'une pensée en tête : demain, son fils adoré serait l'unique héritier de la fortune et personne ne pourrait jamais plus la lui disputer.

Elle n'entendit que trop tard le pas feutré de l'intrus. Une main s'abattit sur sa bouche et une voix lui siffla à l'oreille :

— Un bruit, un seul, ma chérie, et tu es morte.

Le cri s'étrangla dans sa gorge. Son cœur battait à tout rompre. Mon Dieu ! Que voulait-il ? Qui était-il ?

L'inconnu alluma la bougie et, terrifiée, Lucinda reconnut le Borgne.

Celui-ci jouit de la crainte qu'il lui inspirait, nota avec plaisir les yeux dilatés de sa victime. Il inclina poliment la tête pour la saluer, le visage à moitié dissimulé par son chapeau :

— Oui, ma chère, après toutes ces années, me revoilà.

Elle émit un drôle de son étouffé.

— Voyons, ne vous ai-je pas demandé de rester silencieuse ?

Les doigts se resserrèrent sur le cou délicat. Lucinda pâlit. Dieu du ciel, il allait l'étrangler ! Il sembla deviner ses pensées et secoua la tête :

— Je n'ai pas l'intention de vous tuer. Je vais même vous laisser parler, mais ne criez pas, sinon...

Lucinda avait parfaitement compris la menace et elle respira à peine mieux lorsqu'il retira la main de sa bouche. Elle regrettait amèrement d'avoir autrefois fait appel à lui. Elle fit un effort pour se maîtriser et demanda d'une voix hautaine :

— Que voulez-vous ? Je ne vous ai pas demandé de venir.

— L'époque où des gens comme vous me donnaient des ordres est révolue, ma chère. Désormais, je travaille pour mon propre compte... Racontez-moi donc ce que votre charmant mari avait à vous dire si tard.

Elle resta interloquée :

— Comment savez-vous ?

— Peu de choses m'échappent, et rien de ce qui concerne le comte de St. Audries et sa belle comtesse. Après tout, nous sommes de vieux amis, n'est-ce pas ?

Elle essaya de crâner :

— Vous voulez vraiment savoir ce que je faisais dans la chambre de mon mari à une heure si tardive ? C'est pourtant facile à deviner.

Elle s'étira, langoureuse, comme une femme qui vient de faire l'amour. L'œil fixé sur les formes voluptueuses qui se dessinaient sous le drap, le Borgne ricana :

— Ne me dites pas que vous étiez dans son lit ?

— Pourquoi pas ? Est-ce si difficile à croire ?

D'un geste brusque, il arracha le drap et examina longuement le corps à peine voilé par la chemise de nuit transparente.

— Votre mari ne partage plus votre couche

depuis qu'il sait que vous avez été la maîtresse de son frère.

Elle voulut le gifler, mais il fut plus rapide et lui saisit le poignet.

— Pensiez-vous que je l'ignorais ? Vous oubliez que j'ai connu Stephen avant de vous rencontrer, adorable Lucinda. Il a été très mécontent du tour que vous lui avez joué à l'époque. Je crois qu'il vous aimait sincèrement. Il a été bouleversé en apprenant pour quelle raison vous aviez soudain accepté sa demande en mariage.

— Je ne comprends pas ce que vous voulez dire ! s'exclama Lucinda, au bord de l'hystérie.

Il se contenta de sourire :

— Mais si, ma chère, vous comprenez parfaitement. Et vous auriez pu vous en tirer si votre mari n'avait pas attrapé les oreillons à l'âge de dix-huit ans. Saviez-vous qu'il en était presque mort ? Grâce au ciel, il s'en est remis, mais la maladie l'a rendu stérile... Il n'a jamais pu avoir d'enfants. N'est-ce pas fascinant ?

— Comment le savez-vous ? demanda-t-elle, furieuse.

— C'était facile à savoir il y a vingt ans. Un adulte souffre rarement des oreillons et la haute société se montrait compatissante envers ce pauvre Stephen. Le reste, c'est votre mari lui-même qui me l'a raconté.

— Vous mentez ! Pourquoi Stephen vous l'aurait-il dit ?

— C'était lors de notre première rencontre et Stephen avait un peu trop bu. Il m'a longuement expliqué pourquoi il avait besoin de moi.

— Je ne le crois pas ! Vous ne pouvez pas le prouver, s'écria-t-elle, désespérée.

— Probablement pas, à moins bien sûr que Stephen veuille dire à la terre entière que son fils est en vérité le bâtard de son frère défunt.

— Arrêtez ! Arrêtez !

Il l'observait, enchanté de la tourmenter. Enfin, il se vengeait des rebuffades qu'il avait subies pendant tant d'années. Dix ans plus tôt, il l'avait courtisée, espérant en faire sa maîtresse. Mais la prétentieuse Lucinda avait refusé. Certes, elle avait apprécié sa compagnie et accepté volontiers ses somptueux cadeaux, mais elle n'avait pas eu l'intention de prendre pour amant un moins que rien.

Une bouffée de colère l'aveugla. Il haïssait les membres hautains de l'aristocratie. La plupart d'entre eux n'avaient aucun scrupule à profiter de ses largesses et daignaient même l'inviter à leurs fêtes, mais s'il s'avisait de jeter un œil sur leurs filles ou leurs sœurs, on lui claquait la porte au nez ! Il était fortuné, il avait les manières d'un gentleman, mais lorsque les mères de famille parlaient mariage, il redevenait le fils obscur d'un petit châtelain campagnard. Même Lucinda l'avait rejeté, elle, une des plus célèbres cocottes de Londres !

Lucinda prit peur :

— A quoi pensez-vous ?

— Je veux savoir ce que vous faisiez dans la chambre de votre mari ce soir.

— Voulez-vous que je vous décrive tout en détail ?

Il laissa passer un long moment sans rien dire. Décidément, elle tenait à sa petite fable. Il fallait lui donner une leçon. D'un doigt, il lui caressa délicatement la poitrine.

— Pourquoi pas ? Ce serait instructif.

— Arrêtez ! dit Lucinda.

Soudain, il déchira la chemise de nuit, libérant les seins lourds et leurs pointes roses. Son œil brilla de la voir offerte à ses moindres désirs. Elle avait peur et cette crainte excitait le Borgne autant que le corps délicieux qu'il avait à sa merci. Il caressa la peau satinée.

Bientôt, il n'aurait plus besoin d'incarner le Borgne. Il n'aurait plus à s'incliner devant des créatures comme Lucinda. Il s'était servi d'elle et de ses semblables pendant des années, mais maintenant il était libre de se retirer. Il avait assez d'argent de côté pour réaliser son plan audacieux : épouser Morgane et révéler ensuite sa véritable identité, comme s'il l'avait découverte par hasard. La haute société ouvrirait les bras à la jeune mariée et lui serait accepté comme son époux. Son rêve aboutirait enfin. Il serait reconnu par les puissants de ce monde et pourrait discuter avec eux d'égal à égal. Bien sûr, il fallait d'abord disposer de Manchester...

Lucinda gémit lorsqu'il lui empoigna cruellement un sein. Il la dénuda encore davantage, enchanté de l'humilier. Il savait qu'elle ne crierait pas. Il connaissait tous ses infâmes secrets.

— Stephen sait-il quel rôle vous avez joué

dans la mort de son Hester adorée ? Voyons... Ne vous ai-je pas procuré de l'arsenic ? Que vous avez assidûment fait absorber à Hester pendant les mois où elle attendait l'enfant. Vous avez dû être furieuse qu'elle résiste aussi bien.

Il lui sourit méchamment :

— Vous auriez pu augmenter la dose plus vite, ma chère. Ainsi elle n'aurait jamais accouché, mais peut-être aviez-vous peur d'être soupçonnée ?

Avec son corps nu soumis aux regards et aux attouchements du Borgne, Lucinda ne s'était jamais sentie aussi vulnérable. Pendant vingt ans, elle avait survécu en sachant qu'il pourrait la dénoncer à tout moment, certes non sans s'impliquer lui-même, mais lui était un criminel capable de disparaître dans les dédales des taudis londoniens, tandis qu'elle... elle était la comtesse de St. Audries. Elle savait mieux que quiconque qu'il suffisait d'une petite indiscrétion, d'un murmure dans une oreille attentive, pour qu'elle fût bannie par tous ceux qui la connaissaient.

« Et Stephen ? » pensa-t-elle en frémissant. Stephen la tuerait s'il soupçonnait que la mort d'Hester n'était pas due à des causes naturelles. Il avait adoré cette sale petite garce, et Lucinda ne doutait pas un instant que si Hester avait vécu, Stephen se serait débrouillé pour épouser la veuve de son frère, soit en divorçant, soit en confiant son épouse détestée aux mains du Borgne. Mais Hester reposait dans le cimetière, et Lucinda était bel et bien comtesse de

St. Audries ! Elle en avait joui pendant des années, sachant aussi que son fils hériterait du titre et de la fortune.

Elle n'avait eu qu'un but dans sa vie et elle ne laisserait pas cette ordure tout détruire aujourd'hui. Ses beaux yeux noisette remplis de haine, elle cracha son venin :

— Vous ne pouvez rien prouver ! Hester est morte d'une hémorragie.

Il acquiesça poliment :

— Probablement. Mais c'est le poison que vous lui avez donné pendant des mois qui l'a tant affaiblie. C'est un miracle que l'enfant ait pu venir au monde...

Stephen et elle avaient payé une fortune pour que le Borgne les débarrasse de l'enfant. Enragée d'avoir été flouée, elle s'écria, essayant de le gifler :

— Vous ne l'avez pas tuée. Vous n'êtes qu'un menteur ! Un sale menteur !

Elle était folle de rage, mais il parvint facilement à la maîtriser :

— Comment savez-vous qu'elle est en vie ? siffla-t-il.

— Je l'ai vue à Londres. C'est la nouvelle maîtresse de Manchester.

Les paroles de Lucinda lui glacèrent le sang. Comment le savait-elle ? C'était un désastre ! Il avait voulu la provoquer en lui parlant de l'enfant, or il semblait que les Devlin aient été cette fois plus avisés que lui. Si eux l'avaient deviné, combien d'autres personnes dans Londres étaient-elles déjà au courant ? Le Borgne frémit intérieurement. Tout le monde penserait d'abord que Morgane était une bâtarde de Stephen ou d'Andrew. Puis quelqu'un apprendrait son âge, qui correspondait à celui qu'aurait eu aujourd'hui l'enfant d'Hester s'il avait survécu... N'importe qui ferait le rapprochement et tout serait découvert. Il étouffa un juron. Il n'y avait plus une minute à perdre.

Il se releva brusquement. Lucinda resta allongée sur le lit, le cœur battant. Il devait s'assurer qu'elle ne le suivrait pas. D'une voix doucereuse, il lui dit :

— Je suis désolé, ma chère, mais je vais me comporter de manière fort cavalière.

Elle lui jeta un regard noir et il lui assena un coup de poing sous le menton. Elle s'évanouit aussitôt.

L'homme se fondit dans l'obscurité. Vérifiant qu'il n'y avait personne aux alentours, il regagna sa propre chambre un peu plus loin dans le couloir.

Il se déshabilla rapidement, enfouit son déguisement dans une valise. Vêtu d'une robe de chambre bleu nuit, il se versa un verre du cognac que Wetherly avait fait placer dans toutes les chambres de ses invités.

Manchester ! Son visage se tordit de haine. Il aurait dû le tuer bien plus tôt ou enlever Morgane dès qu'elle avait été emmenée dans la demeure d'Hanover Square.

Il était furieux à la pensée que Morgane avait perdu sa virginité, qu'elle l'avait donnée à cet homme, alors que lui avait passé des nuits entières à rêver au jour où il la ferait sienne. Désormais, tout était gâché. Chaque fois qu'il l'embrasserait, il penserait aux lèvres de Manchester souillant ce corps avant lui.

Il jeta le verre contre le mur où il explosa en mille morceaux. Il allait tuer Manchester et il se jurait de faire oublier à Morgane chaque moment qu'ils avaient passé ensemble.

Mais d'abord il y avait Jacko et Ben qui méritaient une bonne leçon. Il commencerait par Newgate, et ensuite... Un sourire cruel déchira son visage. Ensuite, il s'attaquerait à la belle comtesse et à son charmant mari...

25

Le Borgne était très mécontent du déroulement des opérations. Lucinda et Stephen n'auraient jamais dû savoir que Morgane était encore en vie. Il s'était fait une joie d'imaginer leur colère lorsqu'il le leur apprendrait de vive voix.

Il fulminait, le regard fixé sur l'épais tapis rouge de la chambre. Tous ses problèmes étaient dus à une seule personne, cet Américain avide, Royce Manchester !

Il se souvint de la course où le cheval de Manchester avait battu celui de Devlin de plusieurs longueurs. Ce jour-là, il avait perdu une importante somme d'argent et cela n'avait été que le commencement d'une longue série de déboires. Par moments, le Borgne se sentait poussé dans ses derniers retranchements.

A cause de son obsession pour Morgane, il avait commis de grossières erreurs. Il devait à tout prix se ressaisir et utiliser son intelligence plutôt que de se laisser guider par ses sentiments.

Maintenant que Devlin et sa femme étaient au courant de l'existence de la jeune fille, ils étaient devenus un danger. N'ayant rien à perdre, leur seule solution était d'éliminer la petite ! Or le Borgne avait besoin de la gamine bien vivante.

Il fit craquer les jointures de ses doigts. Si Lucinda avait reconnu Morgane, d'autres ne tarderaient pas à en faire autant. Il regretta amèrement d'avoir donné à Jane le prénom véritable et la date de naissance de l'enfant.

Il commença à arpenter la pièce, les mains dans le dos. « Au moins, je n'ai pas raté mon coup avec le jeune Ben », pensa-t-il, satisfait. Il avait voulu faire arrêter les deux frères pour les empêcher de quitter l'Angleterre. Ils constituaient un formidable moyen de pression sur Morgane. Et pourtant, il n'était pas si mécontent que Jacko se fût échappé. Il avait suivi un Jacko paniqué jusqu'à Lime Tree Cottage, et un indicateur dans la prison l'avait mis au courant de la visite de Manchester. Désormais il avait la preuve que les enfants de Jane étaient de mèche avec l'Américain.

Sales petits intrigants ! Le trahissant dès qu'il avait le dos tourné. Quand il en aurait fini avec Manchester, il leur donnerait une bonne leçon ! Mais avant toute chose, il devait faire échouer les plans du comte qui cherchait à tuer Morgane. Ensuite, il enlèverait la petite à Manchester. Une fois la fille en son pouvoir, tous, aussi bien Manchester que les enfants de Jane et les Devlin, comprendraient qu'il valait mieux ne pas se mêler de ses affaires.

Il se coucha, ruminant des plans de vengeance.

Royce se réveilla le lundi matin d'excellente humeur. Il s'habilla rapidement, avala deux tasses de café et partit à la recherche de George. Celui-ci était rentré tard la veille au soir et il n'apprécia guère que son cousin fît une entrée bondissante dans sa chambre, parlant à tort et à travers d'évêque. Il s'appuya contre un nombre impressionnant d'oreillers et déclara qu'il était tout à fait amoral de se lever avec le soleil.

Sachant que George n'était à son mieux que vers deux heures de l'après-midi, Royce éclata de rire et lui tendit une tasse de café noir :

— Allons ! Il est midi et demi et le soleil est déjà levé depuis longtemps.

— C'est indécent d'être si enthousiaste à cette heure de la journée, grommela George. Tu dois tenir ça du côté de ta mère.

Royce s'installa confortablement dans un fauteuil et entreprit de taquiner George pour lui rendre sa bonne humeur. Quelques heures plus tard, habillé et rasé de près, ce dernier avait repris ses esprits. Ils venaient de terminer une légère collation lorsque George soupira :

— Que veux-tu de moi aujourd'hui ? J'ai cru saisir le mot *évêque*.

Royce se mit à expliquer. La détresse qui se peignit sur le visage de George était presque comique. Il s'exclama :

— Mais tu m'avais promis hier que tu ne le ferais pas... Je m'en souviens parfaitement !

— Je sais, mais j'y ai réfléchi depuis. Tu dis toi-même qu'elle n'a pas de famille ni de relations bien placées, excepté moi et Zachary. Si le Borgne parvenait à la faire prisonnière, personne ne lèverait le petit doigt. Après tout, elle n'est que ma maîtresse, une fille que j'ai ramassée dans la rue... Mais si elle était ma femme, sa position serait très différente, tu ne trouves pas ?

— Oui, acquiesça George, attristé. Mais n'est-ce pas une mesure un peu extrême ? Après tout, un mariage, c'est pour la vie. Mon Dieu ! Si tu l'épouses, elle deviendra ma cousine ! Je serai obligée de la traiter comme telle.

Il frémit à cette horrible pensée et supplia :

— Trouve autre chose. Un homme de ta condition ne peut pas épouser une mendiante. C'est grotesque !

Avec une infinie patience, Royce entreprit de convaincre son cousin. Il fallut deux heures d'explications pour que George cédât, persuadé que son cousin était devenu fou. Royce allait se suicider mondainement et le regretterait sûrement un jour. George était malheureux, mais il l'aida néanmoins à obtenir une dérogation.

En fin d'après-midi, Royce partit commander les billets pour Jacko et Ben. Sur le chemin de l'agence, il se dit que rien ne le retenait plus en Angleterre. Il était venu pour trouver un antidote à son ennui, pensant peut-être se marier, et à son étonnement, il avait trouvé la solution en la personne de Morgane Fowler.

Depuis que Morgane était entrée comme un tourbillon dans sa vie, il ne s'était pas ennuyé une seconde. Au contraire ! Et comme elle serait plus en sécurité de l'autre côté de l'Atlantique, Royce décida de prendre des billets pour eux tous.

M. Samuelson lui trouva des cabines pour le quatre août. Le bateau se rendait à La Nouvelle-Orléans.

Ravi de son après-midi, Royce rentra chez George et annonça à son cousin qu'il partait dans l'heure pour Lime Tree Cottage. George le regarda tristement :

— Je pensais que tu resterais une autre nuit. On aurait pu dîner ensemble et discuter... de tes projets de mariage.

Royce tapota affectueusement l'épaule de son cousin :

— Tu cherches encore à me dissuader ! dit-il amusé.

— C'est la seule chose honorable à faire. Il faut éviter à ses amis de faire des erreurs.

— Contrairement à ce que tu crois, mon cher, je ne fais aucune erreur. Je veux vraiment me marier, et si je n'épouse pas Morgane, je ne me marierai jamais.

George n'en croyait pas ses oreilles.

— Elle t'a ensorcelé, ma parole ! Les femmes sont vraiment des créatures dangereuses. Moi, je préfère les éviter.

— C'est vrai, elle m'a peut-être ensorcelé, mais j'en suis enchanté, crois-moi. Allons, un peu de nerf. Dis-moi que tu m'accompagnes. J'aurai besoin d'un ami lors de mon mariage.

George était bien décidé à laisser son cousin faire ses bêtises tout seul. Il secoua la tête :

— Je viendrai mercredi, après l'événement. Je ne veux pas que la famille m'en veuille.

— Très bien, répliqua Royce en riant. J'attendrai ton arrivée avec impatience... Ma femme et moi nous réjouirons de te recevoir.

Royce taquina encore un peu ce pauvre George qui esquissa un vague sourire. Puis, il quitta Londres au plus vite.

Matt et lui arrivèrent tard dans la nuit devant la grille gardée par les frères Bullard. L'aîné des gardiens, Harry, vérifia qu'il s'agissait bien de son maître avant d'ouvrir. Il s'adressa joyeusement à Royce :

— Bonsoir, monsieur ! Désolé de vous avoir fait patienter mais on ne vous attendait plus.

— Tout va bien ? Il n'y a pas eu d'incident pendant mon absence ?

Harry avait l'air ennuyé. Il répondit en choisissant ses mots :

— Il s'est passé quelque chose d'étrange cet après-midi. Clara, une des jeunes femmes de chambre, est revenue de la ville dans le cabriolet d'un homme qui n'est pas du genre à s'intéresser aux filles de la campagne, si vous me comprenez ?

Royce se raidit :

— Un gentleman ? Grand, assez beau, avec des cheveux noirs et des yeux gris ?

— J'peux pas dire, monsieur, il a laissé Clara au bout du chemin, mais il n'était pas habillé comme un fermier et il avait une grande barbe.

— Je vois. Merci beaucoup pour l'information. Gardez l'œil ouvert !

Royce était soucieux. Il avait hâte de revoir Morgane. L'incident de la femme de chambre pouvait ne pas porter à conséquence mais son sixième sens l'avertissait d'un danger imminent. Il força ses chevaux fatigués à un dernier galop, sauta de la voiture avant même leur arrêt et se précipita dans la maison. Chambers fut surpris de voir revenir son maître aussi agité.

— Seigneur Dieu ! Monsieur m'a fait peur en entrant aussi brusquement.

Il se reprit et s'inclina :

— J'apportais quelques rafraîchissements à ces jeunes messieurs au billard, mais je vais faire préparer un plateau. Mlle Fowler s'est retirée depuis peu. J'ai vu une femme de chambre lui monter une tasse de lait à l'instant.

La maison semblait aussi calme que d'habitude. Trouvant ses craintes soudain ridicules, Royce se détendit :

— Je serais content de manger un morceau. C'est une longue route depuis Londres. Vous pouvez m'apporter le plateau dans l'appartement de Mlle Fowler. Et ajoutez, je vous prie, une bouteille de cognac.

Chambers s'inclina. Les deux garçons sortirent de la salle de billard. Enjoué, Zachary déclara :

— Je pensais bien avoir reconnu ta voix. Mais où est Ben ? Il n'est pas avec toi ?

Royce secoua la tête, fasciné par le beau

jeune homme qui se tenait aux côtés de Zachary. Il savait que l'inconnu vêtu d'une redingote bleue et de pantalons crème était bien Jacko, et pourtant celui-ci était méconnaissable. Il ressemblait à un gentleman particulièrement séduisant, avec de larges épaules, un corps mince mais musclé, des yeux francs, un nez racé et une bouche sensuelle.

Royce lui tendit la main en souriant :

— Ai-je l'honneur de m'adresser à monsieur Jacko Fowler ?

— C'est bien moi, patron ! Qui l'eût cru, n'est-ce pas ?

Royce éclata de rire.

— Je suis heureux que tu aies trouvé de quoi te vêtir. J'avoue que la métamorphose est impressionnante. Espérons que Ben nous étonnera lui aussi lorsqu'il sera ici.

Jacko demanda d'un air inquiet :

— Comment va-t-il ? Pourrez-vous le faire libérer... ?

Royce leva une main pour arrêter le flot de questions. Avisant le regard intéressé de Chambers, il ajouta :

— Je veux voir Morgane avant qu'elle ne s'endorme. Mais je peux vous dire que j'ai vu Ben et que tout va pour le mieux. Je vous expliquerai le reste tout à l'heure. Soyez gentils de m'excuser.

Les deux jeunes gens retournèrent jouer au billard, dévorés par la curiosité. Royce monta les marches quatre à quatre. Dans sa chambre, il retira sa cape de voyage, puis, jetant un regard nerveux dans le miroir, s'empressa de rejoindre Morgane. Devant la porte, il hésita. Toute sa vie allait être bouleversée. Et si, par malheur, elle ne voulait pas de lui ? Ce qu'il se cachait depuis des semaines lui apparut soudain dans tout son éclat. « Je l'aime ! admit-il enfin. Je ne l'épouse pas pour la protéger du Borgne, je l'épouse parce que je l'aime et que je veux plus que tout au monde en faire ma femme ! »

Depuis le bal chez les Mortimer, il n'avait pas pensé une seconde à une autre femme, toute son attention avait été capturée par la créature troublante qui lui avait fait les poches. Pip l'avait amusé au départ, mais Morgane, avec ses baisers et son corps doux, l'avait subjugué. Et lui qui avait cru que ces sentiments intenses n'étaient commandés que par le désir ! Il ne voulait pas d'elle comme maîtresse. Il la voulait comme épouse.

Morgane n'était pas seule. La femme de chambre qui lui avait apporté son lait s'affairait encore autour d'elle. C'était une des domestiques des environs engagées par Chambers à leur arrivée. Il lui adressa un vague sourire et observa Morgane. Celle-ci lui tournait le dos et versait une partie de son lait dans la soucoupe de Raton.

Royce s'approcha, appréciant la rondeur des fesses sous la chemise de nuit. Le chat commença à boire avec des coups de langue délicats et Morgane se retourna.

Elle se jeta dans les bras de Royce :

— Oh, comme vous m'avez manqué ! s'écria-t-elle. Même avec Jacko et Zachary dans la maison, c'était triste sans vous !

Ému, Royce n'arriva pas à articuler un mot. Il la serra contre lui :

— Ma chérie, ma douce chérie...

Sans prêter attention à la femme de chambre qui les regardait de la porte, il embrassa Morgane, enchanté de la retrouver si contente. Le cœur chaviré d'amour, il savoura la douceur de sa bouche. Soudain, il s'aperçut que la domestique était toujours là. Morgane se dégagea doucement de leur étreinte :

— Merci, Clara, ce sera tout.

Clara leur lança un regard désapprobateur et ferma la porte derrière elle. Royce fronça les sourcils.

— La connaissez-vous ? Vous a-t-elle créé des soucis ?

Morgane ne comprit pas.

— Clara ? Elle est très gentille avec moi. Pourquoi ?

— Je ne sais pas...

Peut-être s'en faisait-il pour rien ? Il se ressaisit :

— Voyons, vous étiez en train de me dire, très gentiment d'ailleurs, que je vous avais manqué...

Morgane rougit, gênée de s'être donnée en spectacle, mais Royce éclata de rire. Il s'assit dans un fauteuil et la prit sur ses genoux.

— Je crois qu'avec un baiser ou deux, je me souviendrai de mon voyage à Londres.

Se trouvant odieuse d'avoir oublié son frère, Morgane demanda aussitôt :

— Ben ? Vous n'avez pas pu le libérer ?

— Pas aussi vite que je l'aurais souhaité mais ne vous en faites pas, ma chérie. J'ai vu un magistrat et il s'arrangera pour faire relâcher Ben, à condition que celui-ci quitte tout de suite l'Angleterre.

Ils en discutèrent encore quelque temps mais Royce ne parla pas de ses projets de mariage ni de leurs billets pour l'Amérique. Quand il eut fini, elle dit tristement :

— Je sais que c'est sage d'envoyer Jacko et Ben en Amérique, mais ils vont me manquer.

Royce ajouta doucement :

— Justement, très chère, je voulais vous en parler...

Morgane ne l'écoutait que d'une oreille, pensant à ses frères et à leur départ. Elle se leva et prit son verre de lait. Elle le portait à ses lèvres lorsque Royce poussa un cri et lui renversa brutalement le verre des mains. Stupéfaite, elle vit que Royce était devenu blanc.

— Pourquoi avez-vous fait ça ? demanda-t-elle, furieuse.

Il ne répondit pas, lui saisit le bras et montra du doigt le coin de la chambre. Avec horreur, elle vit Raton étendu mort, son corps tressautant sous l'effet d'une dernière convulsion, à quelques centimètres de la soucoupe de lait. Du lait qu'elle allait boire...

26

Stupéfaits, ils contemplèrent en silence le corps de l'animal, puis Morgane se jeta contre la poitrine de Royce en sanglotant. Il la tint serrée, lui murmurant des paroles douces pour la réconforter.

Elle releva son visage mouillé de larmes :

— Quelqu'un a essayé de me tuer, n'est-ce pas ?

Devait-il lui cacher la vérité pour ne pas l'effrayer ? Royce ne le pensait pas. Puisque sa vie était en jeu, Morgane devait être tenue au courant. Il lui répondit tristement :

— J'en ai bien peur. Et j'ai très envie d'avoir une conversation avec la jeune Clara.

— Clara ? s'écria Morgane, sans comprendre. Pourquoi voudrait-elle me tuer ?

Royce ne savait que répondre. Cette attaque surprise l'avait décontenancé. Il n'y avait que deux personnes qui puissent en vouloir à Morgane : le Borgne et le comte de St. Audries. Le Borgne était capable de tout, même d'un assassinat, mais n'avait-il pas essayé de la kidnapper ? Pourquoi désirer maintenant sa mort ? Et le comte ? Quelles pouvaient être ses raisons ? Certes, Devlin devait trouver déplaisant que sa fille illégitime fût devenue la maîtresse d'un homme qu'il honnissait, mais de là à commettre un meurtre ? Tout cela n'avait aucun sens.

Installant Morgane dans un fauteuil, Royce recouvrit d'un linge le corps de Raton et tira sur le cordon de la sonnette. Il lui demanda d'un ton ferme :

— Les prochains instants seront pénibles. Voulez-vous rester ?

Elle hocha la tête, évitant de regarder dans la direction du chat.

— Vous croyez vraiment que Clara est responsable ? dit-elle, levant de grands yeux innocents.

— C'est possible. Après tout, c'est elle qui vous a apporté votre lait ce soir et Harry Bullard l'a aperçue cet après-midi en compagnie d'un étranger qui prenait des précautions pour ne pas être vu.

Royce ne voulut pas en dire plus. Il n'allait certainement pas lui annoncer que son père, qui l'avait lâchement abandonnée à sa naissance, se trouvait dans les parages et demandait des renseignements sur elle. Il devait absolument lui cacher ses soupçons concernant Stephen Devlin. Tôt ou tard, elle apprendrait que le comte de St. Audries était son père, mais elle venait de vivre un événement déjà assez pénible. « Qu'elle se concentre pour l'instant sur cet étranger curieux, se dit Royce. Il sera toujours temps de lui expliquer plus tard. »

Chambers apparut, l'air interrogateur.

— Monsieur a sonné ? Le dîner sera prêt dans quelques minutes.

— Je ne m'en fais pas pour ça, répliqua Royce. Dites-moi plutôt ce que vous savez sur une des femmes de chambre qui a été engagée récemment. Elle vient d'apporter le lait de Mlle Fowler.

— Monsieur veut sûrement parler de Clara Holbrook. Sa famille est de la région, des fermiers, je crois. Elle a la réputation d'être une jeune fille travailleuse et honnête. A-t-elle fait quelque chose de mal ?

— Cela reste à voir, répliqua sèchement Royce. Envoyez-la-moi, s'il vous plaît.

Chambers se retira et quelques secondes plus tard, on entendit timidement frapper à la porte.

Clara n'était pas une jeune personne attrayante. A vingt ans, elle était de petite taille et plutôt forte. Ses cheveux bruns étaient maladroitement ramenés sous une coiffe en dentelle blanche, mais elle avait de jolis yeux bleus. Jetant un regard perçant dans la pièce, mêlé d'excitation et de crainte, elle fit une légère révérence. Le corps de Raton étant dissimulé, elle ne voyait rien d'anormal dans la chambre.

— M'sieur Chambers m'a dit que vous désirez me voir, m'sieur ?

— Oui, répondit Royce. J'aimerais que vous me parliez du gentleman qui vous a si gentiment raccompagnée cet après-midi.

Clara pâlit.

— Je ne vois pas ce que vous voulez dire, m'sieur, bégaya-t-elle, tordant un coin de son tablier blanc.

— Je crois que si, répliqua Royce, imperturbable. Et si vous êtes intelligente, jeune fille, vous allez me répondre. Sinon, je serai obligé de demander au juge de vous interroger à propos de la tentative d'assassinat sur la personne de Mlle Fowler.

— Je n'aurais jamais touché un cheveu de Mam'zelle ! s'exclama Clara, indignée.

Elle jeta un regard noir à Royce et marmonna :

— Ce qui n'est pas le cas de tout le monde.

— Avant de nous expliquer ce que vous insinuez par là, reprit-il, peut-être pouvez-vous nous dire pourquoi le lait que vous avez apporté à Mlle Fowler était empoisonné ?

— Vous êtes fou ! C'est pas du poison que j'ai mis dans le lait de Mam'zelle.

— Alors vous admettez y avoir ajouté quelque chose ?

Clara jeta un coup d'œil à Morgane qui écoutait attentivement. Encouragée par le sourire que lui adressa sa jeune maîtresse et pensant agir pour son bien, elle rétorqua fièrement :

— Et si je l'avais fait ?

Royce ne comprenait pas pourquoi elle lui en voulait tant.

— Venez par ici, dit-il doucement. J'ai quelque chose à vous montrer.

Méfiante, elle s'approcha. Elle vit le linge

blanc qui recouvrait le corps de Raton et regarda Royce sans comprendre.

— Allez-y, dit-il à voix basse. Soulevez-le.

Clara obéit. Horrifiée, elle fit un pas en arrière, les yeux fixés sur le cadavre tordu de l'animal et la soucoupe de lait. Elle comprit aussitôt ce qui s'était passé et, enfouissant son visage dans son tablier, elle éclata en sanglots.

Morgane lui entoura affectueusement les épaules :

— Ne pleurez pas, Clara. Dites-nous simplement qui vous a donné cette chose à mettre dans mon lait.

Royce reprit le linge que Clara tordait entre ses doigts et en recouvrit le corps de Raton.

— Nous pensons que vous avez été induite en erreur, dit-il. Mais il faut nous raconter ce qui s'est passé cet après-midi.

Il fallut attendre patiemment que Clara reprît ses esprits, mais elle parvint à raconter son histoire, entrecoupée de sanglots et de crises de nerfs. Royce et Morgane écoutèrent avec stupéfaction la fable qu'on lui avait fait croire.

— Mais tout est faux, Clara ! s'écria Morgane. M. Manchester ne m'a jamais droguée.

Elle rougit :

— Et vous devez me croire quand je vous dis que je n'ai pas d'autre amant. Qui que soit cet homme, il vous a menti. C'est lui le scélérat et non M. Manchester.

Clara examinait Royce d'un air inquiet.

— Mais mam'zelle, si vous étiez droguée, c'est bien ce que vous diriez, répliqua-t-elle sérieuse.

— Vous oubliez une chose, interrompit Royce, ayant envie de tordre le cou à cette pauvre sotte. Ce que vous deviez mettre dans le lait ce soir n'était pas un antidote. C'était un poison mortel ! Si je n'étais pas arrivé à temps, il y aurait deux corps dans cette chambre et l'un d'eux serait celui de la jeune personne assise près de vous.

Clara éclata à nouveau en sanglots. Morgane eut un regard désapprobateur pour Royce qui répondit par une grimace. Elle prit son temps pour calmer Clara. Ils lui posèrent encore des questions mais n'en surent pas davantage. Clara n'avait rencontré l'étranger que deux fois et il n'avait pas prévu de la revoir. Elle le décrivit comme grand et très barbu.

— Il était habillé presque comme un gentleman, ajouta-t-elle en soupirant.

Étouffant un juron, Royce la renvoya :

— Et que Chambers vienne disposer du chat !

Chambers était horrifié. Après avoir emporté Raton, il revint dire à Royce :

— J'ai pris soin de me débarrasser soigneusement du lait. Comment se porte Mlle Morgane ? ajouta-t-il, le visage tendu par l'anxiété. Quelle expérience horrible ! Qui a bien pu commettre un acte aussi cruel ?

— Morgane va bien mais elle a subi un choc, répondit Royce. Quant à celui qui a essayé de la tuer, je n'en ai pas la moindre idée. Je veux que Clara Holbrook quitte cette maison à la première heure. A partir de maintenant, c'est uniquement vous et Ivy qui toucherez à la nourriture et aux boissons de Morgane.

Troublé, Chambers répliqua :

— Monsieur, vous ne pensez tout de même pas que quelqu'un va recommencer !

— Je ne sais pas, mais je ne prendrai pas de risque. C'était un coup de chance que je sois rentré à temps, et la chance n'est pas toujours du même côté.

Le visage sévère, Royce ajouta d'une voix menaçante :

— Gardez l'œil ouvert et surveillez tout le monde. Nous devons prendre plus de précautions. Je ne sais pas si nous pouvons empêcher Clara de raconter la vérité, mais je tiens à ce que vous répandiez la nouvelle que le chat est mort d'une mort naturelle et que Morgane en est désolée. Je pense que Clara vous obéira car elle n'est pas très fière d'elle. De toute façon, je la veux dehors aussi vite que possible.

Royce sourit tendrement à Morgane :

— Pouvez-vous rester ici pendant que je vais expliquer à Zachary et à votre frère les derniers rebondissements ?

Morgane bâilla :

— Je serai probablement endormie à votre retour.

Admirant le sang-froid de la jeune femme, il déposa un baiser sur ses lèvres.

En bas, Zachary et Jacko jouaient au billard, ignorant tout de l'incident. Royce commença par leur raconter son expédition à Londres avant de leur parler de la tentative d'assassinat. Il dut ensuite calmer leur agitation.

Lorsque Royce remonta, il trouva Morgane assoupie dans une bergère.

— Venez, ma douce, c'est l'heure de dormir, murmura-t-il.

Il la prit dans ses bras et la transporta dans la chambre. Les yeux embués de sommeil, elle admira le beau visage de l'homme qui lui avait sauvé la vie. Elle était en adoration devant Royce. La mort du chat lui faisait si peur qu'elle en étouffait, mais elle se raccrochait à son amour pour Royce afin de se donner du courage.

Il la traitait comme une porcelaine fragile. Morgane était heureuse qu'il lui parle ouvertement, avec calme et franchise. Elle savait que quelqu'un avait voulu la tuer ce soir, mais elle refusait de céder à la panique. Royce la déposa doucement sur son propre lit, la borda comme une gouvernante attentive.

Elle le taquina gentiment :

— Royce, je vous assure que je vais bien. J'ai eu un peu peur tout à l'heure et je suis triste pour Raton, mais je ne vais pas dépérir. Je ne crains pas de dormir dans ma chambre.

Retirant sa cravate et sa redingote, Royce lui sourit :

— Vous vous trompez, ma chérie. C'est moi qui ne peux pas supporter l'idée que vous dormiez là-bas. Je vous veux à mes côtés pour passer une nuit tranquille.

Ses yeux étaient rieurs mais son ton de voix n'admettait aucune réplique.

Soufflant la bougie, il se déshabilla et se glissa dans le lit. Le corps menu pressé contre le sien, Royce put enfin se détendre. Déposant un léger baiser sur la tempe de sa bien-aimée, il ajouta :

— Je ne veux pas vous faire souffrir, ma chérie, mais nous devons discuter de cet incident.

Elle hocha la tête. Il demanda doucement :

— Nous n'avons pas souvent parlé de votre vie à St. Giles. A part le Borgne, y aurait-il quelqu'un qui pourrait vous vouloir du mal ?

Morgane frémit. C'était terrible de savoir qu'un ennemi mystérieux désirait sa mort. Elle se rappela le corps convulsé de Raton. Il avait dû mourir dans des souffrances atroces. Caressant la poitrine de Royce, elle murmura tristement :

— J'y ai pensé pendant que vous étiez avec les garçons, mais je n'ai trouvé personne. A Londres, nous restions toujours entre nous, à cause de mon déguisement. On voulait éviter que quelqu'un s'intéresse de trop près au petit frère de Jacko et de Ben. Et puis, maman nous avait élevés différemment. On n'était pas vraiment comme les autres. C'était difficile de jouer ce double jeu, parlant avec maman d'une certaine façon et dans la rue comme nos voisins. On se sentait plus en sécurité en restant tous les trois ensemble. Et puis maman n'aimait pas nous savoir amis avec les autres habitants de St. Giles.

D'une voix désespérée, elle s'écria :

— Je ne connaissais personne ! Qui peut me haïr pareillement ?

Royce essaya de la réconforter, puis il ajouta doucement :

— Et le Borgne ? Pourrait-il souhaiter votre mort puisqu'il n'a pas réussi à vous mettre la main dessus ?

— Je ne sais pas. Je ne le crois pas.

L'embrassant sur la joue, Royce caressa les cheveux bouclés. Il ne pouvait plus éviter la question qui le tourmentait depuis l'incident :

— Et votre père ? demanda-t-il prudemment.

Morgane se raidit, revoyant soudain ce visage dédaigneux, ces yeux gris dont elle avait hérité mais qui avaient été si cruels. Le jour du combat de boxe, elle avait pressenti que cet homme était dangereux et son instinct l'avait poussée à se taire. Depuis qu'elle vivait avec Royce, elle n'y avait plus pensé, trop préoccupée par ses sentiments.

Royce lui aussi avait dû ressentir une menace à l'époque, puisqu'il lui avait enfoncé sa casquette sur les yeux. Elle avait toujours voulu en savoir plus sur son père, mais elle regrettait que ce fût dans des circonstances aussi pénibles.

— Vous le connaissez, n'est-ce pas ? demanda-t-elle enfin. Pourquoi n'avez-vous rien dit ce jour-là ?

— C'était instinctif. Je ne pensais pas que ce serait un moment opportun pour le rencontrer.

Royce attendit avec appréhension la question suivante. Il ne se réjouissait pas de parler à Morgane de Stephen Devlin. Ce n'était pas une bonne chose d'être toujours à deux doigts de provoquer son futur beau-père en duel ! Mais les événements de ce soir lui avaient forcé la main. Il aurait été dangereux de ne pas en discuter avec la jeune femme.

Désolé, Royce l'entendit demander d'une petite voix :

— Il m'a parlé d'un ton hautain le jour du combat, mais peut-être me suis-je trompée à son sujet. Est-ce un homme gentil ?

Comment répondre ? Royce se sentait perdu. Gentil n'était pas un adjectif qui convenait à Devlin. Froid, arrogant, dédaigneux... C'est ainsi que tous le décrivaient, même sa propre épouse. Mais comment le dire à sa fille ?

Il hésita si longtemps qu'elle s'inquiéta. Pourquoi ne pouvait-il pas répondre à une question aussi simple ? Son père était-il un monstre ? Peut-être Royce était-il au courant d'un terrible scandale dont il ne voulait pas lui parler ?

— Oublions ! dit-elle brusquement. Je ne le connais pas et c'est très bien ainsi... Mais puisqu'il ne s'est jamais intéressé à moi en dix-neuf ans, pourquoi chercherait-il maintenant à me tuer ?

Soulagé d'avoir évité des explications pénibles, Royce ajouta rapidement :

— Nous ne savons pas s'il est responsable. Nous n'avons aucune preuve.

— Qu'allons-nous faire, Royce ? Je n'ai pas envie de mourir.

Sa peur était si évidente que le cœur de Royce se tordit. Il l'embrassa avec fougue.

— Vous n'allez pas mourir. Ce que vous allez faire, c'est m'épouser.

Morgane se raidit :

— Vous épouser ? Mais vous ne voulez pas m'épouser...

Il l'embrassa passionnément.

— Oh que si, ma chérie ! Plus que tout au monde !

Ses lèvres brûlaient sous ces baisers ardents et son corps tremblait de désir, mais Morgane ne comprenait plus rien. Elle essaya de distinguer l'expression de Royce. Peut-être avait-il subi un choc émotionnel ? Elle ne savait plus où donner de la tête. Quelques heures plus tôt, on avait voulu la tuer et maintenant elle était demandée en mariage...

Morgane aimait Royce de toute son âme et son souhait le plus cher était de passer le restant de ses jours avec lui. Mais le mariage ? Elle était sa maîtresse, une bâtarde qui récemment encore gagnait sa vie en dérobant des portefeuilles. Un de ses frères se trouvait même en prison. Elle n'avait pas d'amis et pas d'argent. Son seul atout était un joli corps dont Royce pouvait profiter de toute façon et pourtant ce riche Américain de bonne famille semblait vouloir l'épouser. C'était incompréhensible !

Elle secoua la tête pour reprendre ses esprits, et déclara sur un ton résigné :

— Vous avez certainement bu trop de cognac ce soir.

Royce ne s'attendait pas à un tel scepticisme. Il était chagriné que sa première demande en mariage fût accueillie si froidement. Il demanda, heurté :

— Morgane, vous ne voulez pas m'épouser ?

— Oh, mais si ! s'écria-t-elle. Mais c'est vous qui ne voulez sûrement pas d'une personne comme moi.

— Oh, mais si ! dit-il en l'imitant. Je veux vraiment vous épouser et sans attendre. J'ai obtenu une dérogation à Londres et si vous acceptez, je m'en servirai demain. Alors, ma chérie, allez-vous m'épouser ?

— Oui, répondit-elle, se sentant soudain légère comme une plume.

— Demain à la même heure, vous serez ma femme et plus personne ne pourra jamais nous séparer.

Morgane était aux anges. Ses rêves les plus fous se réalisaient et pourtant un doute s'était insinué dans son esprit. Royce n'avait pas prononcé les trois petits mots que toute femme a besoin d'entendre, ces trois mots si simples... « Je vous aime... » Elle se reprit. Elle en espérait trop. Royce lui avait déjà tant offert. Mais au fond de son cœur, Morgane éprouvait une légère douleur qui ne la quitterait plus.

Elle s'agrippa à lui, essayant de se convaincre qu'elle était comblée. Elle aurait dû être transportée de joie à l'idée de devenir enfin une femme respectable, d'épouser celui qu'elle aimait mais elle se demandait pourquoi, de toutes celles que Royce aurait pu choisir, il l'avait choisie, elle, une bâtarde sans un sou, une petite voleuse du quartier de St. Giles...

27

Le mariage de Royce Manchester et de Morgane Fowler fut célébré, par nécessité, dans la plus stricte intimité. Il eut lieu dans le petit salon du juge et bien qu'organisé à la hâte il fut charmant.

Zachary et Jacko étaient décidés à faire de l'occasion une journée mémorable. Ils furent aidés par Chambers et tout le personnel. Chambers et sa femme Ivy étaient particulièrement heureux du dénouement de cette histoire qui leur avait causé bien de la peine. Ils pouvaient à nouveau relever la tête, sachant qu'ils travaillaient dans une maison respectable.

Des lis éclatants et de superbes glaïeuls embaumaient le petit salon. Au lieu des traditionnelles fleurs d'oranger, Morgane portait un diadème de délicates roses blanches dans sa chevelure noire.

Elle était une mariée resplendissante. L'excitation lui rosissait les joues et ses grands yeux gris brillaient de joie. Dans sa robe de mousseline blanche, elle se tenait toute droite, emplie de bonheur, aux côtés de Royce. Lui-même avait revêtu une redingote bleu marine avec des boutons dorés ; une cravate blanche était artistiquement nouée autour de son cou et ses cheveux fauves accrochaient les rayons du soleil. Ils formaient sans conteste un très beau couple. Entourés de Zachary, de Jacko, d'un Chambers enchanté et d'une Ivy pleurant d'émotion, Morgane et Royce furent unis à deux heures de l'après-midi, le 18 juillet 1815.

Ils retournèrent aussitôt après la cérémonie à Lime Tree Cottage. Parce que Morgane avait autrefois partagé leur vie, les domestiques londoniens étaient particulièrement fiers et pour fêter l'événement, Royce avait aboli la distance qui séparait le maître du serviteur. Alice, Hazel, Matt et les autres attendaient avec impatience les mariés dans le grand salon. Intimidée, Morgane accepta leurs félicitations comme dans un rêve. Elle touchait sans cesse l'anneau doré que Royce lui avait glissé au doigt une heure plus tôt, puis elle secouait la tête, n'osant pas y croire. Zachary l'avait serrée contre lui :

— Je savais que Royce se rachèterait. N'est-il pas merveilleux ?

Jacko l'avait soulevée de terre et fait tournoyer dans les airs. Elle était persuadée de vivre un rêve. Son cœur se consumait d'amour pour Royce. Rêve ou pas, elle l'aimait !

La seule tristesse qu'éprouva Morgane pendant la journée fut de n'avoir à ses côtés ni sa mère, morte trop tôt pour la voir si heureuse, ni Ben. Elle n'avait pas non plus oublié l'incident de la veille et, par moments, un frisson de terreur lui parcourait l'échine.

Royce se tenait près de sa jeune épouse, la surveillant tendrement. Il se sentait en confiance avec Chambers, Ivy et la plupart des autres domestiques, mais il gardait à l'œil son valet, M. Spurling, se demandant si l'homme n'avait pas menti au sujet de l'attaque du Borgne. Et si par hasard, Spurling avait dit toute la vérité, alors quelqu'un d'autre dans la maisonnée était l'espion du Borgne. L'idée n'était pas plaisante. Royce détailla le jeune Tom Cooper. « Voilà celui que j'utiliserais », pensa-t-il en regardant l'étincelle d'intelligence qui pétillait dans les yeux bleus du jeune homme charmeur.

Brusquement, Morgane éclata de rire et Royce lui lança un regard affectueux. Il lui restait encore une tâche urgente à faire : rédiger l'annonce de leur mariage qui devait paraître dans les journaux. « Plus vite ce sera fait, plus vite elle sera en sécurité », pensa-t-il. Il attendit pourtant la fin de la petite fête pour se retirer dans son bureau.

Morgane partit se changer et Royce fit signe aux garçons de le suivre. S'installant derrière son bureau, il indiqua à ses amis deux fauteuils en cuir d'Espagne.

— Je dois écrire la notice pour le *Times*, dit-il, et je voudrais aussi discuter de nos plans pour ce soir. Je vais avoir besoin de votre aide.

Zachary et Jacko semblèrent surpris. Royce

écrivit rapidement ses lettres et scella les enveloppes.

— Matt emportera ces deux lettres à Londres demain matin. Je me sentirai plus tranquille quand mon mariage aura été rendu officiel. C'est pour cela que je vous ai demandé de venir.

Il regarda Zachary :

— Je veux que tu sois très en vue ce soir. Rends-toi dans tous les endroits de Tunbridge Wells où tu penses trouver nos connaissances de Londres. N'hésite pas à t'immiscer dans le groupe de Wetherly. Je tiens beaucoup à ce que tu parles haut et fort de la cérémonie d'aujourd'hui. Tout le monde doit être mis au courant le plus vite possible. Cela empêchera peut-être le Borgne de tenter une nouvelle fois de s'en prendre à Morgane, et surtout, cela fera peut-être fuir l'assassin.

— Vous le pensez vraiment ? demanda Jacko.

Royce se frotta la nuque :

— Je n'en sais rien mais c'est la seule chose que je puisse faire. Tant que nous ne saurons pas qui lui veut du mal et pourquoi, nous serons en position de faiblesse, mais j'espère que le mariage nous aidera.

Il avoua franchement :

— En épousant ta sœur, je l'ai sortie de l'anonymat et fait entrer dans la société la plus huppée. Si quelqu'un s'en prend à elle, il ne traite plus avec une enfant abandonnée mais avec l'épouse d'un homme fortuné et très en vue.

— Je me demande si Zachary ne ferait pas mieux d'aller seul ce soir, dit Jacko mal à l'aise. J'ai bien peur de ne pas être à la hauteur parmi toutes ces personnes si distinguées.

Royce regarda Jacko de la tête aux pieds, nota son élégance naturelle. N'importe qui le rencontrant pour la première fois serait persuadé de parler à un aristocrate et Royce était sûr que le garçon serait apte à mener une conversation intelligente.

— Puisque toi et Morgane n'avez aucune idée de qui vous a engendrés, continua Royce, je ne serais pas si empressé de nier toute ascendance aristocratique. Tu serais peut-être surpris !

— Ce n'est tout de même pas une bonne idée de m'imposer à vos amis.

Royce se redressa, mécontent :

— N'es-tu pas le frère de ma femme ? Ne dois-je pas accepter les membres de sa famille ?

Jacko se résigna :

— Très bien, mon bon monsieur. Mais je vous aurai prévenu !

— Je n'ai rien à craindre, mon ami, répliqua Royce. Je suis certain que tu vas rencontrer des personnes dont les manières et la moralité ne sont pas comparables aux tiennes. Mais il y a une chose qu'il va falloir changer... Le prénom Jack a un son bien plus respectable, vous ne trouvez pas ?

— C'est vrai, dit Zachary. Désormais, tu t'appelleras Jack Fowler.

Le nouveau baptisé eut l'air ravi.

— Allons-y pour Jack !

Quelques minutes plus tard, Zachary et Jack partaient pour Tunbridge Wells dans le cabriolet de Royce.

Après la fête et le départ des deux jeunes gens exubérants, la maison sembla bien silencieuse. En d'autres circonstances, Royce aurait été heureux de rester dans cet endroit enchanteur, mais l'idée qu'on voulait tuer sa jeune épouse lui donnait envie de partir au plus vite. Il n'avait pas encore dit à Morgane qu'ils appareillaient dans quinze jours pour La Nouvelle-Orléans. Il s'empressa d'aller la rejoindre.

Elle avait retiré son diadème de fleurs et tressé un simple ruban pâle dans ses boucles noires. Elle portait une légère robe en mousseline rose. Se rappelant que cette ravissante créature était son épouse, Royce se sentit transporté de joie et de fierté. Il lui baisa la main.

— Ai-je l'honneur de m'adresser à madame Manchester ? murmura-t-il.

Le cœur de Morgane battait la chamade. Elle sourit, de charmantes fossettes se creusant dans ses joues. Elle lui fit une révérence coquine et répondit avec impudence :

— Que le diable m'emporte si c'est pas ben vrai !

Royce éclata de rire, la saisit dans ses bras et l'embrassa à perdre haleine. Désormais tout était différent entre eux. Ils n'étaient plus maîtresse et protecteur, ni un homme et une femme assouvissant une passion amoureuse, maintenant ils étaient mari et femme, leurs vies jointes à tout jamais.

Ils se dévisagèrent en silence. Morgane était bouleversée que cet homme qu'elle adorait eût bien voulu d'elle, même s'il n'avait jamais dit qu'il l'aimait. Elle avait suffisamment d'amour pour deux.

Ils seraient restés indéfiniment à se contempler au pied de l'escalier si Chambers, avec un large sourire, n'avait pas toussé discrètement.

— Monsieur, madame, puisqu'il fait si beau, j'ai pris la liberté de vous faire préparer un pique-nique.

Il ajouta, les yeux fixés sur l'escalier qu'il avait pourtant vu des centaines de fois :

— Je crois que le lac est un endroit très plaisant à cette heure de la journée.

Royce fut amusé par une manigance aussi adroite. Il rétorqua :

— Si Wellington a eu des soldats de votre trempe à Waterloo, ce n'est pas étonnant que Napoléon ait perdu la bataille !

— Monsieur désire-t-il que j'apporte le panier ? demanda Chambers, fier du compliment.

— Excellente idée !

Emportant le grand panier en osier et une couverture, Morgane et Royce longèrent les jardins fleuris et prirent l'un des chemins qui traversaient la propriété. Des violettes et des roses embaumaient l'atmosphère. Ils marchaient sans but précis, s'arrêtant de temps à autre pour admirer une jolie vue ou de magnifiques massifs fleuris.

Ils s'installèrent enfin loin de la maison, au bord du lac, et étendirent la couverture sous un chêne magnifique. Ivy avait préparé un délicieux repas, une tourte aux artichauts, du fromage frais, un pain encore chaud, de la viande froide et, comme dessert, des raisins noirs et des fraises saupoudrées de sucre. Royce retira du panier trois bouteilles de vin du Rhin. Ayant dévoré le déjeuner, Morgane glissa une dernière fraise dans sa bouche et déclara qu'elle n'avait jamais rien mangé d'aussi bon.

Ils s'allongèrent, la dernière bouteille de vin à portée de la main, profitant de la quiétude. Morgane, un coussin dans le dos, reposait contre le tronc de l'arbre, la tête de Royce sur ses genoux. Ses doigts jouaient avec l'épaisse chevelure fauve. Elle n'avait jamais été aussi heureuse de sa vie et elle en avait presque mal. Elle aurait voulu que ce moment restât suspendu, pour qu'elle pût toujours se le rappeler, dans tous ses merveilleux détails.

Royce lui attrapa soudain la main et déposa dans la paume un baiser sensuel. La tranquillité s'envola :

— Maintenant que mon estomac a été apaisé, je crois qu'il est temps de s'occuper d'autres appétits, non ? murmura-t-il.

Dès qu'il l'avait touchée, Morgane avait été envahie par une douce chaleur, ses seins s'étaient soudain tendus et là où reposait la tête de Royce, elle ressentit une faim avide qui exigeait d'être soulagée. Elle rougit et, fascinée par l'éclat des yeux topaze, elle bégaya :

— Ici ? D-Dehors ?

Royce se déplaça légèrement, lui déposa un baiser sur la poitrine :

— Pourquoi pas ? Nous sommes seuls et Chambers interdira qu'on nous dérange.

Ses dents se refermèrent sur la pointe d'un sein. A travers l'étoffe légère, Morgane sentit la tiédeur de la bouche qui l'embrassait. Elle frissonna de désir.

Royce était rentré de Londres dévoré par l'envie de se perdre dans le corps souple de Morgane mais l'incident avec le poison avait calmé ses ardeurs. Elle avait eu besoin de réconfort, non d'amour possessif. Il s'était donc contenté de baisers ardents avant de la laisser s'endormir, recroquevillée contre sa poitrine.

Mais depuis leur mariage, tout avait changé. Savoir qu'elle était sa femme intensifiait ses sentiments. Il la sentit trembler dans ses bras et murmura, la voix rauque :

— Je ne crois pas pouvoir attendre de rejoindre la maison. Imaginez la consternation de Chambers s'il ouvrait la porte et me voyait en train d'être mal élevé avec vous sur le perron !

Morgane rit doucement. Royce plissa les yeux :

— Vous me trouvez amusant, mignonne ? Voyons si je peux éveiller la même vivacité en vous.

Son baiser était d'un érotisme fiévreux et Morgane s'y abandonna avec délices. Ils se retrouvèrent nus sur la couverture, à l'ombre des larges branches du chêne. Les rayons de soleil filtraient à travers les feuilles et réchauffaient doucement Morgane, mais moins que la bouche de Royce qui s'attardait sur sa poitrine. D'une main, il lui caressait les cuisses. Ses os semblaient fondre, elle devenait liquide, noyée dans un tourbillon de sensations puissantes, sa bouche réclamant encore la sienne, les pointes de ses seins sensibles, et entre ses jambes battait un cœur qui exigeait d'être touché, possédé, consumé.

Morgane explora la poitrine musclée et sa toison fauve. Elle lui pinça les seins et frissonna de joie lorsque Royce poussa un grognement de plaisir. Ses doigts audacieux continuèrent à caresser la peau tiède, le corps dur comme de l'acier, le dos long, les fesses parfaites. Elle sourit lorsqu'elle descendit le long du ventre de Royce et qu'il frémit. Sa main glissa encore plus bas et elle enroula ses doigts autour du magnifique organe dressé.

Il y avait une grande joie à découvrir ainsi le corps de son mari. Elle apprenait ce qui lui faisait plaisir, et intensifiait par là son propre désir. Sans un mot, elle s'arqua vers lui. Elle espérait, avec une envie qui ressemblait à du désespoir, qu'il la prendrait enfin et mettrait fin à ce tourment qui devenait insupportable.

Royce savait la rendre folle, retardant le moment où il la ferait sienne. Ses mains ne quittaient pas les deux seins fermes, caressant, suçant, pressant entre le pouce et l'index les pointes roses.

Elle l'encourageait, ses doigts se refermant sur la virilité de Royce. Il en perdait la tête. Morgane était sur le point de succomber à un tourbillon de plaisir.

Royce frissonnait chaque fois que le corps adoré se frottait contre le sien, torturé par les petites morsures dont Morgane assaillait ses oreilles et ses épaules. Il avait de la peine à respirer. S'il ne la possédait pas bientôt, il ne pourrait plus se retenir, mais il faisait un effort démesuré pour prolonger ce délicieux supplice afin qu'elle atteignît un bonheur absolu. Il se dégagea légèrement, saisit la bouteille de vin. Avec un sourire sensuel, il commença à verser délicatement le vin sur le corps de Morgane. Elle poussa un cri de surprise. Royce était fasciné par le liquide pâle qui coulait comme un ruisseau entre les seins, sur le ventre plat, jusqu'aux boucles noires à la jointure des cuisses fuselées.

Il commença à lécher le vin.

— De l'ambroisie, murmura-t-il. Le nectar des dieux !

Morgane gémit. Avec des mots incohérents, elle essaya de lui dire qu'il devait la prendre sans plus attendre, là, maintenant.

Royce aussi luttait contre la vague de désir qui menaçait de le submerger. Il était enivré par le vin qu'il cueillait sur le corps aimé et sa bouche glissa vers les boucles noires mystérieuses. Morgane se raidit mais il lui écarta doucement les cuisses. La soutenant par-derrière, il la rapprocha de son visage et explora avec sa langue les fleurs satinées de son secret le plus intime.

Un spasme de pur plaisir traversa le corps de Morgane. Elle se tordit violemment. Un sentiment de honte devant ce plaisir aussi indécent la fit rougir. Elle agrippa la couverture pendant qu'il continuait à promener sa langue experte entre ses jambes écartées. L'érotisme des caresses lui procurait une jouissance telle qu'elle pensa avoir atteint l'extase. Elle se tordait comme un animal sauvage pendant cette exploration audacieuse, et il devait la tenir fermement pour la maîtriser. Soudain, son corps entier se raidit et un cri lui échappa. Des milliers d'étincelles éclatèrent en elle. Elle avait quitté la terre et flottait dans un monde nouveau où ses sensations étaient décuplées...

Étourdie, Morgane reposait contre Royce, bouleversée par ce qu'elle venait de vivre, n'arrivant pas à croire ce qu'il lui avait fait, ni quel plaisir elle en avait tiré. Ils restèrent immobiles, la tête de Morgane au creux de l'épaule de son mari. Puis elle s'aperçut qu'il continuait à lui presser un sein, caressant avec son pouce la pointe tendue. Un frisson de désir la parcourut à nouveau lorsqu'elle vit la taille de son érection.

— Royce ? demanda-t-elle, hors d'haleine.

Il sourit comme un tigre paresseux.

— Je me demandais quand tu te déciderais à faire disparaître ce léger encombrement.

Morgane voulut s'en emparer mais il repoussa ses mains :

— Je suis une arme qui a été trop souvent touchée. Je risque d'exploser à tout moment et ce serait dommage pour nous deux.

Royce l'attira à lui, l'embrassa avidement et la transforma à nouveau en une femme brûlante de désir. Il roula sur le dos et Morgane l'enfourcha. D'un coup bref, il la prit.

Le sentant si dur en elle, Morgane commença à le chevaucher, ses hanches bougeant en rythme avec lui. Ce fut une union violente de deux corps affamés, les entraînant dans une spirale de jouissance qui les fit exploser au même moment. Royce cria sa délivrance. Morgane, le corps tremblant, s'écroula sur lui, désormais convaincue qu'on pouvait en effet mourir de plaisir.

28

Égarés dans l'univers magique des amoureux, ils rentrèrent dans le crépuscule rougeoyant, la tête de Morgane posée sur l'épaule de Royce. Peu de signes trahissaient la passion effrénée qu'ils venaient de partager. Un œil avisé aurait pourtant décelé la cravate hâtivement nouée de Royce, les boucles désordonnées de la jeune femme et l'absence mystérieuse d'un petit ruban de couleur pâle.

Ravis l'un de l'autre, ils craignaient de briser cette harmonie qui les unissait. Bien qu'ils n'eussent pas prononcé le mot « amour », ces deux êtres s'adoraient.

Royce n'avait jamais éprouvé une telle jouissance à aimer une femme, ni ce bonheur intense de la savoir près de lui. Morgane lui était infiniment précieuse mais, pour son malheur, il ne lui vint pas à l'idée de le lui dire. Cette nuit-là, il célébra le corps de sa jeune épouse encore et encore, lui prouvant maintes fois sa tendresse et sa passion.

Morgane s'était endormie, épuisée, mais Royce veillait encore, l'observant à la lumière de la bougie. Quelle chance il avait eue de la rencontrer ! Ses origines troubles lui étaient indifférentes. Une partie de lui-même désirait simplement Pip, la petite vagabonde sans attaches qui dépendait entièrement de lui. Il détailla le visage aimé. Il n'avait pas le droit de faire abstraction des traits Devlin. Cette parenté ne resterait pas toujours secrète. Comme d'habitude, Royce en ressentit une certaine appréhension.

La nuit était chaude, Morgane avait rejeté le drap qui bouchonnait autour de ses genoux. Elle était couchée sur le côté, face à lui, et Royce fronça les sourcils en apercevant la marque sur la hanche droite de sa femme.

Il saisit la bougie et examina la cicatrice. Ce n'étaient pas, comme il l'avait pensé, les traces insignifiantes d'une ancienne brûlure, mais un dessin bien précis. Une cicatrice assez large, de la taille d'un penny. Royce parvint à déchiffrer les initiales HD, remarqua une rose posée au-dessus des initiales et une paire de sabres croisés. On aurait dit des armoiries.

Quelqu'un avait volontairement marqué Morgane dans sa jeunesse. Mais pourquoi ? Par simple cruauté ? Ou parce que cette personne voulait qu'on l'identifiât un jour sans aucun doute ?

Stephen Devlin aurait été capable de commettre un acte aussi barbare, mais il s'était toujours désintéressé de sa fille. Royce était certain d'avoir déjà vu ces armoiries. Le D des initiales signifiait sûrement Devlin, mais le H ?

Personne dans la famille proche ne portait de prénom commençant par un H. Peut-être un parent éloigné ? Morgane serait-elle alors la fille d'un cousin de Stephen ?

Morgane bougea dans son sommeil, se réveilla à demi et lui sourit. S'apercevant qu'il était assis dans le lit, elle murmura :

— Qu'est-ce qui se passe ?

— Ne t'inquiète pas. Tout va bien.

— Tu cherches quelque chose ?

— J'examinais cette curieuse cicatrice sur ta hanche droite. D'où vient-elle ?

Elle se redressa sur un coude, regarda par-dessus son épaule.

— Je ne sais pas, répondit-elle mystifiée. Je l'ai toujours eue. Maman disait que j'étais venue avec.

— Comment cela ? demanda-t-il, intrigué.

— Elle voulait dire que c'était une marque de naissance.

— L'as-tu jamais regardée de près ?

Troublée, Morgane promena un doigt sur sa cicatrice :

— Je ne m'en suis jamais préoccupée. Tu oublies que je n'ai pas toujours eu l'occasion de changer de vêtements si souvent, ni de prendre un bain... Je dormais habillée et je portais les mêmes loques pendant des mois.

Elle rougit et murmura :

— Depuis que je t'ai rencontré, je passe mon temps à être nue.

— J'en suis très heureux, répliqua Royce.

Mais son ton amusé laissa place rapidement à une certaine anxiété :

— Morgane, je suis presque certain que ce sont des armoiries. Es-tu sûre de n'avoir aucun souvenir ?

— Des armoiries ? Pourquoi aurais-je des armoiries sur la hanche ?

Ses yeux s'agrandirent :

— Mon père ?

Une autre pensée lui traversa l'esprit. D'une voix à peine audible, elle demanda :

— Crois-tu que ces armoiries expliquent ce qui est arrivé hier soir ?

— Je ne sais pas, répondit Royce, mais cela ne m'étonnerait pas. Elles t'identifient sans aucun doute. Je n'arrive pas à mettre un nom dessus mais je suis sûr de les avoir déjà vues.

Morgane se redressa. Il lui semblait soudain essentiel d'éclaircir le mystère qui entourait son père. Elle avait déjà attendu trop longtemps. Qu'avait-elle à craindre ?

— Parle-moi de lui ! exigea-t-elle. Jane a toujours dit que j'avais du sang bleu. Si la cicatrice représente vraiment des armoiries, alors elle disait la vérité.

Elle le regarda droit dans les yeux :

— Qui est-il ? Je veux savoir !

— Le comte de St. Audries, Stephen Devlin.

Morgane était stupéfaite :

— Un comte ? Je ne pensais pas que maman avait eu des amours aussi illustres.

— Ça semble très probable. Tu ressembles de manière frappante aux membres de la famille. Il est indéniable que tu es une St. Audries. Mais cette marque sur ta hanche me trouble. Je n'arrive pas à l'expliquer. Surtout si elle se révèle être vraiment les armoiries St. Audries. Stephen n'avait pas prévu d'aider à ton éducation et ta mère n'a jamais prononcé son nom, c'est donc qu'elle avait peur de le faire. Puisqu'il ne voulait pas te reconnaître, pourquoi aurais-tu été marquée de cette façon brutale ?

Morgane ne savait que répondre. En revanche, elle avait une multitude de questions à poser sur la famille des St. Audries. Royce ne put pas beaucoup l'aider. Il essaya de dissimuler son antipathie pour le comte, mais son ton neutre le trahit :

— Tu ne l'aimes pas beaucoup, n'est-ce pas ? dit Morgane.

— Disons que le comte n'aime guère les Américains et que moi-même je ne suis pas impressionné par son titre et sa fortune... Et je le lui ai fait savoir.

Elle resta silencieuse. Royce aurait donné cher pour deviner ses pensées.

Une multitude d'émotions contradictoires assaillaient la jeune femme qui serrait contre elle le drap en lin. Elle était contente de savoir que son père était un membre éminent de l'aristocratie, un homme fortuné dont le nom était respecté... Mais elle avait le sentiment désagréable que si l'on admirait le nom, on n'appréciait guère la personne. Elle en avait déduit autant par les silences de Royce. Certaines rumeurs déplaisantes couraient sur le comte de St. Audries que Royce ne tenait pas à raconter.

Morgane poussa un soupir. Tant pis. Après

tout, cet homme n'avait été que l'amant de Jane et elle ne ressentait rien pour lui. Elle avait été curieuse, c'est vrai, mais qui ne l'aurait pas été ? Son attitude, lorsqu'elle avait été capturée par Royce, n'avait pas été très encourageante, se rappela-t-elle en frissonnant.

— Et si c'était un autre membre de la famille qui avait été le protecteur de Jane ?

Royce secoua la tête à regret :

— Les seuls Devlin sont Stephen et Julian. Stephen a l'âge plausible pour être ton père. Ton demi-frère Julian a quelques années de plus que toi, et je ne connais personne d'autre dans la famille.

Il se rappela soudain sa conversation avec Zachary.

— Attends ! s'exclama-t-il. Stephen avait en effet un frère plus âgé mais il est mort il y a des années, avant ta naissance... Je suis désolé, mais ça ne peut pas être lui.

Elle sourit :

— Ce n'est pas grave. Connaissant Jane, il aurait pu aussi bien être un bandit de grand chemin avec les poches pleines. Je suis heureuse d'avoir un gentleman comme père. Tu te rends compte, je ne suis plus la petite inconnue que tu croyais. Même si je suis née de la main gauche, je suis presque une fichue lady !

Royce ne l'écoutait que d'une oreille. Il pensait au frère défunt. Zachary n'avait-il pas parlé d'une femme et d'un bébé décédés ? L'enfant, si elle avait vécu, aurait hérité de tout, excepté, bien sûr, du titre. Royce se raidit. Elle aurait probablement ressemblé à Morgane et aurait été environ du même âge... Royce devenait de plus en plus soupçonneux. « Ce n'est pas possible, se dit-il fermement. Morgane est la fille illégitime de Stephen. Aucune autre explication n'est plausible. Je laisse mon imagination s'emballer ! »

Bien après que Morgane se fut endormie, il réfléchissait encore. Royce savait Stephen capable d'assassiner la fille de son frère, peut-être même sa femme, afin de mettre la main sur la fortune. Et si quelque chose dans son plan diabolique n'avait pas marché ?... Le Borgne !

Royce glissa hors du lit, enfila sa robe de chambre. Si Morgane était l'héritière, bien des questions étranges seraient résolues. Supposons que Stephen ait fait appel au Borgne pour le débarrasser de l'enfant et que ce dernier n'ait pas obéi ? Il aurait pu placer l'enfant chez quelqu'un en qui il avait confiance... Jane Fowler, par exemple, qui avait élevé la petite comme étant sa propre fille. Si ses intuitions étaient correctes, Royce comprenait maintenant pourquoi le Borgne voulait si désespérément remettre la main sur Morgane. Pour éviter que Stephen ne découvre qu'il avait été autrefois trompé !

Si Morgane Fowler était vraiment lady Morgane Devlin, héritière d'une grande fortune, le mobile du crime ne manquait plus. Voilà pourquoi, après tant d'années, Stephen Devlin aurait fait preuve d'un si grand intérêt concernant la jeune femme.

C'était un scénario abominable qu'imaginait Royce, arpentant la chambre, mais plus les minutes passaient, plus il était sûr de lui.

Il en éprouvait une certaine tristesse. Il avait été subjugué par la petite pickpocket qui lui avait volé son cœur. Il l'aimait, point final. Que ses ancêtres aillent au diable ! Dans son cœur, Royce ne désirait que Pip. Elle était sa femme, à lui seul, et c'était tout ce qui importait.

Pourtant les questions continuaient à le tourmenter. Si elle était la petite fille supposée morte, pouvait-il l'empêcher d'obtenir son héritage légitime ? Royce secoua la tête. Il était homme d'honneur. Pour le bien de Morgane, il fallait laisser la vérité éclater au grand jour.

Il retournait sa chevalière autour de son doigt. Tous les morceaux du puzzle s'imbriquaient les uns dans les autres. Si la cicatrice sur la hanche de Morgane représentait bien les armoiries des St. Audries, avait-elle le même but que sa bague, être une preuve d'identité ? La marque sur la hanche n'avait pas été le résultat d'un geste cruel, mais un moyen désespéré pour identifier l'enfant.

— Royce ? appela doucement Morgane, interrompant les pensées de son mari. Qu'y a-t-il ?

— Je suis désolé. Je t'ai réveillée en marchant.

— Non, j'avais besoin de toi, répondit-elle, un peu gênée.

Il aperçut un sein qui dépassait du drap et ses pensées moroses disparurent. En une seconde, il la prenait dans ses bras :

— Comme tu es insatiable ! Et comme j'ai de la chance !

Morgane n'avait pas voulu le séduire, mais lorsque les lèvres de Royce caressèrent les siennes, elle sut que c'était merveilleux d'avoir pour mari un homme aussi passionné. Ils firent l'amour lentement, savourant leurs corps, se caressant jusqu'à ce qu'ils ne puissent plus supporter l'exquise torture et se joignant enfin dans un tourbillon de plaisir.

La tête de Royce sur la poitrine, une de ses jambes musclées posée sur ses hanches rondes, Morgane écoutait la respiration régulière de celui qu'elle aimait.

Elle était peinée par ce qu'elle venait d'apprendre sur son père. Celui-ci était donc un roué fortuné qui avait entretenu sa mère jusqu'à sa naissance. Elle avait compris que Royce méprisait Stephen Devlin.

Sa vie depuis St. Giles avait été transformée. Elle s'était habituée à porter de belles robes et à être servie par des domestiques, mais au fond d'elle-même elle restait toujours Pip. Celle qui avait grandi dans un entourage où la méfiance était de règle et où personne ne faisait rien gratuitement.

Morgane trouvait curieux que Royce ne se fût intéressé à ses origines qu'après leur mariage. Il ne lui avait parlé de son père que la veille, juste avant de lui demander... non, de lui dire qu'elle allait l'épouser...

Elle se sentit soudain coupable de ses pensées déloyales envers Royce. N'avait-il pas été gentil avec elle ? Plutôt que de lui chercher des fautes, elle ferait mieux de remercier Dieu de le lui avoir envoyé.

« Il n'a jamais parlé d'amour, alors pourquoi m'a-t-il épousée ? se demanda Pip. Tant de jeunes filles respectables étaient à sa portée. Pourquoi m'avoir choisie, moi ? »

« Je ne sais pas, répliqua Morgane. Il doit avoir ses raisons. L'important, c'est que je l'aime. »

« Peut-être, répliqua cyniquement Pip, mais j'aimerais bien savoir pourquoi sa curiosité pour cette cicatrice ne s'est éveillée qu'après le mariage. »

Morgane serra les poings, repoussant les questions insidieuses de Pip. Tout cela n'était qu'une coïncidence. Elle n'avait pas d'inquiétudes à avoir. Elle se serra contre Royce comme si la chaleur de son corps pouvait chasser ses mauvaises pensées.

Royce la sentit se rapprocher de lui.

— Tu ne peux pas dormir non plus ?

Elle secoua la tête. Ils sursautèrent lorsqu'on frappa à la porte du boudoir. Royce fit signe à la jeune femme de se taire. Il mit sa robe de chambre, saisit le pistolet qu'il cachait sous son oreiller. Morgane s'était redressée, le visage tendu par la peur.

— Royce, es-tu réveillé ? C'est Zachary, murmura une voix étouffée de l'autre côté de la porte.

Morgane devina que Zachary avait des nouvelles importantes à leur apprendre. Elle se couvrit rapidement et suivit Royce dans le boudoir. Son frère se tenait derrière Zachary. Les deux jeunes gens avaient des visages graves.

— Qu'y a-t-il ? demanda-t-elle, inquiète.

Zachary parla en premier :

— Je suis désolé de vous déranger mais j'ai vu de la lumière sous la porte et j'ai pensé que vous étiez encore éveillés.

— Ce n'est rien, répliqua Royce. Raconte-nous plutôt ce qui s'est passé.

— Nous avons suivi tes conseils. On s'est d'abord promenés dans quelques salles de jeu de Tunbridge Wells. On y a croisé plusieurs connaissances de Londres et je leur ai présenté Jack. Puis, on a discuté comme deux vieilles pies surexcitées de ton mariage. Tout le monde était surpris !

Royce eut l'air content :

— Je n'en doute pas. Mais avez-vous vu des amis de Wetherly ?

— J'y arrive, continua Zachary. On a terminé dans un bal public où l'on a rencontré Wetherly et ses amis. Il y avait Stafford, Atwater, Newell... Ainsi que le comte et son épouse, la veuve Cresswell et Julia Summerfield.

Royce sentait que les garçons étaient nerveux et il entoura les épaules de Morgane d'un geste protecteur.

— Et alors ? demanda-t-il brusquement.

— On s'amusait bien, continua Jack. On avait presque oublié que nous avions une mission à accomplir. Zachary me présentait à tout le monde et j'étais bien accueilli. Tout se passait pour le mieux. Nous circulions d'une pièce à l'autre quand nous avons rejoint le groupe de Wetherly. C'est là que j'ai reconnu *sa* voix !

— Sa voix ? répéta Royce sans comprendre.

— La voix du Borgne ! s'exclama Zachary, surexcité. Jack l'a aussitôt reconnue. Le Borgne est un des invités de Wetherly !

— Tu en es certain ?

— Absolument, répliqua Jack. Mais quand nous nous sommes approchés, il s'est tu. Il a dû me reconnaître. Peut-être a-t-il ensuite déguisé sa voix ? J'ai détaillé tous les hommes, mais aucun ne m'était familier.

— Je vous félicite. Nous savons maintenant que le Borgne est au courant du changement de statut de Morgane et surtout qu'il est un ami de Wetherly. Il suffit de le séparer de ses pairs et quand nous l'aurons à notre merci...

— Mais comment ? interrompit Morgane. S'il continue à déguiser sa voix, comment pourrons-nous le reconnaître ?

Zachary s'agita :

— Il ne peut pas la déguiser éternellement. Quelqu'un qui le connaît trouverait son attitude curieuse. Il suffit de chercher celui qui prétend avoir un mal de gorge.

— Ce ne sera pas si facile, répliqua Royce. C'est un homme très rusé. En tout cas, je suis sûr que l'apparition de Jack ce soir a été une mauvaise surprise. Il n'a pas dû apprécier la nouvelle de mon mariage avec Morgane. Notre Borgne doit être fou de rage en ce moment !

29

Royce avait vu juste. Lorsqu'il avait aperçu le fils aîné de Jane, vêtu comme un gentleman, traverser la salle de bal bondée en compagnie de Zachary, le Borgne avait eu le choc de sa vie. Il avait réussi à dissimuler sa stupéfaction mais il avait été paniqué à l'idée que Jacko reconnût sa voix.

Pendant les présentations, il avait été facile de tousser et de marmonner, mais toute conversation était devenue un danger. Tant que Jacko était resté dans les parages, le Borgne s'était tu. Par miracle, il avait réussi à ne pas exploser quand Zachary avait raconté le mariage de Morgane. Ses poings s'étaient serrés et un muscle de son visage avait tressailli, mais il s'était aussitôt ressaisi.

Depuis des années, il était passé maître dans l'art de dissimuler ses émotions. Une colère noire bouillonnant dans ses veines, il avait réussi à arborer le sourire amusé de circonstance. Le comte de St. Audries et sa femme ne possédaient pas son talent. Ils avaient été à la fois consternés et furieux. Pour une fois, le Borgne avait été réduit à l'impuissance, obligé de rester avec les autres, abasourdi par la présence de Jacko et l'affreuse nouvelle.

Ses yeux noirs fébriles, il était resté silencieux pendant le retour chez Wetherly où il s'était immédiatement enfermé dans sa chambre. Seul, il pouvait enfin laisser libre cours à sa colère.

Morgane mariée à Manchester ! Pourquoi n'avait-il pas prévu une telle catastrophe ? Tous ses plans glorieux étaient réduits à néant. D'un geste violent, il repoussa une chaise contre le mur. Manchester ! C'était ce fichu Américain qui était responsable de tout.

Les narines pincées, il essaya de reprendre le contrôle de ses émotions. Mais il ne ressentait pas que de la colère, pour la première fois depuis des années, il était conscient d'une sourde angoisse.

S'il n'avait pas vu Jacko dès son arrivée ce soir-là, ses jours en tant que Borgne auraient été terminés. Jacko aurait découvert sa véritable identité et ce petit voyou aurait pu ensuite le faire chanter. Or, il avait prévu d'abandonner le déguisement du Borgne après son mariage avec Morgane. Mais si Jacko le donnait... Manchester apprendrait la vérité et il serait perdu.

S'affalant dans un fauteuil, il enfouit son visage entre ses mains. Il n'avait jamais envisagé cette situation désastreuse lorsqu'il avait tué le véritable Borgne et s'était emparé de son identité. Un rire amer lui échappa. Le gentleman élancé aux cheveux noirs se replongea dans son passé...

A vingt et un ans, arrivé tout frais de la campagne et brûlant d'envie de faire fortune, il avait été si arrogant, si certain que le monde entier succomberait à ses charmes. Il avait passé toute son adolescence dans un village rustique du nord de l'Angleterre et Londres l'avait ébloui. Fils du châtelain local, il avait eu l'habitude d'être admiré et choyé. Malheureusement, ce ne fut plus le cas dans la capitale... A Londres, les membres sophistiqués de la haute société l'avaient traité comme un paysan à peine digne de leurs quolibets. Certains lui avaient même tourné le dos. Et lorsqu'on avait appris qu'une cocotte entretenue par lord Bailey était en fait sa demi-sœur, cela ne l'avait guère aidé à être accepté par une société privilégiée à laquelle il rêvait d'appartenir.

Son père avait vécu de manière confortable à la campagne, mais, comparée à celles des Londoniens, sa fortune avait été modeste. Et comme lui n'était que le fils cadet... Lorsqu'il était arrivé en ville, Jane lui avait gentiment expliqué les us et coutumes de la bonne société. Elle l'avait même invité à demeurer avec elle dans sa petite maison élégante de Moon Street. Sans un sou en poche, il lui en avait été reconnaissant, mais il aurait mieux fait de s'abstenir. Lui qui avait l'intention de pénétrer dans les cercles les plus huppés commettait là une grave erreur. Les hommes titrés et fortunés qui partageaient volontiers le lit de Jane n'avaient pas la moindre intention d'ouvrir leur porte à son frère. Au contraire !

Les événements n'avaient pas joué en sa faveur. Il avait été contraint de vivre aux dépens de sa demi-sœur. Il avait été furieux lorsqu'elle était tombée enceinte de Jacko car le soutien financier de son protecteur avait aussitôt diminué. L'argent s'était fait rare et il avait souffert de voir le corps de sa jolie sœur déformé par la grossesse.

Levant la tête, le Borgne détailla la ravissante chambre qu'il occupait chez Wetherly. Elle ne ressemblait en rien à la taverne sordide où il s'était rendu un soir pour noyer sa rage dans un verre de bière et où il avait aperçu le Borgne pour la première fois. Tout d'abord, il n'avait pas prêté attention au vieux monsieur qui s'était glissé furtivement dans la pièce et s'était installé à une table dans le coin le plus sombre. Une table qui se trouvait par miracle à côté de la sienne.

Un gentleman l'y avait bientôt rejoint. Au début, la conversation chuchotée ne l'avait guère intéressé. Puis, quelques mots lui avaient fait dresser l'oreille et il s'était mis à écouter attentivement. Cet homme élégant planifiait un meurtre ! Le Borgne était visiblement un homme de main et le gentleman lui promettait une petite fortune en cas de réussite.

L'idée de prendre la place du Borgne ne lui était pas venue tout de suite. Le lendemain, Jane avait vendu quelques bijoux et ils avaient pu continuer à survivre. Mais les semaines suivantes, n'ayant rien à faire, il était retourné à la taverne et lorsque le Borgne avait fait son apparition, il l'avait discrètement suivi pour découvrir ses secrets. Au bout d'un an et demi, il connaissait tous les contacts du Borgne et sa manière de travailler. Un soir, il lui tendit un piège et le tua. Pour se débarrasser du corps, il lui attacha une pierre au cou et le jeta dans le fleuve. Quelques semaines au fond de la Tamise rendraient le cadavre méconnaissable.

C'est ainsi que pendant vingt-cinq ans, le fils cadet du modeste châtelain devint le Borgne redouté. Il avait été facile de se glisser dans la peau du personnage, de prendre l'argent de ces nobles fortunés qui l'avaient autrefois snobé mais qui maintenant avaient désespérément besoin de ses sinistres services. Il n'avait pas raconté à Jane ses nouvelles activités. Entre-temps, elle avait accouché de Jacko et s'était trouvé un nouveau protecteur.

Avec l'argent de son premier contrat, le meurtre d'une vieille tante pour son neveu avide, il avait pu s'acheter son propre appartement. Il avait vécu tranquillement pendant quelque temps, gardant un profil bas et perfectionnant son double rôle. Sa fortune s'était rapidement accrue et il était devenu un familier de ceux qui pouvaient un jour avoir besoin de lui. A vingt-six ans, il avait conquis sa place sur la scène londonienne. Personne ne fit jamais le lien entre cet homme élégant aux manières charmantes et le jeune garçon impétueux qui était arrivé à Londres des années auparavant... ni avec le Borgne.

Grâce à son esprit ingénieux, il avait élargi ses activités criminelles bien au-delà de celles du premier Borgne. Il avait quasiment oublié sa demi-sœur lorsqu'elle l'avait abordé un soir à Covent Garden en le taquinant d'être devenu un vrai gentleman. Ben était déjà né et Jane avait maintenant des difficultés à attirer les faveurs des jeunes aristocrates. Elle habitait toujours au même endroit, mais avec deux enfants, la vie était devenue plus ardue.

Il se leva et se versa un verre de whisky. « C'était la faute de ces sales garnements ! » pensa-t-il méchamment. Qui aurait voulu d'une maîtresse avec deux gamins accrochés à ses jupes ? Il le lui avait dit à l'époque, mais elle s'était contentée de hausser les épaules et de lui demander de l'argent. Il le lui avait donné, mais avait exigé qu'elle ne lui adresse plus jamais la parole en public comme elle venait de le faire. Il voulait garder leur parenté secrète. « Si j'avais été sage, se dit-il, agacé, je l'aurais étranglée ce soir-là avec les deux gamins et j'aurais évité l'atroce scène de ce soir ! »

Il ne se souvenait pas comment Jane avait appris le double rôle qu'il jouait. Il s'était probablement enivré un soir et avait dû se vanter de ses exploits. Une fois qu'elle avait été au courant du Borgne, il ne lui avait plus rendu visite que déguisé. Son secret avait été bien gardé par Jane. Elle avait tout à perdre si jamais elle le trahissait et elle avait accepté, reconnaissante, l'argent qu'il lui donnait de temps en temps.

Jamais elle n'avait su l'étendue exacte de la

fortune de son frère, ni les tenants et les aboutissants de ses activités. Il eut un sourire cruel. Petite traînée naïve ! Jusqu'à sa mort, elle avait cru qu'il vivait presque aussi pauvrement qu'elle et ses enfants. Les petits avaient grandi sans jamais savoir qu'il était leur oncle. Pour eux, il était le Borgne, point final. Et même si elle le leur avait dit, jamais ils n'auraient pu le reconnaître lorsqu'il se promenait dans les rues élégantes de la capitale, vêtu comme un gentleman.

« Ce n'est pas mon visage qui va me trahir, mais ma voix ! » pensa-t-il, haineux. Il se versa un autre verre.

Il avait toujours déguisé sa voix lorsqu'il traitait avec ses différents clients puisqu'il entendait les côtoyer en société, mais il n'avait pas jugé nécessaire de faire de même devant Jane et les enfants. Une grossière erreur !

Le Borgne frémit. Le mariage de Manchester et de Morgane détruisait tous les plans qu'il avait échafaudés depuis des années. S'il n'agissait pas promptement, il ne pourrait rien sauver du désastre.

Son esprit analysait le problème sous tous les angles. Comment allait-il s'en sortir ? Il devait absolument enlever Morgane à Manchester le plus vite possible. Une fois qu'elle serait présentée partout comme l'épouse de Manchester... Il serra les poings. Ça n'arriverait pas. Le jour où elle ferait son entrée dans le monde, elle serait avec lui.

Comment l'éloigner de Manchester ? Zachary

et Jacko avaient fait comprendre qu'il s'agissait d'un mariage d'amour. Morgane serait donc prête à tout pour sauver la vie de son nouveau mari...

« Une lettre, se dit-il. Une courte lettre très explicite devrait me la ramener sans problème... »

Une deuxième lettre adressée à Manchester quelques heures plus tard ne manquerait pas non plus d'attirer le mari éploré dans un piège.

Le Borgne était enchanté. A la première heure, il annoncerait à Wetherly qu'il rentrait chez lui à Hastings. Sa maison se trouvait à quelques heures de cheval de Tunbridge Wells. Comme il n'avait pas prévu de rester tout l'été chez son ami, personne ne s'étonnerait de son départ. Il attendrait Morgane près de Lime Tree Cottage et une fois qu'il l'aurait en son pouvoir, il partirait pour Hastings où il préparerait l'arrivée de son mari. Il serait facile de se débarrasser du corps de Manchester. La maison donnait sur des falaises qui plongeaient dans la mer. Le cadavre sombrerait dans les flots et Manchester disparaîtrait à tout jamais !

On penserait que la jeune épouse, une fille sortie du ruisseau, s'était enfuie avec un autre homme et que le mari ensorcelé l'avait poursuivie pour ne jamais revenir. C'était diabolique ! Un plan digne de lui.

Il admira le liquide ambré qui tournoyait dans son verre. Une fois Manchester mort et Morgane entre ses mains, il arrangerait un accident pour éliminer Jacko. Quant à Ben... Newgate était un endroit dangereux. On pouvait même y mourir.

Bien sûr, il ne s'attendait pas que Morgane accepte de bon cœur de l'épouser. Mais elle ne serait tenue au courant de rien. Elle le soupçonnerait sûrement d'être responsable de la disparition brutale des hommes de son entourage, mais il était confiant : après une cour assidue et brutale si nécessaire, elle oublierait Manchester et serait heureuse de s'unir à lui. Un mariage discret, un long voyage de noces en Europe et puis, cet hiver, il reviendrait à Londres avec son épouse, l'héritière Devlin qu'on avait crue morte. Ces aristocrates arrogants ne le mépriseraient plus, il serait l'un d'eux, élevé au premier rang par la haute naissance de sa femme.

Quelques mètres plus loin dans la même maison, Stephen et Lucinda se disputaient. Stephen était bouleversé d'apprendre que la petite était bien vivante et qu'en plus, elle avait épousé Manchester. Lucinda, ses yeux noisette lançant des éclairs, était furieuse. Stephen baissait les bras, envisageant leur disgrâce à venir, mais Lucinda n'avait pas la moindre intention d'abdiquer.

Il était assis sur une chaise, malheureux, et ne prêtait pas attention aux récriminations de sa femme. Comment éviter la ruine ? Stephen n'avait pas le courage de retrouver Clara pour lui demander ce qui s'était passé. Rien ne pouvait être plus tragique que le mariage de Morgane avec Manchester. C'était la fin. « Si seulement je n'avais pas été si trouillard et si je m'étais moi-même débarrassé de l'enfant ! » pensait-il. Il payait aujourd'hui le prix de sa couardise. Un frisson d'horreur le parcourut à la pensée du scandale qui éclaterait bientôt au-dessus de leurs têtes. Stephen préférait ne pas imaginer les murmures et les regards glacés de ses pairs. Il était vraisemblable qu'il terminerait ses jours en prison. Non ! Il se tuerait plutôt que de subir un châtiment aussi ignoble !

Lucinda jeta un regard furibond à son mari :

— As-tu écouté un mot de ce que je disais ?

— Non, répondit-il calmement. Mais tout ça n'a plus aucune importance. Nous serons perdus lorsque Manchester la présentera à ses amis. Je suggère qu'entre-temps tu fasses les plans nécessaires pour ton bien-être et celui de Julian.

— Tu vas tout simplement abandonner ? cria-t-elle, méprisante. Imbécile ! Nous devons agir !

Sachant déjà qu'il allait en finir, les insultes ne firent que l'effleurer. Il secoua la tête :

— Laisse-moi en dehors du coup.

— Très bien ! Je vais m'en occuper, comme d'habitude.

Elle quitta la pièce en claquant la porte.

Vibrante de rage, elle réfléchit au meilleur moyen d'éliminer Morgane. Elle était décidée à le faire elle-même et cette fois le rejeton d'Hester n'y survivrait pas ! Rien n'empêcherait son Julian d'hériter de ce qui lui revenait de droit. Rien ni personne !

Après l'excitation des derniers jours, la vie semblait curieusement sereine le lendemain matin à Lime Tree Cottage. Morgane déclina l'invitation de Royce qui voulait faire une promenade en calèche et elle se retira dans les somptueux jardins pour y être tranquille.

Elle était soucieuse. Pourquoi Royce avait-il été si pressé de l'épouser ? Elle savait qu'il aimait lui faire l'amour et qu'il éprouvait une certaine tendresse envers elle mais il n'avait jamais encore dit « je t'aime ».

On avait attenté à sa vie et, la veille, Jacko avait reconnu la voix du Borgne. Morgane avait le pressentiment qu'elle tomberait bientôt aux mains du sinistre individu. Le savoir dans les parages l'affolait.

Royce et les autres hommes quittèrent la maison pour se rendre à Tunbridge Wells. Morgane se promenait seule dans les jardins lorsque Chambers s'approcha :

— Madame, ceci vient d'arriver pour vous. John Bullard dit qu'un garçon des environs a insisté pour qu'on vous remette cette lettre tout de suite.

Il lui tendit une enveloppe blanche. Elle fit un effort pour sourire et le renvoya poliment. S'asseyant sur un petit banc en pierre, elle ouvrit l'enveloppe avec des doigts tremblants.

Dès qu'elle vit la signature, une affreuse tête de mort avec un œil barré, son cœur s'emballa. Le Borgne ! Angoissée, elle parcourut la lettre. Si elle ne le retrouvait pas près du pont à une demi-lieue de la maison à cinq heures précises, il jurait de tuer Royce. La jeune femme ne douta pas une seconde qu'il mettrait ses menaces à exécution.

Si elle voulait que Royce reste en vie, elle

devait obéir au criminel. Elle n'avait pas le choix. Elle chercha désespérément une autre solution mais sans succès. Pour rien au monde, elle ne voulait risquer la vie de Royce et le Borgne était un homme qui flairait un piège à des kilomètres. Rien ne l'empêcherait de rencontrer le Borgne à cinq heures. Elle savait qu'il la désirait comme maîtresse et son corps tout entier se révolta. Mais pour sauver l'homme de sa vie, elle ferait n'importe quoi.

Elle avait toujours su que ses moments avec Royce étaient un rêve éphémère. Au fond de son cœur, elle chérirait toute sa vie les souvenirs de ces semaines inoubliables.

Morgane retourna vers la maison. Assise à sa coiffeuse, elle cherchait une explication plausible pour annoncer à Royce son départ lorsqu'une idée lui traversa l'esprit. Ce serait elle qui tuerait le Borgne !

Elle réfléchit posément à la meilleure manière de procéder. Elle savait admirablement se servir d'un couteau et elle pourrait le dissimuler sur elle. La maison avait été achetée avec une collection d'armes qui se trouvait dans une petite pièce attenante au billard. Morgane y contempla les différents objets. Elle s'empara d'un poignard du XVIIe siècle, acéré mais léger. Il lui convenait à merveille. Elle le glissa dans son réticule.

A leur retour, ni Royce ni les autres ne la trouvèrent préoccupée. Elle badina quelques minutes avec eux, puis se plaignit d'un mal de tête. Elle se retirerait dans sa chambre pour se reposer quelques heures. Soucieux, Royce l'accompagna jusqu'au pied de l'escalier :

— Aimerais-tu que je te tienne compagnie, ma chérie ?

Sachant que c'était la dernière fois qu'elle le verrait, ses yeux se voilèrent. Elle le dévora du regard, imprimant ses traits dans sa mémoire. Elle repoussa tendrement une mèche qui lui barrait le front et d'une voix étouffée par l'émotion lui répondit :

— Non. Laisse-moi me reposer jusqu'au dîner.

— Très bien. Personne ne viendra te déranger.

Royce l'observait attentivement comme s'il devinait quelque chose. Elle était sur le point de monter quand un bruit de chevaux résonna dans la cour. Curieuse, elle attendit que Chambers ouvrît la porte.

— Monsieur, c'est M. Ponteby qui est venu de Londres, dit-il en s'effaçant pour laisser passer deux gentlemen.

Morgane ne les connaissait pas, mais elle remarqua à peine l'homme plus âgé. Un léger cri de surprise lui échappa en voyant le jeune homme. Elle s'agrippa à la rampe de l'escalier pour ne pas tomber. Leur ressemblance était frappante. Le visage du garçon refléta la même surprise. D'une voix rauque, elle demanda :

— Qui êtes-vous ?

Comme pris de vertige, il fit deux pas en avant :

— Je suis Julian Devlin. Et vous ?

30

Royce regrettait amèrement de ne pas avoir parlé de Julian à Morgane auparavant. Il aurait pu ainsi éviter cette situation extrêmement désagréable. Il déclara pourtant avec un aplomb magnifique :

— Je peux répondre à vos deux questions. Morgane, j'aimerais te présenter un gentleman que je crois être ton demi-frère, Julian Devlin. Julian, voici mon épouse, Morgane Manchester.

George, aussi fasciné que les autres, sursauta et porta son pince-nez à ses yeux pour examiner Morgane de plus près.

— Elle n'est certainement pas la sœur de Julian, dit-il. Elle pourrait à la rigueur être une cousine. Mais c'est impossible... Morgane Devlin est morte à sa naissance !

— De quoi diable parles-tu ? demanda Royce nerveusement, un bras entourant les épaules de Morgane pour la protéger.

George remarqua que Chambers était suspendu à ses lèvres et déclara pompeusement :

— Je crois que nous devrions nous retirer dans un endroit plus discret.

Zachary et Jack entrèrent dans le hall à ce moment-là. Voyant Morgane et Julian face à face, Zachary saisit aussitôt l'ambiguïté de la situation. Il s'empara de la main de Julian et se mit à la secouer vigoureusement :

— Julian, quelle bonne surprise ! Laisse-moi te présenter un nouvel ami à moi, Jack Fowler, le frère de Morgane.

Bénissant son cousin pour son tact, Royce déclara :

— Venez, nous serons mieux au salon.

Il réussit à guider tout le monde, Morgane y comprise, vers la grande pièce et murmura à Chambers :

— Apportez vite des rafraîchissements. Et surtout du whisky !

Morgane s'affala dans un fauteuil, incapable de détacher ses yeux du visage si familier de Julian Devlin. Julian, lui aussi, la dévisageait. Ils auraient pu être jumeaux, c'était étonnant.

Il y eut un silence tendu. Royce s'inquiétait pour sa femme, George retournait son pince-nez entre ses doigts, Zachary et Jack regardaient tour à tour Morgane et Julian, abasourdis. Chambers apporta enfin les boissons.

Après le départ du majordome, Royce prit la parole :

— Et maintenant, George, aie la bonté d'expliquer tes curieuses remarques de tout à l'heure.

— Il n'y a rien de curieux, rétorqua George, piqué au vif. Je vous ai dit que Morgane Devlin était morte... Voyons... Il y aura dix-neuf ans ce printemps. A l'époque, j'avais même parié avec Newell que l'enfant d'Andrew serait une fille. Je m'en souviens parfaitement.

— Qui diable est Andrew ? s'exclama Royce. Et que vient-il faire dans cette histoire ?

Julian détacha ses yeux de Morgane et expliqua :

— Je pense que nous parlons d'Andrew Devlin, le sixième comte de St. Audries. C'était mon oncle. Mon père a hérité de son titre.

— C'est exact, reprit George. Andrew Devlin était un homme formidable. On l'aimait tous.

— Es-tu en train de me dire que Morgane est la bâtarde d'Andrew et non de Stephen ? grogna Royce.

— Si par miracle elle est vraiment Morgane, elle est sans aucun doute la fille d'Andrew.

— Comment le sais-tu ? répliqua Royce.

George regarda Royce comme si celui-ci était un peu simplet, puis il se tourna vers la jeune femme :

— Quel âge as-tu, ma petite ? demanda-t-il.

Il ne vint pas à l'esprit de Morgane de réagir à cette familiarité. Elle répondit sans hésiter :

— Dix-neuf ans. Je les ai eus le neuf mai.

La réponse fit tressaillir George. Il se mit soudain à marcher de long en large, très agité. Ils étaient tous suspendus à ses lèvres. S'arrêtant devant la jeune fille, il aboya brusquement :

— Votre mère ! Comment s'appelait-elle ?

Morgane trembla :

— Jane Fowler.

— Une cocotte qui les avait tous à ses genoux il y a une trentaine d'années ? Une belle fille. Grande, avec une large poitrine, des boucles brunes et des yeux très bleus ?

— Oui, répondit Morgane.

— Vous êtes toute menue, vous ne lui ressemblez pas. Pas du tout.

— Elle m'a toujours dit que je ressemblais plus à mon père, répondit Morgane en mordillant sa lèvre.

— Vous ressemblez certes aux Devlin, mais il y a quelque chose dans la forme de votre visage et dans votre silhouette si délicate qui me rappelle quelqu'un. Une amie d'il y a vingt ans...

Il jeta un coup d'œil à Royce.

— Je m'en souviens car c'est la seule femme que j'aie jamais envisagé d'épouser.

Royce s'impatientait. George se dépêcha de poursuivre :

— Mais je n'avais que dix-neuf ans à l'époque et elle était déjà mariée. Elle était même en voyage de noces.

— Et alors ? tempêta Royce. Quel rapport avec ma femme et sa ressemblance avec les Devlin ?

Succinctement, George leur raconta une histoire fascinante, commençant par le mariage de Stephen Devlin avec Lucinda et leur voyage sur le continent, où était né Julian. Il décrivit ensuite rapidement les fiançailles d'Andrew Devlin et son mariage inattendu avec une héritière de Bath. Il termina enfin par la mort tragique d'Andrew et celle de son épouse et de leur nouveau-né.

Quand il eut fini de parler, Royce dit lentement :

— J'ai déjà entendu cette histoire. Pas en entier, mais Zachary m'en avait conté des bribes. Ce fut certes dramatique, mais peux-tu me dire en quoi tout ceci concerne Morgane ?

George reprit une gorgée de vin :

— Il y a d'autres détails que vous ignorez, mais une chose est certaine : Stephen ne peut pas être son père. Il se trouvait à Venise ou Dieu sait où quand elle a été conçue ! Il n'est réapparu en Angleterre que quinze jours après la mort d'Andrew.

Royce eut un pressentiment. Son sang ne fit qu'un tour. Morgane avait écouté l'histoire, à la fois excitée et désemparée. Cet Andrew, cette héritière, qu'avaient-ils à faire avec elle ? Elle était heureuse de savoir que l'affreux Stephen n'était pas son père. Andrew semblait avoir été un homme charmant. C'était réconfortant de penser qu'il était mort avant sa naissance et qu'il ne l'avait donc pas abandonnée. Peut-être n'avait-il même pas su que Jane était enceinte ? D'une voix douce, elle déclara :

— Alors, Julian serait mon cousin et non mon frère.

George lui jeta un regard sévère.

— Votre nom est-il vraiment Morgane... ou l'avez-vous choisi pour vous donner une certaine prestance ?

Elle se raidit dans son fauteuil, outrée. Elle releva le menton et siffla à travers ses dents serrées :

— C'est mon vrai nom ! Ma mère me l'a donné. Comment osez-vous prétendre autre chose ?

George vit la colère qui s'était emparée de la jeune femme et il s'inclina :

— Quand vous êtes furieuse, vous ressemblez à votre mère d'une manière étonnante. Elle était douce, très douce, voulait toujours faire plaisir, mais si elle se mettait en colère...

Il se secoua comme pour chasser une pensée triste et s'adressa à nouveau à Morgane :

— Vous êtes sûre de votre date de naissance ?

— Évidemment ! Je suis née le neuf mai 1796.

— Très intéressant.

George s'adressa à Julian :

— Vous n'allez pas apprécier ce que je vais raconter maintenant, mon jeune ami. Vous risquez même de vous sentir insulté, mais ne vous emportez pas. Je refuse d'avance tout duel.

Il se tourna vers les autres :

— Il y a vingt ans, tout le monde savait que les Devlin étaient pauvres comme Job. St. Audries avait été autrefois un endroit splendide, mais le père d'Andrew et de Stephen avait dilapidé l'argent de la famille. Andrew était donc obligé de faire un riche mariage. Il eut la chance de trouver une héritière dont il tomba passionnément amoureux. A la mort d'Andrew, Stephen hérita du titre et de la propriété, mais l'argent appartenait à Hester... et reviendrait à son enfant si elle venait à mourir.

George se racla nerveusement la gorge :

— On le savait tous. On pariait sur l'attitude qu'adopterait Stephen si Hester et son enfant vivaient. Bien des rumeurs circulèrent au sujet des événements qui se déroulaient ce printemps-là à St. Audries. La petite veuve était malade. Elle ne voulait pas survivre à Andrew et elle est morte de chagrin. Mais le bébé lui aussi est décédé ! On a murmuré des choses très déplaisantes... Stephen aurait étouffé l'enfant à la naissance, Lucinda l'aurait noyée... Quelqu'un a même dit qu'ils l'avaient vendue à des gitans... Bien des rumeurs.

Morgane regardait George avec horreur, elle se demandait si elle devenait folle. Elle eut un regard désolé pour Julian, mais il était évident que celui-ci ne se maîtrisait plus.

Il se dressa soudain devant George :

— Êtes-vous en train d'insinuer que mes parents ont commis un acte aussi barbare ? demanda-t-il.

George ne sourcilla pas :

— Je n'ai rien insinué jusqu'à maintenant. J'ai simplement rappelé certaines rumeurs. Mais avant de vous mettre en colère, sachez que l'enfant qui est morte s'appelait Morgane, ce qui n'est pas un nom très courant, et qu'elle est née le neuf mai 1796 !

Morgane était abasourdie. Julian pâlit. Incrédule, il demanda :

— Elle serait ma cousine légitime ? Mes parents auraient confié cette enfant à Jane Fowler en faisant croire à sa mort ?

— C'est mon avis, dit George, désolé d'avoir bouleversé le jeune garçon.

— C'est monstrueux ! s'écria Julian. Je sais

que mon père est un homme désagréable mais il serait incapable de commettre un acte aussi odieux.

George murmura :

— C'est peut-être une coïncidence. Une jeune femme, ressemblant aux Devlin, portant le même nom que l'enfant décédée et née le même jour... Mais réfléchissez... On savait tous que votre père n'avait pas un sou et qu'il a épousé votre mère en espérant qu'elle hériterait d'une vieille tante à elle.

— C'est un mensonge ! hurla Julian. Un sale mensonge ! Je n'aurais jamais pensé que vous puissiez tomber si bas.

— C'est la vérité. Votre père était furieux quand la vieille dame a tout laissé à un cousin d'une autre branche. Lucinda et lui se trouvaient à Londres. Ils étaient mariés depuis trois mois. N'ayant plus les moyens de vivre dignement en Angleterre, ils sont partis pour le continent. Stephen se plaignait à tous de l'injustice dont il se sentait victime. Je m'en souviens très bien.

George était un homme si intègre que même Julian, furieux et humilié, ne pouvait longtemps mettre sa parole en doute. Il s'adressa à Royce sur un ton glacial :

— Pardonnez-moi, mais je dois partir. Mon père habite chez Martin Wetherly et je dois lui parler immédiatement.

Il lança un regard provocateur à George :

— Je suis sûr qu'il pourra tout expliquer. Vos mensonges n'ont sûrement aucun fondement.

Il quitta la pièce. Jack se ressaisit le premier.

— Monsieur, demanda-t-il à George, croyez-vous vraiment que Pip soit Morgane Devlin ?

George s'aperçut alors de sa présence. Il lui demanda :

— Vous êtes un des enfants de Jane Fowler, n'est-ce pas ? Vous lui ressemblez, ce qui n'est pas le cas de la jeune femme assise là-bas. Comment vous appelez-vous ?

— Je m'appelle Jacko Fowler.

— Enchanté. Je me présente, George Ponteby, un vague cousin de Royce.

Ayant obéi aux règles élémentaires de politesse, George continua :

— Oui, je crois qu'elle est bien Morgane Devlin. Julian ne m'a pas donné le temps d'expliquer pourquoi j'en suis si sûr.

Morgane était aussi immobile qu'une statue de marbre.

— J'ai dit qu'elle ressemblait à sa mère de manière étonnante, mais je ne parlais pas de Jane Fowler. Je pensais à la petite Hester Devlin, la femme d'Andrew dont je suis tombé amoureux il y a vingt ans.

George ne quittait pas Morgane des yeux :

— Votre date de naissance et votre prénom pourraient être une coïncidence et vous pourriez n'être qu'une bâtarde d'Andrew, mais Jane Fowler n'a jamais été entretenue par Andrew. Et votre ressemblance avec la belle Hester est indéniable.

Morgane avait de la peine à respirer. Lui demandait-on de renier Jane, la seule mère qu'elle ait connue ? Elle demanda d'une petite voix :

— Mais alors, Jack et Ben ne sont pas mes frères ?

Qu'elle fût une héritière ou une aristocrate ne l'intéressait guère. Elle était trop attachée à ses deux frères. Jack traversa la pièce et s'agenouilla à ses pieds, lui prenant les mains.

— Même si Jane n'est pas ta mère, tu seras toujours ma sœur, déclara-t-il en souriant. Tu portes peut-être de jolis vêtements, tu habites dans une belle maison et on t'appelle Morgane, mais pour moi tu seras toujours Pip. D'ailleurs, on ne peut rien prouver...

— Je n'en suis pas si sûr, dit Royce.

— Comment cela ? s'écria Morgane, soupçonneuse. Sais-tu quelque chose que nous ignorons ?

Royce s'adressa alors à George :

— Connais-tu les armoiries des St. Audries ? Peux-tu les décrire ?

— Je crois que ce sont des épées croisées avec une rose au-dessus.

Le cœur de Morgane fit un bond et elle regarda Royce, effarée. Il savait donc depuis le début. Il ne l'avait épousée que parce qu'elle était la fille légitime d'un lord, héritière d'une grande fortune. Tout s'expliquait ! Son empressement à l'épouser, ses attentions...

Désolée, elle annonça :

— J'ai une cicatrice sur la hanche qui porte ces symboles, sauf qu'il y a au centre les initiales HD.

Zachary s'exclama avant tout le monde :

— Hester Devlin !

— J'en ai bien peur, dit Royce, ne comprenant pas l'attitude de Morgane.

Elle avait l'air si triste, comme s'il l'avait trahie. Il confirma ensuite, sans le savoir, les pires soupçons de la jeune femme :

— Quand j'ai vu la cicatrice, je me suis demandé s'il s'agissait d'armoiries familiales et j'ai pensé, en effet, que tu étais peut-être l'héritière. Mais je ne savais pas que la date de naissance et le prénom étaient identiques.

— Qu'allons-nous faire ? demanda George sèchement. Il va y avoir un scandale terrible !

Morgane regarda la pendule. Il était déjà quatre heures et demie. Elle devait partir tout de suite si elle voulait être à l'heure pour son rendez-vous avec le Borgne. Elle se leva, complètement bouleversée. Ce qui la préoccupait en ce moment, c'était que la vie de Royce était en danger. Rien d'autre ne comptait, même pas la douleur qu'elle éprouvait à la pensée de sa trahison. Son cœur se brisa lorsqu'elle croisa le regard topaze. Elle l'aimait tant ! Et elle souffrait qu'il l'eût épousée uniquement parce qu'elle était Morgane Devlin, l'héritière. Mais cette duplicité ne changeait rien à ses sentiments envers lui.

Sachant que les minutes filaient, elle déclara d'une voix mal assurée :

— Pardonnez-moi, mais j'aimerais être seule quelque temps. Je dois réfléchir.

Royce voulut l'aider en lui saisissant le bras, mais elle fit un pas en arrière, les yeux brillants de colère :

— Ne me touchez pas ! Vous n'avez donc pas compris ? Je veux être seule... Je me demandais bien pourquoi un homme comme vous, avec votre fortune, voulait m'épouser, moi, la moins que rien, une pickpocket des bas-fonds londoniens. Maintenant je suis fixée.

Elle eut un rire tristement amer :

— Je pensais que vous éprouviez au moins un peu de tendresse pour moi. Je crains de m'être trompée.

Aveuglée par ses larmes, sans prêter attention au cri désespéré de Royce, elle quitta dignement la pièce.

Les trois gentlemen évitaient de leur mieux de regarder le visage blanc de leur ami.

— Mais je l'aime ! s'écria-t-il, blessé. Plus que tout au monde. Je ne le lui ai jamais dit, c'est tout.

George le saisit par les épaules et essaya de le réconforter :

— Les femmes sont des créatures étranges. Laisse-lui du temps. Elle va réfléchir et elle reviendra à la raison. Elle a eu un choc — comme nous tous.

Tous étaient consternés, mais sans doute pas autant que Julian Devlin. Même Morgane avait été mieux préparée que lui, puisqu'elle avait été au courant de sa ressemblance avec Stephen Devlin. Ses chevaux lancés au grand galop, Julian se rapprochait de la maison de Wetherly. Il avait de la peine à réaliser ce qui lui arrivait. Que l'épouse de Royce fût une Devlin, c'était indéniable, mais Morgane Devlin ! Il y avait sûrement une terrible erreur.

« Père saura l'expliquer », se dit-il, tandis que ses chevaux s'arrêtaient devant le perron de Wetherly. Il lança les rênes au garçon d'écurie qui s'était approché en courant et gravit les marches. Un majordome vêtu d'une livrée vert et noir lui ouvrit la porte. Julian se nomma et demanda à voir son père. Le majordome déclara avoir vu lord Devlin dans une des pièces à l'arrière de la maison. Julian lui demanda d'annoncer son arrivée à sa mère ; il saluerait M. Wetherly aussitôt après avoir vu ses parents.

Le domestique s'inclina respectueusement. Quelques instants plus tard, Julian frappait à la porte du bureau de Wetherly. Son père était seul, comme il l'espérait.

Le comte était assis derrière un bureau étroit, une belle paire de pistolets de duel posée devant lui. Il vit Julian et s'exclama méchamment :

— Mon Dieu ! Ne me dis pas que Wetherly a été assez bête pour t'inviter ici en même temps que moi. L'un de nous devra partir et comme je suis déjà installé, ce sera toi.

Julian rougit. Il y avait des moments où il haïssait son père. Il déclara calmement :

— Wetherly ne m'a pas invité. Je suis venu pour une raison très importante.

— Vraiment ? Tu veux acheter un nouveau cheval ? Ou installer une petite danseuse dans une jolie maison ?

Stephen faisait exprès de provoquer son fils,

puisque Julian ne venait jamais le voir pour des choses aussi triviales. En fait, depuis l'âge de dix-huit ans, depuis que Lucinda avait convaincu Stephen de mettre une certaine somme d'argent à la disposition de leur fils, Julian ne lui demandait plus jamais rien. La somme n'avait pas été très généreuse mais elle permettait à Julian d'être indépendant. Les deux hommes se voyaient peu.

Julian persista :

— J'arrive de la maison de Royce Manchester où j'ai rencontré son épouse. Elle dit s'appeler Morgane et elle me ressemble comme deux gouttes d'eau.

Stephen se redressa lentement, une main caressant l'un des pistolets. La vérité allait éclater tôt ou tard et comme il n'avait pas l'intention de vivre ce scandale, il ne voyait pas pourquoi il se priverait de torturer Julian. Une lueur maléfique dans le regard, il contempla le beau jeune homme devant lui.

— Pourquoi es-tu si surpris ? Elle est ta sœur après tout.

— Ma sœur ? s'exclama Julian. George Ponteby affirme que vous ne pouvez pas être son père, qu'elle est la fille de votre frère.

Enchanté, Stephen souriait ouvertement :

— C'est vrai qu'elle est la fille d'Andrew... Son enfant légitime. A la mort d'Hester, ta mère et moi avons voulu nous débarrasser de l'enfant pour profiter des agréments de la vie. Malheureusement, l'homme engagé pour éliminer l'enfant nous a trahis.

Assommé par les révélations de Stephen, Julian le regardait bouche bée. Il secoua la tête, anéanti.

— Mais vous avez dit qu'elle était ma sœur... Comment est-ce possible ?

Il y eut un cri étranglé et Lucinda se précipita dans la pièce comme une furie.

— Ça suffit ! s'écria-t-elle. Ne prononce pas un autre mot !

— Mais il est temps que Julian apprenne la vérité, ma chère, continua Stephen, jouissant de chaque instant.

— J'attends, dit courageusement Julian.

Haineux, Stephen lui lança tout son fiel :

— Tu veux la vérité ? Tu es le fils de mon frère, Andrew. A l'époque, ta mère a essayé de me faire croire que tu étais de moi. Mais c'était impossible, je ne pouvais pas avoir d'enfants. C'est pourquoi j'ai arrangé avec le Borgne le meurtre d'Andrew. Je tenais à profiter du titre alors que j'étais encore jeune et avant qu'Andrew n'ait des enfants avec Hester. Malheureusement, je m'y suis pris un peu tard et Morgane est née. Alors tu vois, l'héritier est le bâtard et la bâtarde est l'héritière. Amusant, non ?

— C'est toi qui l'as fait assassiner ! hurla Lucinda. Tu le paieras ! Je te tuerai !

Julian empêcha sa mère de se jeter sur Stephen. Il cria :

— Arrête ! Dit-il la vérité ?

Elle était trop en colère pour mentir.

— Oui, c'est vrai ! Mais ça n'a aucune importance, personne ne peut rien prouver.

Elle jeta un regard haineux à Stephen.

— Ce n'est pas lui qui va admettre être cocu !

— Mère ! s'écria Julian désespéré. Qu'en est-il de Morgane ? Est-ce vrai ? Le savais-tu ?

— Bien sûr, mais je te le répète, ce n'est pas grave, on ne peut rien prouver !

Lucinda avait toujours sous-estimé l'attachement que Julian portait à l'honneur. Avec une expression horrifiée, il s'éloigna d'elle :

— Seigneur ! Quel genre de gens êtes-vous ? Comment avez-vous pu vivre en paix avec vos consciences, sachant ce que vous aviez fait ?

Il quitta la pièce pour s'éloigner le plus vite possible de ces deux monstres.

Stephen siffla :

— Je crois que tu as déçu ton fils adoré. Il n'avait jamais soupçonné que tu étais une petite garce sans scrupules, n'est-ce pas ? Quel homme honorable, ton fils ! Je me demande de qui il tient son honnêteté et sa vertu, certainement pas de toi. Quel dommage qu'il fût si emprunté, tu aurais peut-être pu éviter la tempête qui va s'abattre sur nous. Ce nigaud va s'empresser de donner toute la fortune à Morgane.

Lucinda était hors d'elle.

— Tais-toi ! Tu as assez parlé comme ça. Et ne critique pas Julian. Je lui parlerai tranquillement tout à l'heure, mais pour l'instant je veux savoir comment tu as fait pour arranger la mort d'Andrew.

— C'était très facile ! s'exclama Stephen en riant. J'ai reçu la lettre d'Andrew annonçant son mariage et comme nous bougions beaucoup à l'époque pour éviter les créanciers, tu ne t'es pas étonnée quand j'ai décidé de quitter l'Italie pour la Belgique. J'ai réussi à joindre le Borgne et je lui ai fixé un rendez-vous à Douvres. Souviens-toi que j'ai fait une petite excursion en France...

Lucinda hocha la tête.

— Ce fut facile de traverser la Manche, de rencontrer le Borgne et de faire les arrangements pour l'élimination d'Andrew.

Stephen retourna un des pistolets entre ses doigts, admirant le travail de l'armurier.

— Lorsque nous avons reçu l'annonce de la mort d'Andrew, j'ai pu jouer le rôle du frère désolé qui revient de voyage. Futé, non ?

— Tu l'as tué pour hériter du titre ?

Stephen sourit froidement :

— Pour cela et parce que je n'appréciais pas l'idée d'élever son bâtard.

Lucinda le gifla de toutes ses forces.

— Je l'aimais ! cria-t-elle.

— Je sais, répondit Stephen. C'est une des raisons pour lesquelles je l'ai fait tuer.

Quelque chose se brisa en Lucinda et elle saisit un des pistolets. Stephen ne s'attendait pas à cette attaque surprise. Il essaya en vain de la repousser mais la colère décuplait les forces de Lucinda. Elle pointa le pistolet sur lui et tira.

Lucinda vit avec plaisir une large tache rouge s'étendre sur la chemise blanche de Stephen. Il la regardait sans y croire. Elle sourit.

— Tu m'as tué ! dit-il, chancelant.

Il tomba sur le bureau et le deuxième pistolet glissa à terre.

— Ça m'a fait plaisir, dit-elle. Mais rira bien qui rira le dernier, mon cher mari ! Sache que ta gentille Hester n'est pas morte de mort naturelle. Le Borgne, oui, le même odieux personnage que tu as engagé pour tuer Andrew, m'a procuré de l'arsenic et j'en ai fait ingérer par petites doses à ton Hester adorée !

Elle éclata de rire :

— C'est drôle, non ?

A demi inconscient, Stephen s'écroula. Il s'accrochait à la vie, avec une idée fixe, s'emparer du deuxième pistolet. Ses doigts engourdis se resserrèrent autour de la crosse.

Lucinda fit le tour du bureau pour s'assurer qu'il était bien mort. Un rictus déformant ses traits, Stephen leva le pistolet et lui tira une balle en plein cœur.

Sans un soupir, Lucinda s'effondra. Satisfait, son regard se voilant déjà, Stephen regarda le cadavre de sa femme et mourut en grimaçant :

— Rira bien qui rira le dernier, petite garce !

31

Tandis que Julian s'enfuyait de la maison de Wetherly, Morgane s'éclipsait par la porte de service de Lime Tree Cottage. Caché dans le panier en osier qu'elle balançait à son bras, se trouvait le réticule contenant le poignard. Elle se dirigea d'un pas léger vers la maison du gardien au fond du parc. Elle portait une robe en mousseline bleue et un joli chapeau de paille. Elle espérait donner l'illusion d'une jeune femme insouciante, cueillant des fleurs pour s'amuser.

Les derniers événements l'avaient bouleversée, mais avec son sang-froid habituel, elle maîtrisait ses émotions et se concentrait sur l'instant à venir. Une fois qu'elle aurait disposé du Borgne, elle s'inquiéterait de l'attitude déplaisante de Royce. Elle souffrait terriblement de savoir qu'il s'était servi d'elle d'une manière aussi éhontée.

Elle dépassa la maison du gardien avec un joli sourire et s'approcha de John Bullard.

— Belle journée, n'est-ce pas ?

John fut surpris de la voir si loin de la maison.

— Oui, madame. C'est merveilleux.

— Je crois que je vais me promener encore un peu, lui dit-elle d'un air insouciant.

Inquiet, il la regarda disparaître à un tournant de la route et s'adressa à ses frères :

— C'est bizarre. Mme Manchester vient de sortir comme si de rien n'était. Elle ne risque peut-être pas grand-chose mais je vais m'en assurer auprès de Monsieur. L'un de vous ferait bien d'ouvrir l'œil.

Il partit en courant vers la maison.

Morgane aurait aimé quitter la propriété sans être vue mais il n'y avait qu'une seule entrée à Lime Tree Cottage et celle-ci était surveillée par les frères Bullard. Elle savait qu'ils avertiraient Royce tout de suite, et dès qu'elle eut dépassé le tournant de la route, elle souleva sa jupe et partit en courant. Elle arriva très vite au pont de pierre. Une voiture avec deux superbes chevaux gris attendait sous un arbre.

Elle s'en approcha le cœur battant, mais la voiture était vide. Une main sur son réticule, elle chercha le cocher. Les chevaux semblaient abandonnés. Aurait-elle mal compris la lettre du Borgne ? Elle appela doucement :

— Y a-t-il quelqu'un ?

Pas de réponse. Étonnée, elle fouilla des yeux les buissons et la route. Le bruit d'une brindille écrasée la fit sursauter. S'avançant dans la direction du craquement, elle demanda sèchement :

— Qui est là ?

Toujours pas de réponse. Persuadée que le Borgne se dissimulait, elle releva fièrement le menton et quitta la route pour s'enfoncer sous les arbres.

— Je sais que vous êtes là, dit-elle agacée. Cessez ce jeu stupide !

Elle n'avait pas fait trois mètres lorsqu'un coup s'abattit sur sa nuque, l'assommant. Le Borgne se dépêcha de la bâillonner et de la ligoter. Il rapporta le panier et le réticule à la voiture et vérifia qu'il n'y avait personne sur la route. Puis, ayant transporté la jeune femme jusqu'au landau, il la dissimula sous une couverture.

Il lui fallut une seconde pour détacher les chevaux, et il descendait bientôt la route au petit trot, ne voulant pas attirer l'attention par un galop désordonné. Si on le croisait, on penserait qu'il se promenait par cette belle journée. Personne ne se douterait qu'à ses pieds se trouvait la femme de Manchester. Il se félicita de son ingéniosité.

S'il avait pu entendre la conversation qui eut lieu cinq minutes après son départ, il aurait éprouvé quelque inquiétude. Mais il ne pouvait deviner que John Bullard était un serviteur consciencieux, ou que Julian avait eu cette désastreuse altercation avec Stephen et Lucinda. Il ne savait pas non plus que George Ponteby possédait une mémoire infaillible et que le valet, M. Spurling, était un homme honorable. Or, lorsque tous ces ingrédients furent réunis...

Tout d'abord, John Bullard apprit à Royce que Morgane ne se trouvait pas dans sa chambre. Ce dernier en fut très contrarié :

— Depuis combien de temps est-elle partie ? demanda-t-il brusquement.

— A peine dix minutes.

George s'approcha de Royce :

— Qu'est-ce qui se passe encore ?

— Cette idiote de Morgane est sortie faire une promenade ! s'exclama Royce, fou d'inquiétude.

— Pourquoi pas ? répliqua calmement George. Elle voulait peut-être se changer les idées.

Royce n'ajouta pas un mot mais se précipita dans la chambre de la jeune femme. Il en redescendit aussitôt, une lettre à la main.

— Elle est allée voir le Borgne, dit-il hors d'haleine. Elle avait rendez-vous à cinq heures. Je dois vite les rattraper !

Paniqué, Royce courut prendre un pistolet et se dirigea vers les écuries.

— Attelez mes chevaux immédiatement. Je vais peut-être en avoir besoin. Dépêchez-vous !

Puis il sauta en selle et s'éloigna au grand galop. La peur lui donnait des ailes. Il mit pied à terre près du pont, perdit du temps à chercher des indices. En vain. Il retourna rapidement chez les gardiens, demanda à Harry d'une voix désespérée :

— Avez-vous vu quelqu'un sur la route ?

Harry secoua la tête :

— Non, monsieur. Quelques charrettes et des fermiers tôt ce matin, mais à part la voiture avec vos invités, il n'y a rien eu.

C'était évident. Le Borgne était trop rusé pour laisser des traces derrière lui. Le cœur glacé, Royce rentra à la maison. Que faire ? Il devait la retrouver !

Sa voiture attelée l'attendait devant la porte. Il était sur le seuil, désemparé, ne sachant que faire, lorsqu'un bruit de chevaux au galop lui redonna brusquement espoir.

Mais ce n'était que Julian Devlin. Il était évident que le jeune homme souffrait d'un choc violent. Royce s'approcha de lui :

— Je ne m'attendais pas à vous revoir aussi vite.

— J'ai parlé à mes parents, répondit Julian essoufflé.

La porte s'ouvrit. George, Zachary et Jack se précipitèrent vers eux.

— Tu l'as trouvée ? demanda George.

Royce secoua la tête :

— Je suis allé jusqu'au pont mais il n'y avait personne. Je n'ai aucune idée de leur destination.

— Seigneur ! s'écria George. Qu'allons-nous faire ?

— Les poursuivre, dit Royce fermement. Même si je dois battre toute la campagne anglaise, je les retrouverai.

George s'aperçut soudain que Julian les écoutait, l'air effondré.

— Tu as parlé à tes parents, dit-il gentiment.

Julian hocha la tête tristement.

— Oui. Il n'y a qu'une chose que vous n'ayez pas devinée. Stephen Devlin n'est pas mon père. Morgane et moi ne sommes pas cousins, mais frère et sœur. Stephen affirme que je suis le bâtard d'Andrew et ma mère n'a pas dit le contraire. Quant au reste... Vous avez dit la vérité. Ils ont tout avoué.

Son jeune visage trahissait une profonde angoisse. C'était pénible de le voir lutter pour conserver sa dignité :

— Votre épouse est la fille légitime d'Andrew et d'Hester Devlin, dit-il à Royce. Mes parents avaient engagé le Borgne pour la tuer mais il les a bernés et le bébé a survécu.

Royce serra les poings :

— Ce qui explique pourquoi il tient tant à lui mettre la main dessus. Il a dû imaginer un plan diabolique pour s'emparer de sa fortune.

Jack lui coupa la parole :

— Je ne crois pas que ce soit son seul but. Ben et moi savons depuis longtemps qu'il la veut comme maîtresse.

— Mon Dieu ! dit Royce. Il faut absolument la retrouver au plus vite.

Julian semblait perdu. Zachary et Jack lui expliquèrent en deux mots la situation. Il en oublia aussitôt ses propres angoisses et se tourna vers Royce :

— Je vais tout faire pour vous aider à la retrouver, dit-il. Par où commençons-nous ?

— Je ne sais pas, répondit tristement Royce. Comme la voiture du Borgne n'est pas repassée devant la maison des gardiens, il a dû prendre la direction de Tunbridge Wells. Mais ça ne nous avance à rien ! Il a pu l'emmener n'importe où. Ils sont partis depuis plus d'une demi-heure, ajouta-t-il en regardant sa montre.

Ils échangèrent leurs idées sur la meilleure

manière de procéder. Royce et George prendraient la voiture et se renseigneraient le long du chemin jusqu'à Tunbridge Wells. Les autres les suivraient dès qu'on aurait sellé leurs chevaux. Jack, qui ne savait ni monter à cheval, ni conduire un attelage, les accompagnerait dans un landau avec le cocher.

— Attendez ! dit George soudain. Je pensais à quelque chose...

— Pas maintenant ! s'écria Royce, ne tenant plus en place et craignant que son cousin ne commence une autre histoire interminable.

George lui jeta un regard de reproche et montra la lettre du Borgne.

— J'ai déjà vu cette écriture quelque part...

— Tu en es sûr ? demanda Royce.

— Je te l'ai dit ! Je me souviens de tout.

Julian éclata d'un rire amer.

— C'est vrai ! Il se souvient de bavardages vieux de vingt ans et d'une cocotte qui avait les yeux bleus.

George sursauta :

— C'est cela ! J'en étais sûr. J'aurais dû reconnaître l'écriture tout de suite.

D'une voix qu'il voulait sereine, Royce demanda :

— Pourrais-tu nous expliquer ? Rapidement.

— J'avais oublié une chose intéressante au sujet de Jane Fowler. Elle était la fille illégitime d'un châtelain et elle était venue faire fortune à Londres.

— C'est vrai, interrompit Jack. Maman ne nous a jamais caché son passé.

— Deux ans après son arrivée à Londres, continua George, son demi-frère, l'un des fils légitimes du châtelain, est apparu à son tour. Il a rapidement compris qu'avoir une sœur appartenant au demi-monde ne lui rendrait pas service et il s'est éloigné d'elle. Je le connais depuis des années, mais je ne pense pas que beaucoup de gens se souviennent que sa sœur s'appelait Jane Fowler.

— Son nom ! exigea Royce.

— Allan Rufus Newell.

— Newell ! s'exclama Zachary. Mais on le rencontre partout.

— Puisque George a identifié l'écriture de cette lettre comme étant celle de Newell, reprit Royce, nous savons sans aucun doute qu'il est le Borgne. Nous savons aussi pourquoi il a confié l'enfant à Jane Fowler. Elle était sa sœur.

— Mais pour quelle raison ? demanda Jack, perplexe.

— Dès que je mettrai la main sur lui, je le saurai. Et maintenant, George, où devons-nous chercher Newell ?

— Il possède un joli manoir près d'Hastings. Une fois là-bas, on nous l'indiquera sûrement.

Ils furent brusquement interrompus par Spurling qui traînait par le bras le jeune Tom Cooper couvert de sang.

— Que se passe-t-il ? aboya Royce.

Spurling, échevelé, la lèvre fendue, déclara fièrement :

— Vous pensiez que j'étais responsable de l'incident à Londres, mais c'était faux, monsieur. Je n'étais pas le seul réveillé cette nuit-là.

Il jeta un regard froid à Cooper.

— Lui aussi se promenait dans les corridors, mais il s'est bien gardé de le dire. Je l'ai surveillé attentivement depuis trois semaines et aujourd'hui, mes efforts ont été récompensés.

— J'ai rien fait de mal, grogna Cooper, essuyant le sang qui coulait sur son front. Il est fou !

Spurling sortit de sa poche un bout de papier.

— Vous trouverez le contenu de cette note très instructif, monsieur. Un homme lui a remis ce pli cet après-midi. Vous ne deviez en prendre connaissance qu'à huit heures ce soir. J'ai forcé Cooper à me le remettre maintenant.

Royce reconnut l'écriture de Newell. Il lui fixait un rendez-vous loin de Tunbridge Wells. Si Royce avait reçu le message à l'heure prévue, il y serait arrivé au milieu de la nuit. Newell aurait eu tout son temps pour lui tendre un piège. Et Royce ne doutait pas une seconde que Newell avait l'intention de le tuer.

— Attachez-le ! dit-il en regardant Cooper. Et surveillez-le bien, je ne veux pas qu'il prévienne son maître.

Il s'excusa auprès de Spurling :

— Je suis désolé de vous avoir soupçonné et je vous remercie pour votre loyauté. Vous m'avez probablement sauvé la vie.

Royce fit claquer son fouet :

— Grâce à Spurling, nous avons deux heures d'avance sur le Borgne et nous ne perdrons pas de temps à le trouver. Il a même eu l'amabilité de nous dessiner un plan !

32

La tête de Morgane lui faisait mal mais elle reprenait peu à peu ses esprits. Elle s'aperçut qu'elle était ligotée dans un véhicule qui descendait une route à vive allure. Une couverture lourde et rugueuse la recouvrait. Le Borgne l'avait donc capturée... Une terreur froide la transperça.

Elle chercha aussitôt un moyen pour s'échapper. Il faisait encore jour mais le soleil avait déjà décliné. Elle avait dû rester inconsciente pendant près d'une heure.

Elle essaya en vain de bouger les mains. Le Borgne l'avait solidement attachée. Impossible aussi de défaire le bâillon qui s'enfonçait dans sa bouche. Elle arrêta de gigoter. Avec un peu de chance, le Borgne ne s'apercevrait pas qu'elle était réveillée.

Morgane s'en voulut d'avoir été si naïve. Elle aurait dû prévoir que le Borgne lui tendrait un piège. Elle s'était fait prendre comme une gamine ! Avait-il découvert le poignard dans son réticule ? Si jamais elle parvenait à s'en emparer...

Elle espérait vivement avoir sauvé Royce mais on ne pouvait pas faire confiance au Borgne. Sa parole ne valait rien. Un frisson la parcourut.

« Seigneur ! supplia-t-elle en silence. Ne le laissez pas tuer Royce ! »

Elle se rappela les événements imprévus de l'après-midi. La révélation que Jane n'était pas sa mère et la déception horrible de savoir que Royce l'avait uniquement épousée par intérêt.

Le voyage semblait interminable et elle était couchée dans une position inconfortable, les bras et les jambes ankylosés à cause des cordes trop serrées. Soudain, le véhicule s'immobilisa. Ils étaient arrivés à destination. La lumière disparut. Ils avaient dû pénétrer dans une grange ou une écurie.

Elle l'entendit dételer les chevaux, puis une porte claqua et ses pas s'éloignèrent. Elle releva la tête. Combien de temps lui restait-il avant son retour ? Pouvait-elle s'enfuir ? Elle allait s'asseoir lorsqu'elle l'entendit revenir. Elle se raidit.

— Fais-tu encore semblant d'être assommée, ma chère ? Ce n'est pas la peine. Je sais que tu es réveillée depuis des heures.

Morgane se contenta de jeter un regard noir dans la direction de la voix. Comme s'il devinait son expression, il éclata de rire. Puis il la balança sur son épaule avec la couverture en murmurant :

— Je ne dois pas oublier le chapeau et le panier de Madame.

Le poignard serait-il encore dans le réticule ? Morgane reprit espoir. En quittant la grange, il dit d'un ton moqueur :

— Je suis désolé pour le léger délai mais j'ai été obligé de me transformer en Borgne. J'ai encore quelques petites choses à régler et mon déguisement m'est malheureusement nécessaire. Mais si tout se passe bien, après ce soir, personne n'entendra plus jamais parler du Borgne.

« Si j'arrive à mettre la main sur mon poignard, pensa Morgane, ce sera sûrement vrai ! »

Il la porta assez longtemps. Dans sa position, elle ne pouvait voir que la poussière d'un chemin rocailleux, quelques herbes éparses et des buissons. Elle renifla l'air salé de la mer, entendit le fracas des vagues contre les rochers.

Il entra dans une maison, jeta Morgane sur une chaise et retira la couverture. Elle put enfin voir où elle se trouvait. La pièce donnait sur la mer. De jolies poutres en bois en garnissaient le plafond. Dans un coin, des ustensiles de cuisine pendaient à côté d'une cheminée. Deux beaux fauteuils en cuir étaient installés de part et d'autre de l'âtre. Près de la porte se trouvait une lourde armoire. Il y avait aussi une table en bois et quelques chaises rustiques.

Le Borgne se dressait devant elle dans son accoutrement habituel. L'œil brillait, cruel, sous le chapeau noir à large bord. Son sourire la fit trembler mais elle avait décidé de ne pas lui montrer sa peur.

— Toujours aussi hautaine, je vois, dit-il en ricanant.

Il jeta le panier et le chapeau sur la table avant de lui caresser la joue.

— Je vais briser tes manières de grande dame, ma chérie... Et avec quel plaisir...

Elle détourna la tête. En dépit du bâillon, elle l'insulta avec les mots orduriers qu'elle avait appris à St. Giles. Il rit encore et défit légèrement le bâillon :

— Tu peux crier tant que tu veux. Personne ne t'entendra. Mais tu devras rester attachée jusqu'à ce que je me sois occupé de ton mari.

Elle demanda, furieuse :

— Que voulez-vous dire ? Vous aviez promis de ne pas lui faire de mal si je vous obéissais.

— Promis ? répéta-t-il, surpris. C'est curieux, mais je ne m'en souviens pas. J'avais menacé de le tuer *tout de suite* si tu ne venais pas. Je n'ai jamais dit que je ne le tuerais pas plus tard.

— Salaud ! s'écria-t-elle.

Elle voulut se jeter sur lui mais elle tomba par terre, emmêlée dans ses cordes. Il la replaça sans ménagement sur la chaise.

— Ça suffit ! Si tu es intelligente, tu resteras polie.

Il la gifla brutalement. La joue de Morgane s'enflamma.

— Qu'allez-vous faire de moi ? demanda-t-elle, insolente.

— Rien de terrible, ma chère. Une fois que j'aurai éliminé Manchester, nous nous marierons et prendrons notre place dans la société.

— Vous êtes fou ! Je préfère mourir plutôt que de vous épouser.

— Mais es-tu prête à voir mourir tes frères si tu ne m'obéis pas ?

Elle pâlit.

— Pourquoi faites-vous tout ceci ? Qu'espérez-vous gagner ?

D'un doigt, il lui caressa la joue. Elle frémit.

— J'ai l'intention d'épouser lady Morgane Devlin, la riche, aristocratique Morgane. Je l'ai prévu depuis longtemps et rien ne m'en empêchera. Avec toi comme épouse, aucune porte ne se fermera devant moi. Nos deux fortunes feront de moi un des hommes les plus riches d'Angleterre et j'aurai atteint la position sociale dont je rêve depuis toujours. Je serai un mari généreux. Tes désirs seront comblés et je n'exigerai que ta présence à mes côtés et, bien sûr, ta coopération au lit.

Il examina la ravissante poitrine de la jeune femme.

— Une coopération enthousiaste, dit-il, l'embrassant farouchement sur la bouche.

Elle essaya en vain de détourner la tête. Sa langue brutale lui écarta les lèvres, plongea dans sa bouche. Il lui faisait horreur !

— Lâchez-moi ! supplia-t-elle.

Il respirait difficilement. Elle sentit à travers sa robe le membre gonflé. Non ! Pas ça ! Il la repoussa.

— Je profiterai de toi quand Manchester ne sera plus, dit-il d'une voix empâtée.

— Vous ne vous en tirerez jamais ! Même si

vous tuez Royce, vous n'avez aucune preuve que je suis Morgane Devlin !

— Tu crois ? Mais tu te trompes, ma petite. Veux-tu voir les preuves ?

— Oui.

Il s'approcha de l'armoire, en sortit un vieux livre relié de cuir.

— Tu ne la reconnais pas, dit-il, mais c'est la bible de ta mère. Je la lui ai prise la nuit où elle est morte — la nuit de ta naissance.

Il l'ouvrit et lui montra une page manuscrite. Elle lut l'écriture fine qui courait sur la feuille. *Hester Devlin, comtesse de St. Audries, son livre, premier juillet, 1795.* Morgane frissonna.

— Ça ne prouve pas qu'elle est ma mère. C'est Jane ma mère !

Amusé, il secoua la tête.

— Oh, non. Ton oncle, Stephen Devlin, m'avait chargé de te tuer. Mais ça m'avait amusé de te donner à Jane. Crois-moi, tu es bien la fille d'Hester et d'Andrew Devlin, comte et comtesse de St. Audries. Tu es de très noble extraction.

— Mais pourquoi ? demanda-t-elle, sans comprendre.

— Pourquoi Stephen voulait-il ta mort ? Ou pourquoi ne t'ai-je pas tuée ?

— Les deux !

Il s'assit sur une chaise en bois.

— Je vais te raconter une fascinante histoire.

Morgane écouta, horrifiée, le déroulement des événements qui l'avaient amenée jusqu'à ce jour. Il ne lui épargna rien, ni la naissance de Julian, ni la description de la mort d'Hester, empoisonnée par Lucinda. Le plus dur vint lorsqu'il lut la touchante lettre d'Hester. On y sentait la peur de la jeune mère, l'amour qu'elle portait à son enfant, son désespoir, la trahison qu'elle essayait désespérément de venger. Morgane avait les larmes aux yeux. Abasourdie par le déluge de cruauté qu'elle découvrait, elle le regarda avec haine.

— Pourquoi ne m'avez-vous pas tuée ?

— Je ne sais pas, avoua-t-il. Tu étais un bébé fragile, probablement à cause de l'arsenic que ta mère avait pris pendant sa grossesse et Jane pensait que tu ne survivrais pas. Mais elle s'est trompée et je t'ai laissée grandir. Tu étais devenue un formidable moyen de pression sur Stephen. Un jour, j'ai remarqué que tu devenais assez mignonne. J'avais prévu de te vendre à un gentleman qui aimait les très jeunes vierges, mais Jane n'a rien voulu entendre. J'ai ensuite pensé faire de toi ma maîtresse. L'idée d'avoir lady Morgane Devlin dans mon lit me plaisait. Puis, j'ai pensé au mariage.

Il éclata de rire :

— C'est le Borgne qu'on aurait accusé du crime. Moi, je n'aurais été que ton mari adoré, celui qui avait par hasard découvert le complot. J'aurais pu trouver la bible dans une vieille malle de Jane. J'aurais fait semblant d'être humilié par l'attitude indigne de ma propre demi-sœur, une femme à qui j'avais tourné le dos depuis des années. Mais le dénouement aurait été heureux. Ingénieux, non ?

La haine menaçait d'étouffer Morgane. Son

regard se posa sur le panier. Si seulement il sortait une seconde... Avec le poignard, elle couperait ses liens. Mais le Borgne était un criminel avisé et elle craignait de ne pas en venir à bout toute seule. Elle se souvint brusquement d'avoir laissé le message du Borgne sur sa coiffeuse. Royce l'aurait-il trouvé ? Peut-être essayait-il de la rejoindre ? L'espoir jaillit une nouvelle fois. Morgane reprit courage.

Elle ne savait pas qu'à l'instant même, Royce arrêtait ses chevaux épuisés là où le Borgne avait dételé les siens une demi-heure plus tôt. Il avait conduit comme un fou et George avait cru qu'ils n'y survivraient pas. Royce sauta de la voiture, examina l'écurie.

— Il est venu ici. Il y a une voiture et des chevaux encore fatigués.

Il sortit de la grange, son plan à la main.

— Il m'indique un chemin qui descend jusqu'à la plage. Je dois le suivre, longer la mer et trouver l'entrée d'une cave. Il m'y attendra à onze heures ce soir.

— C'est un piège ! s'écria George. Tu ne peux pas y aller ! Il veut te tuer.

— Je le sais bien, mais n'oublie pas, nous sommes en avance sur son plan. Je vais le coincer.

Il jeta un regard aux alentours, espérant voir Morgane. Il avait si peur de ne jamais la retrouver vivante... Son désespoir menaçait de l'étouffer. Royce se ressaisit. Il n'était pas encore battu ! Il retrouverait sa femme et la réprimanderait de lui avoir causé de telles frayeurs, puis il l'embrasserait à perdre haleine en lui disant qu'il l'aimait. Le Borgne ne gagnerait pas cette fois.

Royce aperçut soudain le toit d'une petite cabane accroché par un rayon de soleil déclinant. Son instinct lui dit que sa femme et le Borgne s'y trouvaient.

Sautant du toit de la grange où il avait grimpé pour avoir une meilleure vue, il vérifia son pistolet et dit à George :

— Il y a une cabane près de la falaise. Je suis sûr que Morgane s'y trouve avec Newell. Si je ne suis pas de retour dans une heure, va chez le juge le plus proche et raconte-lui toute l'histoire.

— Sois prudent, dit George. C'est un tueur !

— Il tient ma femme en otage. Tu ferais mieux de t'inquiéter pour lui.

Sans rien ajouter, Royce disparut derrière la grange.

Il approcha silencieusement en prenant ses précautions. Le soleil se couchait sur l'horizon et les ombres s'allongeaient. Il n'y avait pas de fenêtres à l'arrière de la maison, ce qui lui permit d'avancer plus vite.

Il contourna la cabane de pêcheurs, tendant l'oreille, et se glissa sous une des deux fenêtres. D'entendre la voix de Morgane l'emplit d'un bonheur inouï. Il ferma les yeux en remerciant le ciel et arma son pistolet. Il valait mieux pour le Borgne que Morgane ne fût pas blessée.

A l'intérieur, le Borgne continuait à se vanter de ses exploits.

— Aucun membre de la famille royale ne m'a jamais contacté, mais si cela s'était produit, j'aurais été le roi sans couronne de l'Angleterre !

— Je m'en fiche ! répliqua Morgane. Jamais vous ne vous en tirerez ! Royce est bien trop futé pour tomber dans votre piège. Je suis sûre qu'il me trouvera et il vous fera payer très cher...

— Tu le penses vraiment, ma chérie ? demanda le Borgne, agacé.

Il lui saisit le menton et caressa d'un pouce rugueux ses douces lèvres.

— Dans quelques instants, ton mari va recevoir une lettre qui lui indiquera où me trouver. Dans trois heures, il viendra à ta rescousse mais il ne saura pas que tu es tranquillement ici. Il viendra te chercher dans une cave souterraine où je l'attendrai de pied ferme. Avant minuit, tu seras veuve !

Soudain la porte de la cabane s'ouvrit violemment et Royce lança :

— N'en soyez pas si sûr, Newell. Si l'un de nous doit mourir, ce sera vous !

Le pistolet de Royce était pointé sur le Borgne. Il avait retiré sa cravate, sa chemise s'ouvrait sur sa poitrine et ses pantalons enserraient ses longues jambes musclées. Il était à la fois puissant et sauvage. Des mèches rebelles retombaient sur son front, son visage vibrait de vitalité et ses yeux... Ses yeux topaze brillaient d'un éclat féroce.

Morgane bondit de sa chaise pour le rejoindre, mais le Borgne s'empara d'elle, la tint devant lui tel un bouclier. Un pistolet apparut comme par miracle :

— Et maintenant, Manchester, qu'avez-vous l'intention de faire ? Si vous tirez, vous risquez de la blesser, elle.

Royce resta impassible. Morgane était si menue que son corps ne protégeait pas entièrement Newell. Il répondit calmement :

— Tu ne veux pas sa mort non plus, Newell. Je suis certain que ma femme est indispensable à tes plans diaboliques.

Le Borgne fit une grimace :

— Ça fait deux fois que vous m'appelez Newell. Pourquoi ?

— Nous avons tout deviné, répliqua Royce. George Ponteby possède une remarquable mémoire et il s'est souvenu que Jane Fowler était ta demi-sœur. Nous en avons déduit que Morgane est la fille légitime du sixième comte de St. Audries et de sa femme.

— Vous ne pouvez rien prouver ! cria le Borgne.

— Je n'en ai pas besoin, continua Royce. Nous sommes quatre ou cinq à savoir la vérité et quelques remarques judicieuses feront vite boule de neige. Bientôt, tout le monde saura qu'Allan Newell et le Borgne ne sont qu'une seule et même personne. En une semaine, tu seras ruiné et la garde sera sûrement intéressée de faire ta connaissance. Laisse tomber ! Si tu abandonnes Morgane et que tu nous laisses partir, tu auras juste le temps de rejoindre le continent et de disparaître en Europe... Sinon, tu es un homme mort.

Le monde de Newell explosait en mille morceaux, mais son esprit criminel continuait à fonctionner. Il suffirait d'éliminer tous ceux qui étaient au courant. Royce n'oserait jamais tirer si Morgane était en danger.

— C'est toi qui vas mourir ! Laisse tomber immédiatement ton pistolet ! ordonna-t-il à Royce.

Royce se savait un excellent fusil, mais il allait prendre un risque terrible... Il vit que Morgane le regardait avec des yeux effarés et il lui sourit tendrement :

— Ne t'en fais pas, ma chérie. Il ne t'arrivera rien...

Elle n'eut pas le temps de prononcer un mot. Royce avait visé la tête de Newell et tiré !

Une fumée bleue envahit la pièce. Un instant, Morgane crut qu'elle était morte, puis le corps du Borgne s'affaissa sur le sol. Elle vacilla et se retrouva dans les bras de Royce qui la couvrait de baisers. Ils restèrent ainsi longtemps, pressés l'un contre l'autre. Elle ne ressentait rien. C'était comme si ses émotions étaient gelées. Royce lui retira ses liens mais un gouffre béant s'étendait en elle.

A la porte, tenant à la main la bible d'Hester et la précieuse lettre, elle se retourna une dernière fois. La glace qui figeait son cœur se craquela. « Hester serait heureuse », se dit-elle. Et elle sortit dans le crépuscule.

ÉPILOGUE

OMBRES ET LUMIÈRE

A une lieue de St. Audries se trouvait le cimetière de famille. Il était entouré par un mur en pierre recouvert de lierre. Une brise légère soufflait dans les branches des arbres. C'était un endroit tranquille, surtout en cette fin du mois d'août. Morgane se promenait lentement entre les tombes de marbre de ses ancêtres.

Elle portait une robe en mousseline rose et tenait une brassée de fleurs sauvages dans les bras. Ce n'était pas la première fois qu'elle venait au cimetière. Elle s'y était rendue souvent ces dernières semaines, parfois pour s'asseoir près de la tombe de ses parents et regretter leur mort inutile, parfois pour réfléchir et prendre une décision concernant son avenir... et celui de Royce.

Ayant déposé les fleurs, elle s'installa au pied d'un hêtre. Elle relut la lettre de sa mère et les larmes coulèrent sur ses joues. Il y avait tellement d'amour dans ces quelques mots désespérés et pourtant, tant que cette lettre existerait... Soucieuse, elle se demanda si elle avait pris la bonne décision. « Tant de choses se sont passées, se dit-elle tristement, depuis que nous avons quitté la cabane de pêcheurs. »

Royce et elle n'avaient pas échangé un mot en retournant vers George. Celui-ci avait été plus que soulagé de les voir arriver. Mais le vide terrible qui avait saisi Morgane à la mort du Borgne n'avait pas disparu. Et même l'arrivée de Zachary et de Julian sur des chevaux épuisés ne l'avait pas réjouie. Ils avaient décidé de partir au plus vite. Personne ne les avait vus. La vie du Borgne avait été cernée de mystère, sa mort dans une cabane abandonnée au sommet des falaises serait à son image.

Jack était arrivé quelques instants plus tard et ils avaient décidé de trouver une auberge où passer la nuit.

Lorsqu'ils avaient été installés dans un relais confortable, Morgane avait commencé à se détendre. Julian avait raconté ce qu'il avait appris de ses parents. Le visage décomposé du jeune homme l'avait émue. Il avait tout fait pour l'assurer qu'il ne lui en voulait pas pour ce changement inattendu dans sa destinée. Ce séduisant garçon était son frère et Morgane s'était sentie attirée par lui. D'héritier, il était devenu le bâtard d'un homme décédé depuis longtemps. Pour Julian, le monde était devenu fou.

« De toute façon, je n'aurais pas hérité du titre », s'était-elle dit en regardant dans son assiette. Quant à l'argent... »

Royce était lui-même très fortuné. Mais s'il l'avait épousée pour mettre la main sur l'héritage des Devlin ? Elle avait frémi. Il n'y avait qu'un seul moyen de le savoir, mais aurait-elle le courage nécessaire ?

Soudain, elle s'était rendu compte que personne ne savait que Lucinda avait tué Hester. Elle se jura de ne jamais divulguer le secret. Julian avait déjà assez souffert !

La conversation s'était étiolée quand les domestiques de l'auberge étaient venus débarrasser la table, puis elle avait repris de plus belle. Morgane était peu à peu sortie de sa coquille. Elle avait été consciente que Royce l'observait de près. « Que croit-il ? avait-elle pensé. Que parce que je suis devenue une lady, je vais prendre des airs ? »

Mais il l'avait regardée avec une telle tendresse qu'elle s'était souvenue des mots merveilleux qu'il lui avait dits lorsque le Borgne gisait mort. Les pensait-il ? Disait-il la vérité ?

Julian avait interrompu le fil de ses pensées :

— La journée a été horrible mais le pire nous attend. Le scandale va être terrible. Je serai obligé de quitter Londres, bien sûr.

Il avait regardé Morgane.

— Si vous le permettez, je voudrais rester quelques semaines à St. Audries jusqu'à ce que je trouve un emploi, mais je vous assure que je ne vous embêterai pas. Ce sera difficile car on m'a élevé pour être le prochain comte de St. Audries, mais peut-être pourrais-je devenir régisseur ou quelque chose de ce genre.

Morgane avait été bouleversée. Elle s'était levée brusquement :

— Non ! Il n'en est pas question !

Elle l'avait saisi par le bras. La voix tremblant d'émotion, elle avait déclaré :

— J'ai grandi dans la pauvreté la plus abjecte, pensant que j'étais une bâtarde. C'était affreux. Même à St. Giles, on ne tient pas les bâtards en très haute estime. Jamais je ne condamnerai quelqu'un à une telle humiliation ! Ce que nous avons appris aujourd'hui restera entre nous. Jamais personne d'autre n'apprendra la vérité !

George avait alors murmuré :

— Elle a raison. Nous sommes en famille. Ce n'est pas la peine de faire un scandale.

Il avait regardé Morgane tendrement :

— Je suis heureux que Royce vous ait épousée. Vous avez la tête sur les épaules, mon enfant. De toute façon, vous ne pouvez pas hériter du titre et Royce étant déjà riche comme Crésus, vous n'avez pas besoin d'argent. Je pense que c'est une excellente solution.

— Vraiment ? avait dit Royce, amusé.

Voyant comme Morgane était préoccupée, il avait pensé lui aussi la même chose, mais il avait espéré détendre l'atmosphère en plaisantant :

— Je suis d'accord avec toi, George, mais tu devrais me laisser décider si je veux faire une croix sur la fortune de ma femme !

Morgane s'était raidie. Ainsi, elle avait eu raison. Royce ne voulait que sa fortune. Elle avait déclaré aussitôt :

— Je veux que Julian garde tout !

Royce avait remarqué l'éclat sauvage qui brillait dans les yeux de la jeune femme.

— Très bien, ma chère, avait-il dit. Mais pour l'instant nous en resterons à garder ces événements secrets. Nous réfléchirons plus tard au problème financier.

— Et Stephen Devlin ? avait demandé Zachary. Il ne se laissera pas dépouiller.

Le visage de Royce s'était durci :

— Quand il saura que nous détenons les preuves de la naissance de Morgane, il nous obéira au doigt et à l'œil. Si j'ai bien compris, St. Audries lui aurait appartenu de toute façon à la mort d'Andrew.

Julian hocha la tête. Royce lui sourit :

— Cela dit, je ne vois pas pourquoi Stephen et Lucinda continueraient à vivre dans ce luxe quand ils ont du sang sur les mains. Mais à moins de créer des remous dans la société, nous ne pouvons pas les en empêcher.

— Que faire ? avait demandé Morgane. Je ne veux pas qu'ils restent impunis. Que Dieu me pardonne, mais je les souhaiterais morts !

Royce préféra l'ignorer.

— Stephen devra accepter de tout remettre entre les mains de Julian. En échange, lui et Lucinda pourront habiter dans la maison douairière avec une somme d'argent modeste que Julian leur remettra.

George avait acquiescé :

— Ils n'en méritent pas autant. Ils devraient être pendus haut et court !

Personne n'avait osé regarder Julian. Après tout, Lucinda était sa mère.

Le lendemain matin, en rentrant à Lime Tree Cottage, ils avaient appris avec stupéfaction la mort de Stephen et de Lucinda. La nouvelle avait anéanti Julian mais au moins leur horrible secret était sauf.

Ils avaient été enterrés dans le cimetière familial, loin d'Andrew et d'Hester. Même quinze jours après, Morgane ne pouvait pas regarder leurs tombes. Ils avaient mérité leur sort, tout comme le Borgne !

Soupirant, elle arracha une poignée d'herbe et se rappela l'enterrement, le retour de Ben qui avait été libéré, le départ de Ben, de Jack et de Zachary pour l'Amérique le même jour. Ses « frères » habiteraient sur la plantation de Zachary jusqu'à ce que Royce et elle viennent les rejoindre en automne. Puis ils décideraient de leur avenir. « Et qu'en est-il de mon avenir ? » pensa-t-elle. Tout le monde était content du dénouement, ses frères, Julian, Royce...

Que pensait Royce ces derniers temps ? C'était vrai qu'elle se méfiait de lui, qu'il la mettait mal à l'aise, mais lui aussi avait changé. Il ne la taquinait plus, ne lui faisait plus la cour tendrement. Il était devenu un étranger.

Certes, il n'agissait pas comme un homme désolé que sa femme n'ait pas hérité de sa fortune. Au contraire, il semblait enchanté de sa décision. Personne n'aurait pu souhaiter avoir un mari plus attentionné que Royce. Il avait même proposé de retarder leur départ pour qu'elle connût un peu mieux Julian.

Elle fut envahie de remords. Elle s'était peut-être trompée sur son compte. Mais s'il l'aimait sincèrement, pourquoi ne venait-il plus la rejoindre la nuit ?

Soudain elle l'aperçut qui venait vers elle. Il était si beau, si élégant. Il tenait un papier à la main.

— Je pensais bien te trouver ici, dit-il. Puis-je m'asseoir ?

Elle hocha timidement la tête. Il s'installa près d'elle.

— Y a-t-il quelque chose de nouveau ? demanda-t-elle, nerveuse.

— Oui. Julian et moi avons trouvé un arrangement qui nous paraît juste.

— Un arrangement ?

— Ton frère est un homme intègre. Il a eu de la peine à accepter ton offre si généreuse. Je lui ai expliqué que j'étais suffisamment riche pour que tu ne sois jamais en manque de rien mais cela ne l'a pas satisfait. Alors, nous avons trouvé un compromis.

Il lui tendit le papier :

— Une épouse doit avoir une certaine indépendance. Surtout dans un cas comme le nôtre. Je suis très riche et comme tu as donné toute ta fortune, tu n'as rien. Je ne voudrais pas que tu restes avec moi à cause de mon aisance financière. Ainsi Julian te donne une somme d'argent qui te permettra de me quitter et de vivre confortablement si tel est ton désir.

Elle était stupéfaite. Elle n'avait jamais imaginé le quitter. Elle l'aimait ! Mais peut-être voulait-il qu'elle parte ?

— D-Dix mille livres par an ! s'exclama-t-elle en regardant le papier. C'est trop. Je ne peux pas accepter.

— Ne sois pas bête ! Comparé à la fortune de ta mère, ce n'est rien. Accepte-le !

Elle éclata de rire, lui jeta le papier à la figure.

— C'est pour ça que tu m'as épousée ? demanda-t-elle, hystérique. Pour mettre la main sur l'argent de ma mère ?

Le visage de Royce se durcit et Morgane prit peur. Il la secoua par les épaules :

— Idiote ! Voilà pourquoi tu te comportes comme une biche effarouchée depuis quelque temps ? Et moi qui te laissais réfléchir. Je ne voulais pas que tu prennes une décision trop hâtive. C'est terminé !

Il l'attira, écrasa sa bouche contre la sienne. Morgane accueillit son étreinte, le serra contre elle.

— Et tu croyais que j'en voulais à ton argent ! Mais je t'aime, petite sotte ! Je suis amoureux de toi depuis le jour où je t'ai vue jouer aux cartes avec Zachary dans la cuisine.

Il la secoua :

— *Je t'aime !* Et je t'ai épousée par amour.

Il l'embrassa encore, sauvagement.

— Tu dois me croire, Morgane. J'étais pressé parce que je devais te sauver du Borgne, te faire mienne. J'avais si peur qu'il te fasse du mal. Je n'y aurais pas survécu !

Les rêves de Morgane se réalisaient. Elle le croyait, croyait ses yeux sincères, son grand corps tremblant d'émotion.

— Moi aussi, je t'aime, Royce !

— Je l'espère bien ! Tu m'as coûté une fortune en émotions diverses et ta punition sera de m'aimer jusqu'à la fin de mes jours.

— Oui, oui ! Et même encore après ! Tu pensais vraiment ce que tu disais au sujet de mon indépendance, ajouta-t-elle, pensive.

— Je ne te veux pas trop indépendante, sourit-il, mais c'est important pour Julian que tu acceptes cet argent.

— Je comprends.

Ils passèrent devant la tombe d'Hester et d'Andrew.

— Ils ont eu si peu de temps ensemble, murmura Morgane en effleurant du doigt les dates de leurs morts.

— Mais ils se sont aimés, ajouta doucement Royce. Comme nous. Es-tu triste de quitter tout ceci pour aller en Amérique ? C'est très différent là-bas.

— Je ne veux être que ta femme, répondit-elle. Cette bible représente tout pour moi. Je n'ai pas grandi à St. Audries comme Julian. Je n'y ai aucun souvenir.

— Et la lettre ? Que vas-tu en faire ? demanda-t-il.

— Tu es certain que tu ne regrettes pas la fortune d'Hester ?

— Tout à fait certain, grogna-t-il en l'embrassant. C'est toi ma seule fortune.

Le bonheur emplit Morgane. Elle retira la lettre de la bible.

— J'aurais aimé la garder, mais tant qu'elle existe, la vérité risque un jour d'être dévoilée et le scandale causera la ruine de Julian ou de ses descendants.

Royce acquiesça :

— J'espérais que tu réagirais ainsi, mais je ne voulais pas te le demander.

Souriant à travers ses larmes, Morgane déchira la lettre. Elle regarda la brise emporter les bouts de papier. C'était fait. La lettre d'Hester avait atteint son but. Peut-être pas comme Hester l'aurait souhaité, mais c'était la seule façon de ne pas blesser des êtres innocents. Le Borgne était mort. Stephen et Lucinda aussi. Le fils d'Andrew, Julian, avait hérité du titre et quant à elle...

Elle regarda Royce et son cœur s'emballa. Ils quitteraient le vieux continent pour un nouveau monde où leur amour grandirait chaque jour. Avec un rire joyeux, elle embrassa le menton de Royce et se blottit dans ses bras. Ils s'apprêtaient à rentrer lorsque quelque chose la fit se retourner. Elle sursauta. « C'est un jeu de lumière », pensa-t-elle. L'ange sur la tombe de sa mère lui souriait...

Aventures et Passions

Quand l'amour s'aventure très loin, il devient passion.
Quand les passions se libèrent, quand elles déchirent des êtres prêts à tout pour les vivre, au cœur d'aventures riches et multiples, elles sont dans la collection Aventures et Passions.

BLAKE Jennifer	**Sérénade en Louisiane** 3169/**5**
	Les chaînes de l'amour 3240/**5**
	Un éden sauvage 3347/**6** (Décembre 92)
BRANDEWYNE Rebecca	**La lande sauvage** 3018/**5**
	Duel sur la lande 3055/**4**
	Pour l'amour d'un comanchero 3159/**7**
	La passion du conquistador 3285/**5** (Septembre 92)
BUSBEE Shirley	**Le quiproquo de minuit** 2930/**5**
	Au-delà du pardon 2957/**5**
	L'appel de la passion 3056/**8**
	Lady Vixen 3143/**8**
	Sous le sceau de l'amour 3287/**7** (Septembre 92)
COPELAND Lori	**Hannah l'indomptable** 3260/**4**
DAILEY Janet	**Le solitaire** 1580/**4**
DEVERAUX Jude	*La saga des Montgomery :*
	- Les yeux de velours 2927/**5**
	- Un teint de velours 3003/**5**
	- Une mélodie de velours 3049/**4**
	- Un ange de velours 3127/**4**
	Les dames de Virginie :
	- Kidnappée par erreur 3180/**5**
	- La fiancée délaissée 3181/**4**
	- Mariage forcée 3182/**5** (Octobre 92)
GARWOOD Julie	**Sur ordre du roi** 3019/**5**
	Un ange diabolique 3092/**5**
	Un cadeau empoisonné 3219/**5**
	Désir rebelle 3286/**5** (Septembre 92)
	La fiancée offerte 3346/**5** (Décembre 92)
HAGAN Patricia	**Violences et passions** 3201/**6**
	Folies et passions 3272/**5**
	Gloires et passions 3326/**6** (Novembre 92)
HENLEY Virginia	**La colombe et le faucon** 3259/**5**
JOYCE Brenda	**Le fier conquérant** 3222/**5**
LINDSEY Johanna	**Samantha** 2533/**3**
	Esclave et châtelaine 2925/**4**
	La révoltée du harem 2956/**6**
	La fiancée captive 3035/**4**
	Les feux du désir 3091/**5**
	La Viking insoumise 3115/**5**
	Un si doux orage 3200/**4**
	Un cœur si sauvage 3258/**4**
	Epouse ou maîtresse 3304/**3** (Octobre 92)
MATTHEWS Patricia	**La maîtresse de Malvern** 1056/**4**
	L'écume des passions 2116/**4**

CARTLAND Barbara (Sélection)

Les belles amazones 727/**3**
Une trop jolie gouvernante 804/**3**
Le fantôme de Monte-Carlo 854/**2** (Sept.)
L'amour vient quand il veut 868/**2**
Le printemps d'Aurélia 878/**3**
Le retour de la belle inconnue 883/**3**
Cléona et son double 908/**2** (Sept.)
La révolte de lady Corinna 964/**3**
L'amour au bout du chemin 965/**2**
Les roses de Lahore 1069/**2** (Sept.)
Le message de l'orchidée 1072/**2** (Sept.)
Quand l'amour triomphe 1076/**2** (Sept.)
La flamme d'amour 1110/**2** (Sept.)
Les beaux messieurs 1134/**2** (Sept.)
Comtesse Natacha 1145/**2** (Sept.)
La splendeur de Ventura 1155/**2** (Sept.)
Mon beau capitaine 1167/**2** (Sept.)
L'enchantement du désir 1188/**2** (Sept.)
La première étreinte 1189/**2** (Sept.)
La revanche de lord Ravenscar 1321/**2** (Sept.)
Les deux cousines 1384/**3** (Sept.)
Un amour de légende 1747/**2** (Sept.)
Ola et le marquis 1775/**2** (Sept.)
Le festin secret 1776/**2**
Un souhait d'amour 1792/**2** (Sept.)
L'amour est un songe 1843/**2** (Sept.)
Splendeurs impériales 1859/**2** (Sept.)
Les colombes de l'amour 1871/**2** (Sept.)
Les violons de l'amour 1883/**2** (Sept.)
Le portrait de l'amour 2367/**2** (Sept.)
L'irrésistible charme d'Helga 2429/**2** (Sept.)
La trahison diabolique 2516/**2** (Sept.)
L'amour sans trêve 2689/**2**
Lilas blanc 2701/**2**
Amour, argent et fantaisie 2832/**2**
L'explosion de l'amour 2833/**2**
Le temple de l'amour 2847/**2**
Douce enchanteresse 2857/**2**
L'amour est un jeu 2872/**2**
Le château des effrois 2873/**2**
Un baiser de soie 2889/**2**
Aime-moi pour toujours 2890/**3**
La course à l'amour 2903/**3**
Un mal caché 2904/**2**
Danger sur le Nil 2916/**3**
Le duc infernal 2948/**4**
Une folle lune de miel 2949/**2**
Le parfum des dieux 2960/**2**
Un ange passe 2972/**2**
L'amour est invincible 2973/**2**
Le drame de Gilda 3001/**2**
La fuite en France 3002/**2**
Le voleur d'amour 3017/**3**
Musique miraculeuse 3033/**2**
Rêverie nocturne 3034/**2**
Danger pour le duc 3047/**2**
Ah, l'adorable menteuse ! 3048/**2**
Coup de foudre à Penang 3058/**2**
Idylle au Ritz 3068/**2**
Tendre Lydia 3069/**2**
Le caroussel de l'amour 3089/**2**
La découverte du bonheur 3090/**2**
Les ailes de l'amour 3108/**4**
La sérénité d'un amour 3109/**2**
Une fuite éperdue 3125/**3**
Le lien magique 3126/**2**

NOUVEAUTÉS 92
L'amour tombé du ciel 3140/**2**
Etranges amazones 3141/**2**
Qui êtes-vous, Alexander ? 3156/**3**
La tigresse apprivoisée 3157/**2**
L'espoir perdu 3178/**4**
Le baiser d'un étranger 3179/**2**
Trois jeunes filles à Londres 3198/**3**
Sincère ou tricheuse ? 3199/**2**
Je marcherai vers toi 3217/**4**
Rolfe et Zarina 3218/**2**
Lady Toria 3236/**4**
Quand vient l'amour 3237/**2**
L'amour aux mille couleurs 3256/**2**
Aucun cœur n'est libre 3257/**4**
Un tel enchantement 3271/**3**
Double jeu pour Taryna 3283/**3** (Septembre)
La dynastie de l'amour 3284/**2** (Septembre)
Un amour en Hongrie 3305/**2** (Octobre)
Comme une blonde fée 3306/**2** (Octobre)
Cœur volé 3324/**3** (Novembre)
Effrayée 3325/**2** (Novembre)
N'oublie jamais l'amour 3344/**2** (Décembre)
Du feu sur la neige 3345/**3** (Décembre)

J'AI LU

3287

Composition Gresse B-Embourg
Achevé d'imprimer en Europe (France)
par Brodard et Taupin à la Flèche (Sarthe)
le 21 août 1992. 6973-F
Dépôt légal août 1992. ISBN 2-277-23287-4

Éditions J'ai lu
27, rue Cassette, 75006 Paris
Diffusion France et étranger : Flammarion